BÄRBEL PROBERT-WRIGHT

An der Hand meiner Schwester

Über die Autorin:

Bärbel Probert-Wright, 1937 in Hamburg geboren, studierte in London und Genf und ließ sich dann in England nieder. Heute lebt sie mit ihrem britischen Mann in der Nähe von London. Nach dem Tod ihrer Schwester fand sie deren Kriegstagebuch und beschloss, die dramatische Geschichte ihrer Kindheit zu erzählen. Ihr Buch wurde über Nacht zum Bestseller.

Bärbel Probert-Wright
unter Mitarbeit von Jean Ritchie

An der HAND meiner SCHWESTER

Zwei Mädchen im kriegszerstörten Deutschland

Aus dem Englischen von
Holger Fock und Sabine Müller

lübbe

Dieser Titel ist auch als E-Book erschienen.

MIX
Papier aus verantwortungsvollen Quellen
FSC® C014496

Vollständige Taschenbuchausgabe

Titel der Originalausgabe: »Little Girl Lost«
Originalverlag: *Arrow*, ein Imprint von *Cornerstone*,
Teil der Verlagsgruppe *Penguin Random House*

Umschlaggestaltung: Thomas Krämer
unter Verwendung der Originalausgabe und Motiven von
© Nesho Mare/shutterstock und Din Mohd Yaman/shutterstock
Satz: hanseatenSatz-bremen, Bremen
Gesetzt aus der Sabon
Druck und Verarbeitung: GGP Media GmbH, Pößneck
Printed in Germany
ISBN 978-3-404-61715-9

2 4 5 3 1

Sie finden uns im Internet unter
luebbe.de
Bitte beachten Sie auch: lesejury.de

Widmung

Dieses Buch ist dem liebenden Andenken an meine Schwester Eva gewidmet, die uns in den letzten Kriegstagen mit Mut und Entschlossenheit heil durch halb Deutschland geführt hat, sowie meinem Ehemann Ray und meiner Tochter Babette.

Darüber hinaus widme ich es allen Kindern auf der Welt, deren Familien heute durch die Grausamkeit eines Krieges auseinandergerissen werden.

Hamburg
Wilhelmsburg
Harburg
Steinbeck
Elbe
Wintermoor
Lüneburger Heide
Soltau
Celle
Hannover
Magdeburg
DEUTSCHLAND
Elbe
Harz
Aschersleben
Alsleben
Saale
Halle
Wiedersdorf
Ammendorf
Kockwitz
Merseburg
Leipzig
Werra
Weißenfels
Unstrut
Bad Sulza
Naumburg
Apolda
Erfurt
Jena
Tabarz
Friedrichroda
Neckeroda
Kahla
Finsterbergen
Steigerhaus
Stutzhaus
Kirchhasel
Oberilm
Crawinkel
Rudolstadt
Martinroda
Thüringer Wald
N
W
O
S
Saale
0
100 km
Hamburg
Berlin
Leipzig

Prolog

Ich presste mich so flach auf den harten Boden, wie ich konnte. »Stell dich tot«, hatte meine Schwester gesagt, und ich befolgte ihre Anweisung. Mein rechtes Bein war verdreht, und der Schmerz begann durch meinen ganzen Körper zu wandern. Ich hatte blaue Flecken, Schürfwunden und stand unter Schock, die Kälte des Bodens kroch in meine Knochen. Doch der Feind durfte mich nicht entdecken, das würde den Tod bedeuten.

Ich hörte Granaten heulen und mit einem dumpfen Krachen über mir in den Berg einschlagen, und manchmal das Ächzen der Bäume, die durch eine Explosion entwurzelt wurden.

Ein wütendes Trommelfeuer war die Antwort.

Nach etlichen Salven war es endlich still. Ich wagte kaum zu atmen.

Dann hörte ich, wie Zweige knackten und eine Stimme neben mir sagte: »Komm, Kleine, aufstehen! Du schaffst es.«

Eine große Hand fasste die meine, zwei Augen blitzten mich unter einem dunklen, lockigen Haarschopf aufmunternd an, und ich wurde von dem Soldaten, der mich bereits in den Schutz der Bäume geschleppt hatte, wieder auf die Beine gezogen.

Er machte eine kurze Pause, lächelte verschmitzt und sagte: »So, da müssen wir jetzt wieder rauf, damit dir nichts passiert.« Seit seine derbe Hand meine umschloss, hatte ich das Gefühl, mir könne nichts mehr geschehen.

Auf Wildwechseln kletterten wir durch das Unterholz den Berg hinauf. Auf einer Lichtung kurz vor der Anhöhe wartete Eva auf uns. Sie hatte hinter einem Holzstapel Deckung gefunden, und als sie uns kommen sah, stürzte sie aus ihrem Versteck, nahm mich in die Arme und drückte mich fest an sich. Dann zupfte sie die Blätter und Holzsplitter von meiner Kleidung und band mein rotweißes Kopftuch über meinen hübschen Zöpfen neu.

»Ich dachte schon, ich hätte dich verloren«, schluchzte sie vor Erleichterung.

Vorwort

Der Zweite Weltkrieg riss Millionen von Familien auseinander, und niemand, der in dieser Zeit lebte, blieb davon verschont. Ich war damals ein kleines Mädchen, das wohlbehütet und beschützt vor den grauenhaften Ereignissen, die Europa verwüsteten, in einer fürsorglichen Familie heranwuchs, und bis kurz vor Kriegsende, als Deutschland vor dem Zusammenbruch stand und seine Niederlage und Besetzung absehbar waren, hatte ich keine Ahnung, was dieser Krieg wirklich bedeutete.

Dann konnte mich die Liebe meiner Familie nicht mehr schützen. Mit meiner neunzehnjährigen Schwester Eva wurde ich in den Mahlstrom geworfen. Auf der Suche nach unserer geliebten Mutter und ohne Nachricht über den Verbleib unseres an der Front vermissten Vaters waren wir auf der Flucht durch Deutschland, durchquerten Schlachtfelder, sahen um uns Menschen sterben, flüchteten vor Geschützfeuer, schliefen auf dem Boden und hungerten. Ich sah Dinge, die ein Kind niemals sehen sollte.

Aber in all meinen Gedanken an diese finstere Zeit ist die Erinnerung an die überwältigende Freundlichkeit, an die unglaubliche Selbstlosigkeit, Großzügigkeit und Opferbereitschaft der Menschen auf beiden Seiten doch am stärksten.

Innerhalb weniger Monate durchlebte ich in meiner kindlichen Unschuld die Erfahrungen eines ganzen Menschenlebens. Es sollte Jahre dauern, bis ich ganz verstanden hatte, was um mich herum geschehen war. Und erst dann konnte ich den Mut und die Selbstlosigkeit meiner Schwester Eva in vollem Umfang begreifen.

Eva ist inzwischen gestorben. Ich bin mir nicht sicher, ob sie, wenn sie noch lebte, damit einverstanden wäre, dass dieses Buch sie in den Mittelpunkt rückt: Zeitlebens hat sie nicht viel Aufhebens um sich gemacht, sie war warmherzig und kümmerte sich aufopferungsvoll um andere. Ich möchte ihr keinen Heiligenschein verpassen – sie war eine sehr vergnügte, lebenslustige Person mit einem feinen Sinn für Humor, und sie wusste sich zu amüsieren. Was sie tat, hielt sie für selbstverständlich. Zu helfen war ihr ein natürliches Bedürfnis. Sie liebte mich, also beschützte sie mich und kümmerte sich um mich. Mehr kann ein Kind sich nicht wünschen.

Die Geschehnisse in diesen wenigen Monaten sind mir immer gegenwärtig, aber je älter ich werde und je gemächlicher mein Leben voranschreitet, umso öfter denke ich an sie, umso näher fühle ich mich dieser Zeit.

Während ich schreibe, sitzt meine Enkelin Amy-Lou neben mir am Tisch und malt ein Bild in ihrem Malbuch aus. Gleich wird sie den Kopf heben und mich bitten, mit ihr zum Teich zu gehen und die Enten zu füttern.

Amy-Lou ist sieben, so alt wie ich damals war, als die Dinge geschahen, von denen diese Geschichte berichtet. Wenn ich ihr niedliches Köpfchen betrachte, mit dem sie so ernsthaft und konzentriert über ihrem Malbuch sitzt, dann hoffe ich, dass sie niemals so harte Zeiten wird durchmachen müssen wie ich damals. Ich könnte es nicht ertragen, sie in eine Welt hineinwachsen zu sehen, in der solche Dinge geschehen.

Und doch gibt es, wenn man sich auf der Welt umsieht,

viele Gegenden, in denen Kinder leiden und noch mehr zu erleiden haben, als ich es tat. Es zerreißt mir das Herz, wenn ich an die Kleinen denke, an Kinder wie meine Enkelin, die Terror und Hunger ausgesetzt sind.

Dennoch bereue ich nicht, was ich durchgemacht habe. Jung wie ich war, formte es meinen Charakter, gab mir die Entschlossenheit, den Dingen auf den Grund zu gehen. In gewisser Weise hat es mich auch erkennen lassen, was uns allen heute viel zu selbstverständlich erscheint: welche Macht der Liebe innewohnt. Die Liebe zu unserer Mutter gab uns auf unserer Irrfahrt immer wieder Kraft, und Evas Liebe schützte und umsorgte mich.

Mein Buch ist ein Zeugnis dieser Liebe.

Eine behütete Hamburger Kindheit

Zwei Wochen nach meinem zweiten Geburtstag brach die bittere, düstere und niederschmetternde Zeit des Zweiten Weltkriegs über Europa herein. Ich war ein Dreikäsehoch und begriff von alledem nichts, ich hatte ein behagliches Zuhause in einem wohlhabenden, bürgerlichen Stadtteil von Hamburg. Für ein Kind in diesem Alter sind Liebe, Wärme und Nahrung die wichtigsten Zutaten zum Glück. Ich besaß alle drei im Überfluss.

Ungeachtet des Weltgeschehens erlebte ich eine idyllische Kindheit, bis 1943 meine geliebte Schwester Ruth starb.

Ihr Tod hatte nichts mit dem Krieg zu tun. Sie starb ganz plötzlich und tragisch im Alter von neunzehn Jahren an Diphtherie. Zuvor war meine Welt völlig sorglos gewesen, in unserem Leben ging alles seinen gewohnten Gang. Das Glück ist viel schwieriger zu beschreiben als das Elend, aber ich möchte es versuchen, denn die Unschuld und Unbeschwertheit dieser frühen Tage ließ uns die Schrecken der letzten Kriegsjahre nur noch stärker verspüren.

Bald sollte unsere heile Welt ein für alle Mal zertrümmert sein, doch in meinen ersten Lebensjahren war noch alles vollkommen.

Wir bewohnten eine geräumige Wohnung im dritten Stockwerk an der Wandsbeker Chaussee, einer bekannten

Hauptstraße in Hamburg, die von eindrucksvollen Mietshäusern wie dem unseren gesäumt wurde. Unsere Wohnung hatte einen langen, breiten Korridor, groß genug, um eine Schaukel für mich aufzuhängen und um Rollschuh zu fahren, und einen Balkon zur Hauptstraße hinaus. In einer meiner frühesten Erinnerungen sitze ich mit einer großen Schüssel Stachelbeeren auf dem Balkon. Ich bin vier Jahre alt und darf meiner Mutter helfen. Mit einem stumpfen Messer putze und schnipple ich die Beeren. Der Balkon unter uns war mit einer Markise überspannt, und als mir versehentlich eine Beere aus der Schale hüpfte, fiel sie auf die Markise herab und sprang mit einem »ping, ping, ping« über den straffen Markisenstoff. Was für ein wunderbares Geräusch!, dachte ich, und schon sprang eine zweite Beere über den Schüsselrand. Es dauerte nicht lange, dann hatte ich eine Stachelbeere nach der anderen einen Stock tiefer befördert, nur um ihren Aufprall zu hören. Als meine Mutter es bemerkte, war sie ärgerlich.

»Was hast du dir nur dabei gedacht, mein Schatz? Das war sehr ungezogen!«, schimpfte sie. Richtig böse konnte sie mir allerdings nicht sein, ich wusste, dass sie den Vorfall eher lustig fand. Nie wieder, sagte sie, würde sie mir eine Schüssel Stachelbeeren mit auf den Balkon geben, und von dem Tag an musste ich zum Stachelbeerenputzen in der Wohnung sitzen.

Ich war viel jünger als meine beiden Schwestern. Ruth war vierzehn, als ich zur Welt kam, Eva zwölf. Für mich war es, als hätte ich drei Mütter, denn alle behüteten mich sehr. Ich wurde nicht mit Geschenken verwöhnt und man verlangte stets, dass ich freundlich war und mich gut benahm. Doch die Aufmerksamkeit und die Zuwendung, die ich erhielt, waren wundervoll, und in der Wohnung schien sich tatsächlich alles um mich zu drehen. Meine Familie nannte mich Puppe oder Kleine.

Als kleines Mädchen tänzelte ich ständig auf Zehenspitzen durch die Wohnung und sang. Ich besuchte einen Kindergarten, den eine fürsorgliche Dame leitete, wir lernten Lieder, erfanden immer neue Rollenspiele und beschäftigten uns mit einfachen Basteleien. Wir unternahmen Ausflüge, spazierten unter Aufsicht in Zweierreihen, einander an der Hand haltend, den breiten Fußweg am Kanal entlang. Wir übten kleine Theaterstücke ein, einmal spielte ich eine Schneeflocke, ein andermal ein Kaninchen. Zum Muttertag bastelte ich einen leuchtend bunten Papierstrauß für meine Mutti.

Begleitet von meiner Familie besuchte ich einen Sportverein in unserem Viertel, wo kleine Kinder besondere Vergünstigungen erhielten und ich mit meiner besten Freundin Inge spielte. Sie hatte eine Zwillingsschwester, und beide gingen in denselben Kindergarten wie ich.

Inzwischen war der Krieg voll im Gange, doch ich wusste nichts davon. Die Schreckenszenen, die sich weit entfernt in anderen Ländern abspielten, als deutsche Armeen durch Europa marschierten, hatten keine Auswirkungen auf meine Welt. Meine liebevolle Familie umhegte und schützte mich. Welche Sorgen und Ängste ihnen der Krieg auch bereitete, sie hielten es vor mir verborgen. Ich ahnte nichts.

Als ich geboren wurde, war mein Vater, Waldemar oder Waldi, wie ihn meine Mutter nannte, bereits vierzig, zu alt, um als Soldat zu den Waffen gerufen zu werden – zumindest zu Beginn des Krieges. Er hatte im Ersten Weltkrieg gedient, war über dem Kanal in einem Flugzeug abgeschossen worden und hatte eine verkrüppelte Hand und andere bleibende Verletzungen davongetragen. Wegen seines Alters, seiner Dienstbescheinigung, seiner Kriegsverletzungen und aufgrund der Tatsache, dass er in einem kriegswichtigen Betrieb arbeitete, konnte er bei uns zu Hause bleiben. Er bekleidete eine leitende Stellung bei der Eisenbahn, seine Aufgabe war es, Anschläge auf das Schienennetz und auf Züge zu verhindern.

In den ersten Kriegsjahren wurde er manchmal zur Arbeit ins »Warthegau« abkommandiert. Nach dem Ersten Weltkrieg war das »Warthegau« Polen zuerkannt und von Polen besiedelt worden, von denen die meisten nach dem deutschen Überfall von 1939 nach Südpolen evakuiert wurden. Ihre Höfe und Arbeitsstellen übernahmen Deutsche. Die Polen, die bereits vor dem Ersten Weltkrieg dort gelebt hatten, konnten größtenteils bleiben, doch nun arbeiteten sie für Deutsche. Mein Vater hatte den Auftrag, den Schmuggel zu unterbinden, der dort grassierte. Obwohl er weit weg von uns arbeitete, konnte er regelmäßig nach Hamburg reisen, und ich war gewohnt, dass er zu Hause war.

Während seiner Abwesenheit lebte mein Vater zur Miete in einer Wohnung in Posen (heute: Poznan), und wenn er nicht zu Besuch nach Hamburg kam, fuhren wir manchmal zu ihm und verbrachten einige Zeit dort. Meist reiste ich mit meiner Mutter allein, denn ich ging noch nicht zur Schule und hatte keine Verpflichtungen. Manchmal schlossen sich uns Eva und Ruth an und verbrachten ein Wochenende mit der Familie; dann gingen wir spazieren, spielten im Park oder sammelten Walderdbeeren.

Eine Sache, die mir bei unseren Aufenthalten bei

meinem Vater besonders gefiel, waren die Besuche bei den Sundermanns. Sie waren mit meinem Vater befreundet und lebten in einem Gutshaus auf dem Land in der Nähe von Jarotschin, wo sie Landwirtschaft betrieben. Man fuhr die schwungvolle Zufahrt zu dem beeindruckenden Haus hinauf und parkte neben dem davor liegenden Springbrunnen. Die Sundermann-Familie – Onkel Hermann und Tante Frieda – eilte uns zur Begrüßung entgegen, dann gingen die Männer entweder zur Jagd oder man trank gemeinsam Tee und unterhielt sich. Ich spielte unterdessen mit den Kindern Heinz und Fritz, der eine ein Jahr älter, der andere ein Jahr jünger als ich. Wir waren dicke Freunde, wir tobten herum und hatten Spaß, während die Erwachsenen Karten spielten.

Das Anwesen war groß, und mein »Onkel« musste jeden Tag seine Runde machen, um die Feldarbeit zu beaufsichtigen. Er tat dies in einem zünftigen zweirädrigen Gespann, und zu meiner großen Freude durfte ich ihn manchmal begleiten. Wir holperten geschwind über hügelige Felder, und ich hatte immer ein wenig Angst, ich könnte herausfallen, obgleich ich es nie jemandem gestand, da man mich sonst nicht mehr mitgelassen hätte. Auf dem Gut gab es einige Pferde, die ich sehr groß und ein wenig unheimlich fand, aber wunderschön waren sie dennoch.

In der Nähe des Gutshauses lag ein See. Regelmäßig ruderten wir mit Picknickkörben beladen zum anderen Ufer hinüber und spielten dort zusammen. Die Gutsleute züchteten Tauben. Das große Taubenhaus, das wie ein Miniaturwohnhaus gebaut war, hatte es mir besonders angetan. Ich hätte den bunten Vögeln mit dem irisierenden Federkleid stundenlang zusehen können, wie sie in den kleinen Türen ein- und ausstolzierten. Wenn man klein ist, beeindrucken einen die merkwürdigsten Dinge und man vergisst sie nie: Bei den Sundermanns sah ich zum ersten Mal ein Plumpsklo. Ich war fasziniert! Die Toiletten, die ich kannte, hatten einen Absatz in der Toilettenschüssel, doch beim Plumpsklo fällt alles direkt ins Loch, sodass man das Wasser platschen hört, was mich enorm beeindruckte. Es waren unbeschwerte Tage. Ich pendelte zwischen meinem behaglichen Leben in Hamburg und dem Abenteuer des Landlebens und der Natur im Warthegau hin und her und war rundum glücklich.

Mein Vater war ein wohlhabender Mann, der sich hochgearbeitet hatte und nun bei der Reichsbahn angestellt war. Er war in einem katholischen Waisenhaus aufgewachsen. Seine Schwester Else lebte in Berlin, ansonsten besaß er keine Familie.

Anders meine Mutter – auf ihrer Seite gab es viele Verwandte. Mein Großvater, den wir Opa nannten, und meine Großmutter, unsere Omi, hatten drei Töchter: Norma, meine Mutter, Hilda und Irma. Die Töchter – meine Tanten – und Großvater lebten alle in Hamburg und so nahe bei uns, dass wir sie regelmäßig besuchten. Mein Großvater hatte sein Leben lang als Maschinist auf hoher See gearbeitet. Bei seinen Reisen über die Ozeane sah er viele Orte und fremde Länder. Auf einer dieser Reisen prophezeite ihm eine Zigeunerin, er werde einen großen Glücksgriff tun. Bei seiner Rückkehr bewahrheitete sich ihre Prophezeiung: Er gewann eine große Summe bei der Deutschen Lottogesellschaft. Ich habe keine Ahnung, wie hoch sein Gewinn war, doch es war ein ansehnliches Sümmchen. Wie der Vater in dem Märchen verteilte er einen Teil des Gewinns an seine drei Töchter mit der Aufforderung, sie sollten sich davon kaufen, was sie sich wünschten. Meine Mutter kaufte sich ein sehr schönes Silberbesteck und ihr geliebtes Meissner Porzellan. Tante Irma entschied sich für Schmuck, denn sie hatte sonst alles. Und wie die kluge Tochter im Märchen erwarb Tante Hilda ein Stück Land – die beste Wahl, wie sich später herausstellen sollte.

Mein Großvater sagte immer zu mir, ich hätte sein Glück geerbt. Ich kaufe noch immer Lottoscheine für den Fall, dass er recht behält!

In meiner Kindheit betrieb meine Großmutter in Hamburg einen Mittagstisch für Geschäftsleute. Unter der Woche kamen sie zum Mittagessen zu ihr in die Wohnung. Meine Großmutter kochte nur an Werktagen. Ihre drei Töchter, meine Mutter, Tante Hilda und Tante Irma, halfen bei ihr aus, und ich war oft mit von der Partie. Ich erinnere mich, dass meine Großmutter einen kleinen Tisch mit Stühlen speziell für mich und meinen Cousin besaß. Volker, Tante Hildas jüngster Sohn, war wie ein Zwillingsbruder, denn er war nur vier Wochen älter als ich. Wir mussten still sitzen, denn die Mittagsgäste sprachen während des Essens gerne über ihre Unternehmungen und wollten nicht von Kindern gestört werden. Auch Baby Henning, Tante Irmas einziges Kind und vier Jahre jünger als Volker und ich, war dabei. Über Hennings späte Geburt wurde in unserer Familie gerne gewitzelt: Als sich Tante Irmas Kinderwunsch endlich erfüllte und man meiner Großmutter berichtete, ihre Tochter sei mit vierzig schwanger geworden, tat sie dies mit den Worten ab: »Seid nicht albern und lasst euch nichts erzählen. Das sind die Wechseljahre.« Tatsächlich gab es einen

Wechsel in ihrem Leben, aber zum Glück war Henning daran schuld.

Vieles aus meiner Kindheit in der Wandsbeker Chaussee ist mir im Gedächtnis geblieben. Der Duft von frisch gebackenem Brot versetzt mich noch heute dorthin zurück, denn im Erdgeschoss unseres Hauses befand sich die Bäckerei der Familie Wedemeier. Vom frühen Morgen an war die Umgebung vom Duft des Brots im Backofen erfüllt. Manchmal bestellte meine Mutter telefonisch etwas in der Bäckerei, dann durfte ich hinunterlaufen und die Waren abholen. Unser Haus war ein großer Wohnblock mit einer Fassade zu beiden Seiten des Haupteingangs und einem geschwungenen Treppenhaus. Ich rannte die Treppe hinunter und stieg anschließend langsam wieder hinauf, während ich den Duft des warmen Brots schnupperte, das ich im Arm trug. Ohne Begleitung eines Erwachsenen durfte ich den Lift nicht benutzen.

Wir hatten ein großes Wohnzimmer, von dem ein Zimmer abging, in das man durch eine große, zweiflüglige Schiebetür gelangte: das Rauchzimmer. Es war in Wirklichkeit das Büro meines Vaters. Hier standen seine Bücher, dorthin zog er sich zurück, wenn er rauchte. Das Zimmer war sein Hoheitsgebiet, in dem die übrige Familie nichts zu suchen hatte. Es war mit langen Ledersofas möbliert, die mir riesengroß vorkamen. Anfangs fühlten sie sich kalt an, wenn ich mit kurzem Kleid und nackten Beinen darauf saß, aber nach einer Weile wurde das Leder warm, und ich spürte, wie es an meinen Oberschenkeln klebte.

An Weihnachten wurde ein Weihnachtsbaum in das Rauchzimmer geschmuggelt, den die Erwachsenen heimlich schmückten und unter den sie die Geschenke legten.

Dann wurde die Tür bis zum Weihnachtsabend abgeschlossen. An Heiligabend gingen wir in die Kirche, und wenn wir zurückkehrten, wurden die großen Türflügel geöffnet, und mein Vater läutete mit einer kleinen Glocke. Voller Spannung rannten wir hinein, um zu sehen, was es darin gab. Staunend sah ich die brennenden Wachskerzen am Baum und die Stapel von Geschenken, die sich neben ihm auftürmten. Anschließend aßen wir zu Abend, und die Kinder mussten ein Weihnachtslied vorsingen, ein Gedicht vortragen oder etwas vorlesen. Mein Vater las die Weihnachtsgeschichte vor, und die ganze Familie sang »Stille Nacht, Heilige Nacht«. Schon als Dreikäsehoch lernte ich, mit meinen Schwestern mehrstimmig zu singen. Jedes Mal, wenn ich Tannenduft rieche, erinnere ich mich wieder an die Weihnachtsabende in Hamburg, als wir noch alle zusammen in unserem warmen, behaglichen Zuhause lebten.

Der Tod meiner Schwester Ruth erschütterte diese kleine, heile und glückliche Welt in den Grundfesten. Meine schöne, bezaubernde, schon so erwachsene Schwester. Sie war neunzehn, arbeitete als technische Zeichnerin in der Stadt und führte ein reges, geselliges Leben. Sie war Mitglied in einem Radsportverein und liebte das Theater. Sie war zu jung, um zu sterben.

1943 war ich fünf Jahre alt. Ich hatte Scharlach, und weil die Krankheit ansteckend war, hatte meine Mutter ein Gitter in den Türrahmen zu meinem Zimmer gestellt, damit ich drinnen blieb. Auch Eva, die jetzt siebzehn war, hatte sich angesteckt. Sie hatte sechs Wochen im Krankenhaus gelegen, aber das Schlimmste war überstanden, und sie war wieder zu Hause und kam zu Kräften.

Nur Ruth war bisher der Ansteckung entgangen. Eines Abends, als sie mit Freunden ins Theater gehen wollte, sagte sie ihnen in letzter Minute ab. Sie hatte plötzlich Halsschmerzen – so sehr, dass sie nicht ausgehen konnte –, und beschloss, sich stattdessen ins Bett zu legen. Innerhalb kürzester Zeit verlor sie alle Kraft, und man sorgte sich, sie könnte ebenfalls mit Scharlach infiziert sein. Es war aber nicht das Fieber, das Ruth ans Bett fesselte. In der Wohnung wurde es sehr still, die Atmosphäre war angespannt. Die Ärztin kam, konnte jedoch nichts ausrichten.

Ruths Krankheit dauerte nur drei Tage. Ihr Hals schwoll immer mehr zu, bis sie keine Luft mehr bekam. Am dritten Tag waren endlich die Sanitäter benachrichtigt worden; der Krankenwagen parkte bereits vor der Haustür, als sie ihre Arme um meine Mutter legte. Sie flüsterte kaum noch hörbar: »Oh, meine liebe Mutti«, und starb.

Ich stand in meiner Zimmertür an die Absperrung gelehnt und fragte mich, was vor sich ging. Dann hörte ich den erstickten Aufschrei meiner Mutter. Meine geliebte Schwester war in diesem Augenblick, drei Wochen vor ihrem zwanzigsten Geburtstag, gestorben. Es sollte lange dauern, bis ich alt genug war, um wirklich zu verstehen, dass ich sie nie mehr wiedersehen würde und dass ihr Tod die Achsen meiner sorglosen kleinen Welt für immer verrückt hatte.

Unser Vater, der dienstlich unterwegs war, hatte geträumt, dass etwas passiert sei. Da alle Telefonleitungen unterbrochen waren, hatte meine Mutter ihn nicht anrufen können. Doch wegen seines Traums reiste er sofort zurück und kam am nächsten Morgen an. Er hatte keine Ahnung, was ihn nach Hause trieb, nur ein überwältigendes Gefühl, als ob jemand nach ihm riefe. Er und Ruth standen sich sehr nahe: Von seinen drei Töchtern kam sie am stärksten nach ihm, während Eva und ich eher unserer Mutter ähnelten. Vielleicht war es dieses starke Band zwischen den beiden, das ihn nach Hause zog.

Bei seiner Ankunft war seine geliebte älteste Tochter bereits tot.

Heute kenne ich die Umstände von Ruths Tod aus einem Brief, den meine Mutter an ihre Schwägerin geschrieben hat, an Tante Else, die mit ihrem Mann, Onkel Arthur, bei Berlin lebte. Meine Schwester wurde »die große Ruth« genannt, weil Tante Elses Tochter auch Ruth hieß. Sie war stets »die kleine Ruth«, denn sie war nur drei Wochen älter als ich und ebenfalls ein ungeplanter Nachzügler mit Geschwistern im Teenageralter.

10.4.1943
Liebe Else und Familie,
nun sind wir über die ersten aufregenden Tage hinweg. Für uns ist der Verlust unserer lieben großen Ruth immer noch unfassbar. Der Tod kam zu schnell. Waldi ist inzwischen auch wieder abgereist, er ist noch viel weiter weg versetzt. Ihr könnt Euch wohl denken, wie schwer für ihn die Rückfahrt nach dort war. […] Bärbel liegt ja im Bett mit Scharlach, ist Gott sei Dank übern Berg und kann bald wieder aufstehen. Unsere Eva hat im Arbeitsdienst Scharlach gehabt und sechs Wochen im Mecklenburger Krankenhaus gelegen. Sie war gerade auf Erholungsurlaub hier bei uns in Hamburg, und so erlebte sie den Tod ihrer großen Schwester mit. Nur drei Tage war Ruth krank. Sie fühlte sich so

matt seit Sonntagabend. Montag holte ich unsere Ärztin. Sie machte einen Scharlach-Abstrich, welcher negativ war. Von Dienstagnacht zu Mittwoch war Ruth gar nicht gut. Am Mittwoch rief ich dann wieder die Ärztin an. Um drei Uhr Nachmittags sollte Ruth ins Krankenhaus mit einer schweren Angina. Als die Krankenträger die Bahre holten, bekam Ruth eine plötzliche Schwäche. Sie saß auf ihrem Bett, fasste mich um und sagte: »Meine liebe Mutti«, fiel in meine Arme, und sie war tot. Ich könnte immer wieder weinen, wenn ich an diese Sekunden zurückdenke. Unsere fleißige, immer bereite und fröhliche Ruth. Es ist schrecklich. Wir haben eine schöne Grabstelle gekauft, gleich für mehrere Personen. Die Beerdigung war ganz wunderschön. […] Wenn sie hätte alles sehen können, wie viel Liebe und Trauer ihr auf dem letzten Weg zuteilgeworden sind. Die Kapelle fasste kaum die vielen Menschen. So viele Blumen, wie Ruth in ihrem Leben verschenkt hat, wurden ihr auf einmal wiedergeschenkt. Am achten hatte sie Geburtstag. Sie wäre zwanzig Jahre alt geworden. Unsere große Ruth, nun deckt sie die Erde. Man könnte immer weinen.
Liebe Else, lieber Arthur, nun lasst bald von Euch hören, wie es bei Euch geht.
Eure traurige Schwägerin Norma,
Eva und Bärbel

Mit Ruths Tod verwandelte sich unser Zuhause in einen traurigen Ort. Eine fremde Frau kam in die Wohnung und kümmerte sich während der Beisetzung um mich, denn ich war noch immer nicht gesund und zu jung, um daran teilzunehmen. Sie war mit meinen Eltern befreundet, doch ich kannte sie nicht, was mein Gefühl verstärkte, dass alles auf eine mir unbegreifliche Weise zerbrochen war. Dann kamen Leute, die die Wohnung ausräucherten, um die letzten Krankheitskeime zu ersticken. Während sie arbeiteten, musste ich eine Maske tragen.

Nach Ruths Tod waren wir von großem Leid erfüllt, und ich kann mich gut erinnern, wie traurig diese Zeit war. Meine Mutter hatte nicht die Kraft, all die Beileidsbekundungen zu beantworten, und bis zum heutigen Tag besitze ich die Dankesanzeige, die sie stattdessen drucken ließ. Eva hatte sie in ihr Tagebuch eingeklebt:

Dankesanzeige:
Wie gern möchten wir jedem Einzelnen persönlich danken für die liebe Teilnahme an unserem großem Schmerz. Die Zahl der Mitfühlenden ist aber so hoch gewesen, dass uns das nicht möglich ist. Möge unsere liebe Ruth in allen Herzen, die sie im Leben lieb gehabt haben, weiterleben. Für uns wird sich die Lücke nur langsam schließen, sie ist so unendlich groß. Der unerbittliche Tod kam zu schnell und nahm keine Rücksicht auf Glück und blühendes Leben.

All den lieben Verwandten, Freunden und Bekannten müssen wir leider in dieser etwas unpersönlichen Form des gedruckten Wortes danken.

Hamburg, April 1943

Norma und Waldemar Sierschulla, Eva und Bärbel

Meine Mutter bewältigte ihre Trauer, indem sie Eva und mich mit Hingabe pflegte. Wir waren beide noch kränklich, hatten die Fieberanfälle des Scharlachs noch nicht ganz überwunden, und meine Mutter setzte selbstlos und hingebungsvoll ihre ganze Energie in unsere Genesung. Vielleicht ängstigte sie der Gedanke, einer ihrer verbliebenen Töchter könne etwas zustoßen, vielleicht war es auch ihre Art, die Ungeheuerlichkeit und Endgültigkeit von Ruths Tod zu bewältigen. Was auch immer ihre Gründe waren, sie schuftete unermüdlich, schaute ständig, wie es uns ging, und kümmerte sich um uns, ohne auf sich selbst und ihre eigene Gesundheit Rücksicht zu nehmen.

Als Eva und ich wieder vollständig genesen waren, revoltierte ihr Körper, und sie brach zusammen. Gelähmt, unfähig zu gehen, wurde sie ins Krankenhaus gebracht. Die Ärzte konnten keine Ursache für ihre Lähmung finden und befürchteten anfangs, sie würde nie wieder laufen können.

Ohne meine Mutter war unser Zuhause ein befremdlicher Ort, doch es sah so aus, als würde es Monate dauern, bis sie wieder zu uns zurückkäme.

Meine Schwester Eva war beim Arbeitsdienst, zu dem alle Mädchen ihres Alters verpflichtet waren. Davor war sie Mitglied im BDM, dem zur Hitlerjugend gehörigen Bund Deutscher Mädel. Die Hitlerjugend hatte seit der Machtübernahme 1933 wegen ihres Angebots an sportlichen Unternehmungen im Stil der Pfadfinder großen Zulauf bei den Jungen, zum BDM gingen allerdings wenige Mädchen. Als Hitler alle anderen Jugendorganisationen abgeschafft hatte, füllten sich die Reihen, und mit der zunehmenden Nazifizierung in den Vorkriegsjahren wurde die Mitgliedschaft immer hoffähiger. Ab 1936 war die Mitgliedschaft gesetzlich vorgeschrieben, die Verpflichtung zur Teilnahme war 1939 durch das Gesetz zur »Jugenddienstpflicht« bekräftigt worden.

Seit 1943 wurden auch Mädchen in Evas Alter im Rahmen des Reichsarbeitsdienstes im Kriegsdienst eingesetzt. Einige arbeiteten als Sekretärinnen bei Einrichtungen der Wehrmacht und der Regierung, andere bedienten Flugabwehrgeschütze oder wurden als Wehrmachtshelferinnen an die Front geschickt. Wer Glück hatte, wurde zur Arbeit auf einem Bauernhof verpflichtet. Mit einer guten Schulbildung bekam man eine Stelle als »Lehrkraft« zugewiesen und unterrichtete Mädchen ab zehn Jahren, die mit der Kinderlandverschickung aus den Städten in die ländlich gelegenen KLV-Lager evakuiert worden waren.

Eva gehörte zu diesen »Lehrkräften«. Obwohl sie keine pädagogische Ausbildung hatte und zu jung für ein Universitätsstudium war, hielt man sie für fähig, jüngere Mädchen zu unterrichten. Also wurde sie als Lehrerin in ein KLV-Lager abkommandiert.

Mutti war im Krankenhaus, Eva bei einem KLV-Einsatz, und in der Hamburger Wohnung war niemand mehr, der sich um mich hätte kümmern können. Deshalb holte mich mein Vater zu sich nach Posen. Damals wusste ich es noch nicht, aber ich sollte unsere Wohnung niemals wiedersehen. Meine glücklichen Tage in der Wandsbeker Chaussee waren für immer vorbei. Heute bin ich froh, dass ich so ahnungslos war, als ich dieses Leben für immer hinter mir ließ.

Da mein Vater auf seinem Posten als Obersekretär bei der Reichsbahn viel unterwegs war und allein in seiner Wohnung lebte, wurde ich nach und nach bei einer Reihe seiner Freunde einquartiert. Mein Vater war sehr gesellig, stets ein guter Gesellschafter und hatte einen großen Freundeskreis; jeder freute sich, mich aufzunehmen. Ich war gut erzogen, hatte einwandfreie Manieren, ich glaube, es fiel ihm nicht schwer, Bekannte zu finden, die bereit waren, sich um mich zu kümmern. Zuerst wurde ich bei den Sundermanns einquartiert, die ich bereits kannte und bei denen ich meine Freunde Heinz und Fritz wiedertraf. Dann folgten Aufenthalte in anderen Familien mit gleichaltrigen Kindern, und außer dass mir meine Mutter fehlte, war ich gut versorgt und glücklich.

Nur eine schlechte Erinnerung an diese Zeit ist mir geblieben. Ich wohnte bei einem mir ganz unbekannten Ehepaar, Freunde meines Vaters, die kinderlos waren und wenig von Kindern verstanden. Sie besaßen zwei Deutsche Schäferhunde, die frei im Haus herumliefen. Als die Frau mich zu Bett brachte, sagte sie mir, für den Fall, dass ich müsste, solle ich den Nachttopf unter dem Bett benutzen, da mich die Hunde nicht ins Badezimmer lassen würden. Ich war fünf Jahre alt und nicht mehr aufs Töpfchen gegangen, seit ich aus den Windeln war. Es war mir unangenehm, einen Nachttopf zu benutzen. Daher beschloss ich, ihn zu meiden, koste es, was es wolle. In den frühen Morgenstunden musste ich dringend. Entschlossen, den Nachttopf nicht benutzen, hielt ich mit aller Kraft aus, doch dann fielen mir die Augen wieder zu und ich träumte, ich hätte eine Toilette gefunden. Welche Erleichterung! Ich fühlte die Entspannung und die Wärme, die aufstieg. Als ich erwachte, hatte ich ins Bett genässt. Das war mir nie zuvor passiert, ich schämte mich furchtbar. Doch die Frau, die sich um mich kümmerte, hatte kein Erbarmen und erzählte jedem im Dorf, was geschehen war. Ich war todunglücklich und sehnte mich nach zu Hause. Ich wollte zu meiner Mutti! Noch heute weiß ich, wie sich die »große Erleichterung« anfühlte.

Meine Mutter war sechs oder sieben Monate krank. Nachdem sie eine Zeit lang im Krankenhaus verbracht hatte, wurde sie in ein Pflegeheim in unserer Nähe verlegt. Obwohl es ihr besser ging, war die unerklärliche Lähmung noch immer nicht verschwunden. Es habe etwas mit ihrem Nervensystem zu tun, war der einzige medizinische Grund, den man uns für ihren Zustand nennen konnte: Wegen ihres akuten seelischen Leidens verweigere ihr Körper den Gehorsam. Wir besuchten sie häufig und nahmen sie im Rollstuhl mit nach draußen, wo mein Vater sie auf eine Wolldecke im Gras setzte und wir zusammen picknickten. Langsam kam sie wieder auf die Beine, und schließlich war sie in der Lage, zu meinem Vater und mir in die Wohnung zu ziehen. Wir waren wieder zusammen.

Damals kam mir das alles furchtbar vor, tatsächlich aber haben uns die Krankheit meiner Mutter und unser Umzug in das Warthegau das Leben gerettet.

Ein Idyll in Polen

Am 25. Juli 1943 begann die Bombardierung Hamburgs durch britische und amerikanische Flugzeuge. Luftangriffe hatte es schon früher gegeben, doch sie waren bei Weitem nicht so verheerend wie dieser. Als zweitgrößte Stadt und größter Hafen Deutschlands war Hamburg mit seinen 1 750 000 Einwohnern ein naheliegendes Ziel. Da die Werften der Stadt weiter eifrig U-Boote bauten – in den beiden Jahren vor den Luftangriffen lief wöchentlich mindestens eines vom Stapel –, war die Zerstörung der Industrieanlagen ein wichtiges Ziel für die Alliierten.

In Hamburg wurden auch Teile für den Flugzeugbau hergestellt, es gab zahlreiche Firmen in verschiedenen Bereichen des Maschinenbaus, und auch die Ölraffinerien arbeiteten noch.

Schon vor unserer Abreise war Hamburg angegriffen worden, und auch wenn ich zu jung war, um zu wissen, warum die Stadt ein Hauptziel war, verstand ich doch den Ausdruck »Luftangriff« genau. Wenn das Heulen der Luftalarmsirenen die Bomber ankündigte, hasteten wir das Treppenhaus hinunter in den unterirdischen Bunker im Keller unseres Wohnblocks. Fast jeder Wohnblock besaß einen eigenen Bunker, in dem sich die Hausbewohner zusammenkauerten und warteten, bis der Angriff vorbei war.

Dann wagten wir uns wieder hinauf und schauten nach, welches Haus getroffen war.

Wir hatten viel Glück, denn unseres wurde nie ernsthaft beschädigt.

Doch im Juli 1943, zwei Monate vor meinem sechsten Geburtstag, als wir weit weg in Posen waren, begann das große Bombardement. Innerhalb weniger Tage wurden 10 000 Tonnen Bomben über der Stadt abgeworfen. Mehr als 500 britische und alliierte Flieger starben in der Schlacht um Hamburg, ungefähr 44 600 deutsche Zivilisten verloren das Leben. Einige wurden direkt von den Bomben getroffen, doch die meisten fielen der Feuersbrunst zum Opfer, die in den Straßen wütete. Mehr als die Hälfte aller Wohnungen in der Stadt wurde zerstört, und 900 000 Menschen wurden obdachlos. Viele flüchteten aus der Stadt. Beachtlicherweise konnte auf einigen Bahnlinien der Verkehr aufrechterhalten werden, und damit die Flüchtenden aus der Stadt gelangen konnten, transportierte man sie unentgeltlich. Andere flohen so gut es ging mit Pferdekarren oder zu Fuß.

Wir erhielten die Nachricht, dass unser Wohnblock in der Wandsbeker Chaussee von einer Bombe getroffen und zerstört worden war. Die erste Reaktion war Erleichterung darüber, dass wir – mein Vater, meine Mutter, Eva und ich – gerettet waren. Wir hatten wirklich Glück gehabt. Doch wir hatten unseren gesamten Besitz verloren bis auf das, was wir bei uns trugen. Am meisten schmerzte uns der Verlust der Dinge, die Ruth gehört hatten. Dies traf meine Mutter viel härter als die Zerstörung unseres übrigen Besitzstands, mochte er noch so wertvoll gewesen sein.

Ängstlich warteten wir auf Nachrichten über den Verbleib der restlichen Familie. Bald erfuhren wir, dass meine Großeltern und die beiden Schwestern meiner Mutter,

Tante Hilda und Tante Irma mit ihren Kindern, in Luftschutzbunkern überlebt hatten, doch alle drei Familien waren ausgebombt und hatten ihr Zuhause verloren. Die Männer meiner Tanten waren an der Front, seit einiger Zeit hatte man nichts mehr von ihnen gehört. Beide Tanten und ihre Familien kamen anfangs bei Verwandten unter, die Häuser in den Vorstädten hatten und von Luftangriffen verschont geblieben waren. Dann nahm mein Vater die Sache in die Hand, und schließlich machten sich unsere Angehörigen auf den Weg zu uns ins Warthegau. Über ein paar gute Freunde, die einen großen Gutshof bewirtschafteten, hatte mein Vater von einem leer stehenden Haus bei dem winzigen Weiler Eulau nahe der Stadt Punitz (Puniec) erfahren. Es war ein großes, eingeschossiges Gebäude, in dem zuvor der Leiter einer Ziegelei gewohnt hatte. Die Ziegelei war geschlossen worden, und das Haus stand nun leer. Es lag zurückgesetzt von der Straße, und an seiner Rückseite führte ein 450 Meter langer Weg zur Ziegelei. Mein Vater arrangierte die Übernahme und die ganze Familie zog ein.

Es war ein herrliches und weitläufiges Haus mit vier geräumigen Schlafzimmern, die wir Flügel nannten und die alle von den großen, gemeinschaftlich genutzten Räumen abgingen. Meine Großeltern hatten ein Schlafzimmer und jede der Schwestern bekam ein Zimmer für sich und ihre Kinder. Ich weiß nicht, wie sie die Anreise bewerkstelligten, aber ich erinnere mich, dass wir alle zur selben Zeit ankamen, und mein Vater führte meine Mutter in das Schlafzimmer, das er für uns ausgesucht hatte. Noch heute sehe ich vor mir, wie jede kleine Familie auf den Betten in dem für sie bestimmten Zimmer saß: Es gab kein Hin und Her wegen der Zimmer, jeder war erleichtert und froh darüber, in Sicherheit zu sein, ein solides Dach über dem Kopf zu haben und die ganze Familie unbeschadet vereint zu sehen.

Wir waren alle froh, wieder beisammen zu sein, doch es sollte nicht lange dauern. Eines Tages kam ein Telegramm. Meine Mutter las es, und ich hörte, wie sie weinte. Mein Vater hatte den Befehl erhalten, sich zu einer bestimmten Zeit an einem bestimmten Sammelplatz einzufinden. Sie wusste, was dies bedeutete. Sein Alter, seine Verwundung und seine Arbeit konnten ihn nicht länger vor der Einberufung schützen. In Deutschland fehlten Wehrpflichtige, und Männer, die zuvor vom Wehrdienst ausgeschlossen waren, wurden nun einberufen. Bald sollten sogar Jungen, noch halbe Kinder, ihren Einberufungsbefehl erhalten, um in den letzten Schlachten zu kämpfen. Mein Vater wurde an die russische Front verlegt. Das bestätigte unsere schlimmsten Befürchtungen.

Die Erwachsenen versuchten, ihre Ängste vor mir zu verbergen; sie sagten, mein Vater würde für eine kurze Zeit weggehen, doch ich müsse mir keine Sorgen machen. Um mich aufzumuntern und mich von seiner bevorstehenden Abreise abzulenken, nahmen mein Vater und meine Mutter mich mit zu Freunden, deren Dackel gerade Junge geworfen hatte. Die Welpen begeisterten mich, und noch begeisterter war ich, als ich zum Abschied einen Welpen zum Geschenk bekam. Ich nannte ihn Lumpi, er war entzückend. Als er größer wurde, folgte er mir auf Schritt und Tritt.

Mein Vater war an der Front, aber wir lebten weiter in unserem neuen Zuhause. Die vier Flügel mündeten in ein großes Wohnzimmer mit einem Kachelofen, der in einen weit vorragenden Abschnitt des Kaminmantels eingebaut war. An seiner Vorderseite befand sich eine Tür, sodass man Äpfel oder Kartoffeln zum Backen hineinlegen konnte. Der Ofen wurde von einer Kammer hinter dem Kamin aus mit Holz und Kohle befeuert. Nachts ließ man das Feuer einfach ausbrennen, und einmal am Tag wurde die Asche ausgefegt. Der Ofen war mit glänzenden grünen Kacheln verkleidet, und an der Seite war eine Bank angebaut, auf der man sitzen und sich wärmen konnte. Darüber hinaus gab es ein großes Speisezimmer, eine geräumige Küche und an der Rückseite einen Hauswirtschaftsraum mit einer zweiten Küche, wo ein Butterfass stand, um Butter und Käse herzustellen, und ein Kessel, mit dem man Zuckerrüben zu Sirup einkochte. Es gab einen Waschkessel für Weißwäsche und ein Waschbrett sowie eine große, begehbare Dusche.

Das Haus war zum Glück gemütlich möbliert, denn wir besaßen fast nichts. Ich hatte die Kleider und Spielsachen, die mein Vater mit mir zusammen mitgebracht hatte, und meine Mutter den kleinen braunen Lederkoffer, den sie im Krankenhaus bei sich gehabt hatte, mit einem weichen Handtuch und guter Seife, ihrer Unterwäsche, ihrer Nachtwäsche und dem Morgenmantel, sowie einem Silberbesteck, das sie immer bei sich trug. Es war Tradition in unserer Familie, dass jeder sein eigenes Silberbesteck besaß, in dessen Griffe der Name eingraviert war. Meine Mutter besaß auch ein Fotoalbum – Gott sei Dank, denn sonst wären alle Erinnerungsstücke und Bilder von Ruth im Bombenhagel vernichtet worden.

Der Besitz meiner Tanten und Großeltern beschränkte sich auf das, was sie am Leib trugen. Doch alle Frauen der Familie waren erfinderisch und konnten nähen. So gelang es ihnen, aus jedem Fetzen Stoff taugliche Kleidung zu schneidern. Wir Kinder machten uns keine Sorgen, denn wir waren vollauf damit beschäftigt, das Leben zu genießen.

Tante Hilda hatte wie meine Mutter zwei Kinder, die viel älter waren als ihr jüngster Sohn Volker: Ulrich, der bei der Hitlerjugend war, und Thekla, die wie Eva als Lehrerin beim BDM dienstverpflichtet war. Das Haus hatte so viele Zimmer, dass Ulrich bei einem Besuch ein leer stehendes Zimmer in ein Vogelhaus verwandelte. Er fing wilde Vögel, Spatzen und Rotkehlchen, verteilte Zweige, Futter und Wassernäpfe im Zimmer. Ich erinnere mich, wie er haufenweise Würmer für seine Vögel ausgrub. Bei uns hieß Ulrich »der Übergeschnappte«, aber es waren die Tanten, die überschnappten, als sie das Malheur mit den Vögeln bemerkten. Ulrich wurde gezwungen, die Tiere freizulassen und das Zimmer sauber zu machen.

Da er acht Jahre älter war als Volker und ich, war Ulrich natürlich der Anführer unserer kleinen Bande. Wenn er mit uns spielte, brachte er uns oft in Schwierigkeiten. Er war sehr gerissen, wenn es darum ging, Volker und mich zu überreden, das zu tun, was er wollte.

»Bärbel ist viel tapferer als Volker!«, erklärte er. Das schmeichelte mir, und natürlich tat ich alles, um seine Meinung zu bestätigen, und spielte bereitwillig seine Spiele mit. Volker stimmte dann ebenfalls zu, denn er wollte um alles in der Welt beweisen, dass er mir in nichts nachstand.

In der Nähe der alten Ziegelei befand sich eine Reihe von Teichen. Sie waren zum Kühlen der frisch gebrannten Ziegel angelegt worden. Die Ziegel wurden in kleine Waggons geladen, die dann auf Gleisen direkt zum Wasser rollten. Gleise und Waggons waren groß genug, dass wir alle hineinklettern konnten: Wir spielten endlos mit ihnen. Unsere Mütter hatten es uns verboten, besonders nachdem jemand in einem der Teiche ertrunken war, doch unter Ulrichs Kommando hielten wir uns nicht an ihre Warnungen.

Das Fabrikgebäude selbst hatte drei Stockwerke, und wir trieben uns darin herum. Ulrich behauptete, dort würden Füchse leben und wir könnten sie zähmen. In Wirklichkeit waren die einzigen Bewohner wohl Ratten und Fledermäuse. Zu den Kleidungsstücken, die meine Mutter mitgebracht hatte, gehörte eine Stola aus einem Fuchsfell, die sie sich wie einen Kragen um den Hals legte. Es klingt schauerlich, aber so war die Mode: Der Fuchskopf bildete das eine, der lange, buschige Schwanz das andere Ende. Einmal forderte Ulrich mich auf, die Stola aus dem Schrank in unserem Schlafzimmer zu holen, aber niemandem etwas davon zu sagen. Er nahm das Fell mit in die Ziegelei, band ein langes Stück Schnur daran und versteckte es in einer Ecke. Dann nahm er Volker, Henning und mich zu seinem Abenteuer mit. Wir mussten uns in das Zimmer setzen, in dem er den Fuchspelz versteckt hatte. Der Schlaumeier zog an der Schnur, der Fuchskopf kam hervor, und Volker und Henning ergriffen die Flucht. Mutti war nicht gerade erfreut, als sie dahinterkam: »Meine schöne Stola auf diesem schmutzigen Boden!«, schimpfte sie.

Wenn Ulrich nicht bei uns war, bildeten Volker, Henning und ich ein Team, wir spielten ständig zusammen, doch manchmal bekamen wir auch Ärger. Einmal war es bitterkalt und die Wassergräben um die Felder waren zugefroren. Wir redeten uns ein, das Eis könnte, wenn es einen schweren Stein trüge, auch uns tragen. Als der Stein nicht einbrach, wurde ich erkoren, mich als Erste aufs Eis zu wagen. Ich brach bis zum Hals ins eiskalte Wasser ein. Gott sei Dank kam jemand vorbei und zog mich heraus. Zu Hause wurde es dann ziemlich ungemütlich für mich. Meiner Mutter setzte es merklich zu, dass ich beinahe ertrunken oder erfroren wäre, doch sie war auch böse auf mich, weil ich so dumm gewesen war.

Wenn Eva und Thekla Ferien hatten und keinen Unterricht in den KLV-Lagern geben mussten, besuchten sie uns. Wir erwarteten sie voller Spannung und liefen ihnen bis zur Abzweigung nach Punitz entgegen, um sie das letzte Stück ihres Fußmarschs vom Bahnhof nach Hause zu begleiten.

Nur durch einen Hof getrennt, stand neben unserem Haus ein anderes, kleines Haus, in dem eine polnische Familie lebte. Die Mutter ging uns im Haushalt zur Hand, der Vater kutschierte uns bei Bedarf mit dem Pferdekarren. Ihr Sohn war jünger als Volker und ich, und es war ihm verboten, in der Ziegelei zu spielen, doch wenn wir im Hof waren, kam er zu uns. Sein polnischer Name war Piotr, aber wir nannten ihn Peter. Ich lernte sogar ein wenig Polnisch, doch nach so vielen Jahren kann ich mich nur noch erinnern, was »Milch« und »Gib mir einen Kuss« auf Polnisch heißt.

Wir hatten herrlich viel Zeit zum Spielen, aber wir bekamen auch Unterricht. Unsere Eltern wollten nicht, dass unsere Bildung vernachlässigt wurde, nur weil noch immer Krieg war. Herr und Frau Boetels, die das Haus für uns gefunden hatten, ließen ihre drei Kinder von einem Hauslehrer unterrichten. Also gingen wir eine Zeit lang täglich zu dem großen Gutshaus, um am Unterricht teilzunehmen. Vielleicht zog der Hauslehrer weiter oder die

Familie wollte sich besser in die ansässige Bevölkerung integrieren, wir besuchten jedenfalls später eine kleine Schule, die etwa drei Kilometer entfernt war. Jeden Morgen kam eine hübsche, von Pferden gezogene Kutsche vom Gut, um Volker und mich zur Schule abzuholen. Henning war noch zu klein, um zur Schule zu gehen. Wir fühlten uns jedes Mal wie Könige, wenn wir mit der Kutsche fuhren. Ich kann mich nicht erinnern, dass ich in der Schule irgendetwas gelernt hätte, aber es machte mir Spaß, dort zu sein. Manchmal konnten wir den Kutscher überreden anzuhalten, dann sammelten wir auf dem Nachhauseweg Pilze.

Auch von den Erwachsenen der Familie bekamen wir Unterricht. Meine Mutter hatte am renommierten staatlichen Fröbel-Seminar in Hamburg studiert und vor ihrer Heirat als Erzieherin gearbeitet. Sie übernahm es, Volker und mir das Lesen beizubringen. Tante Hildas Beruf würde man heute als technische Zeichnerin bezeichnen, sie arbeitete für Industrie und Gewerbe. Sie hatte eine wunderbare Handschrift und ließ uns reihenweise Buchstaben schreiben. Tante Irma brachte mir das Sticken bei, Großmutter das Stricken und Häkeln. Ich erinnere mich, dass ich bei meiner Großmutter auf dem Schoß saß und sie mir die Strickarten zeigte. So klein ich war, sie redete mit mir immer wie mit einer Erwachsenen. Sie gab eine wichtige Lebensphilosophie an mich weiter, die mir später sehr geholfen hat:

»Du brauchst nicht täglich oder wöchentlich in die Kirche zu rennen. Was auch immer du tust: Solange du abends deinen Kopf aufs Kopfkissen legen kannst, ohne etwas zu bereuen, was du tagsüber gemacht hast, kannst du als guter Christ einschlafen.«

Wie oft habe ich ihre Stimme in mir gehört, um mir dies in Erinnerung zu rufen: »Tue nichts, für das du dich später entschuldigen musst.«

Es gab eine Unartigkeit, für die ich mich bei meiner Großmutter entschuldigen musste. Sie trug eine Bluse mit einem Spitzenkragen, die mit Druckknöpfen geschlossen wurde. Da ihre Finger steif waren, bereitete es ihr bisweilen Mühe, die Bluse zuzuknöpfen. Eines Tages saß ich auf ihrem Schoß und riss alle Knöpfe auf. Die Druckknöpfe faszinierten mich, ich wollte sie aufspringen sehen. Als ihre Bluse offen war, sah ich ihre Unterwäsche. Sie war in solchen Dingen altmodisch, sehr zimperlich und verschämt: Umso mehr schämte ich mich hinterher für das, was ich getan hatte. Ich kann noch immer diese stechende Verlegenheit in mir spüren, aber ich erinnere mich auch an das wunderschöne, cremefarbene, mit Spitzen besetzte Leibchen, das sie selbst genäht hatte. Es sah aus wie die bestickten, verzierten Oberteile, die junge Mädchen heute tragen. Omi war nicht wirklich ärgerlich, aber ich wusste, dass es ihr unangenehm war. In dieser Nacht bereute ich in meinen Gebeten, und am nächsten Tag nahm ich sie fest in die Arme und sagte ihr, ich würde es nie wieder tun. Natürlich vergab sie mir.

Ich glaube, am besten hat uns der Unterricht bei Opa gefallen. Er war lange Zeit zur See gefahren und konnte wunderbare Geschichten über fremde Länder erzählen. Wir hatten einen von innen beleuchteten Globus – keine Ahnung, wie er in unseren Besitz gekommen war. Opa drückte den Stecker in die Steckdose, und wir versammelten uns um ihn beim warmen Kamin im Wohnzimmer.

»Wohin reisen wir heute?«, fragte er dann, und wir hingen an seinen Lippen und zogen mit ihm um die Welt.

Die Frauen kochten alle sehr gut. Von ihnen lernte ich, wie man einen Haushalt führt und leckere Mahlzeiten zubereitet. Nahrungsmittel müssen knapp gewesen sein, doch man ließ es uns nicht merken, und ich vermisste nie etwas. Immer stand etwas zu essen auf dem Tisch. Ich bin mir sicher, dass die drei Schwestern und Großmutter sehr sparsam wirtschaften mussten, doch für uns Kinder ging alles seinen gewohnten Gang. Unser Haus hatte einen Garten voller Obstbäume – Äpfel, Pfirsiche und viele andere Obstsorten – und einen Gemüsegarten. Das traumatischste Ereignis in jenen seligen Monaten war für mich trotz des Krieges ein Gewitter, bei dem unser wunderschöner Birnbaum getroffen und in zwei Hälften gespalten wurde. Zum Glück trug eine Hälfte weiter Früchte. Vor dem Haus wuchsen Weinstöcke an Spalieren, und ich konnte vom Fenster unseres Schlafzimmers aus Trauben pflücken.

Jedes Mal, wenn der Gutshof seine Erzeugnisse an den Markt lieferte, lud man morgens um sechs Uhr eine große, mit Tomaten, Sellerie, Steckrüben und Kartoffeln gefüllte Holzkiste ab und stellte sie in den Flur unseres Hauses, das nie abgeschlossen war. Ich erinnere mich noch gut an den herrlichen Duft der frischen Tomaten und an den Geschmack, wenn ich mir heimlich eine nahm.

Mein Vater hatte vor seiner Abreise einen Liefervertrag geschlossen, und das Geld reichte immer, die Lieferung und die polnische Familie für ihre Dienste zu bezahlen. Wir hatten ein Konto in Punitz, einem florierenden Städtchen mit Geschäften, in denen man fast alles bekam. Weil wir einige Kilometer von der Stadt entfernt wohnten, hatten wir immer Geld im Haus.

Solange Vater bei uns war, gab es genug Fleisch, denn

er schoss es selbst. Er ging auf Treibjagden und kehrte mit Kaninchen und Fasanen zurück. Wir hielten eine Ziege, die Milch gab, und bekamen zudem Kuhmilch vom Gutshof geliefert. Butter stellten wir selbst her: Die Erwachsenen saßen beim Buttern im Kreis zusammen und reichten das Butterfass weiter, wenn die Arme schwer wurden. Wir pflanzten Zuckerrüben an und kochten daraus in der kleinen, hinteren Küche Sirup, um damit Speisen zu süßen. Der Geruch kochender Zuckerrüben ist eine weitere Erinnerung, die sich mir tief eingeprägt hat. Es war ein sehr genügsames, glückliches Leben. Später begriff ich, welch unglaubliches Glück wir hatten.

In Europas großen Städten herrschte Hunger, Nahrungsmittel waren streng rationiert. Doch wer auf dem Land lebte wie wir, hatte es relativ leicht, und ich glaube, wir haben immer gut gegessen.

Achtzehn Monate lebten wir in unserem großen, gemütlichen Haus, und das Leben schien seinen ganz normalen Gang zu gehen. Irgendwann bekam ich eine Wucherung in der linken Kniekehle und wurde mit der Kutsche vom Gutshof zum nächsten Krankenhaus nach Punitz gebracht, um sie entfernen zu lassen. Bis dahin hatte sie mich nie behindert, doch jetzt erhielt ich für mehrere Wochen einen Gipsverband, der vom Schenkel bis zu den Zehen reichte, denn die Narbe musste gestreckt werden, damit ich kein dauerhaft gebeugtes Bein zurückbehielt.

Wir feierten sogar ein Fest zum achtzigsten Geburtstag meines Großvaters am 1. November 1944. Eva gelang es, zur Feier zu kommen, auch Thekla und Onkel Willi, Tante Hildas Mann, der Fronturlaub hatte, waren da. Wir verbrachten einen wunderbaren Tag zusammen, und am

Nachmittag kamen Boetels aus dem Gutshaus zum Tee. Für mich war dieser Tag besonders schön, denn Eva war bei uns, und das war für mich immer die größte Freude.

Wir lebten glücklich, Weihnachten stand vor der Tür, wir spürten bereits die Anspannung und Vorfreude im Vorfeld der Festtage. Dabei stand unsere hübsche, kleine Welt, ohne dass ich etwas davon ahnte, am Rand des Abgrunds.

Der Krieg rückt näher

Am Tag nach der Geburtstagsfeier für meinen Großvater erhielt Eva die Aufforderung, sich in Weimar zu melden. Dort sollte sie eine Frau treffen, die mit der Kinderlandverschickung in diese Gegend betraut war, und weitere Anordnungen erhalten.

Ich war traurig darüber, dass ich mich wieder von Eva verabschieden musste, besonders nach diesem wunderbaren Familienfest. Sie schreibt in ihrem Tagebuch, dass Großvaters Geburtstag ein »ganz besonderer Tag« gewesen sei, und nennt unser Haus bei der Ziegelei unser »Zuhause«, obwohl sie nie längere Zeit dort gelebt hat.

Seit unsere Wohnung in Hamburg ausgebombt war, war es das einzige Zuhause, das wir kannten. Auch deshalb hatte sie wohl die Mühen der langen Reise auf sich genommen.

Eva brach ihren Anweisungen gemäß am 2. November nach Weimar auf, doch die Fahrt sollte länger als geplant dauern:

Abreise aus Punitz um 20.33 Uhr bis Posen. Im Wartesaal bis zum anderen Morgen gesessen. Zug kam aus Königsberg mit hundertdreißig Minuten Verspätung an. Ein Hamburger, der die Warschaukämpfe mitgemacht hatte, versuchte mir einen Platz zu besorgen. Es war schier unmöglich, in den Zug zu kommen.

Endlich in Weimar angekommen, erfuhr sie, dass sie sich noch am selben Tag in Tabarz melden sollte, einem kleinen Dorf bei Gotha. Dort gab es ein Kinderlandverschickungsheim. Eva machte sich schnurstracks auf, reiste mit zwei Zügen dorthin und wurde am Bahnhof in Empfang genommen:

Ich fuhr bis Gotha und dann mit der Waldbahn nach Tabarz. Hier wurde ich von vier kleinen Jungmädeln abgeholt und auf ging's ins neue Lager. Das Haus liegt in einer sehr schönen Straße, wo direkt gegenüber der Wald ist. Mein Zimmer teile ich mit einer anderen, die zurzeit noch nicht hier ist. Man hat hier eine ganz herrliche Aussicht auf das Thüringerland. Ich habe mir schon ein wenig Gemütlichkeit verschafft, denn es sah zuerst fast aus wie eine Rumpelkammer hier. Mit meinen Mädeln, zehnjährigen Jungmädeln, komme ich sehr gut aus. Es sind noch kleine, verspielte Kinder und man kann sie für eine Sache sehr gut begeistern.

Ihre Tagebucheinträge geben ein Bild vom Alltag im Heim. Trotz des Krieges und der Auszehrung, an der das Land nach Jahren des Krieges litt, waren Kinder noch immer Kinder, und wie für mich und meine Cousins im Warthegau versuchte man für die Mädchen in Evas Obhut das Leben so normal wie möglich zu gestalten. Es gab eine Nikolausfeier am Abend des 6. Dezember, die Kinder stellten wie üblich ihre Schuhe oder Hausschuhe vor die Tür, damit der Heilige Nikolaus ihnen Süßigkeiten oder Schokolade hineinsteckte. Wer nicht brav war, bekam zur Warnung eine Rute, was so viel hieß wie: Bessere dich, sonst bekommst du eine Tracht Prügel.

Eva erzählt auch, dass die Proben für das Weihnachtsspiel begonnen hätten, und sie beschreibt eine Sankt-Martins-Feier, bei der alle Mädchen mit Fackeln um das Haus gingen.

Mitten im Krieg hielt man also an diesen Feiern fest, und auch der Tagesablauf für die Mädchen wurde beibehalten, obwohl sie wegen der, wie Eva sie nennt, »scheußlichen« Luftangriffe die Nächte häufig im Keller verbringen mussten:

Um zwanzig Uhr Bettruhe. Dann schwere Detonationen von Bomben. Wir mussten die Mädel rausholen aus den Betten. Um dreiundzwanzig Uhr war alles Ruhe, und es wurde beschlossen, dass wir am nächsten Tag eine Stunde später anfangen.

Eva verlor sechs Freunde bei den Luftangriffen auf Hamburg, alles junge Frauen, die wie sie kleine Mädchen unterrichteten. Eine von ihnen, Magda, war eine besonders gute Freundin, die sechs Jahre älter als Eva und bereits verheiratet war. Die Nachricht von ihrem Tod stürzte Eva in eine tiefe Krise, und sie fühlte sich unendlich einsam:

Manchmal lebt man wie im Taumel und meint, alles sei gut, und dann wird man plötzlich in die raue Wirklichkeit, in den grauen Alltag mit seinen Sorgen zurückgerissen. Ihr liegt nun alle, die ich gern hatte und die ich nie vergessen kann, in der kalten Erde. Durch meine Mädel fand ich den Tag wieder. Sie nahmen mich in Anspruch und wollten mich so haben, wie ich immer bin. Ich nahm mich auch zusammen und ging mittags mit ihnen nach draußen. Wir sammelten Tannenzapfen. Mit »Wir lagen vor Madagaskar, und hatten die Pest an Bord« zogen frische Mädel mit Rotwangen ins Lager zurück.

Du mein liebes Tagebuch bist geduldig. Man kann Dir alles anvertrauen. Ich bin froh, dass ich Dich habe. Denn sonst habe ich doch niemanden, dem ich mein Herz ausschütten kann, was doch manchmal so sorgenschwer ist. Wenn man einen Menschen hat, den man lieben darf, dann kann man manches viel besser ertragen.

Magdas Beerdigung wurde feierlich begangen, doch Eva konnte nicht dabei sein.

Unsere Mutter ging hin.

Eva klebte einen Zeitungsbericht über die Beerdigungen in ihr Tagebuch.

Um ihre Trauer zu verarbeiten, schrieb sie ein Gedicht von Otto Brües ab, das von der Bombardierung der großen Städte handelt:

Köln, Allerseelen 1944

Wir haben unser Haus verlassen,
Es fiel in Trümmer, Stück um Stück,
Mit ihm zerbrach, wer kann es fassen,
Ein Elternstolz, ein Jugendglück.

In Schutt hat alles sich verloren,
Was Lieb und Fleiß erwachsen ließ.
Wir steh'n, von Grauen überfroren,
Vertrieben vor dem Paradies.

Und wo die Kleinen spielen gingen,
Da dehnt sich nun ein Trichterfeld,
Mit all den herzensnahen Dingen
Zerwehte die gewohnte Welt.

Der Nachbar tritt an seine Schwelle,
Bleichwangig wandert er und hohl
Durch seines Tags vertraute Zelle.
Dann sagt er leise: »Lebewohl!«

Wohl dem, dem noch ein Kinderwagen
Den Rest der Habe feldwärts bringt,
Der andere muss sie schulternd tragen,
Bis ihn die Last zum Halten zwingt.

Im Nebel regen sich verschwommen
Erinnerungsbilder ohne Zahl,
Das Auge sucht und sieht beklommen
Den Riss der Kirchen ein letztes Mal.

Nur einer Macht, die wir verehren,
Sei solch ein Opfer zuerkannt,
Der andern Opfer Kraft zu mehren,
Dem leidgeprüften Vaterland.

Eva musste im Alltag ihre fröhliche Fassade aufrechterhalten, um die ihr anvertrauten Mädchen nicht zu beunruhigen. Doch insgeheim ängstigte sie sich, und ich weiß aus ihren Tagebucheinträgen, wie sehr sie sich nach Frieden sehnte:

Warum müssen wir so unendlich viel von dem Guten und dem Schönen, von Kunstleben, Musik, Theater, Oper und anderes mehr entbehren? Weiß ich, was das Leben uns noch für Forderungen stellt? Vielleicht kommt alles ganz ganz anders und viel Schweres muss durchgestanden werden.

Der Krieg rückte unaufhaltsam näher. Im Winter 1944 sahen die Deutschen der Niederlage entgegen, wenngleich nicht jeder es einsehen wollte, Hitler und das Oberkommando der Wehrmacht eingeschlossen. Meine Familie hatte die Nazis nie unterstützt, doch sie waren loyale deutsche Staatsbürger. Die Männer waren an der Front, die Frauen beteten, dass der Krieg bald zu Ende sein möge und unsere Familien wieder unter normalen Umständen zusammenleben könnten. Ich glaube nicht, dass sie für einen deutschen Sieg beteten. Sie wollten Frieden und eine sichere Welt, um uns darin großzuziehen.

Briten, Amerikaner und Russen marschierten in Deutschland ein. Die Russen kamen am schnellsten voran, und sie waren bei Weitem am unbarmherzigsten. Wir fürchteten uns vor ihnen, doch wir fürchteten uns vor allen einmarschierenden Truppen. Wir hatten keine Ahnung, wie man uns behandeln würde, und der allgegenwärtigen Propaganda zufolge wartete auf uns der Tod. Im Juni 1944 besetzte die russische Armee Rumänien, Bulgarien, Ungarn und Polen. Etwa zur selben Zeit begann die Landung der Briten und Amerikaner in der Normandie, jetzt marschierten sie durch Frankreich und Holland in Richtung deutsche Grenze. Sie nahmen die Deutschen in die Zange.

Trotz der unheilvollen Umstände, die uns nach Polen

geführt hatten, war das Leben für uns Kinder idyllisch gewesen. Wir machten uns keine Gedanken über den Krieg, obwohl ich bemerkte, dass die Frauen hin und wieder weinten, und wir bisweilen das monotone Dröhnen der Motoren hörten, wenn weit oben in großer Zahl Flugzeuge am Himmel flogen. Wir rannten dann hinaus, um zu sehen, ob sie in Richtung Russland unterwegs waren. Wir legten den Kopf in den Nacken, beobachteten sie, und einmal fiel ich rückwärts auf die Wiese, weil ich mich zu weit nach hinten gebeugt hatte. Für mich war die Flugrichtung bedeutungslos, für die Erwachsenen aber war sie wichtig, also schloss ich mich ihnen an. Sie forderten uns auf, den Flugzeugen zu winken: Sie schützten uns nach besten Kräften vor der Realität des Krieges, und den Flugzeugen zuzuwinken war für uns ein lustiges Spiel.

Wir hatten einen Volksempfänger, die Erwachsenen verfolgten die Kriegsentwicklung in den Nachrichtensendungen, die mit begeistertem Nachdruck von den deutschen Erfolgen an der Front berichteten. Doch die meiste Zeit war das Radio auf den Empfang von Musiksendungen eingestellt, die wir alle gerne hörten.

Dann war die Niederlage absehbar, und die Russen waren auf dem Vormarsch durch Polen. Unsere Gemeinde lag auf dem Weg der vorrückenden Armee. Aber noch immer hielten die Erwachsenen ihre Sorgen vor uns verborgen.

Weihnachten 1944 bemühten sie sich, so fröhlich wie möglich mit uns zu feiern. Wir hatten einen Weihnachtsbaum, der mit selbst gebasteltem Schmuck geschmückt war, und wir überreichten uns selbst gemachte Geschenke. Auf den kleinen Webrahmen, die Großvater einmal für uns gebaut hatte, webten wir Kissenstoff und Topflappen, wir bastelten Lesezeichen, die wir mit getrockneten Blumen und hübschen Bändern dekorierten. Weil wir auf dem Land wohnten, lebten wir verhältnismäßig üppig und hatten das Glück, Weihnachten auf traditionelle Weise zu feiern. Es wurden gleich drei Weihnachtsgänse geschlachtet, weil wir so viele waren. Als das Gänseklein zu Brühe und Soße gekocht war, bekamen Volker, Henning und ich jeder ein Gänseherz zu essen, denn das, hieß es, stärke unsere Herzen. Dazu gab es Rotkohl, und es fehlte an keiner Beilage. Zum Nachtisch aßen wir Stollen und Mohnkuchen. Wir Kinder hatten jede Menge Weihnachtsplätzchen gebacken.

Ich malte eine Weihnachtskarte für Eva mit Kerzen und Christbaumkugeln darauf und schrieb dazu:

Liebe Eva, ich wünsche Dir einen schönen Weihnachtstag, Deine Bärbel.

Weit weg in Tabarz klebte Eva die Karte in ihr Tagebuch und schrieb darunter:

Lüttens erster Brief an mich zum Kriegsweihnachtsfest in Tabarz/Thüringen.

Sie muss sich sehr allein gefühlt haben.

Auch im KLV-Lager feierte sie, so gut sie konnte, diese, wie sie es nannte, »Kriegsweihnacht 1944«:

»Hohe Nacht der klaren Sterne, die wie weite Brücken stehn, über einer tiefen Ferne, drüber unsre Herzen gehen.«

So wurde unsere Feier zum Heiligen Abend einge-

leitet. Eine Tanne schmückte das herausgeputzte Weihnachtszimmer. Die Bescherung war sehr schön, leuchtende Kinderaugen konnte man erblicken. Wenn auch die Gedanken immer wieder bei den lieben Angehörigen waren, so muss ich doch sagen, dass das Fest im Lager sehr schön war. Ob ich das nächste Jahr auch noch so in der Ferne bin? Ich möchte dann gerne wieder vereint mit der Familie sein und vor allen Dingen in unserem Hamburg.

In Evas Tagebucheintragungen aus den ersten Tagen des neuen Jahres mischen sich Erinnerungen an glückliche Stunden – sie erzählt, dass sie mit den Mädchen aus ihrer Klasse zum Eislaufen ging:

Am ersten Tag im neuen Jahr war draußen ganz herrliches Winterwetter und ich ging morgens mit meinen Mädeln auf den Froschteich hinter unserem Haus. Ich lerne eifrig Schlittschuhlaufen.

– und sorgenvolle Gedanken:

Wenn ich manchmal abends im Bett liege und an die vergangenen schönen Stunden denke, dann möchte ich aufstehen und fortlaufen. Fort, fort, nur fort. Möge bald der ersehnte Frieden kommen und uns zurück in unser Hamburg holen.

Sie schreibt auch über ihre Träume und Sehnsüchte:

Wie schön muss das sein. Ein Häuschen, ein Gärtchen, ein Du und ein Ich. Kann es denn etwas Schöneres auf

Erden geben? Darf ich denn in dieser schweren Zeit an so etwas denken?

Ihre Träume waren dieselben wie die vieler neunzehnjähriger Mädchen. Sie malte sogar ein Bild von einer Wiege, in der ein Baby liegt, und schrieb die Verse eines Schlafliedes, das sie so oft für mich gesungen hatte, in ihr Tagebuch:

Kindlein mein, schlaf nur ein,
weil die Sternlein kommen.
Und der Mond kommt auch schon
wieder angeschwommen.
Eia Wiege, Wiege mein,
schlaf, mein Kindlein, schlaf nun ein.

Wie es in Wirklichkeit um uns stand, wurde ihr deutlich vor Augen geführt, als die nur noch sporadisch funktionierende Post ihr am 20. Januar 1945 einen Brief von meiner Mutter zustellte, in dem diese sie bat, mich umgehend aus dem Warthegau abzuholen.

Warschau war am 17. Januar 1945 von den Russen eingenommen worden, und die Front rückte stündlich näher. Meine Mutter wollte sicherstellen, dass zumindest ich vor dem russischen Vormarsch in Sicherheit war. Sie hatte das Gefühl, ich wäre bei Eva in Tabarz besser aufgehoben. Eva schrieb:

Am Montag, den 20.1., bekam ich von Mutti einen Brief, dass ich Puppe abholen soll. Gefahr von Osten her. Warschau wurde angegriffen. Ich fuhr gleich noch im Skianzug los und kam abends um elf Uhr in Leipzig an. Dort konnte ich dann erst morgens weiter nach Dresden, Treck um Treck, und kalt war es auf dem Wagen. Tiefflieger flogen immer runter auf die Trecks, zum Glück griffen sie unseren nicht an. Kurz vor Rawitsch mussten wir umkehren. Das Schießen war schon zu hören. Todmüde kam ich in Gotha wieder an und musste noch eine Nacht im Wartesaal bleiben. Am 27.1. kam ich endlich ins Lager zurück.

Ihre qualvolle und vergebliche Reise dauerte sieben Tage, und wenn ich heute zurückblicke, bin ich noch immer zutiefst gerührt darüber, was sie für mich riskiert hat. Doch ein Gutes hatte ihre Reise: Bei ihrem Halt bei Tante Else, der Schwester meines Vaters, gab ihr diese drei sehr wertvolle Dinge, die heute in meinem Besitz sind. Alles, was wir noch von Ruth besaßen, war im Bombenhagel auf unsere Wohnung zerstört worden, aber Tante Else hatte die handschriftliche Todesanzeige aufbewahrt, die meine Mutter verschickt hatte, und dazu Muttis Brief mit der Nachricht von Ruths Tod.

Am ergreifendsten aber ist eine Postkarte, die Ruth selbst geschrieben hat. Der Inhalt ist banal: Ruth sendet ihr Grüße, verspricht, sie bald zu besuchen, und erkundigt sich nach Tante Elses Mann und den Kindern, Günther, Heinz, Hans und Ruth. Doch ihre Handschrift zu sehen und etwas zu besitzen, das sie in den Händen gehalten hat, ist unendlich wertvoll.

Eva schreibt in ihrem Tagebuch:

Endlich kam ich in den Besitz der Todesanzeige von meiner lieben Schwester Ruth. Als ich bei Tante Else war, fand ich so einiges, was für mich sehr große Bedeutung hat. Auch etwas Handschriftliches von Ruth konnte ich ermitteln. Wenn ich so alles noch einmal durchlebe, dann kommen mir immerzu die Tränen, und doch muss man sich in seinem innersten Herzen eingestehen, dass sie, meine Ruth, vielleicht am besten dran ist. Sie braucht diesen grausamen Krieg, der uns nun schon zweimal alles raubte, nicht mit durchstehen und nicht sehen, wie viel unendliches Schweres die Menschen durchmachen müssen.

Während Eva noch auf dem Rückweg nach Tabarz war, begriffen meine Mutter, Tanten und Großeltern, dass Eva nicht mehr zu uns durchkommen und mich abholen konnte. Wir waren im Warthegau in höchster Gefahr. Die Idylle war zerstört: Wir mussten vor den nahenden Russen fliehen.

Das war der Auftakt zum großen Kriegsabenteuer des kleinen Mädchens, das ich war. Von nun an war der Krieg für mich keine abstrakte Sache mehr, um die sich die Erwachsenen sorgten, sondern auch zu meiner Wirklichkeit geworden. Wir Kinder konnten nicht mehr länger vor ihm geschützt werden. In den nächsten Monaten war ich wahrhaftig ein Kind des Krieges.

Flucht aus Polen

Ich habe nie erfahren, wer entschieden hat, dass wir den polnischen Korridor räumen und über die Brücken von Oder und Neiße zurückkehren sollten. Ohne Vorwarnung teilte man uns mit, dass die Brücken zwischen Polen und Deutschland bald gesprengt würden, um den russischen Vormarsch aufzuhalten. Wenn wir nicht bleiben wollten, müssten wir uns beeilen. Wären die Brücken erst einmal zerstört, gäbe es keinen Weg mehr zurück nach Deutschland.

Als Herr und Frau Boetels vom Gutshaus erfuhren, dass wir evakuiert werden sollten, schickten sie einen polnischen Fahrer zu uns, der uns warnen und anweisen sollte, sofort unsere Sachen zu packen. In sechs Stunden würden wir abgeholt werden. Doch statt sich um drei deutsche Schwestern und ihre Kinder zu kümmern, entschied sich der Fahrer, lieber zu seiner eigenen Familie zurückzukehren, die den plündernden russischen Truppen ebenso ausgeliefert gewesen wäre wie wir.

Wir wurden jedenfalls nicht benachrichtigt, und ich weiß nicht, ob ich ihm daraus einen Vorwurf machen kann.

Was ich aber nicht vergeben kann, sind die Taten einiger anderer polnischer Arbeiter auf dem Gutshof. Als Furcht und Panik ausbrachen, erschoss einer von ihnen Herrn Boetels. Es war, glaube ich, eine Reaktion auf die Besetzung ihres Landes durch die Deutschen, die die Polen oft mit Grausamkeit und Härte behandelt hatten.

Herr Boetels hingegen war ein netter Mann, der sich sehr um die polnischen Arbeiter auf seinem Hof kümmerte. Er war nicht für die Entscheidungen des Oberkommandos der Wehrmacht verantwortlich. Einigen Arbeitern war dies bewusst und sie halfen seiner Frau, in aller Eile ein Grab auszuheben. Den Luxus, ihn zu betrauern, erlaubte man ihr nicht. Sie musste sich wie wir den Flüchtlingstrecks nach Deutschland anschließen. Es galt, keine Zeit zu verlieren.

Erst als das von vier Pferden gezogene Fuhrwerk von Frau Boetels bei uns ankam, um uns mitzunehmen, erfuhren wir von der Evakuierung. Es war ein Schock. Wir hatten diesen bitterkalten Januartag warm eingepackt in unserem gemütlichen Haus verbracht und keinerlei Vorbereitungen für eine Flucht getroffen.

Jetzt wartete der große, offene Wagen auf uns, in dem sonst Milchkannen transportiert wurden, geräumig genug für acht Personen und mit Heu ausgelegt, damit wir bequem sitzen konnten. Wir mussten auf der Stelle losfahren und konnten lediglich das Nötigste für die Reise zusammenpacken. Es herrschte eine beißende Kälte, wir Kinder waren in mehrere Schichten Kleider eingemummt. Ich hatte dicke Wollstrümpfe an, die meine Großmutter gestrickt hatte und die mit Knöpfen an einem gehäkelten Leibchen befestigt waren, das ich über meinem Unterhemd trug. Darüber kamen Hosen, mehrere Jacken, und außerdem hatten wir jede Menge Decken dabei. Ich musste zu unseren polnischen Nachbarn laufen und ihrem Sohn Piotr meinen kleinen Liebling, den Welpen Lumpi, anvertrauen. Es war ein kurzer, trauriger Abschied, doch die Zeit drängte, und außerdem glaubte ich damals wirklich, wir kämen bald zurück, um ihn abzuholen. Wir Kinder verstanden, dass wir vor den Russen flüchteten und dass sie unsere Feinde waren, vor denen man sich fürchten musste, aber das war auch alles.

Säcke mit Lebensmitteln wurden ins Heu geworfen, die Eile war jedoch so groß, dass sich ein vermeintlicher Sack mit getrockneten Erbsen später als ein Sack Salz entpuppte – ein Gottesgeschenk, wie sich herausstellte, denn wir konnten es streuen, um das Eis für Pferdehufe begehbar zu machen. Mutti griff ihren kleinen Lederkoffer, den sie überallhin mitnahm – so wurden ihr Besteck und unser Fotoalbum gerettet.

Alles stieg ein, und die Reise konnte beginnen. Großmutter wollte sich um nichts in der Welt mit uns ins Heu setzen, deshalb wurde hinten auf dem Wagen noch hastig ein Esszimmerstuhl installiert. Sie bestand darauf, rückwärts zu reisen, damit sie nicht auf die Hinterteile der Pferde sehen musste. In königlicher Haltung thronte sie auf ihrem Stuhl, mit einem wunderschönen, großen, schwarzen Strohhut auf dem Kopf. Dieser Hut war ein weiteres Beispiel für das Geschick, das die Frauen an den Tag gelegt hatten – Großmutter hatte ihn selbst geflochten und schwarz lackiert. Doch er war unglücklicherweise nicht dafür geschaffen, mit Nässe in Berührung zu kommen, und als es bald darauf zu schneien begann, löste sich die Farbe auf. Großmutter saß vollkommen aufrecht da und verzog keine Miene, während ihr schwarze Rinnsale über das Gesicht liefen. Meine Mutter nahm ihr den Hut schließlich ab und band ihr ein Kopftuch um, wie wir es auch trugen. Wir hatten Regenschirme mitgebracht und boten so zusammengedrängt auf dem Milchwagen, die Schirme zum Schutz vor dem Schnee aufgespannt, gewiss einen komischen Anblick.

Vier Pferde zogen uns, und ein Angestellter des Guts kutschierte den Wagen. Bald hatten wir den Treck erreicht und trafen Frau Boetels und ihre Familie.

Es kam mir nicht in den Sinn, danach zu fragen, wo Herr Boetels war – ich dachte, er sei zurückgeblieben, um den Hof weiterzuführen. Von seinem Tod unterrichtete man uns Kinder erst später, und ich war sehr traurig, als ich davon erfuhr. Ich mochte ihn sehr gern: Er war ein freundlicher, großzügiger Mann, der sich sehr um meine Familie gekümmert hatte, nachdem mein Vater zum Heer eingezogen worden war. Er hätte gewiss ein anderes Schicksal verdient gehabt.

Der Treck bestand aus acht oder zehn Wagen, die westwärts in Richtung der etwa 300 Kilometer entfernten deutschen Grenze über die Straßen rumpelten, dazu Ersatzpferde, die gegen die Zugpferde ausgetauscht wurden, wenn diese müde waren. Und wieder ist mir ein Geruch im Gedächtnis geblieben, der Duft der mit Hafer und Weizen gefüllten Futtersäcke, die den Pferden umgebunden wurden, damit sie ihr Futter nicht verstreuten. Ein Duft, der an nasses, frisch gemähtes Gras erinnerte.

Das Fuhrwerk hatte schmale, mit Gummi bezogene Felgen, die sich nicht für Fahrten im Schnee eigneten, denn zwischen den groben Pflastersteinen der Straße gab es breite Ritzen, in denen die Räder sich festfuhren. Oft dachten wir, wir würden gleich umstürzen und im Schnee landen.

Der Treck konnte nicht jedes Mal anhalten, wenn jemand auf die Toilette musste. Bald hatten wir uns daran gewöhnt, vom fahrenden Wagen zu springen, uns in die Büsche zu schlagen und dem Treck anschließend hinterherzurennen, um wieder auf den Wagen zu springen.

Der Treck kam langsam voran, und selbst ich mit meinen kurzen Beinen konnte die fahrenden Wagen einholen. Einzig Henning war zu klein, um vom Wagen zu springen. Er trug eine kleine, pelzbesetzte Ledermütze mit Ohrenklappen, die aussah wie der Hut von Sherlock Holmes, und als er ankündigte, er müsse mal, meinte meine Großmutter, er solle seine Mütze abnehmen und hineinpinkeln. Er schämte sich sehr und weigerte sich. Schließlich hielt ihn einer der Erwachsenen über den Wagenrand. Noch heute, als gestandener Sechzigjähriger, muss er sich von uns bisweilen damit necken lassen, dass er in seinen Hut hatte pinkeln sollen.

Die Boetels fuhren in geschlossenen Wagen, den eleganten, lackierten Kutschen, die uns immer zur Schule gebracht hatten. Sie waren luxuriös ausgestattet, hatten Außenlaternen, Plüschsitze und kleine Trittbretter zum Ein- und Aussteigen. Die Erwachsenen hatten es bald so eingerichtet, dass Großmutter und Großvater unter einem Kutschdach sitzen konnten, und zuletzt saßen wir alle in den geschlossenen Kutschen, und der Milchwagen transportierte nur noch unser Gepäck. Wir mussten uns beeilen und fuhren daher Tag und Nacht. Nachts drängten wir uns unter den Decken zum Schlafen zusammen. Die Kutscher saßen auf dem offenen Kutschbock, sie hatten sich in eine Vielzahl von Decken gewickelt und Pelzmützen ins Gesicht gezogen. Ich weiß nicht mehr, ob es Deutsche oder Polen waren, doch ich erinnere mich, dass wir mit ihnen schwatzten, wenn es uns bei schönem Wetter erlaubt war, draußen mit ihnen auf dem Kutschbock zu sitzen. Manchmal durften wir die Zügel halten, ich fand das sehr aufregend.

Wir rumpelten weiter durch die schwärzeste Nacht.

Selbst die Städte und Dörfer versanken in der Dunkelheit: Keine Straßenlaterne brannte und alle Häuser waren verdunkelt. Es war, als würden wir endlos unter dem riesigen, sternenbesetzten Himmel weiterfahren. Wenn wir tagsüber durch Städte oder Dörfer kamen, erwarteten uns Suppenküchen, die Gemeindevorsteher oder Wohltätigkeitsgruppen in Schulen und Gemeindehallen eingerichtet hatten. Manchmal gab es eine Kartoffelsuppe mit Lauch oder Erbsen. Häufig bekamen wir klare Brühe, in die man hineinschnitt, was man gerade zur Hand hatte. Alles schmeckte köstlich, und wir waren dankbar für jede Mahlzeit. Wir hatten keine Zeit, anzuhalten und für uns zu kochen. Das Brot, das wir mitgenommen hatten, wurde mit jedem Tag härter. Die Erwachsenen sagten, wir sollten jeden Bissen sehr gut kauen, bevor wir ihn hinunterschluckten. Am besten schmeckte es, wenn man das Brot in Brühe tunkte, dann hatte man eine gute, wärmende Mahlzeit. In meiner Erinnerung sehe ich noch immer den Dampf von diesen herrlichen Suppen aufsteigen, wenn sie in die Blechnäpfe gefüllt wurden, die wir mitgebracht hatten. Wir stampften mit den Füßen, damit sie warm wurden, und achteten zugleich peinlich darauf, keinen Tropfen der lebensnotwendigen, heißen Suppe zu verschütten.

Wenn der Treck einen Zwischenstopp einlegte, fütterten wir manchmal die Pferde mit Äpfeln und Karotten aus unseren wertvollen Vorräten, damit sie wussten, wie dankbar wir ihnen dafür waren, dass sie uns zogen. Ein Erwachsener zeigte mir, wie ich es anstellen musste, damit das Pferd mir aus der flachen Hand fraß. Ich weiß noch genau, wie sich die Berührung der haarigen, feuchten Lippen mit meiner Handfläche anfühlte.

Es waren viele Flüchtlingstrecks unterwegs, oft fuhren wir in einer riesigen Wagenschlange. Autos und Lastwagen suchte man vergeblich, sie waren – abgesehen davon, dass es ohnehin kein Benzin gab – von der Armee beschlagnahmt worden. Manchmal stockte der Treck, weil vorne ein Wagen einen Achsbruch hatte oder in den Schnee gekippt war. Dann sprangen alle vom Wagen und eilten zu Hilfe. Der Flüchtlingszug war gut organisiert. Sobald wir eine kleine Stadt oder ein Dorf erreichten, wurden wir zu verschiedenen Suppenküchen geleitet. Bei der Weiterfahrt wurde jeder Konvoi auf eine andere Route geschickt, wahrscheinlich damit wir uns nicht alle an einer einzigen Brücke stauten. Unter den Freiwilligen, die für die Flüchtlinge kochten, waren sowohl Polen als auch Deutsche, die schon immer im Warthegau gelebt hatten und ihre Heimat trotz der drohenden russischen Invasion nicht verlassen wollten. Wir jedoch hatten dort nur achtzehn Monate verbracht, die Entscheidung wegzugehen fiel uns nicht schwer.

Für andere muss es sehr hart gewesen sein. Ich fürchte, dass jene Deutschen, die sich zum Bleiben entschieden, ihre Entscheidung später bereut haben.

Wir kamen gut voran und wurden nie längere Zeit aufgehalten, obwohl wir im langsamen Trott der Pferde reisten, die ihr Los geduldig ertrugen. Sollten die Erwachsenen befürchtet haben, wir könnten die Brücken nicht mehr rechtzeitig erreichen, so ließen sie es uns zumindest nicht merken. Sie hielten uns bei Laune, indem sie mit uns sangen oder uns mit Wortspielen unterhielten. Nach ungefähr drei Tagen kamen wir zur Oderbrücke. Bei Glogau überquerten wir den Fluss. Zwischen den beiden Flüssen, die die Grenze zwischen Polen und Deutschland bilden, legten wir in Sprottau einen Halt ein, und von dort schickte Mutti eine Postkarte an Eva in Tabarz, um ihr mitzuteilen, dass wir uns auf der Flucht befanden.

Eva wusste einige Tage lang nicht, wo wir waren. Sie machte sich bereits große Sorgen um uns:

Von Mutti habe ich immer noch nichts gehört. Wo mag sie sein und auch meine Kleine? Ich bin so verzweifelt!! Wo mögen meine Lieben sein? Ich bin furchtbar unglücklich. Hoffentlich bekomme ich bald Nachricht.

Vermutlich hatte sie im Gegensatz zu uns schon früh vom Anrücken der russischen Armee und den Evakuierungstrecks aus dem Osten gehört. Ihre Erleichterung, als sie Muttis Karte erhielt und endlich wusste, dass wir wohlbehalten in Deutschland angekommen waren, kann man in ihren Zeilen deutlich spüren:

Heute endlich eine kleine Karte von Mutti, die sie am 23.1. in Sprottau auf der Flucht geschrieben hat. Ich bin unendlich glücklich, endlich eine Nachricht bekommen zu haben. Die Fahrt soll weitergehen über Cottbus nach Oderberg, wo die erste Station gemacht werden soll. So wusste ich doch, dass der Russe ihnen nichts angetan hat. Von Vati wusste Mutti nichts. Ob er gut durchgekommen ist? Hoffentlich kommt auch von ihm bald gute Nachricht.

Es war Nacht, als wir die zweite Brücke über die Neiße bei Cottbus erreichten. Wir waren beinahe zu Hause! Der Flüchtlingstreck hatte sein Ziel erreicht, und es sah so aus, als hätten wir die Flucht glücklich überstanden. Die vielen deutschen Soldaten, die dort postiert waren, trieben uns zur Weiterfahrt an. Die Brücke sollte möglichst schnell gesprengt werden, um den Vormarsch der Russen zu stoppen.

Schließlich rollten wir über die Neiße, und als wir die andere Seite erreicht hatten, jubelten alle und begannen zu singen. Doch wir durften nicht anhalten, denn das Gebiet musste unverzüglich geräumt werden. Wir waren noch keine zwei Kilometer weitergefahren, als wir eine schwere Explosion hörten. Ich blickte zurück und sah einen riesigen orangefarbenen Feuerball am Himmel. Die Brücken, über die wir erst wenige Minuten zuvor gefahren waren, waren zerstört. Später erfuhr ich, dass diejenigen, die zu spät gekommen waren, in Booten übergesetzt wurden und ihre wenige Habe am anderen Ufer zurücklassen mussten. Doch dieses Los war besser, als der plündernden russischen Armee in die Hände zu fallen.

Am 25. Januar, als wir deutschen Boden erreichten, kam es in Posen zu schweren Straßenkämpfen. Die Deutschen wurden von der überlegenen Roten Armee besiegt, und die deutschen Zivilisten, die noch in der Stadt waren, erlebten Furchtbares, besonders die Frauen. Wir waren ihnen im wahrsten Sinne des Wortes in letzter Sekunde entkommen, und obwohl wir Kinder nicht alles verstanden, teilten wir die große Erleichterung und die Freude, die wie eine Welle durch den langen Flüchtlingsstrom aus Kutschen und Fuhrwerken ging, während wir uns immer weiter von den Trümmern der beiden Brücken entfernten, über die wir zurück nach Deutschland gelangt waren.

Unser Treck rollte die ganze Nacht und den ganzen folgenden Tag weiter, bis wir nach Wiedersdorf bei Halle kamen. Das Winterhilfswerk arbeitete noch hervorragend, das kleine Dorf mit weniger als tausend Einwohnern hatte den Flüchtlingen seine Türen geöffnet und nahm sie freundlich auf. Auf der Flucht hatten wir etwa 250 Kilometer unter widrigsten Bedingungen zurückgelegt, doch zuletzt waren wir wohlbehalten nach Deutschland zurückgekehrt.

Frau Boetels und ihre Familie trennten sich von uns und fuhren in ihren Kutschen weiter. Sie besaßen ein Haus im Süden von Hamburg, und ich glaube, sie wollten dorthin weiterfahren. Bis zu ihrem Tod blieben meine Eltern mit Frau Boetels in Kontakt, doch ich kann mich nicht erinnern, dass wir die Familie je wiedergesehen hätten. Im Krieg bemühten sich alle, einander zu helfen, den Boetels aber werde ich für ihre Freundlichkeit und Fürsorge immer besonders dankbar sein.

Wir blieben zurück und wurden von einer ebenso freundlichen Familie aufgenommen, einem Schulleiter und seiner Frau, doch ich weiß ihre Namen nicht mehr. Tante Irma, Tante Hilda und Mutti, jede mit einem kleinen Kind, wurden sämtlich bei ihnen untergebracht. Unsere Großeltern wohnten bei einer Familie auf der anderen Straßenseite.

Ich war selig, endlich wieder in einem sauberen Bett zu liegen, und ich glaube, ich schlief sehr lange in meiner ersten Nacht in Wiedersdorf.

Sobald wir ein Dach über dem Kopf hatten, schrieb meine Mutter Eva einen ausführlichen Brief, über den sie berichtet:

Am 3.2. kam endlich Post von Mutti, sie mussten weiter flüchten. Die Armen! Nur mein Vati ließ nichts von sich hören. Was mag sein mit ihm, ich mache mir so viele Sorgen.

Die Familie, bei der wir untergebracht waren, hatte ein großes Haus, doch da wir so viele waren, war das Haus voll. Ich teilte mit meiner Mutter ein kleines Zimmer und merkte bald, dass sie manchmal tieftraurig war und sich um Vater sorgte. Wir sprachen viel von ihm und beteten, er möge nicht an die russische Front abkommandiert worden sein; doch in ihrem Innersten wusste sie, dass man ihn mit größter Wahrscheinlichkeit dorthin geschickt hatte. In diesem Fall waren die Chancen, dass er je zurückkehren würde, sehr gering.

In meiner Erinnerung ist die Zeit, die ich in Wiedersdorf verbrachte, durchzogen von den Düften nach Speisen und häuslichem Leben. Der Schulleiter und seine Frau hatten einen Keller, in dem die Regale mit Äpfeln und Birnen gefüllt waren, die man in weiches Papier gewickelt hatte. Daneben stapelten sich Gläser mit hausgemachter Marmelade, eingelegtem Obst und Gemüse aus dem Garten. Ein einziges Mal nahm der Schulleiter uns aus besonderem Anlass alle drei mit in den Keller hinunter und erlaubte jedem, sich einen Apfel oder eine Birne auszusuchen. Den Geruch dieses Kellers werde ich nie vergessen, er war ganz erfüllt vom herrlichen Duft des Obstes.

Unsere freundlichen Gastgeber luden uns zu einem nachträglichen Weihnachtsessen ein, und es gab noch einmal den traditionellen Gänsebraten und Rotkraut. Die Gans hatten sie selbst aufgezogen und gemästet. Zuvor hatten wir Kinder Plätzchen backen und Sterne und

Monde ausstechen dürfen. Mit ein wenig Puderzucker, den sie im Haus hatten, glasierten wir die Plätzchen zur Hälfte weiß, zur Hälfte rosa. Wir backten Lebkuchenmänner mit Augen aus Korinthen und einer Nuss als Nase, und noch heute bringt mir der Duft von frischen Lebkuchen jene Zeit in Erinnerung.

Ich glaube, wir bekamen genug zu essen, doch meine Erinnerungen sind vielleicht ein wenig schöngefärbt, denn ich habe später erfahren, dass meine Mutter mit meinen Tanten einmal zusammen ein Huhn stahl, um es für uns zu kochen. Wir Kinder schliefen damals, doch später erzählte man uns die Geschichte, die mit den Jahren eine unserer liebsten Familienerinnerungen wurde. Den Schwestern gelang es, das Huhn zu umzingeln und ins Haus zu treiben. Doch sie konnten es nicht fangen, um es zu töten. Je mehr sie sich darum bemühten, desto mehr protestierte und gackerte das Huhn in der Küche, sodass sie befürchten mussten, sein Besitzer würde aufwachen. Irgendwann versuchten sie, ihm Schnaps zu trinken zu geben, und hofften, es würde still sein und einschlafen, wenn es betrunken wäre. Zu guter Letzt mussten sie es wieder aus dem Haus treiben, denn keine von ihnen brachte den Mut auf, es zu töten. Dafür hatten sie viel zu lachen. Sie tauften das Huhn »Mesimeco«, der Name war ein Anagramm aus den Anfangsbuchstaben unserer Nachnamen.

Es sah so aus, als würden wir in Wiedersdorf bleiben, und ich fing bald an, mich sicher zu fühlen. Die Bilder von den wütenden, bösen Russen, die uns bei der Flucht aus Polen so lebendig vor Augen gestanden hatten, begannen zu verblassen. Meine Mutter allerdings wusste, dass unsere Lage keineswegs sicher war, und sie schrieb

Eva und bat, sie möge noch einmal versuchen, zu kommen und mich mit zu sich nach Tabarz zu nehmen.

Eva machte sich sofort auf den Weg. Diesmal war die Reise erheblich leichter zu bewerkstelligen als bei ihrem letzten Versuch. Die Züge verkehrten noch, sie fuhr von Gotha nach Leipzig, stieg um und fuhr weiter nach Halle. Ich erwartete sie gespannt und war überglücklich, als sie ein paar Tage bei uns im Haus des Schulleiters wohnen durfte. Dieser schien sich zu freuen, noch ein weiteres Mitglied der Familie aufnehmen zu können.

Meine Mutter nahm mich ruhig beiseite, um mir zu erklären, wie es weitergehen sollte: »Du wirst jetzt mit Eva mitgehen und eine Zeit lang bei ihr bleiben, Puppe. Ist das keine schöne Aussicht? Richtige kleine Ferien! Stell dir vor – dort gibt es viele Mädchen, mit denen du spielen kannst, und die viel Spaß zusammen haben. Sie gehen rodeln, Schlittschuh fahren und wandern gemeinsam, und du kannst mitmachen. Würde dir das gefallen?«

»Oh, ja!« Ich war entzückt von der Aussicht, mit meiner großen Schwester mitzugehen und mit den Mädchen aus Tabarz an all den Ausflügen teilzunehmen, von denen sie mir erzählt hatte. Im Haus des Schulleiters war es wegen der vielen Flüchtlinge, die dort untergekommen waren, mittlerweile sehr beengt. Wir wussten, dass wir uns immer tadellos zu benehmen hatten und keinen Lärm machen durften. Zwar hat der Schulleiter nie mit uns geschimpft, doch er war eine ziemlich beeindruckende Persönlichkeit, und wir Kinder hatten große Ehrfurcht vor ihm. Auch die Erwachsenen vergaßen nie, dass sie Gäste in einem fremden Haus waren, und hielten uns an kurzen Zügeln. In Muttis und Evas Erzählungen klang Tabarz so spannend, dass ich mir sehnlichst wünschte dort zu sein.

Als es Zeit war, sich zu verabschieden, war ich nicht allzu traurig darüber, Mutti Lebewohl zu sagen. Ich freute mich so sehr darauf, mit meiner großen Schwester eine spannende Reise zu machen.

»Auf Wiedersehen, meine kleine Bärbel«, sagte Mutti und küsste mich. »Hier habe ich ein kleines Geschenk für dich, damit du deine Mutti nicht vergisst.«

Es war eine hübsche kleine, rosarote Decke, die mir allein gehören sollte. Als ich schließlich begriff, dass ich sie jetzt wirklich verlassen würde, wurde ich doch noch traurig. Wie konnte ich meine Mutter allein zurücklassen? Doch man erklärte mir, es würde nur für kurze Zeit sein, und die Aussicht auf einen wundervollen Ferienaufenthalt tat ihr übriges.

Als wir Mutti zum Abschied winkten, ahnten Eva und ich nicht, dass alles ganz anders kommen sollte.

Wir fuhren mit dem Zug. Ich erinnere mich kaum noch an die Reise, außer dass ich neben Eva saß und aus dem Fenster auf die vorbeirollende Landschaft schaute. Ich habe jedoch sehr deutliche Erinnerungen an das letzte Stück der Reise von Gotha nach Tabarz. Die britische Königsfamilie trug bis zum Ersten Weltkrieg den Namen Sachsen-Coburg-Gotha, und die Stadt besitzt ein eindrucksvolles Schloss. Doch wir machten keine Besichtigungstour. Obwohl Gotha nicht von Bomben zerstört war, galt Evas Sorge ihrer Aufgabe, mich sicher zum KLV-Lager nach Tabarz zu bringen. Wir stiegen dazu in einen malerischen kleinen Zug, die Waldbahn, die uns mitten durch die thüringischen Wälder fuhr, eine Fahrt, die mir wie eine Zauberreise vorkam.

Wir rollten am Schloss von Reinhardsbrunn vorbei,

dem Jagdschloss der Herzöge von Gotha, in dem Königin Victoria gerne den Sommer verbrachte, und fuhren durch das Dorf Friedrichroda nach Tabarz. Der kleine Zug hatte eine Glocke, die jedes Mal klingelte, wenn wir uns einem winzigen Bahnhof näherten. Mir kam es vor, als führe ich in einer Spielzeugeisenbahn. Die Bäume im Wald trugen Hauben aus Schnee, und alles um uns herum war atemberaubend weiß und glitzerte.

Der kleine Zug hielt in der Nähe des Heims, wo man das Klingeln der Glocke hören konnte. Wurden Gäste erwartet, rannten die Mädchen beim Ertönen der Glocke herbei.

Auch als Eva und ich ankamen, wurden wir von ein paar Mädchen abgeholt, denn Eva war beliebt, die Mädchen und ihre Kolleginnen hatten sie vermisst.

Sie warteten schon gespannt auf unsere Ankunft. Als Evas erster Versuch, mich zu holen, fehlgeschlagen war, waren alle sehr enttäuscht gewesen, besonders weil sie ein Geschenk zu meinem Empfang vorbereitet hatten: eine große Stoffpuppe, die sie selbst genäht hatten. Sobald sie Eva und mich zum Heim begleitet und uns willkommen geheißen hatten, überreichten sie mir die Puppe. Ich war entzückt und taufte sie auf der Stelle Charlotte. Sie war wunderschön, die schönste Puppe, die je ein Kind hatte. Sie war ungefähr 30 Zentimeter groß und trug einen purpurroten Hosenanzug aus Samt mit einem blauen Samthut, aus dem ein paar helle, wollige Locken hervorschauten. Ihr lächelndes Gesicht war aufgestickt. Dazu hatten die Mädchen eine Wiege gebaut und einen wattierten Schlafsack genäht. Ich liebte meine Charlotte und nahm sie mit, wohin ich auch ging. Sie schlief mit mir unter meiner rosafarbenen Decke in einem kleinen Bett in

Evas Zimmer, und ich drückte sie an mich, während Eva mir Märchen vorlas, Schlaflieder sang und mit mir betete, wenn ich zu Bett ging.

Ich bekam auch eine kleine Holzeisenbahn mit fünf Waggons und einer Lokomotive, die mich an die kleine Waldbahn erinnerte, mit der ich angekommen war. Frau Ramelow, die Leiterin des Heims, schenkte sie mir, und sie stand auf dem Nachttisch neben meinem Bett. Es gab noch anderes Spielzeug im Heim, doch die Puppe und die Eisenbahn gehörten nur mir. Sie waren mein einziger Besitz, denn alles andere hatte ich bei der Flucht aus Polen zurückgelassen, oder es war durch die Bomben in Hamburg zerstört worden.

Im Heim lebten etwa fünfzig Mädchen. Eva betreute die jüngste Gruppe, alle etwa zehn Jahre alt. Doch im Heim lebten auch ein paar ältere Mädchen. Sie alle waren zum Schutz vor Bomben aus Großstädten evakuiert worden. Ich fügte mich ohne größere Probleme in das Leben im Heim ein. Ich besuchte die Unterrichtsstunden, und obwohl ich drei Jahre jünger war als die anderen Mädchen, konnte ich dem Unterrichtsstoff weitgehend folgen. Ich liebte die Stunden, in denen Gedichte, Malen und Handarbeit unterrichtet wurden, und Mathematik war eines meiner Lieblingsfächer. Der Tagesablauf war streng geregelt. Eva stand um sechs Uhr auf und machte sich fertig, dann weckte sie die Mädchen, inspizierte die Betten, die Schränke, die Fingernägel und das Haar. Nach dem Frühstück versammelten sich alle. Wir beteten jedes Mal für diejenigen, die gefallen waren, und für die Soldaten, die noch kämpften. Dann kniff ich meine Augen besonders fest zusammen und dachte an meinen Vater und betete, er möge noch am Leben sein und nach Hause kommen. Anschließend hielt eine der Erzieherinnen oder Lehrerinnen einen kurzen Vortrag. Eva sprach zum Beispiel über das Leben Friedrich Schillers. Dann gingen wir in den Unterricht, und der Schultag begann.

Neben dem Unterricht hatten wir viel Spaß. Manchmal vergaßen wir beinahe, dass Krieg war, denn unser Leben schien ganz sorglos und normal. Evas Tagebuch ist voll von Erzählungen über Wanderungen, Rutschpartien auf dem Eis, Schlittenfahrten, Eislaufen und Skifahrten. Waren die Hausarbeiten und die häuslichen Pflichten wie Saubermachen und Sockenstopfen erledigt, gab es Filmvorführungen für die Mädchen, und immer waren sie damit beschäftigt, irgendetwas zu basteln oder kleine Theaterstücke für eine Aufführung einzustudieren. Wenn eine Lehrerin Geburtstag hatte, gaben die Mädchen eine kleine Darbietung, die sie sich selbst ausgedacht hatten.

In einem Theaterstück für einen solchen Geburtstag spielte ich eine Rolle. Eva schrieb das Stück, und wir führten es auf einer Waldlichtung am Ende eines kleinen Tals auf, das von Hügeln umgeben war. Die Proben dazu fanden im großen Saal des Heims statt, und es herrschte helle Aufregung. Ich spielte ein Kaninchen oder irgendein anderes kleines Waldtier: Ein aufgemalter Schnurrbart schmückte mein Gesicht.

Die Hauptperson war jemand, der meilenweit gelaufen war und schließlich Rast machte. Ich erinnere mich ganz genau an die Worte, die das Mädchen sprach, denn als Eva und ich später unsere lange Wanderung antraten, haben wir sie häufig zitiert, besonders wenn wir unter freiem Himmel schlafen mussten:

Wenn man den lieben langen Tag immer den einen Fuß vor den anderen setzt,
dann ist man, ob man's mir glauben mag, am Abend ziemlich abgehetzt.
Und nun seit Stunden immer nur durch Wald,
und noch kein Ende zu sehen –
doch da – ein Wegweiser, nun werde ich wohl bald
am Ende meiner Wanderung sein.
Das Dorf nach rechts noch sieben Kilometer weit, das Dorf nach links noch acht.
Ach meine Füße, ihr tut mir so leid, könnt ihr mir nicht raten, was man dabei macht?
Eigentlich könnte ich hier doch bleiben;
hier wird mich auch kein Schutzmann vertreiben.
Und unten in Tabarz wird mir sowieso nicht mehr aufgemacht.

Mit großem Gähnen bereitete sich der Wanderer also ein Bett im Wald und legte sich schlafen. Nachts kamen Elfen und kleine Tiere und tanzten um ihn herum. Ich fand es fantastisch, dass ich in einem Stück mit großen Mädchen mitspielen durfte.

Das Haus war ursprünglich ein Herrensitz gewesen, und es besaß einen Gong in der Eingangshalle. Man schlug ihn fröhlich zur Essenszeit, aber auch bei Luftalarm, energisch und schnell, wenn wir alle in den Keller gehen mussten – manchmal drei- oder viermal in einer Nacht.

Ich fand es herrlich, mit Eva zusammen zu sein. Die Mädchen hatten sie alle sehr gerne, und ich war stolz darauf, ihre Schwester zu sein. Sie war mein großes Vorbild – ich wollte sein wie Eva, wenn ich groß war. Dass Ruth gestorben war, machte sie umso wertvoller für mich. Während meines Aufenthalts im Heim gedachten wir Ruths zweitem Todestag. Eva zeigte vor mir nie, wie traurig und sorgenvoll sie war, aber sie schreibt in ihrem Tagebuch davon:

Heimwehstimmung. Ruths Todestag naht heran. Stimmung bei mir nicht gut. Nur nicht anmerken lassen.

Sie wusste bereits, dass die amerikanischen und britischen Truppen den Rhein überquert hatten und Deutschland im Sturm eroberten. Die Sprengung der Rheinbrücken hatte sie für kurze Zeit aufgehalten, doch am 7. März hatten sie das gesamte linksrheinische Ufer eingenommen und standen vor Düsseldorf, weniger als 250 Kilometer von uns entfernt. Alle hatten Angst, und auch mich erfasste sie. Die Erwachsenen glaubten, die Amerikaner würden uns aushungern, indem sie Dörfer wie Tabarz umzingelten und von jeder Versorgung abschnitten, bis alle Bewohner tot waren. Wir glaubten, sie seien Ungeheuer, die uns fürchterlich misshandeln und kein Erbarmen mit uns haben würden. Es kursierten entsetzliche Geschichten über die angebliche Grausamkeit der Amerikaner. Man musste sie fürchten, das hatte uns die Nazipropaganda fortwährend eingeimpft.

Als wir diese schrecklichen Geschichten über das Schicksal hörten, das uns scheinbar bevorstand, fasste Eva einen folgenschweren Entschluss. Sie war überzeugt davon, dass wir mit dem Tod zu rechnen hatten, wenn wir in Tabarz blieben. Unsere einzige Hoffnung war, unsere Mutti zu finden. Wir wussten nicht, was wir von der Zukunft zu erwarten hatten, aber alles Schwere wäre leichter zu ertragen, wenn wir wieder zusammen waren.

Es gab keinen Ausweg. Eva musste mich mitnehmen auf eine lange, gefahrvolle Reise:

Ich musste schon viel hergeben und weiß, dass noch viel Schweres kommen wird. Doch an den Dingen hänge ich nicht. Die Menschen, die man lieb hat, kann man doch nicht hergeben wie sein Haus oder seine Garderobe.

Die Entscheidung muss ihr schwergefallen sein, und ich kann nur vermuten, was in ihr vorging bei dem Gedanken daran, dass wir beide den langen Marsch vielleicht nicht überleben würden. Mir gegenüber schien Eva immer stark, entschlossen und heiter; Angst und Zweifel vertraute sie nur ihrem Tagebuch an:

Warum ist man manchmal so furchtbar verzweifelt? Aber ich kann nicht anders. Ich verstehe mich selbst nicht mehr. Werde mit mir nicht mehr einig.

Manchmal möchte ich nicht geboren sein. Wie mag nur alles enden?

Eines Abends brachte mich Eva mit einer Tasse heißer Schokolade und einigen Plätzchen, die wir am Vortag mit den Mädchen in der großen Küche gebacken hatten, in unser Schlafzimmer. Es war so ungewöhnlich, dass ich zuerst dachte, wir feierten einen Geburtstag. Doch Eva sagte: »Setz dich, Puppe. Ich muss dich etwas sehr Wichtiges fragen und wüsste gerne, wie du darüber denkst.« Ich war gespannt. Gewöhnt daran, »die Kleine« zu sein, die tat, was ein älteres Familienmitglied ihr auftrug, schmeichelte es mir sehr, dass Eva mich ins Vertrauen zog. »Vermisst du Mutti?«, fragte sie.

»Ja«, gab ich zu, »sehr sogar.« Das stimmte. Ich hatte sie wirklich sehr, sehr vermisst, so liebevoll Eva für mich sorgte und so herzlich ich in Tabarz aufgenommen worden war.

»Du weißt doch sicher, dass der Krieg für uns verloren ist und dass die Alliierten in Deutschland einmarschieren. Das bedeutet, dass das Leben sehr schwierig und vielleicht auch gefährlich wird. Ich glaube, wir sollten nach Wiedersdorf zurückgehen zu Mutti. Willst du?«

Ich nickte. Sobald es ausgesprochen war, wusste ich, dass ich nichts lieber wollte.

»Glaubst du, du bist stark genug, um es zu versuchen? Wir werden viel, sehr viel, unendlich viel gehen müssen.« Eva schaute mich ernst an. »Ja, klar«, gab ich sofort zurück, »ich bin stark, bestimmt kann ich das.«

Ich war so stolz, dass Eva mich nach meiner Meinung fragte, und ich wäre ihr bis ans Ende der Welt gefolgt, aber dass sie mich nun wie eine Erwachsene behandelte, sollte sicherstellen, dass ich aus eigenem Willen dazu bereit war, gleichgültig wie groß die Aufgabe sein würde. Ich fühlte mich sehr erwachsen und wichtig.

»Es ist kein Spaziergang, wie wir ihn mit den Mädchen unternehmen. Es wird eine richtige Reise sein. Wiedersdorf ist ungefähr 130 Kilometer entfernt, und wir werden tagelang marschieren. Glaubst du, du schaffst das?«

»Ich schaffe das«, antwortete ich, »ich bin sehr gut zu Fuß.« Ich wusste nicht richtig, was das bedeutete, doch ich wusste, dass ich mit Eva mitgehen wollte. Sie hätte mich nie verlassen, und wir hätten unseren langen Marsch nie unternommen, wenn ich Nein gesagt hätte.

»Dann gehen wir morgen los«, sagte Eva entschlossen. Sie lächelte mir zu. »Du bist eine sehr tapfere Kleine. Ich weiß, wir kommen wohlbehalten bei Mutti an, da bin ich mir sicher. Aber heute Nacht musst du richtig ausschlafen. Ich weiß nicht, wann oder wo wir wieder schlafen können.«

Ich wusste nicht, ob ich aufgeregt oder ängstlich sein sollte, doch auf jeden Fall würde ich Mutti wiedersehen. An diesem Abend ging ich brav ins Bett und redete vor dem Einschlafen mit Charlotte, erzählte ihr alles über Mutti und dass wir bald bei ihr sein würden.

Die Reise beginnt

In der Nacht, bevor unsere Odyssee begann, notierte Eva in ihr Tagebuch:

Lass den Helden in deiner Seele nicht sterben.

Dann nahm sie meine kleine rosafarbene Decke, griff nach Nadel und Faden und nähte einen Rucksack daraus. Am nächsten Tag packten wir einige Schlüpfer, Unterhemdchen, Socken und eine extra Strickjacke hinein. Sie sagte mir, ich dürfe nur Charlotte mitnehmen, sonst nichts. Während Eva ihren Rucksack packte, steckte ich heimlich meine kleine Holzeisenbahn in die Hosentasche, obwohl ich wusste, dass ich es nicht hätte tun dürfen.

Wir waren bereit.

Eine wehrlose junge Frau und ein kleines Kind machten sich auf den Weg durch ein Land im Todeskampf voller Flüchtlinge, Soldaten, Plünderer und Invasoren, Gewehrkugeln und Bomben und mit einer verzweifelten Bevölkerung, die sich in großer Angst und Sorge fragte, was die Zukunft bringen würde. Ob wir die Reise auch unternommen hätten, wenn wir gewusst hätten, was vor uns lag?

Ehrlich gesagt, ich denke: Ja, wir hätten.

Unser Wunsch, bei unserer Mutter zu sein, war weitaus stärker als unsere Angst. Es zog uns mit aller Macht zu ihr.

Wir waren zuversichtlich, und kraft unserer Naivität und Unwissenheit ahnten wir tatsächlich nicht, was uns erwartete. Eva war sich bewusst, wie riskant das Unternehmen war, doch sie konnte das Ausmaß der Schwierigkeiten, die uns begegnen würden, nicht überblicken. Sie hatte den Mut, sich allein auf den Weg zu machen, die volle Verantwortung für mich zu übernehmen, um mich wohlbehalten zu Mutti zurückzubringen.

Am Samstag, dem 7. April 1945, um vier Uhr nachmittags begann unser großes Abenteuer.

Ich trug lange Hosen und eine zweireihige rote Jacke mit Kapuze und Perlmuttknöpfen, die Eva für mich gestrickt hatte. Alle nannten mich Rotkäppchen. Meine hellen Lederschuhe reichten mir bis über die Knöchel, denn damals hieß es in Deutschland, Kinder sollten lernen, »dass es wichtig ist, auf die Knöchel zu achten.« Eva trug ihre Skihose, eine Bluse, einen warmen Blouson, den sie auch zum Skifahren anzog, und derbe Straßenschuhe.

Wir hatten beide ein Kopftuch umgebunden, ich das hübsche rot weiße, das mir Mutti passend zu meiner Jacke geschenkt hatte. Es bedeckte meine Zöpfe und meine modische Haartolle, die mit einem zierlichen Kamm über der Stirn festgesteckt war.

Die Mädchen im Heim hatten einen kleinen hölzernen Leiterwagen für mich gebaut. Darin reisten unsere Rucksäcke und Charlotte. Wir hatten eine Taschenlampe und Vorräte dabei: Roggenbrot, das im Heim gebacken wurden, bestrichen mit Leberwurst sowie ein paar Honigbrote für mich. Wir steckten zwei Packungen Zwieback ein. In besseren Zeiten gab es Zwieback, der mit Schokolade oder Zimtzucker überzogen war, doch unser Zwieback war pur. Wir packten auch zwei tiefe Steingutschalen ein, die als Teller und Tasse dienen konnten.

Eva hatte ein wenig Geld von Mutti. Sie hatte auch ein eigenes Konto bei der Post, doch ich glaube, sie hatte keine Zeit, Geld abzuheben, bevor wir losgingen. Als ich sechzig Jahre später in ihrem Tagebuch die kleine Buchführung über ihre Ersparnisse sah, musste ich weinen. Über der Seite, neben der Nummer ihres Postkontos, schrieb sie:

Wichtige Angaben: Falls tot, für Bärbel.

Wir machten uns nicht allein auf den Weg. Vier Mädchen, die im Heim arbeiteten, begleiteten uns. Lo, Hanna, Hilde und ein weiteres Mädchen, dessen Namen ich vergessen habe, liefen ein gutes Stück weit mit und verbrachten noch einmal eine Nacht mit uns. Die Natur meinte es gut. Es war schönes, warmes Frühlingswetter, die Obstbäume an unserem Weg begannen zu blühen und ihre Gischt aus weißen und blassrosa Blüten zu versprühen. Ich erinnere mich an den scharfen, reinen Duft zerriebener Fichtennadeln im Wald und an das Federn des Mooses und der Farne unter meinen Schritten, als ginge ich über einen Teppich. Überall sahen wir Narzissen, wilde Krokusse und winzige Veilchen, die an den Rändern von Tümpeln und Bächen wuchsen. Der Marsch war nicht so schwer, wie ich mir vorgestellt hatte. Es machte sogar richtig Spaß.

Eva hatte einen Kompass und eine Landkarte dabei und wusste, welchen Weg wir nehmen mussten. Um nach Wiedersdorf zu gelangen, wo wir Mutti zuletzt gesehen hatten, mussten wir uns Richtung Nordwesten halten. Unser Weg führte entlang der Gleise des kleinen Zuges, der nicht mehr fuhr, bis wir den nächsten Ort im Wald erreichten, Friedrichroda.

Als wir uns dem Dorf näherten, steigerte sich das dumpfe, brummende Geräusch in der Ferne immer mehr zu einem Dröhnen. Plötzlich donnerte ein Flugzeug über uns hinweg, und gleich darauf schien es, als hämmerten und brausten Hunderte davon über die Baumwipfel. Sie zielten auf das Dorf und nahmen im Tiefflug alles unter Beschuss, was ihnen in den Weg kam.

Ich hörte den Trommelwirbel der Kugeln auf der Straße und sah helle Feuerblitze an den Flugzeugflügeln, bevor Eva meine Hand packte und mich ins Unterholz zog, wo wir uns mit den anderen Mädchen aneinanderdrängten und einige schreckliche Minuten auf dem Boden kauerten.

Um uns bellten Gewehre, und die Schatten der Flugzeuge huschten über uns hinweg. Wir hörten die Kugeln an den Häusern abprallen, dann flogen die Flugzeuge röhrend weiter, und die Flakgeschütze verstummten. Ich bewegte mich, aber Eva befahl mir, still zu liegen. Meine Beine und meine Arme wurden steif und kalt, doch ich musste ausharren, bis sie sicher war, dass keine Gefahr mehr bestand. Wir krochen unter den Sträuchern hervor, und ohne ein Wort über das zu verlieren, was wir gesehen und gehört hatten, setzten wir unseren Marsch fort. Noch hatte sich niemand im Dorf aus seinem Unterschlupf gewagt, wir waren mutterseelenallein auf der verlassenen Straße.

Zum ersten Mal hatten wir den Gefahren ins Auge gesehen, von denen uns noch so viele auf unserem Weg erwarteten. Bei Anbruch der Dämmerung, als die Wärme der Sonne sich verflüchtigt und die kalte Dunkelheit eingesetzt hatte, erreichten wir ohne weitere Angriffe Finsterbergen. Wir begaben uns zum Gasthof »Zur Linde«, von dem wir wussten, dass wir dort freundlich aufgenommen würden, da wir ein Empfehlungsschreiben Frau Ramelows dabeihatten.

In der Herberge waren Soldaten einquartiert. Anfangs flößten sie mir großen Respekt ein, und ich fürchtete mich ein wenig. In ihren Uniformen und mit den schweren Stiefeln, die beim Gehen knarrten, kamen sie mir sehr groß und bedrohlich vor, aber sie lächelten, tätschelten meinen Kopf, und einer gab mir einen Keks, sodass ich meine Angst vergaß. Später teilten sie großzügig ihre Mahlzeit mit uns. Es gab Reis mit viel Fleisch, ein richtiges Festessen. Fleisch war knapp, und es war herrlich, einen Teller davon zu bekommen. Eva notierte in ihrem Tagebuch:

Unsere Flucht vor dem Hungertod ließ uns viele Schreckensstunden erleben. Am 7. April 1945 um sechzehn Uhr machten wir uns mit einem Handwagen auf den Weg. Vier Mädel begleiteten Bärbel und mich. In Friedrichroda machte der Ami gerade einen Angriff. Die Nacht verbrachten wir in Finsterbergen im Hotel Linde K.L.V.-Lager. Wir bekamen durch Frau Marquardt von Soldaten Reis mit prima Fleisch zu essen.

Wir übernachteten mit unseren Begleiterinnen in einem Schlafsaal, wurden aber mehrmals durch einen Fliegeralarm aus dem Schlaf gerissen und waren jedes Mal gezwungen, den Keller aufzusuchen. Für Eva war es wohl schwierig, denn ich war schwer, schlief wie ein Stein und wollte liegen bleiben. Sie nahm mich dann in ihre Arme, flüsterte »Wach auf, Puppe, Liebling« und schüttelte mich, damit ich schneller wach wurde. Wir zogen uns zum Schlafen nicht aus, sondern behielten unsere Kleidung an – das sollte während unserer ganzen, langen Wanderschaft so bleiben.

Am nächsten Morgen um sieben Uhr früh brachen wir wieder auf. Doch zuerst verabschiedeten wir uns von unseren Begleiterinnen, die zurück nach Tabarz gingen. Die Mädchen weinten beim Abschied.

»Und du willst wirklich weitergehen?«, fragte Hanna. »Kommt doch bitte mit uns zurück«, drängte Lo. Man konnte die Sorge in ihrem Gesicht sehen.

Eva blieb dabei: »Wir müssen weiter. Wir sind schon auf dem Weg. Danke, dass ihr uns so weit begleitet habt. Macht euch um uns keine Sorgen, und gebt gut auf euch acht.«

Mit Tränen in den Augen tätschelten wir uns die Schultern, küssten uns zum Abschied und wünschten einander Glück. Dann traten wir wieder unsere Wanderschaft an.

Wir gingen auf der Straße Richtung Georgenthal. Wenn wir eine Kreuzung oder eine Abzweigung erreichten, bei der Eva nicht sicher war, in welche Richtung wir gehen mussten, schaute sie auf den Kompass. Mehrmals mussten wir von unserer geplanten Route abweichen, und wenn ich heute unseren Weg auf einer Landkarte verfolge, kann ich sehen, dass wir meilenweite Umwege machten, um den Gefechten und Schießereien auszuweichen, die überall im Gange waren. In den ersten Tagen marschierten wir im Kreis und kamen unserem Ziel nicht näher. Zu unserem Glück waren die Straßenschilder intakt. Später las ich einmal, dass sich die Alliierten beim Einmarsch nach Deutschland über die Straßenschilder wunderten. In Großbritannien waren sie abmontiert worden, um den Feind im Falle einer Invasion in die Irre zu führen.

Am frühen Morgen sah die Landschaft um uns immer lieblich aus. Zarte Nebelschleier hingen dicht über dem Boden und zwischen den Bäumen. Alles kam mir verzaubert vor. Die Gegend, durch die wir kamen, war von atemberaubender Schönheit: Heute ist sie ein Nationalpark. Sanfte Hügel säumten den Horizont, der Morgendunst klärte sich schnell, und eine kraftvolle, neue Frühlingssonne erschien am Himmel. Der Mensch mochte Tod und Zerstörung hervorbringen und so viele arglose Menschen auf beiden Seiten dieses schrecklichen Kriegs in Leid und Elend stürzen, die Natur sah darüber hinweg und feierte mit der üblichen verschwenderischen Schönheit die Wärme, die in den Boden zurückgekehrt war.

Wir hielten uns bei der Hand und sangen, um uns Mut zu machen und weil man, wie Eva richtig bemerkt hatte, schneller geht, wenn man im Takt eines Lieds marschiert. Eines unserer Lieder war nach dem Luftangriff auf Hamburg aufgekommen:

Hamburger Heimatlied
Da wo Schulau an die schöne Elbe sich schmiegt
Wo der große Trümmerhaufen Hamburg liegt
Wo so viele Ruinen, endlos Schutt und Stein
Da ist meine Heimat, da bin ich daheim.

Wo die Bomber kreisen nachts am Firmament
Wo dann ab und zu ein Stadtteil brennt
Wo die Scheiben klirren, und das Licht geht aus
Da ist meine Heimat, da bin ich zu Haus.

Alle deutschen Kinder, besonders wenn sie alt genug waren, um in der HJ oder beim BDM zu sein, lernten diese patriotischen Lieder, doch für uns waren sie lediglich Musik mit einem Rhythmus, auf den man marschieren konnte. Hauptsächlich sangen wir deutsche Volkslieder, die ich im Kindergarten gelernt hatte. Eine von uns begann zu singen, dann stimmte die andere in das Lied ein. Wir hatten gelernt, aus dem Stehgreif zweistimmig zu singen. Jetzt übten wir es, während wir weiterwanderten, und wir kicherten, wenn wir die Melodie verfehlten.

Unterwegs begegneten wir auch anderen, die auf der Flucht waren, doch wir hielten uns nicht damit auf, uns zu unterhalten oder Bekanntschaft zu schließen. Die Menschen hasteten zielstrebig aneinander vorbei, jeder war bemüht, sein Ziel zu erreichen und dabei für sich zu bleiben.

Wir waren erst zwei oder drei Kilometer gegangen, als ein Militärfahrzeug mit zwei Soldaten und einem Fahrer neben uns anhielt, die sich anboten, uns ein Stück weit mitzunehmen. Wir zwängten uns froh hinein und fuhren mit ihnen bis zum Steigerhaus, einem Markstein in der Gegend. Das große Haus, um die Jahrhundertwende von einer russischen Prinzessin erbaut, wurde jetzt von altgedienten Nazibeamten als Jagdsitz genutzt. Als wir ausstiegen, schenkte mir einer der Soldaten eine Tüte Printen, die es sonst nur zu Weihnachten gab.

Eva erlaubte mir, einen der köstlichen Kekse gleich zu naschen. Unsere Wanderung war ein neues Abenteuer für mich, und ich dachte: »Prima! Ich werde auf dem ganzen Weg Geschenke bekommen.«

»Du darfst sie nicht alle auf einmal essen«, sagte

Eva, »wir müssen haushalten. Ab besten, wir essen jeden Abend nur einen Keks als Belohnung für unseren schweren Fußmarsch.«

Wenn ich mir abends eine Printe aus der Tüte holte, bot ich Eva immer eine an. Sie griff zu, aber ich weiß, dass sie sie nie gegessen hat. Sobald sie glaubte, ich schliefe, legte sie den Keks heimlich in die Tüte zurück, damit mein Vorrat länger hielt. Ihre Art, auf so einfache Weise selbstlos und großzügig zu sein, werde ich mein Leben lang nicht vergessen.

Vom Steigerhaus wanderten wir weiter, als plötzlich um uns herum heftig gekämpft und geschossen wurde. Wir waren in das Marschgebiet der vorrückenden Amerikaner geraten. Eva notierte:

Wir kamen jetzt so richtig in den Kessel. Von allen Seiten pfiff es um uns herum.

Der Krieg war noch nicht zu Ende, versprengte deutsche Truppenteile leisteten überall erbitterten Widerstand, doch wir eilten ungeachtet der Gefechte weiter, bemüht, die Gefahrenzonen zu umgehen, und auf Unterschlupf im nächsten Dorf hoffend. Es waren noch zwei oder drei Kilometer bis Georgenthal, als wir auf einer Bank unter einem Baum Rast machten. Ohne das Prasseln des Gewehrfeuers und Heulen der Granaten wäre es ein hübscher Platz für eine Rast gewesen. Es war zwar erst April, doch die Sonne schien schon so warm, dass wir unsere Jacken auszogen und uns über den Schatten freuten, den der Baum spendete.

Während wir rasteten, näherte sich uns ein grün gekleideter Mann mittleren Alters mit einem Gewehr über der Schulter und einem Fernglas um den Hals.

»Ist er Soldat? Trägt er deshalb Uniform?«, wandte ich mich flüsternd an Eva.

»Nein«, antwortete sie leise, »es ist der Förster.«

»Wo wollt ihr hin?«, fragte er uns schon von Weitem.

»Wir versuchen, nach Georgenthal zu gelangen«, sagte Eva.

Der Blick des Försters verdunkelte sich: »Das ist nicht zu schaffen. Überall wird gekämpft, im Dorf und auf der Straße. Die Amerikaner sind auf dem Vormarsch. Georgenthal liegt auf ihrer Marschroute. Der Weg ist nicht sicher; wenn ihr in diese Richtung weitergeht, erwischt es euch bestimmt. Ihr solltet den Weg nach Stutzhaus einschlagen.«

»Vielen Dank«, sagte Eva höflich, und der Mann verschwand so schnell, wie er aufgetaucht war. Eva hatte jetzt einen besorgten Blick: »Keine Ahnung, wo Stutzhaus liegt. Ich weiß nicht, welchen Weg wir einschlagen müssen. Komm, mein Schatz, wir sollten besser weitergehen.«

Wir waren kaum aufgestanden, als zwei junge deutsche Soldaten mit Stahlhelmen und Gewehren in den Händen vor uns auftauchten. Sie hatten ihre Hosenbeine in die Kniestrümpfe gesteckt, ich bemerkte ihre völlig verdreckten Stiefel.

»Wohin des Wegs, junge Damen?«, fragten sie, und als Eva ihnen unsere Lage erklärt hatte: »Stutzhaus liegt auf unserem Weg, wenn ihr wollt, nehmen wir euch mit. Wir gehen querfeldein, das ist sicherer als auf den Straßen, die von der amerikanischen Artillerie pausenlos bombardiert werden. Kommt.«

Dankbar schlossen wir uns ihnen an. Anfangs folgten wir einem Pfad, doch bald suchten wir unseren eigenen Weg durch den Wald und robbten sogar durchs Unterholz, wenn wir Geschützfeuer hörten. Wir gingen Felder entlang, hielten uns dicht bei den Hecken und duckten uns in Gräben, sobald wir den Lärm von Motoren hörten. Wir waren erst den zweiten Tag unterwegs, doch ich hatte bereits gelernt, dass ich mich in eine Hecke, einen Graben oder eine Ausbuchtung werfen musste, sobald in der Nähe Geschützfeuer zu hören war. Das Heulen einer Granate war das Zeichen, sich auf der Stelle zu Boden zu werfen. War nichts in der Nähe, das uns Deckung gab, befahl Eva mir, mich so flach wie möglich auf den Boden zu pressen und still zu halten.

»Dann denkt der Feind, wenn er dich sieht, du wärst schon tot«, sagte sie.

Die beiden Landser kannten den Weg und führten uns ortskundig. Sie waren sehr geduldig. Ich kam nicht so schnell voran wie sie und habe sie wahrscheinlich aufgehalten, doch sie sagten nichts. In der Nähe der Ortschaft stoppten sie.

»Ihr müsst da langgehen«, sagte einer der beiden und wies die Richtung, »einfach immer geradeaus, dann kommt ihr ins Dorf. Verstanden?«

»Danke vielmals«, sagte Eva, »ohne Sie hätten wir das nie geschafft.«

»Gern geschehen«, antworteten die Männer, und schon waren sie wieder im Wald verschwunden.

Während wir auf das Dorf zugingen, fragte ich Eva: »Warum waren sie allein? Wo sind die anderen Soldaten?«

»Vielleicht war es ein Spähtrupp«, antwortete sie.

»Wahrscheinlich hat man sie ausgesandt, um herauszufinden, wo die Amerikaner stehen und was sie tun. Und jetzt sind sie auf dem Rückweg zu ihrer Einheit, um Bericht zu erstatten. Oder sie waren Boten, die dem Hauptquartier eine Nachricht von ihrer Truppe übermitteln.«

»Sie sind sehr tapfer«, sagte ich mit großen Augen.

»Sie tun es, weil man es ihnen befohlen hat, Puppe, es ist ihre Pflicht. So ist das, wenn man Soldat ist. Aber du hast recht, sie sind sehr tapfer. Und wahrscheinlich stammten sie auch von hier.«

»Woher weißt du das?«

»Sie haben uns ohne Landkarte quer durch die Felder und den Wald geführt.« In ihr Tagebuch schrieb sie:

Auf dem Weg trafen wir Soldaten, die uns mitnahmen. Wie dankbar wir ihnen dafür waren, kann ich nicht sagen, denn wir wären allein niemals rausgekommen.

In Stutzhaus gingen wir, wie in den meisten Städten und Dörfern, in denen wir übernachteten, ins Rathaus, um uns registrieren zu lassen. Bei Flüchtlingen, wie wir es waren, wurde der Ort, aus dem sie kamen, sowie das Ziel registriert, dann bekam man eine Adresse, bei der man die Nacht über Unterschlupf fand. Ich weiß nicht, ob Eva je etwas zahlen musste, aber ich denke nicht. Jeder war darauf eingerichtet, zu helfen.

Wir verbrachten die Nacht in einer Bäckerei. Es war wundervoll, denn obwohl alle Fensterscheiben in den Bombenangriffen zerbrochen waren, backte der Bäcker noch immer Brot. Alle Düfte meiner Kindheit in Hamburg und die Erinnerung an die Bäckerei im Erdgeschoss unseres Wohnblocks kehrten zurück. Der Geruch des gehenden Hefeteigs, der köstliche Duft von frisch gebackenem Brot und die Wärme des riesigen Backofens, der Mehlstaub, der auf allem lag. Das Gefühl von Behaglichkeit und Normalität mitten im Chaos des Krieges war beruhigend. Und was noch wichtiger war: Wir bekamen von diesem wunderbaren, frischen, noch ofenwarmen Brot zu essen.

Allerdings fanden wir auch in dieser Nacht wenig Schlaf. Sobald es dunkel war, begannen die Luftangriffe. Sie dauerten die ganze Nacht, das Gellen der Sirenen fuhr mir durch Mark und Bein.

Manchmal schlief ich so fest, dass ihr Heulen nicht bis in meinen Schlaf vordrang. Dann musste Eva mich wachrütteln. Im Halbschlaf merkte ich, wie Eva versuchte, mich hochzuheben, ohne mich zu wecken, doch ich war zu schwer. Sie musste mich aufwecken und mit mir in den Keller hinunterstolpern, wo wir das Ende des Luftangriffs abwarteten und eine andere Sirene »Entwarnung« gab.

Als wir wieder einmal bei einem Luftangriff unten saßen, fragte ich Eva, warum wir den Keller wieder verlassen mussten und nicht einfach dort schliefen.

»Es ist zu eng für alle, Puppe. Wie sollte man hier schlafen, wo es fast keinen Platz zum Sitzen gibt?«

Sie hatte recht. Im Keller drängten sich die Menschen. Nicht nur die Bäckerfamilie suchte hier Zuflucht, auch andere wussten, dass er guten Schutz bot: Er war überfüllt und stickig, und an Schlaf war kaum zu denken. Deshalb kehrten wir nach jeder Entwarnung in unsere Betten zurück und versuchten, vor dem nächsten Fliegeralarm ein wenig Schlaf zu tanken.

Was sich mir in dieser Nacht am meisten einprägte, waren nicht die Luftangriffe, obwohl eine Bombe nur wenige Hundert Meter von uns entfernt in ein Nachbarhaus einschlug und unseren Unterschlupf so stark erschütterte, dass wir uns fest umklammerten, weil wir dachten, er stürze über uns ein. Wir glaubten, wir seien im Keller gefangen, und als es nach Feuer roch, weil Rauch von außen hereinwehte, hatten wir entsetzliche Angst, wir würden bei lebendigem Leib verbrennen. Draußen waren die Löscharbeiten im Gange, mit lautem Geschrei und viel Lärm. Später erfuhren wir, dass einige Hausbewohner durch die Bombe getötet worden waren.

Nein, am meisten prägte sich mir etwas ein, was sich in den folgenden Tagen häufiger wiederholte und mich dann nicht mehr schockierte. Doch beim ersten Mal brannte es sich tief in mein Gedächtnis ein, obwohl ich es nicht mit eigenen Augen sah. Unter dem Fenster des Zimmers, in dem wir uns ausruhten, gab es einen großen Aufruhr. Da die Fenster zerschlagen waren, hörte man alles, was draußen geschah. Es waren Soldaten im Dorf, und wir hörten, wie sie jemanden ausfragten, anherrschten und seine Papiere verlangten. Offenbar hatte er keine oder nicht die richtigen Papiere, vielleicht weigerte er sich auch, ihrem Befehl Folge zu leisten. Jedenfalls erschossen sie ihn. Ich hörte diesen einzigen Schuss, und obwohl ich bereits an Gewehrfeuer gewöhnt war, hatte ich nie zuvor einen Schuss aus nächster Nähe gehört. Und erst recht war ich nie Zeuge gewesen, wie ein Mensch erschossen wurde. Gefechte in der Ferne waren unpersönliche Gewaltakte: Wir sahen und hörten nie, wie die Kugeln ihr Ziel trafen. Was ich jetzt erlebte, war anders. Ich hörte einen Schuss, und im selben Augenblick starb ein Mensch. Zu wissen, dass gerade jemand unter unserem Fenster getötet worden war, erschütterte mich tief.

Eva wusste, was vor sich ging, als die Soldaten begannen, den Mann zu verhören, und sie tat, was in ihren Kräften stand, um mich abzulenken. Sie begann mir Märchen zu erzählen, doch wir hörten deutlich das Bellen der Fragenden, das Gemurmel des Antwortenden und dann den einen Schuss, bei dem es einem die Gedärme zusammenzog. Wir hörten, wie die Soldaten weitermarschierten, dann herrschte Stille. Niemand schien den Leichnam wegzubringen.

Ich hoffe, irgendjemand hat den toten Mann am nächsten Tag anständig begraben, aber ich weiß es nicht. Ich habe mich seitdem oft gefragt, wer er wohl war und wie es dazu kam, dass er auf diese Weise in Stutzhaus sterben musste.

Er könnte ein Kundschafter der Amerikaner gewesen sein, obgleich wir meinten, er habe deutsch, nicht englisch gesprochen. Vielleicht war es ein Fahnenflüchtiger? Oder einer der Zwangsarbeiter, die aus einem Balkanstaat nach Deutschland verschleppt worden waren und die sich, als das Kriegsende in Sicht war, selbst befreiten?

Er könnte auch Italiener gewesen sein: Nachdem Italien im Herbst 1943 den Achsenmächten den Rücken gekehrt hatte, waren die Italiener für die Deutschen Feinde, und viele Italiener, die sich in Deutschland aufhielten, wurden erschossen. Wer auch immer es war, ich hatte großes Mitleid mit dem Mann, und Jahre später habe ich mich oft gefragt, ob seine Mutter, sein Vater oder seine Geschwister je erfahren haben, was mit ihm geschah. War er verheiratet? Hatte er Kinder, die sich fragten, wo ihr Vater war? Gleichwohl fühlte ich auch mit den Soldaten, die ihn erschossen. In den Wirren und der Panik dieser Kriegstage meinten sie, richtig zu handeln. Es waren Zeiten jenseits aller Normalität, und überall geschahen entsetzliche Dinge.

Fast verloren

Am nächsten Morgen um sechs Uhr früh machten wir uns wieder auf den Weg. Ich wusste noch genau, was ich in der Nacht gehört hatte, doch als wir aus der Bäckerei traten, sah ich nirgendwo einen Leichnam liegen. Vielleicht hatte man den Toten weggeschafft, doch wahrscheinlicher ist, dass Eva mich so ums Haus führte, dass ich ihn nicht zu sehen bekam. Sie schützte mich stets so gut sie konnte vor dem, was um uns geschah. Ich hatte meine Puppe unterwegs immer bei mir, und bei dem Stichwort »Charlotte« musste ich sie schnell vor mein Gesicht halten.

»Jetzt nicht nach rechts schauen«, sagte Eva, und dann wusste ich, dass da irgendetwas Schlimmes war. Eva führte mich an meinem Arm weiter, und ich durfte nur nach unten schauen, damit ich sah, wohin ich meine Füße setzte. Sie wollte mir den Anblick der Leichen am Straßenrand ersparen, aber sie konnte nicht immer verhindern, dass ich sie sah.

Ich sah Leichen von Soldaten und Zivilisten, von Männern ebenso wie von Frauen, und manchmal roch es nach fauligem Fleisch – auch einer der unvergesslichen Gerüche, die mich seitdem verfolgen und den ich lieber nicht kennen würde.

Unterwegs boten sich uns viele Anblicke, bei denen Eva »Charlotte« sagen musste.

Die schweren Kämpfe um Stutzhaus hatten etliche Todesopfer gefordert, Leichen säumten die Straßen. Wenn wir durch Dörfer kamen, die unter schweren Beschuss genommen worden waren, lagen viele Tote auf dem Boden und zwischen Ruinen und verkohlten Trümmerhaufen.

Wir sahen deutsche Militärkolonnen, die den Befehl hatten, an die Front vorzurücken, und konnten manchmal einen Blick auf die traurigen Gesichter der Soldaten werfen, die auf der Ladefläche zusammengepfercht zu einem Gefecht gekarrt wurden, aus dem sie vielleicht nicht wieder zurückkehrten.

So jung ich war, ich wusste, was geschah. Ich wandte mich an Eva und fragte: »Warum gehen sie nicht einfach nach Hause?«

Eva liefen Tränen über das Gesicht. »Sie können nicht, Puppe. Sie haben keine Wahl. Erinnerst du dich, wie ich dir erklärte, was es heißt, Soldat zu sein? Es bedeutet, dass man seine Pflicht erfüllen muss. Sie können nicht nach Hause gehen. Sie müssen kämpfen.«

Am Vormittag gingen wir über eine lange, gerade Straße, die zum Dorf Crawinkel führte. Die Amerikaner waren bereits seit fünf Tagen in der Region. Am 4. April, vier Tage vor unserem Aufbruch, hatten sie das Zwangsarbeiterlager Ohrdruf befreit, ein Außenlager des Konzentrationslagers Buchenwald. Doch als wir damals durch Thüringen wanderten, wussten wir nichts davon. Die Lage wurde zunehmend bedrohlicher. Wir hörten das Grollen schwerer Artilleriegeschütze, als wäre die Luft ständig von Donner erfüllt, gefolgt vom Trommelfeuer kleinerer Geschütze. Die Leuchtspuren der Geschosse schraffierten den Himmel wie verglühende Sternschnuppen. Links von der Straße fiel das Land ab und man blickte auf einen Flickenteppich aus Feldern hinunter, in denen verstreut die grauen Kirchturmspitzen versteckter Dörfer auftauchten. Auf der rechten Seite stieg das Gelände steil an und war dicht mit Tannen bewaldet. Wir waren die einzigen Menschen auf der Straße, der Ort lag eigenartig verlassen da. Die Gefechte schienen weit entfernt zu sein, doch plötzlich, ohne Vorwarnung, tauchten Flugzeuge am Himmel auf, stießen auf die Straße herab und beschossen sie im Tiefflug. Andere Flugzeuge kamen hinzu und über den Feldern zu unserer Linken begann ein Luftgefecht. Die Straße lag so hoch über der Landschaft, dass es aussah, als flögen sie auf gleicher Höhe mit uns, deutlich sah ich die Piloten und die amerikanischen und deutschen Abzeichen auf den Flügeln.

Einen Augenblick lang waren wir wie gelähmt und fasziniert von dem Blick auf das Kampfgeschehen mit den Flugzeugen, die plötzlich nach oben oder nach unten wegtauchten und sich gegenseitig beschossen. Dann begriff Eva, in welch großer Gefahr wir uns befanden.

»Runter!«, schrie sie, und wir warfen uns hinter eine schmale Hecke am linken Straßenrand. Dort lagen wir in Todesangst, hörten die Einschläge der Geschosse und warteten, bis die Flugzeuge davondonnerten. Doch es war noch nicht vorbei: Jetzt nahm die Artillerie in den Feldern unter uns die Straße unter scharfen Beschuss, überall um uns explodierten Granaten. Wir lagen starr, wie versteinert hinter der Hecke. Direkt neben uns schlugen Granaten in die Hecke ein, die immer wieder erschüttert wurde. Eva streckte ihre Hand nach mir aus: Ich solle mich nicht bewegen. Mein linkes Bein lag in einer Pfütze, zudem begann mein rechtes, falsch angewinkeltes Bein einzuschlafen, doch ich wagte nicht, mich zu rühren. Von der frühlingshaften Morgensonne erwärmt, war mir der Boden bei der ersten Berührung warm erschienen, doch jetzt kroch die Kälte in meine Knochen. Ich lag so still, dass mir Ameisen über die Wange krabbelten, und ich musste meinen Kopf gegen den Boden drücken, um sie loszuwerden. Ich hatte Charlotte im Arm, doch unser kleiner Leiterwagen stand noch auf der Straße. Mit zusammengekniffenen Augen versuchte ich an etwas Schönes zu denken. Eva hatte mir diesen Trick verraten. Ich dachte an Mutti und unser Zuhause in Hamburg; daran, wie wir in der Ziegelei gespielt hatten, und an Lumpi, meinen Welpen. Ich dachte an Weihnachten, an das Funkeln in den Augen im Widerschein der brennenden Kerzen und an die bunt eingewickelten Pakete unter dem Weihnachtsbaum. Und ich dachte an meine Schwester Ruth, die im Himmel bei den Engeln war, und betete, sie möge auf uns herabschauen und uns beschützen.

Dann rief uns jemand. Es war eine Gefechtspause, und wir konnten deutlich hören, wie jemand sagte: »He, ihr zwei! Auf, Mädchen, schnell hierher!«

Ich öffnete die Augen und wandte meinen Kopf, um zu sehen, woher die Stimme kam, blieb aber liegen. Auf der anderen Straßenseite verbarg sich ein deutscher Soldat im Gehölz. Ein Sonnenstrahl verfing sich in seiner Erkennungsmarke, und sie blitzte auf. Er winkte, wir sollten schnell zu ihm kommen. Eva umschloss fest meine Hand. Mit einem Ruck brachte sie mich auf die Beine, zog mich in geduckter Haltung über die Straße und griff im Vorbeilaufen sogar noch unseren kleinen Leiterwagen. Als wir fast drüben waren, stürzte der Soldat auf mich zu, packte mich und zog mich schnell in den Schutz der Bäume. Über uns heulten noch immer die Granaten, doch nun wurde das Feuer von oben erwidert, vom Berg aus. Die Tannen bergabwärts wurden vom Kugelhagel zerrissen.

Atemlos und voller Schrecken blieben wir einen Augenblick stehen. Doch der Soldat, der mich noch immer am Arm festhielt, sagte hastig:

»Kommt, schlagt hier keine Wurzeln. Wir müssen auf den Berg.« Er hielt mich und Eva dicht an seiner Seite und marschierte mit uns los. Eva trug den kleinen Leiterwagen mit unserer Habe. So begannen wir den Aufstieg. Es gab keinen Pfad, wir schlugen uns durch Unterholz, schlängelten uns an Bäumen vorbei aufwärts, immer bergauf. Es kam mir vor, als würde es endlos so weitergehen. Meine kurzen Beine trugen mich kaum, ich rang nach Atem und war zum Umfallen müde, aber wir kämpften uns durch den Wald nach oben, während über uns die Geschütze donnerten. Der Soldat hielt mich fest an der Hand und spornte mich immer wieder an. Ich hielt tatsächlich durch.

Kaum hatten wir den Berg erklommen, geschah ein Unglück. Um die Zweige vor uns zu teilen, ließ der Soldat für einen kurzen Augenblick meine Hand los. Ich hatte mich vollständig auf ihn verlassen, auf einmal strauchelte ich und purzelte rückwärts den Berg hinunter. Ich fiel und fiel …, ich rollte und purzelte über Stock und Stein, schleuderte durchs Unterholz und schlitterte über Fels. Tatsächlich dauerte es nur wenige Sekunden, dann war ich den Berg hinabgerollt und blieb noch hinter unserem Ausgangspunkt am Waldrand liegen. Starr vor Schreck, kraftlos und zerschunden lag ich reglos da und dachte an Evas Anweisung, mich tot zu stellen, damit der Feind mich nicht ins Visier nahm. Mein rechtes Bein war verdreht, und der Schmerz begann durch meinen ganzen Körper zu wandern. Ich hatte blaue Flecken, Schürfwunden und stand unter Schock.

Es kam mir vor, als läge ich schon eine Ewigkeit. Dann hörte ich, wie Zweige knackten. Eine große Hand fasste die meine und zog mich auf die Beine. Es war der Soldat. Er hatte noch einmal sein Leben riskiert und war heruntergekommen, um mich zu holen. Er trug mich in den Schutz der Bäume, dann machte er eine kurze Pause und lächelte verschmitzt: »So, Kleine, da müssen wir jetzt wieder rauf, damit dir nichts passiert.« Wortlos umklammerte ich seine Finger, und wir machten uns an den langen Aufstieg. Dieses Mal achtete er darauf, dass er mich stets festhielt.

Auf einer Lichtung kurz vor der Anhöhe wartete Eva auf uns. Sie hatte hinter einem Holzstapel Deckung gefunden, und als sie uns kommen sah, stürzte sie aus ihrem Versteck, nahm mich in die Arme und drückte mich fest an sich. Dann strich sie die Blätter und Holzsplitter von meiner Kleidung und band mein rotweißes Kopftuch über meinen hübschen Zöpfen neu.

»Oh, Puppe, ich dachte schon, ich hätte dich verloren«, schluchzte sie vor Erleichterung: »Wie hätte ich es Mutti beibringen sollen? Wie hätte ich ohne dich nach Hause kommen können, Kleine?«

Hinter den Büschen kamen weitere Soldaten hervor und brachten uns eilig an einen sicheren Platz hinter einigen Baumstämmen. Eva drückte mich ständig an sich und bemutterte mich. Wir saßen mit dem Rücken zu den Baumstämmen nebeneinander und hielten uns umschlungen.

Die Flugzeuge hatten abgedreht, aber der Artilleriebeschuss ging weiter. Irgendwann hörte das Schießen auf und wir kamen aus unserem Versteck. Erst jetzt merkten wir, dass wir uns in einem kleinen, von Bäumen verdeckten Gefechtsstand befanden, von dem aus man das ganze Tal übersehen konnte. Es waren ungefähr zwölf Soldaten da, und alle waren sehr nett.

»Da hast du aber etwas erlebt, Kleine! Das wirst du nicht so schnell vergessen, was?«, meinte einer. »Jetzt verarzten wir dich erst einmal und schauen nach, ob noch alles an dir dran ist.«

Meine Schürfwunden und blauen Flecken wurden sorgfältig untersucht. Ich war erstaunlicherweise nahezu unversehrt geblieben. Kinder und Betrunkene, so heißt es, wissen, wie sie fallen müssen, und an diesem Sprichwort muss etwas dran sein. Doch ich war sehr verstört, und alle bemühten sich, mich aufzumuntern. »Kommt, setzt euch hier hin, wir schauen mal, was wir für euch zu essen haben.«

Sie richteten einen bequemen Sitzplatz ein und bereiteten uns eine Mahlzeit zu. Der Tag war noch nicht weit fortgeschritten, doch die Soldaten waren es gewohnt, jede Gefechtspause zu nutzen. Es war wie eine kleine Party. Wir wurden mit Weißbrot und Erdbeermarmelade bewirtet, Eva bekam einen Tee und ich heiße Schokolade. Milch und Zucker waren schon in den Beuteln enthalten, mit denen unsere Getränke aufgebrüht wurden. Wir summten sogar ein kleines Lied, wenn auch ganz leise, damit unser Versteck unentdeckt blieb. Eva schrieb:

Morgens um sechs kamen wir nach Crawinkel, wo wir in einen entsetzlichen Angriff gerieten. In einer Hecke suchten wir Schutz. Ein Soldat holte uns rüber auf einen Hügel, dort wäre es nicht so gefährlich. Die Angst, die wir da ausstanden, kann ich nicht beschreiben. Doch dann hatten wir großes Glück. Soldaten kampierten am Wege und luden uns zum Frühstück ein. Ob unsere Mägen sich wohl freuten?

Die Soldaten setzten sich zu uns, aßen, wärmten sich mit heißen Getränken und schwatzten mit uns. Sie zogen zerknitterte Fotografien mit Eselsohren aus den Jackentaschen, zeigten uns ihre Kinder und erzählten wehmütig von ihrem Zuhause und ihren Familien.

Mein Retter war der größte von ihnen, ein sehr gut aussehender junger Mann, schlank und mit dunklem lockigen Haar. Lange Zeit war er mein Traumheld, mein Ritter in glänzender Rüstung. Als Teenager malte ich mir oft aus, einen Mann zu treffen, der wie er sein würde, wir verliebten uns und würden bis ans Lebensende glücklich sein. Gewiss habe ich ihn idealisiert, aber er verkörperte alles, was mein Traummann haben sollte: Er war mutig, gut aussehend und liebevoll. Ich weiß seinen Namen nicht mehr, aber sein Gesicht habe ich nie vergessen, ebenso wenig wie das, was er an jenem Tag für mich getan hat. Ich frage mich, was aus ihm geworden ist, und hoffe, dass er den Krieg überlebt hat.

Auch Eva hielt sein Andenken in Ehren. Sie hatte eine Weile wirklich geglaubt, ich sei tot, und war außer sich gewesen, weil sie sich die Schuld dafür gab. Doch dann hatte er mich gerettet.

Der kleine Gefechtsstand musste wenig später aufgegeben werden. Er war nach den Angriffen nicht mehr sicher, der kurze Augenblick von Sorglosigkeit, Freundschaft und

Glück war zu Ende. Die Soldaten nahmen uns zu ihren Fahrzeugen mit, einem Panzer und ein paar großen Lastwagen mit Maschinengewehren und allem anderen, was sie benötigten, einschließlich mehrerer Benzinkanister. Sie hoben uns auf einen in Tarnfarben bemalten Planwagen, der an den Längsseiten der Ladefläche je eine Sitzbank hatte. Ein Soldat schenkte mir eine Tüte mit Süßigkeiten, dann fuhren sie los und schaukelten mit uns in Richtung der nächsten Stadt.

»Wo sollen wir euch absetzen?«, hatten sie gefragt.

»In der Nähe von Martinroda wäre es gut. Ich muss dort einen Brief abliefern«, hatte Eva gesagt. Jemand aus Tabarz hatten ihr den Brief mitgegeben, falls sie nach Martinroda käme, und Eva ergriff die Chance.

Zum großen Glück gesellten sich noch zwei Soldaten dazu, die uns weiter mit ihrem Auto mitnahmen. Von da brauchten wir nur noch vier Höhenmeter bis nach Martinroda.

Am Dorfrand von Martinroda verabschiedeten wir uns von unseren neuen Freunden, die uns so sehr geholfen hatten. »Passt gut auch euch auf, Mädchen!«, ermahnten sie uns und schenkten uns zum Abschied noch Brot und ein Glas Marmelade. Wir waren überglücklich. Doch der Tag war noch nicht zu Ende.

Als wir ins Dorf kamen, war Eva gut gelaunt. »So ein Glück«, sagte sie, »wir sind bis hierher eskortiert worden, ohne einen Schritt selbst laufen zu müssen, und jetzt werden wir sicher ordentlich versorgt und bekommen ein gutes Bett zum Schlafen.«

Leider hatte sie sich getäuscht. Im Gegensatz zu den

meisten anderen Ortschaften, in die wir kamen, wurden wir hier ausgesprochen kühl empfangen. Es gab keine Möglichkeit, eine Unterkunft zu bekommen. Wir erhielten eine kleine Mahlzeit, ein paar Kartoffelpuffer, die wir im Stehen hinunterschlingen mussten, und nach kurzer Zeit wir wurden wir wieder fortgeschickt:

Hier hatten wir uns viel versprochen. Aber nichts als Kartoffelpfannkuchen bot man uns an.

Natürlich waren die Leute in großer Sorge wegen des Kriegsendes und möglicherweise fürchteten sie sich vor Fremden. Ich aß Kartoffelpuffer für mein Leben gerne, am liebsten mit Apfelmus, und war daher wahrscheinlich ziemlich zufrieden, doch für Eva muss die Art, wie wir abgefertigt wurden, niederschmetternd gewesen sein. Man mag sich vielleicht darüber wundern, dass es Leute gab, die eine junge Frau und ein Kind allein in der Nacht fortschickten, aber damals herrschten besondere Umstände. Meistens begegnete man uns sehr freundlich und wir hatten nichts zu beklagen.

Wie immer verbarg Eva ihre Enttäuschung vor mir, und wir wanderten weiter. In dieser Nacht schliefen wir in einem Graben. Zum Glück war es warm, und wir fanden ein trockenes, windgeschütztes Plätzchen zwischen Büschen. Nachts fiel das Thermometer, doch wir zogen unsere Ersatzjacken über und kuschelten uns eng aneinander. Ich weiß nicht, ob Eva schlief, ich jedenfalls war so müde, dass mich der Schlaf überwältigte, bevor sie mein Haar gekämmt und mit mir mein Nachtgebet gesprochen hatte. Unter normalen Umständen wäre es für mich höchst abenteuerlich gewesen, im Freien zu schlafen, doch jetzt war ich zu müde, um daran zu denken. Stattdessen schmiegte ich mich im Gebüsch eng an meine große Schwester und schlummerte tief und selig.

Ein wenig Musik kommt in unser Leben

Bei Tagesanbruch wachten wir auf und krochen aus dem Graben hervor. Der vierte Tag unserer Wanderschaft begann, aber wir waren noch nicht weit gekommen, weil die Gefechte uns zu Umwegen zwangen. In der Hoffnung, vorwärtszukommen, machten wir uns also früh auf den Weg. Das Glück war auf unserer Seite: Ein Bauer kam mit seinem Fuhrwerk vorbei und bot sich an, uns ein Stück mitzunehmen.

Sechs oder sieben Kilometer saßen wir auf dem Wagen, ließen die Beine herunterbaumeln und genossen es, gefahren zu werden.

Nachdem der Bauer uns abgesetzt hatte, wanderten wir weiter, doch sobald wir Flugzeug- oder Gefechtslärm hörten, warfen wir uns ins Gebüsch oder verkrochen uns unter Bäume.

Als ich mich einmal nach einem Luftangriff wieder aufrappelte, lachte Eva schallend: Ich war so schwungvoll ins Gras gehechtet, dass meine Backen grüne Grasspuren hatten. Ein anderes Mal war ich traurig, weil ich ein ganzes Polster winziger blauer Vergissmeinnicht niedergewalzt hatte.

Jetzt waren mehr Menschen auf den Straßen unterwegs, auch in unserer Richtung. Wenngleich wir uns niemandem anschlossen, gingen wir bisweilen eine Zeit lang mit anderen, hauptsächlich, wenn sie den Weg kannten. In der Nähe von Städten und Dörfern hatten die Bewohner manchmal tiefe Gräben ausgehoben, um das Vorrücken der amerikanischen Panzer zu stoppen. Darin versteckten wir uns, wenn wir Gewehrschüsse hörten. An diesem Tag erlebten wir einen besonders schweren Angriff und hatten beide große Angst.

Hui, da waren schon wieder die Jagdbomber da, und wir witschten in den Wald. Wir bangten um unser Leben.

Ich glaube, Eva fing an zu begreifen, wie waghalsig unser Vorhaben war und welche Gefahren wir auf uns nahmen. Als wir aus unserem Versteck zwischen den Bäumen hervorkamen, sahen wir eine Schar Soldaten, die einen Mann umringten, der eindeutig ein Ausländer war. Er war groß und trug einen dunklen Umhang. Ein deutscher Offizier hatte ihn gestellt, man konnte die Feindseligkeit spüren.

»Wo haben Sie Ihre Papiere?«, brüllte der Offizier mit sichtlicher Wut. Dann zog er seine Pistole.

Eva drängte sich rasch vor mich, um mir den Anblick zu ersparen, aber es war zu spät. Ich sah, wie der Offizier zielte und abdrückte. Ich hörte den Knall, sah den Mann einknicken und zu Boden sinken. Reglos lag er da mit einem feuchten, dunklen Fleck auf der Brust, der sich langsam ausbreitete. Ich zitterte von Kopf bis Fuß, und Eva fasste meine Hand und zog mich schnell weiter.

»Denk nicht daran, Puppe, denk an schöne Dinge«, sagte sie. Rasch entfernten wir uns von der grauenhaften Szene, deren Zeuge wir geworden waren. Eva begann zu singen, und nach einer Weile versuchte ich, das Gesehene zu vergessen und stimmte ein. Es fehlte ihr nicht an Mitgefühl. Als ich Jahre später mit ihr über diesen Vorfall sprach, erfuhr ich, dass sie genauso erschüttert gewesen war wie ich und sich lange damit herumquälte. Doch sie hatte sich vorgenommen, mich lebend und gesund zu meiner Mutter zurückzubringen. Das gab ihr die Kraft, durchzuhalten.

Was wir jetzt sahen, war entsetzlich und unvergesslich. Unser Weg führte durch ein Gebiet, das nur wenige Minuten zuvor ein Schlachtfeld gewesen war. Überall lagen Soldaten, Feldsanitäter luden Verwundete in Sanitätswagen. Wie rauchende Scheiterhaufen standen Panzer und Armeefahrzeuge verstreut, manche brannten noch. Männer mit Bahren rannten umher, sammelten die Verletzten ein, überall ertönte das Stöhnen der Verwundeten, bisweilen gellte ein Schmerzensschrei. Ich sah, wie sich Soldaten über andere Soldaten beugten, die reglos am Boden lagen, als wären sie tot.

»Was tun sie?«, fragte ich Eva.

»Sie sehen nach, ob die Männer noch leben. Sind sie tot, nehmen sie ihnen ihre Erkennungsmarke ab. Die trägt jeder Soldaten an einer Kette um den Hals, damit man weiß, um wen es sich handelt, und damit die Angehörigen benachrichtigt werden können.«

Mit weit aufgerissenen Augen sah ich mich um. Lieber Gott, betete ich, bitte mach, dass unser Vater nicht irgendwo tot liegt, dass ihm niemand seine Erkennungsmarke wegnimmt und uns davon benachrichtigt, dass der Krieg für ihn vorbei ist und er niemals wiederkommt.

Ich fragte mich damals, ob Soldaten ihre gefallenen Landsleute Seite an Seite mit den Feinden beerdigen. Viele Jahre später hörte ich das deutsche Epitaph »Wir betrauern die Toten – doch sie haben ihren Frieden« –, seitdem fällt es mir immer ein, wenn ich an dieses Schlachtfeld zurückdenke.

Wir stolperten über diesen Blutacker und waren froh, als der trostlose Ort endlich hinter uns lag. Zwei Soldaten, die sich als Offizier Stern und Herr Ostermann vorstellten, begleiteten uns eine Zeit lang.

Sie kannten den Weg und nahmen uns mit in Richtung Oberilm. Wir passierten einen Ort, in dem sich ein Feldlazarett befand. Dort überredeten sie irgendjemanden, uns für eine Nacht Unterkunft im Lazarett zu gewähren. Man führte uns in ein Zweibettzimmer, die beiden Soldaten teilten sich das eine, Eva und ich das andere Bett. Nach der Nacht am Wegrand waren wir froh über die Aussicht, in einem Bett zu schlafen, und viel zu müde, um uns wegen unserer Zimmergenossen Sorgen zu machen, die zudem wohlerzogene junge Männer waren. Sie schliefen in Uniform und ließen sogar die Schuhe an: Man müsse jederzeit bereit sein loszulaufen, sagten sie.

Ich hatte nie zuvor mit Fremden in einem Zimmer geschlafen und fand es lustig, besonders weil einer der Soldaten schnarchte. Ich hatte meinen Vater früher schnarchen hören, aber das war lange her:

In dem nächsten Ort, kurz vor Oberilm, blieben wir die Nacht. Wir mussten mit den Soldaten in zwei Betten schlafen.

Nachdem ich für kurze Zeit eingenickt war, wurde ich wach. Ich lauschte dem Wimmern und den Schreien der verwundeten Soldaten auf den Krankenstationen und konnte nicht mehr einschlafen. Wieder war da ein schrecklicher Geruch, den ich seitdem nicht mehr vergessen kann, eine Mischung aus den Ausdünstungen von offenen Wunden und Blut, schlechten hygienischen Verhältnissen und Desinfektionsmitteln. Die Zimmertür stand halb offen, vielleicht eine Vorsichtsmaßnahme, um im Notfall schnell hinauszugelangen. Im Dämmerlicht des Flurs ging manchmal eine Krankenschwester oder ein Arzt vorbei, Schatten, die wuchsen, bis sie die Tür füllten und verschwanden. Ich dankte Gott, dass wir unverletzt waren und keine Schmerzen litten, bevor ich wieder einschlief.

Das Einzelbett, das Eva und ich teilten, war für die Nachtruhe immer noch bequemer als der Straßengraben, daher erlaubten wir uns, am nächsten Tag auszuschlafen. Erst gegen acht Uhr machten wir uns wieder auf den Weg und marschierten in Richtung Oberilm. Offizier Stern und Herr Ostermann begleiteten uns weiterhin, und das war gut so. Wohin die beiden unterwegs waren, weiß ich heute leider nicht mehr, aber auf jeden Fall fühlten wir uns mit ihnen sicherer. Wahrscheinlich täuschten wir uns darin, denn wegen ihrer Uniformen waren wir in ihrer Begleitung vermutlich wesentlich gefährdeter, als wenn wir allein gewesen wären. Aber wir glaubten ohnehin, der Feind würde uns sofort töten, wenn er uns fände. Es machte also keinen Unterschied.

Es war ein langer Tag zu Fuß mit den üblichen Mühen, Gefechten und Luftangriffen auszuweichen, und wir waren sehr froh, als endlich die Stadt vor uns auftauchte.

Herr Ostermann kannte sich in der Gegend aus. »Meine Schwester wohnt in Oberilm, sie kann euch sicher weiterhelfen«, sagte er.

Er sollte recht behalten. Als wir in Oberilm ankamen, brachte er uns zum Haus seiner Schwester, die sich bereitwillig um eine Unterkunft für uns bemühte. Das Haus nebenan war von einer Bombe getroffen worden, doch die

Weinflaschen im Keller hatten den Angriff auf wunderbare Weise heil überstanden. Die Soldaten bekamen sogar ein paar Flaschen geschenkt. Wir wurden im Keller einer großen Villa aufgenommen, der von seinen Besitzern in einen annehmlichen Wohnraum verwandelt worden war. Natürlich gab es keine Fenster, denn man befand sich ja unter der Erde, aber alles war bemerkenswert wohnlich. Die Kinder der Familie schliefen zwar schon, als wir ankamen, sodass ich sie nicht kennenlernte, aber ich durfte mit ihren Spielsachen spielen. Es gab eine kleine provisorische Küche mit Herd, dazu sogar ein Badezimmer mit Toilette und Handtüchern, die mit gelben Enten bestickt waren. Jeder schlief auf einer Luftmatratze, hatte ein Kissen und eine Decke. Eva und ich schoben unsere beiden Matratzen in einer Ecke aneinander und zogen den Vorhang um unser »Schlafgemach« zu. Es war sehr gemütlich, als hätten wir ein Zimmer für uns. Ich fühlte mich sicher.

Eva blieb bei mir, bis ich eingeschlafen war. Sie massierte jeden Abend meine Beine, um meine Muskeln zu entspannen. Besonders, wenn wir weit gewandert waren, tat mir nach der stundenlangen Anstrengung oft jeder Schritt weh. Dann waren meine Füße am Abend so schwer, dass ich sie kaum noch anheben konnte, und meine Hüften begannen schrecklich zu schmerzen. Während sie mich durchknetete, tröstete sie mich, denn sie fand für alles eine aufmunternde Erklärung.

»Das sind Wachstumsschmerzen«, sagte sie, »bei so viel Übung wirst du kräftig in die Höhe schießen.«

Ganz gleich, wie erschöpft ich war und wie sehr mir die Beine wehtaten, wenn Eva mich massierte, ging es mir gleich besser. Sie hatte eine wundervolle Art: Selbst in den

Wirren, die wir durchmachten, gelang es ihr immer, mich zu beruhigen und mir das Gefühl von Sicherheit zu geben. Wenn sie meine Muskeln gelockert hatte, bot ich ihr denselben Dienst an, und sie willigte ein.

»Das ist lieb von dir«, sagte sie, »es tut ja so gut.«

Obwohl ich mit meinen kleinen Händen sicher nicht viel ausrichten konnte, behauptete sie immer, dass sie sich hinterher viel besser fühlte.

Jeden Abend kämmte Eva sorgfältig mein Haar und flocht die Zöpfe neu. Sie lebte in ständiger Sorge, ich könnte Kopfläuse bekommen, und kämmte mein Haar deshalb rigoros durch. Ich musste dabei immer an Mutti denken, die zu Hause jeden Abend mein Haar geflochten und sich darüber beschwert hatte, dass ich ein solcher Wildfang mit so vielen Knoten im Haar war. Ich sehnte mich nach Mutti, auch wenn sie mit mir schimpfte, während sie mein Haar kämmte!

Nachdem ich eingeschlafen war, saßen Eva, Stern, Ostermann und die freundlichen Soldaten zusammen, unterhielten sich und tranken Wein. Es muss ein hübscher Abend gewesen sein, doch die Nachtruhe war kurz.

Herr Ostermann besorgte Wein. Vier Flaschen tranken wir und vier wurden mitgenommen. Um 7 Uhr 30 Minuten machten wir uns wieder auf den Weg.

Wir mussten also früh aufbrechen – aber nicht, ohne uns gewaschen und die Zähne geputzt zu haben! Zwar wechselten wir zwei Wochen lang unsere Kleider nicht, trugen Tag und Nacht dasselbe, aber Eva hatte Seife und ein Handtuch dabei und sorgte dafür, dass ich mich wusch und die Zähne putzte. Wenn wir in einem Haus unterkamen, hatten wir eine Toilette und ein Badezimmer, ansonsten blieben uns nur die Bäche und Flüsse entlang des Wegs. Auch Toilettenpapier hatten wir keines dabei, aber wir wurden zu Spezialisten im Entdecken großer, weicher Blätter, die nicht stachelten, und sammelten sie auf unserem Marsch, sodass wir immer einen Vorrat besaßen.

Der Fußmarsch selbst war nicht übermäßig anstrengend, besonders da wir durch Luftangriffe immer wieder gezwungen waren, Pausen einzulegen, unter Hecken zu kriechen oder uns flach auf den Boden zu legen. Das waren Momente, in denen ich große Angst hatte, obwohl Offizier Stern und Herr Ostermann uns weiterhin begleiteten. Es waren vor allem Evas Zutrauen und ihre Art, mit mir umzugehen, als sei ich schon erwachsen, die mich aufrechthielten, sonst hätte ich unter diesen Umständen sicher längst aufgegeben.

Wir hatten noch zwei Flaschen Wein, die Eva in ihrem Rucksack trug, da sie zu schwer für unseren kleinen Leiterwagen waren. In ihrem Tagebuch berichtet sie:

Der Rucksack drückte uns so sehr und wir waren dann froh, dass uns ein Auto erhörte. Wir fanden Platz bei einem LKW. Puppe auf dem Schoße eines Soldaten und ich zwischen zwei Soldaten. Wenn ich meinen rechten Nebenmann anschaute, dann kam durch mich ein Schütteln. Er hatte so ein liebes Gesicht und war so entzückend mit Bärbel. Diese Fürsorge für uns, und die Liebe, mit der er Puppe betreute.

Ich kann mich noch an die Fahrt im Lastwagen erinnern. Die Soldaten ließen sich allerlei einfallen, um mich zu unterhalten, sie erzählten lustige Geschichten, die mich zum Lachen brachten, zogen Grimassen, wollten alles über mich und meine Familie wissen. Sie fragten mich, wie meine Puppe heiße, und als ich ihnen den Namen nannte, stellten sie sich Charlotte offiziell vor. Rückblickend begreife ich, dass sie alle den normalen familiären Umgang vermissten und sich verzweifelt nach ihrem Zuhause sehnten.

Sie waren ungeheuer nett zu mir, doch ohne dass es ihnen klar war, half auch ich ihnen, weil ich sie mit meinem Lachen und meiner kindlichen Unschuld für eine kurze Zeit den Ernst des Krieges vergessen ließ. Deshalb kümmerten sie sich ausgiebig um mich, sobald sie die Möglichkeit dazu hatten.

Der Lastwagen nahm uns mit in ein Dorf. Dort meldeten wir uns bei einer Sammelstelle für Flüchtlinge, wo man uns versorgte und eine Unterkunft anwies. Unser Quartier war eine Gemeindehalle mit einer großen Küche, in der es von Frauen und Soldaten wimmelte. Eine junge, pausbäckige Frau lächelte uns hilfsbereit zu, und nach kurzer Zeit hatten wir mit ihr Freundschaft geschlossen.

Hanna war achtzehn, sie trug ein Dirndl und Sandalen. Ihre Zöpfe hatte sie in zwei Schnecken aufgesteckt. Wir beneideten sie um ihre dicke, schafwollene Strickjacke. Sie sah aus wie jemand, der frisch von einem Bauernhof kommt. Es gelang uns, drei Matratzen zu finden, die nebeneinander an der Wand lehnten, sodass wir unser Lager gemeinsam aufschlagen konnten.

»Wo kommt ihr her, und wohin geht ihr?«, wollte Hanna wissen.

»Wir kommen aus Tabarz und sind unterwegs nach Wiedersdorf«, erklärte Eva ohne Umschweife. »Und du?«

»Mich haben sie zum Arbeitsdienst aufs Land geschickt. Du weißt schon, zu Bauern. Als ich ihnen erklärte, dass ich jetzt nach Hause gehen müsse, weil der Krieg zu Ende ginge, haben der Bauer und seine Frau mich gehen lassen. Ich versuche, zu meiner Familie zurückzukommen.«

Es war schön, jemanden zu treffen, der wie wir auf dem Weg nach Hause war.

Bevor ich schlafen ging, bekamen wir etwas zu essen:

Als dann der Wagen hielt, kamen wir in ein Quartier. Eine Küche mit Frauen und Soldaten. Unser lieber Stern machte Puppe Abendbrot und auch Hanna und ich wurden gut versorgt. Herr Ostermann holte dann die Flaschen raus und aufs Neue wurde getrunken. Schön ist es, mal an nichts zu denken, und ich habe alles vergessen.

Eva sah noch einmal nach mir, dann nutzte sie den verbleibenden Abend und plauderte und flirtete mit dem Soldaten, der auf dem Lastwagen so freundlich zu mir gewesen war. Er hieß Hans und war ein gut aussehender junger Mann, groß, schlank, blond und etwa so alt wie Eva. Die beiden verstanden sich sofort, und sie machten einen Spaziergang zusammen. Doch Hans war verheiratet, und so sprachen sie viel über seine Frau und seinen Sohn, die er beide schrecklich vermisste:

Einen schönen Weg machten wir und setzten uns bei einer Scheune etwas nieder. Hans erzählte mir von seiner Frau und von seiner Jugendzeit, und so gingen die Stunden hin, viel viel zu schnell. Ich verstand den Hans gut. Er hatte eine Frau und einen kleinen Sohn, einen Claus-Rü-

diger. Er hat seine kleine Frau lieb gehabt und doch musste er auch mich gerne haben, denn Erinnerungen an eine Jugendliebe kamen in ihm hoch. Schöne Stunden waren es, die wir zwei zusammen verlebt haben. Weiß ich denn, ob ich jemals wieder einen Menschen lieb haben darf? In dieser Nacht habe ich kein Auge zugemacht.

Es muss schwer gewesen sein für Eva, denn die beiden waren einander sofort sehr nahe. Doch vielleicht hat meine Schwester das heimliche Herzflattern auch genossen, denn so konnte sie die Sorge um mich wenigstens für kurze Zeit vergessen.

Am folgenden Tag warnten uns einige Soldaten im Gemeindezentrum davor, bei Tag weiterzuwandern.

»Es ist zu riskant«, sagte einer: »Immer wieder sterben Zivilisten, weil sie in ein Gefecht geraten. Niemand kann sagen, wann und wo es losgeht. Wenn ihr wirklich weiter wollt, dann müsst ihr nachts reisen, wenn man euch nicht so gut sieht.«

»Das stimmt«, fügte ein anderer hinzu, »die Zahl der Menschen, die auf der Straße getötet werden, steigt täglich.«

Eva hörte ihnen aufmerksam zu, dann nahm sie mich zur Seite. »Hast du gehört, was sie gesagt haben, Puppe?«, fragte sie. »Ich habe das Gefühl, wir müssen vorsichtig sein. Wir haben schon viel Glück gehabt und sollten jetzt nicht leichtfertig unser Leben aufs Spiel setzen. Die Soldaten wissen, wovon sie reden.«

»Heißt das, wir müssen von nun an bei Nacht marschieren?«

»Ja, ich glaube, das ist sicherer. Am Anfang werden wir uns umstellen müssen, aber du wirst sehen, du gewöhnst dich daran. Sorgen macht mir allerdings, dass wir nachts keine so weite Strecke zurücklegen können wie bei Tag. Egal – länger zu brauchen ist allemal besser, als gar nicht anzukommen. Hauptsache, wir schaffen es wohlbehalten und gesund zu Mutti.«

»Ja«, antwortete ich inbrünstig, und meine Sehnsucht nach unserer Mutter war ebenso überwältigend wie Evas.

Wir würden alles tun, um wohlbehalten zu ihr zurückzugelangen.

Darüber hinaus war ich froh, dass wir ein wenig länger pausierten, bevor wir weitergingen. Ich konnte mich besser ausruhen – und so lange schlafen, wie ich wollte. Wir beschlossen also, bis zum Abend hierzubleiben, und erhielten wie zur Belohnung für unseren Mut an diesem Tag ein wundervolles Essen mit Nudeln und Fleisch.

Am Mittag bekamen wir von unserer Quartiersfrau herrliche Nudeln. Mehr Fleisch als Nudeln bekamen wir zu essen. Am Nachmittag kamen dann die Granaten geflogen. Wir zogen in den Keller.

Wir verbrachten fast den ganzen Nachmittag im Schutzkeller und hörten Mörsergranaten in der Nachbarschaft einschlagen. Doch jeder blieb fröhlich, und da ich das einzige Kind war, machten sie viel Wirbel um mich. Abwechselnd erzählten sie mir Märchen oder selbst ausgedachte Geschichten, und häufig ging es um ein kleines Mädchen wie mich. Wir spielten »Ich sehe etwas, was du nicht siehst« und ein Spiel, bei dem jemand ein Wort sagte und die anderen mussten ein Lied finden, in dem das Wort vorkam, und es dann natürlich vorsingen.

Wir saßen im Keller, als wir plötzlich das Heulen einer Granate hörten, das immer näher kam, dann direkt über uns einen dumpfen Einschlag in eine Wand. Einige Sekunden war es ganz still, dann folgte das Krachen von einstürzenden Ziegelsteinen und Gebälk. Es waren Sekunden großer Angst, denn jeder fragte sich, ob unser Haus nun einstürzte, doch Gott sei Dank blieb es stehen. Als wir später aus dem Keller kamen, stand das Nachbarhaus nicht mehr. Eva notierte später:

Hinter dem Haus krepierte eine Granate, und ein Soldat wurde tödlich verwundet.

Es war einer der Soldaten, die mit uns zu Mittag gegessen hatten. Seine Kameraden suchten in den Trümmern nach ihm und bestatteten ihn. In der Straßenreihe klaffte eine Lücke, wie in einer Zahnreihe, in der ein Zahn fehlt. Aber wir dankten Gott, dass unser Gebäude, in dem so viele Menschen Schutz gesucht hatten, nicht direkt getroffen worden war und bei dem Angriff nicht noch mehr Menschen ums Leben gekommen waren.

Im großen Saal der Gemeindehalle stand ein Klavier, das vor dem Krieg bei Dorffesten und Konzerten seine Dienste geleistet hatte, und wir kamen nun in den Genuss eines musikalischen Zaubers. Hans, der während der Stunden im Keller nicht von Evas Seite gewichen war, gab für uns ein kleines Konzert und spielte eines der wunderschönen, klassischen Stücke, die man nie mehr vergisst. Wahrscheinlich hat er es vor allem für Eva gespielt.

Mein liebstes klassisches Werk ist das zweite Klavierkonzert von Rachmaninoff. Ich bin mir nicht sicher, ob ich mich nicht irre und es mir einbilde, weil ich so lange daran geglaubt habe, doch es ist möglich, dass ich es in jenem Gemeindesaal, während der letzten Tage des fürchterlichen Krieges, zum ersten Mal hörte. Noch heute lege ich, wenn ich traurig bin, eine CD mit diesem Konzert ein und habe dann das Gefühl, getröstet zu werden. Es hebt mich in eine andere Welt, und ich lasse alle Sorgen und Nöte hinter mir.

Unsere ganze Schar war schweigend um das Klavier versammelt, träumte und lauschte dem zarten Plätschern der Musik. Eva saß neben mir und hielt mich fest im Arm. Wir dachten beide an unser Zuhause in Hamburg, an das Klavier, das es dort gab, und an die literarischen und musikalischen Abende im Kreise der ganzen Verwandtschaft, bei denen jeder ein Gedicht oder eine Stelle aus einem Buch vorlas, oder ein Lied sang. Es schien so weit zurückzuliegen. Ob wir unsere Familie je wiedersehen würden, ob wir jemals wieder nach Hause kämen?

Eva war tief berührt von der schönen Musik, und die letzten Stunden vor unserer Abreise verbrachte sie in Hans' Gesellschaft:

Hänschen und ich wollten die wenigen Stunden, die uns noch blieben, nicht verschlafen, sondern uns lieber noch einmal ganz gehören. Ich dachte nicht mehr an Unglück oder Schlechtigkeit. Nur eines wurde mir bewusst, dass es doch noch schöne Stunden im Leben geben kann. Wenn uns der liebe Gott auch nur wenige dieser Stunden, der schönen, zukommen lässt, so muss man sie dann eben vollauf und doppelt genießen. Ich fragte mich so oft, ist es denn Unrecht, wenn man einen Menschen lieb hat? Er zieht wieder gegen den Feind und weiß nicht, ob er noch einmal nach Hause zurückkommt. Und was mag aus uns werden? Ich glaube, kaum, dass ich einmal einen Menschen finden werde, dem ich für immer gehören kann. Wenn ich glaube, einen Menschen gefunden zu haben, dann geht er mir durch irgendeinen Zufall wieder verloren. Warum musste Hänschen, dem meine Sympathie so sehr entsprach, mir denn sagen müssen, dass er verheiratet ist? Ach, nur nicht denken, nur nicht ins Grübeln kommen.

Als der Abend anbrach, war es Zeit zu gehen. Wir packten unsere Sachen ein und verabschiedeten uns auch von Hanna, die in eine andere Richtung musste, und von Offizier Stern und Herrn Ostermann. Von Hans hatte sich Eva schon zuvor verabschiedet. Er hatte Eva einen Talisman geschenkt, einen Glücksbringer: seine silberne Armbanduhr. Es war keine wertvolle Uhr, doch es war alles, was er an persönlichen Dingen besaß und verschenken konnte. Eva bewahrte sie auf wie einen Schatz, und als sie viele Jahre später starb, lag die Uhr noch immer in ihrem Schmuckkästchen:

Ein Talisman wird mich schützen und seine Uhr mir ein steter Begleiter sein. Unser Abschied musste kurz sein, denn ich bin ja auch nur eine schwache Frau, und mir wurde es sehr, sehr schwer. Ich glaube, Hans war es auch nicht einerlei. Ich musste mich immer wieder umschauen, und auch er kam nicht von der Tür fort. Es gab wieder viel zu sehen, und vor allem war die Angst vor den Jagdbombern so groß, dass Zeit zum Denken nicht viel übrig blieb. Es war gut so, denn was sollte ich machen. Ich durfte doch nicht mehr zurück!

Eva erfuhr nie, ob Hans die folgenden schrecklichen Tage überlebt hat. Ich hoffe es für ihn. Ihr Flirt erinnerte Eva mitten in dieser Schreckenszeit daran, dass sie ein hübsches, junges Mädchen war. Das half ihr unendlich. Sie waren einfach zwei junge Menschen, die trotz der schlimmen Umstände eine Romanze hatten. Auf mehr kann man im Krieg nicht hoffen. Mehr ist nicht zu erwarten.

Die Hexe

Dann waren wir wieder unterwegs. Und wieder hatten wir Glück, denn wir waren noch nicht weit gegangen, als ein anderer Lastwagen der Wehrmacht uns eine Mitfahrgelegenheit bot. Die Soldaten sagten, sie könnten uns eine weite Strecke mitnehmen, und wir stiegen dankbar ein.

Der Lastwagen fuhr auf Nebenstraßen und über schmale Wege und machte einen Bogen um die Gebiete, in denen es während des Tages heftige Gefechte gegeben hatte. Sogar nachts flammte hin und wieder ein roter und weißer Lichtschein am Himmel auf, die Artillerie bellte los, und eine rote Glut in der Ferne zeigte, dass dort etwas brannte.

Ich kuschelte mich im dunklen Fahrzeug an Eva. Jedes Mal, wenn wir zu einem Dorf kamen oder eine Hauptstraße kreuzten, schaltete der Fahrer die Scheinwerfer aus und tastete sich langsam durch die dunkle Nacht. Endlich erreichten wir das Dorf Neckeroda in der Nähe der Stadt Teichel.

Abends ging unsere Fahrt weiter. Wir stiegen in einen Wagen und kamen in Neckeroda an. Hier wurde Quartier gemacht und erst schnell die Kleine ins Bett gebracht.

Als wir ankamen, entschied Eva, dass wir den Tag über hier ausruhen sollten. Es war sehr früh am Morgen, doch im Flüchtlingsbüro waren bereits freiwillige Helfer bei der Arbeit. Wieder wurden wir in der Gemeindehalle einquartiert, in der Feldbetten aufgereiht waren. Ich war sehr müde, denn während der vergangenen Nacht hatte ich große Mühe gehabt zu schlafen.

Nach dem Essen, das Eva in ihrem Tagebuch als eine Mischung aus Frühstück und Abendessen bezeichnet, legte ich mich unverzüglich zu Bett und schlief gleich ein. Ich brauchte keine Gutenachtgeschichte und kein Schlaflied.

Hier trennten sich unsere Wege. Die Soldaten fuhren in eine andere Richtung und versuchten, zu ihrer Einheit zu gelangen.

Wir waren schon über eine Woche unterwegs. Eva war unzufrieden mit unserem Pensum. Wir kamen offenbar langsam voran, nur wenige Kilometer, denn wir mussten uns häufig auf den Boden werfen, weil Granaten und Schüsse zu hören waren.

Einmal fasste mich Eva beim Marschieren plötzlich am Arm: »Hör mal!«

Ich bemühte mich, lauschte nach neuerlichem Gefechtslärm, doch stattdessen hörte ich in der Stille den Ruf eines Kuckucks, der uns den Frühling und bessere Zeiten verkündete.

»Hörst du?«, fragte Eva und lächelte mir zu. »Das verheißt uns Glück. Verstehst du, Puppe? Jetzt wird bestimmt bald alles wieder gut.«

Aufgrund des guten Omens fiel uns das Weitergehen schon viel leichter.

Im nächsten Dorf ließen wir uns im Rathaus registrieren und bekamen eine Adresse, bei der wir die Nacht über bleiben konnten. Das Haus lag ein wenig abseits des Dorfs, und wir machten uns auf den Weg, zogen müde und schmutzig unseren kleinen Leiterwagen hinter uns her und freuten uns auf etwas zu essen und ein Bett für die Nacht.

Als wir uns dem Haus näherten, kam es mir vor, als würde ich es aus einem Märchenbuch kennen. Ich freute mich auf das weiß gestrichene, einstöckige kleine Haus, dessen Garten voll blühender Obstbäume von einem zierlichen Lattenzaun umgeben war. Es sah so hübsch und sauber aus mit seinen schneeweißen Häkelgardinen und schien aus einer anderen Zeit zu stammen, die den Krieg noch nicht kannte, in der alles seine Ordnung hatte und das Leben friedlich war.

Eine Frau trat aus der Haustür und wartete am Zaun auf uns. Sie war mittleren Alters, groß und schlank. Sie hatte ihr graues Haar zu einem festen Knoten im Nacken geschlungen und trug ein schickes Tweedkostüm. In meinen Augen sah sie aus wie eine Lehrerin, und ich war enttäuscht.

Ich hatte mir den Bewohner dieses märchenhaften Häuschens klein, beleibt und mit einem stets freundlichen Lächeln vorgestellt. Diese Frau dagegen wirkte hart und streng. Ein kleiner Hund hüpfte um sie herum und bellte aufgeregt.

Eva und ich liebten Tiere, und besonders Hunde, doch dieser kleine Kläffer weckte bei uns instinktiv Misstrauen. Wenn ein Hund einen tückischen Blick haben kann, dieser besaß ihn.

Die Frau trat vor das Gartentor, um uns zu begrüßen. Sie umarmte uns, streichelte mein Haar und küsste meine Stirn. In unserer Familie hatten wir unsere Zuneigung immer durch herzliche Gesten bekundet, doch dass eine Fremde mich umarmte, war ich nicht gewohnt. Heute zählen Küsse und Umarmungen zu den üblichen Umgangsformen, vor sechzig Jahren war dies noch nicht der Fall, man pflegte einen formellen Umgang. Ich fühlte mich der Fremden hilflos ausgeliefert, die ich nie zuvor gesehen oder gesprochen hatte, und erstarrte in ihrer Umarmung.

»Endlich. Ich habe euch schon erwartet«, sagte sie, als sie mich schließlich losließ. Eva warf mir einen Blick zu. Warum hatte sie uns erwartet? Vielleicht funktionierte in diesem Ort das Telefon noch, oder vielleicht meinte sie einfach, sie wartete auf jemanden, dem sie Unterkunft gewähren konnte, und das Los hatte zufällig uns getroffen. Ich fand, dass sie nicht nur wie eine Lehrerin aussah, sondern auch so redete. Sie sprach sehr deutlich und artikulierte jedes Wort sehr sorgfältig, als ob sie mit einfältigen, ungezogenen Kindern spräche.

Sie nahm uns mit ins Haus, wo ein köstlicher Küchenduft meine Ängste zerstreute. Wir hatten den ganzen Tag nichts gegessen außer meinen Keksen und waren völlig ausgehungert. Unsere Vorräte waren schnell zur Neige gegangen, und die stundenlangen Fußmärsche machten hungrig.

Während unsere Gastgeberin sich mit uns unterhielt, sprang der kleine Hund, ein langhaariger Mischling von der Größe eines Jack-Russell-Terriers, unentwegt an unseren Beinen hoch und kläffte. Ich bückte mich, um ihn zu streicheln, doch er schnappte nach mir. Ich solle ihn in Ruhe lassen, meinte die Frau. Wenn er nur mich in Ruhe gelassen hätte!

Wir wurden ins Esszimmer geführt, in dem der Tisch

bereits hübsch gedeckt war. »Geh deine Hände waschen, bevor du isst«, sagte die Frau gebieterisch zu mir.

Der Ton, in dem sie mit mir sprach, war verletzend. Ich war gut erzogen und wusch mir natürlich die Hände vor dem Essen, und obwohl es nicht immer möglich war auf unserem Marsch, nutzte ich jede Gelegenheit, sie zu waschen, selbst wenn ich sie dazu in einen Bach halten musste. Wir wuschen also unsere Hände und setzten uns zu Tisch.

Wo war das Essen? Ich wunderte mich, denn von irgendwoher wehte noch immer der Duft einer leckeren, warmen Mahlzeit zu mir. Mein armer Bauch verlangte verzweifelt danach, und ich konnte kaum noch an etwas anderes denken.

Doch unsere Wirtin wollte sich zuerst mit uns unterhalten. Kaum saßen wir am Tisch, begann sie uns auszufragen, wohin wir gingen, woher wir kämen ... Höflich erklärte ihr Eva unsere Lage: »Wir sind unterwegs nach Halle.«

»Zu unserer Mutter«, ergänzte ich.

»Hmm...«, schnaubte die Frau, »das ist ja lächerlich.« Dann wandte sie sich an Eva: »Hältst du es nicht für ein wenig unverantwortlich, ein kleines Kind auf eine so gefährliche Reise mitzunehmen? Das kann euch beide das Leben kosten. Was würde eure Mutter dazu sagen?«

Dann hielt sie uns eine kurze Strafpredigt, bevor sie endlich in die Küche ging, um das Essen aufzutragen. Zu meinem Vergnügen füllte sie für jeden von uns einen großen Teller mit Hühnerfrikassee, über den wir uns gierig hermachten. Während wir aßen, bombardierte sie uns weiter mit Fragen und schulmeisterte Eva wegen ihrer vermeintlichen Fahrlässigkeit.

Schließlich sagte sie zu ihr: »Du bist wirklich unvernünftig in dieser Sache. Das Beste wäre, du würdest deine kleine Schwester hier bei mir lassen. Ich habe viele Zimmer und werde gut für sie sorgen. Vorräte habe ich genug. Du könntest deine Mutter suchen gehen, und wenn dieser furchtbare Krieg vorbei ist, kommst du zurück und holst deine Schwester.«

Eva legte die Gabel aus der Hand: »Das ist unmöglich. Es tut mir leid, gnädige Frau, doch ich fürchte, meine Mutter wäre sehr unglücklich, wenn wir uns trennten. Bärbel und ich, wir müssen zusammenbleiben. Trotzdem, vielen Dank für Ihr freundliches Angebot und für das gute Essen.«

Während sie sprach, wurde sie im Gesicht weiß. Dann entschuldigte sie sich und ging ins Badezimmer, wo sie sich heftig erbrach.

Die Frau ließ sich in ihrem Vorhaben nicht erschüttern. Als Eva zurückkehrte, begann sie von Neuem: »Siehst du, dir geht es nicht gut. Wie sollst du dich dann auch noch um ein Kind kümmern? Du verhältst dich einfach nicht erwachsen in dieser Angelegenheit. In erster Linie bist du für Bärbel verantwortlich, und im Moment könntest du nichts Besseres tun, als sie hierzulassen. Wenn das Kind in meiner Obhut bliebe, könnte ich mich sorgfältig um sie kümmern, nicht so wie du.«

Eva sah jämmerlich aus, deshalb ergriff ich das Wort.

»Ich möchte nicht hierbleiben. Ich möchte bei Eva bleiben und mit ihr zusammen zu unserer Mutti gehen.«

Die Frau sah mich an, ihre Gesichtszüge wurden weicher: »Kindchen, was weißt du schon davon? Die Welt draußen ist gefährlich. Und außerdem: Wenn du hier im Warmen bleibst und immer etwas Gutes zu essen hast, dann wirst du gesund und munter sein, wenn du deine Mutter wiedersiehst.«

Ich schüttelte traurig den Kopf.

»Wir bleiben zusammen, und damit Schluss!«, sagte Eva entschlossen.

Während der ganzen Zeit sprang der kleine Hund um den Tisch, bellte bei jeder Gelegenheit und leckte an meinen Beinen. Ich versuchte, ihn wegzuschubsen, doch er kam immer wieder zu mir zurück. Die Hausfrau fütterte ihm hin und wieder Happen von ihrem Teller, doch er schien es mehr darauf abgesehen zu haben, Eva und mich zu belästigen. Bis zum Ende der Mahlzeit herrschte nun unbehagliches Schweigen. Die Frau servierte uns Käse, den wir uns unter anderen Umständen hätten schmecken lassen, doch Eva fühlte sich schlecht, und auch mir war inzwischen nicht mehr wohl.

Als wir fertig gegessen hatten, bat Eva darum, dass wir uns zurückziehen durften: »Sicher haben Sie Verständnis dafür, wenn wir gleich ins Bett gehen. Wir haben morgen wieder einen langen Tag vor uns.«

Die Frau, die sich kaum noch herabließ, mit uns zu sprechen, gab uns ein Zeichen, dass wir ihr folgen sollten. Sie hielt kurz bei einem Schrank im Flur, holte einen großen, weißen Nachttopf heraus und führte uns dann über den Flur zu unserem Schlafzimmer, einem freundlichen, geschmackvoll eingerichteten kleinen Zimmer mit zwei Einzelbetten. Eigentlich hätte es für uns ein höchst erfreulicher Anblick sein müssen, sahen wir doch die beste Schlafgelegenheit, die wir seit Langem gehabt hatten. Doch der kleine Hund sprang vor uns ins Schlafzimmer und hüpfte auf die Betten, ohne dass die Besitzerin Anstalten machte, ihn zurückzurufen. Ich glaube, er betrachtete uns als Eindringlinge in seine Welt und war eifersüchtig.

In der Tür übergab uns die Frau den Nachttopf. Eva nahm ihn wortlos entgegen, doch keiner von uns verstand, warum wir in einem Haus mit einem Badezimmer einen Nachttopf brauchten.

Als wir mit unserem kleinen Leiterwagen im Schlepptau ins Zimmer treten wollten, versperrte uns die Frau mit dem Arm im Türrahmen den Zutritt.

»Das Ding könnt ihr nicht mit ins Schlafzimmer nehmen«, sagte sie. »Ihr müsst es im Flur abstellen.«

Wir mussten tun, was sie sagte, räumten widerstrebend Rucksäcke, Charlotte und alles andere, was wir im Leiterwagen hatten, heraus und nahmen es mit ins Zimmer. Die Frau rief den Hund, und als sie das Zimmer verließ, trottete er ihr hinterher.

Als sie die Tür hinter sich zuzog, bekamen wir einen fürchterlichen Schrecken: Wir hörten, wie der Schlüssel auf der anderen Seite im Schloss umgedreht wurde und ihre Schritte sich im Flur entfernten. Eva sprang sofort zur Tür und rüttelte am Türgriff, doch er bewegte sich nicht. Wir waren eingesperrt. Es war ein Schock. Warum um alles in der Welt schloss sie uns ein?

»Vielleicht glaubt sie, wir würden sonst ihre wertvollen Sachen stehlen«, überlegte ich laut.

»Die wertvolle Sache bist du! Und sie möchte dich!«, schaffte es Eva gerade noch zu sagen, griff nach dem Nachttopf und übergab sich.

»Wirklich gut, dass sie daran gedacht hat, uns den Nachttopf zu geben«, sagte sie so fröhlich sie konnte. Sie war kreideweiß, und ich machte mir Sorgen. Auch mir war schlecht vor Angst. Flüsternd kamen wir zu dem

Schluss, dass Eva eine Lebensmittelvergiftung hatte, und wir waren uns ziemlich sicher, dass ihr »die Hexe«, wie wir sie tauften, vorsätzlich Gift verabreicht hatte. Für uns stand fest, dass sie beabsichtigte, Eva loszuwerden, damit sie mich behalten konnte, indem sie Eva tötete oder sie so krank machte, dass wir unsere Flucht abbrechen mussten. Die Hexe hatte nichts von sich erzählt, und wir hatten in keinem Zimmer auch nur eine einzige Fotografie gesehen.

»Vielleicht hat sie ein Kind verloren und will dich an seine Stelle setzen«, überlegte Eva.

»Oder sie ist einsam«, fügte ich hinzu, »und will uns hierbehalten, damit wir ihr Gesellschaft leisten.«

Und wenn sie einfach nur böse war? Ich kannte das Märchen von Hänsel und Gretel und hatte Bilder von der Hexe in Märchenbüchern gesehen – einen Spazierstock, einen leicht gebeugten Rücken und eine schwarze Katze anstelle dieses schrecklichen Hundes, mehr Zugaben hätte es nicht bedurft, um diese Frau zu einer perfekten Hexe zu machen. Und hatte sie uns nicht eingeschlossen, sodass es uns tatsächlich erging wie Hänsel und Gretel?

Wir legten uns auf die Betten, ohne uns auszuziehen. Eva behielt den Nachttopf in Reichweite, für den Fall, dass ihr wieder übel wurde. Ich hatte mehr Angst als je zuvor auf unserem Marsch: Diese hagere, verbitterte Frau war furchterregender als jedes feindliche Bombardement. Lieber hätte ich zehn weitere Luftgefechte wie jenes in Crawinkel durchgestanden, als ihr noch einmal zu begegnen. Es schüttelte mich am ganzen Körper. Verzweifelt quälte ich mich mit dem Gedanken, Eva könnte wirklich vergiftet worden sein und womöglich nicht wieder gesund werden.

Während der gesamten Zeit, die wir auf den Betten lagen, kratzte und wimmerte der Hund vor der Zimmertür. Manchmal hörten wir, wie unsere Wirtin ihm befahl, still zu sein, doch dem Hund war das gleichgültig. Ihre Stimme schien ihn sogar anzustacheln, sodass er nur noch wilder kratzte.

Nach etwa einer halben Stunde hörte Evas Brechreiz auf, und sie fühlte sich ein wenig besser. Obwohl ich sehr müde war, hatte ich aus Sorge um sie kein Auge zugetan. Natürlich war jeder Zweifel an Evas Kraft und Entschlossenheit überflüssig. Sobald sie sich ein wenig besser fühlte, stand sie vom Bett auf und schlich auf Zehenspitzen zum Fenster. Sie drehte den Fenstergriff, und wie durch ein Wunder sprang das Fenster geräuschlos auf.

»Hier bleiben wir nicht«, flüsterte sie mir zu. »Sie will dich von mir trennen. Das würde ich nicht ertragen.«

Wir nahmen uns fest in die Arme und waren dem Hund dankbar für den Lärm, den er machte, denn er übertönte unser geflüstertes Gespräch. Vielleicht schlief die Hexe im Zimmer nebenan!

So leise wie möglich schob Eva einen Stuhl ans Fenster, lehnte sich hinaus und ließ unsere Rucksäcke auf den Boden vor dem Fenster hinab. Gottlob war das kleine Haus einstöckig. Sie winkte mich zu sich, nahm Charlotte, warf sie aus dem Fenster und half mir, vom Stuhl auf das Fensterbrett zu klettern. Eva sprang als Erste, es war nicht hoch. Dann streckte sie die Arme aus, ich ließ mich hineingleiten und wurde von ihr sanft auf den Boden gesetzt.

Zu unserer großen Erleichterung waren wir aus unserem Gefängnis entkommen. Eva schnappte die Rucksäcke, ich nahm Charlotte auf den Arm, dann schlichen wir Hand in Hand so leise wie möglich am Haus entlang und hielten Ausschau nach dem Gartentor. Wir hatten erst wenige Schritte gemacht, als zu unserem Entsetzen der kleine Hund wütend zu bellen begann. Eva packte meinen Arm, und wir rannten beide los. Das Hundebellen war so laut, dass es keinen Zweifel gab: Der Hund war im Garten! Später haben wir uns oft gefragt, auf welche Weise er aus dem Haus gekommen war. Hatte uns die Hexe gehört und ihn absichtlich auf uns gehetzt? Oder ließ sie Tag und Nacht eine Tür für ihn offen stehen? Hatte er wie Katzen eine Klappe, durch die er ein und aus gehen konnte?

Wie er es auch angestellt haben mochte, er stürmte um die Hausecke direkt auf uns zu. Wir erreichten das Gartentor im Lattenzaun und schlüpften schnell hinaus. Eva blieb stehen, um das Tor hinter uns zu schließen und so den Hund in Schach zu halten.

Wir rannten querfeldein, von der Straße weg. Als ich zurücksah, bemerkte ich zu meinem Entsetzen, dass der Hund nur kurze Zeit vom Zaun aufgehalten worden war. Entweder jemand hatte ihn herausgelassen oder er war zwischen den Latten durchgeschlüpft, jedenfalls hetzte er in vollem Tempo hinter uns her. Ich hatte keine Ahnung, wie schnell meine kleinen Beine laufen konnten. Ich sah nur das Gesicht der Hexe vor mir. Konnte sie weit weg sein, wenn der Hund uns verfolgte? Und was würde sie tun, wenn sie uns wieder einfing? Wir rannten über Felder und Gräben, ich tappte mit einem Fuß in eine schmutzige Wasserlache, sodass meine Socken durchnässt wurden. Als wir uns durch eine stachlige Hecke drückten, schnellte ein Zweig zurück und verletzte mich am Auge. Für kurze Zeit konnte ich nichts sehen und hatte große Schmerzen. Aber ich rannte weiter. Endlich muss es dem

Hund zu anstrengend oder zu langweilig geworden sein, denn zu unserer großen Erleichterung verstummte sein Gebell, und wir schlossen daraus, dass er die Jagd aufgegeben hatte. Wir waren nicht sicher, ob er nicht doch noch hinter uns war, denn in der Dunkelheit hatten wir immer nur sein Gebell gehört. Wir nutzten die Gelegenheit und liefen ein wenig langsamer.

»Ist er weg? Sind wir in Sicherheit?«, fragte ich ängstlich.

»Ich glaube, er ist weg«, keuchte Eva.

»Und die Hexe?«

»Keine Sorge, sie verfolgt uns nicht. Ich glaube, wir haben es geschafft.«

Fünf Minuten später hatten wir Gewissheit, dass der böse kleine Hund uns nicht länger verfolgte. Erleichtert fielen wir uns in die Arme. Wir gingen noch eine Weile weiter, stolperten über Wurzeln und Baumstümpfe.

»Wir müssen einen Schlafplatz finden. Du bist zu müde, um weiterzugehen, Puppe«, sagte Eva. Auch sie war müde, die Magenverstimmung hatte an ihren Kräften gezehrt, doch jetzt ging es ihr schon viel besser. »Es geht doch nichts über einen Dauerlauf an der frischen Luft«, bemühte sie sich wie üblich, unsere Schwierigkeiten von der heiteren Seite zu sehen.

Wir hatten geglaubt, wir könnten nach einem guten Essen gemütlich schlafen und am nächsten Morgen munter weitergehen. Nun standen wir erschöpft und hungrig in der kalten Nacht. Eva, die Arme, hatte ja von dem ganzen Essen nichts bei sich behalten. Und wir hatten unseren Leiterwagen verloren, den wir im Flur des Hexenhauses zurücklassen mussten. Das waren trübe Aussichten, aber wir gingen tapfer weiter.

Nachdem wir einige Felder überquert hatten, entdeckten wir einen Bauernhof mit Nebengebäuden. Um die Wachhunde nicht zu wecken, schlichen wir leise zu einer Scheune. Eva stieß vorsichtig die Tür auf: Drinnen war es trocken und in einer Ecke lag ein Haufen Heu. Dankbar krochen wir ins Heu und schliefen sofort ein.

Das Bergwerk

Ich war kaum eingeschlafen, als mich ein hartnäckiges Kratzen weckte, das überall um uns war. Trotz der Dunkelheit merkte ich, dass Eva wachte, und ich spürte ihre Anspannung.

»Es ist nichts«, flüsterte sie, »schlaf weiter.«

Ich hörte Füße scharren und manchmal ein Röcheln. Und da war ein regelmäßiges Trippeln, das kaum länger als eine Sekunde verstummte.

»Was ist das?«, fragte ich leise.

»Das sind Tiere im Stall. Es könnten ein paar Kühe und vielleicht eine Ziege sein. Hab' keine Angst, Puppe, Stalltiere sind völlig harmlos.«

»Aber was kratzt denn immer so?«

»So klingst es, wenn sie schnarchen. Weißt du, sie schnarchen nicht wie Menschen.«

Es klang eindeutig nicht wie das Schnarchen der Soldaten in der vorausgegangenen Nacht.

Aber da Eva sagte, dass Tiere so schnarchten, glaubte ich es.

Ich war beruhigt und fiel bald wieder in tiefen Schlaf. Eva muss zuletzt ebenfalls eingeschlafen sein, denn als Nächstes erinnern wir uns nur an einen schrillen Aufschrei, der uns weckte.

Als wir die Augen aufschlugen, beugte sich eine Bäuerin mit erstauntem Gesicht über uns. Wir hatten vorgehabt, früh aufzustehen und weiterzuwandern, bevor irgendjemand erfahren würde, dass wir hier übernachtet hatten, doch Bauern sind eben schon im Morgengrauen auf den Beinen. Die kleine, rundliche Frau, die so um die sechzig gewesen sein dürfte, hatte die beiden Kühe und die Ziege melken wollen.

Eva entschuldigte sich schnell dafür, dass wir, ohne zu fragen in die Scheue eingedrungen waren. »Wir sind auf dem Weg nach Hause zu unserer Mutter und von der Hauptstraße abgekommen«, erklärte sie. »Sie sehen ja, die Kleine konnte einfach nicht mehr weitergehen. Deshalb haben wir hier geschlafen. Wir hatten nichts Böses im Sinn.«

Die Frau erwiderte nichts, und ihr Gesichtsausdruck war unverändert.

»Wir können für die Übernachtung bezahlen«, sagte Eva.

»So ein Unsinn«, sagte die Frau schließlich, und ein breites Lächeln erschien auf ihrem Gesicht. »Wartet hier, bis ich die Tiere gemolken habe, dann gehen wir ins Haus, und ich mache euch ein Frühstück. Hier, du kannst mir behilflich sein.«

Ich hielt die vollen Milcheimer, damit die Kühe sie nicht umwarfen, und schwelgte in dem süßlichen Duft von frischer, warmer Milch, dann trugen Eva und die Bäuerin die Eimer in die Küche. Die Bäuerin freute sich über die Hilfe, denn so musste sie nicht zweimal gehen. Auf dem Weg zur Küche entschuldigte sie sich für ihr anfängliches Misstrauen.

»Man kann nicht vorsichtig genug sein in diesen Zeiten«, sagte sie. »So traurig es ist, aber selbst Kindern muss man misstrauen. Hier sind viele Leute durchgekommen, die meisten harmlos. Aber es gibt immer Ausnahmen.«

Als wir in die Küche traten, trafen wir dort den Bauern. Er war älter als seine Frau und schon ganz ergraut. Auch er war überrascht, uns zwei Findelkinder aus dem Nichts auftauchen zu sehen. Er hieß uns bereitwillig willkommen und bot uns einen Platz an seinem Tisch an. Das freundliche Bauernpaar lud uns zu einem wundervollen Frühstück mit selbst gebackenem Brot, Butter von ihren Kühen, Pflaumenmarmelade, Honig von eigenen Bienenstöcken und weich gekochten Eiern ein. Die Bäuerin goss die frische Milch aus dem Eimer durch ein Sieb und gab jedem von uns ein Glas zu trinken. Ich weiß noch, wie es roch, warm und süß. Doch als ich mir vorstellte, dass sie aus dem Stall, aus einem Kuheuter stammte …

Da ich jedoch nicht unhöflich sein wollte, bedankte ich mich für die gute Milch.

Der Bauer sagte: »Gib ihr noch einmal davon. Sie wird nicht so oft gute Milch wie diese bekommen.«

Ich lächelte und warf einen verzweifelten Blick zu Eva, die sofort verstand. Als das Bauernpaar später die Hühner, Enten, Gänse und Schweine füttern ging, trank sie die Milch für mich. Bevor wir uns wieder aufmachten, gaben sie uns ein Glas hausgemachten Apfelsaft zu trinken, den ich viel lieber mochte als die Milch.

Während Eva sich im Badezimmer zurechtmachte, saß ich bei dem Bauern am Küchentisch.

»Ich wusste nicht, wie es klingt, wenn Kühe und Ziege schnarchen«, unterhielt ich mich höflich mit unserem Gastgeber.

»Wie klingt es denn?«, fragte der Bauer mit erstauntem Blick.

»Es rasselt, als trippelten viele kleine Füße.«

Erst sah er sehr verdutzt aus, dann begann der Bauer

zu lachen: »Ich möchte wetten, deine Schwester hat gesagt, dass es so klingt, wenn das Vieh schnarcht!«

In diesem Augenblick kehrte Eva ins Zimmer zurück und der Farmer winkte ihr mit dem Kinn.

»Deine Schwester ist ein gutes Mädchen. Sie passt wunderbar auf dich auf.« Er lachte laut und brummelte mehrmals »schnarchen«. Eva lachte, und ich lachte mit, denn ich wusste, dass sie sich über irgendetwas amüsierten, hatte allerdings keine Ahnung, worüber.

Viel später, als wir schon lange wieder bei Mutti waren, rückte Eva mit der Wahrheit heraus. Das »Schnarchen«, das ich gehört hatte, war eigentlich der Lärm von Ratten, die in den Scheunen herumkrochen. Sie hatte selbst zwei gesehen und aus Angst, sie könnten im Schlaf auf uns herumkrabbeln, hatte sie kaum ein Auge zugetan, bis die Sonne aufgegangen war und die Ratten in ihre Nester zurückgehuscht waren. Erst dann war auch sie kurz eingenickt. Wie immer hatte sie sich nichts von ihrer Angst anmerken lassen, damit ich einige Stunden Schlaf bekam.

Wir verweilten länger beim Frühstück, weil die Bäuerin uns unbedingt die Fotos von ihren beiden Söhnen zeigen wollte, von denen sie seit vielen Monaten keine Nachricht mehr erhalten hatte. Das konnte bedeuten, dass man sie an die russische Front geschickt hatte, denn die Amerikaner und Briten befolgten die Regeln des Roten Kreuzes und gaben die Nummern der Erkennungsmarken eines jeden Gefangenen oder Gefallenen bekannt. Die Russen lehnten jeglichen Nachrichtenaustausch mit ihren Feinden ab. Das alte Paar klammerte sich an die Hoffnung, die Söhne seien in einem russischen Lager und nicht namenlos begraben. Die Bäuerin hatte Tränen in den Augen, als sie uns die Zeugnisse und Diplome zeigte, die ihre Söhne in der Schule und beim Studium der Agrarwissenschaft erworben hatten. Bald würden sie den Hof nicht mehr allein bewirtschaften können, meinte der alte Mann, doch sie wollten ihn nicht aufgeben, für den Fall, dass ihre Söhne aus dem Krieg zurückkehrten.

Der Bauer und seine Frau füllten unsere Rucksäcke mit Brot und deftigem, hausgemachtem Käse. Dann zeigten sie uns, in welche Richtung wir gehen mussten, und wir machten uns auf den Weg. Ohne unseren kleinen Leiterwagen musste ich meinen Rucksack selbst tragen, doch wann immer Eva konnte, nahm sie mir die Last ab. Es war ein sehr warmer Tag. Zur Mittagszeit fanden wir einen sauberen Bach, dessen Wasser wir trinken konnten, dann setzten wir uns hin und aßen Käse und Brot. Einige selige Augenblicke lang streckten wir uns mit vollem Magen und ausgeruhten Beinen in der Sonne aus.

Eva bewahrte eine kleine Dose Creme in ihrem Rucksack. Es war eine Art Nivea-Creme, mit der sie jeden Abend, bevor wir uns schlafen legten, meine und ihre Lippen einrieb. Wenn wir tagsüber durstig waren und nirgendwo etwas zu trinken fanden, holte sie die Dose aus dem Rucksack. »Ein wenig Creme wird guttun«, sagte sie dann. Und sie hatte recht, denn die Creme spendete meinen aufgerissenen Lippen Feuchtigkeit. Es war auch in psychologischer Hinsicht hilfreich, denn ich fühlte mich jedes Mal besser, wenn Eva meine Lippen eincremte. Noch heute habe ich immer einen Fettstift für meine Lippen bei mir.

Tage wie diesen, an denen wir ohne Begleitung eine weite Strecke zurücklegten, nutzte Eva, um mich zu unterrichten. Es waren keine festgelegten Unterrichtsthemen, doch sie ermutigte mich, die Namen aller Bäume zu nennen und zu lernen, sie an ihren Blättern zu erkennen. Als ich später das Gymnasium besuchte, wurde ich von meiner Biologielehrerin vor der Klasse mit den Worten gelobt: »Bärbel sollte Botanikerin werden: Sie weiß mehr über Bäume und Pflanzen als ich.« Eva lehrte mich die Multiplikationsreihen, sie übte Addition und Subtraktion und das Buchstabieren mit mir. Sie erzählte aus der Geschichte, und eines Abends, als der Mond besonders klar war, erklärte sie mir den Zusammenhang zwischen dem Mond und den Gezeiten.

Gegen Abend schienen wir wieder in eine Gegend zu kommen, in der gekämpft wurde. Wir hörten Gefechtslärm, sahen jedoch nichts. Die Straße führte über dicht bewaldete Hügel und schließlich bergab ins mittelalterliche Rudolstadt, das von der Heidecksburg überragt wird, an deren Schlossberg sich die alten Häuser schmiegen. Eva hatte mir von dem Schloss erzählt. Ich hatte mir ein Bauwerk wie aus einem Märchen vorgestellt, mit Türmen und Türmchen oder eine mit Zinnen bewehrte Burgfeste, und war ziemlich enttäuscht, als ich den großen, barocken Palast sah, der auf den Ruinen eines älteren Bauwerks steht.

Über eine Brücke, die die breite Saale überspannte, betraten wir die Stadt. Die Straßen waren menschenleer bis auf einzelne Passanten, die hastig Besorgungen machten. Nichts deutete darauf hin, dass Soldaten in der Stadt waren. Wir fragten nach dem Weg zum Rathaus und wurden zu einem rotweißen Backsteingebäude geschickt, wo bereits andere Reisende darauf warteten, dass ihnen ein Nachtquartier zugewiesen wurde. Eine Familie, die in der Stadt lebte, nahm uns auf und empfing uns müde, schmutzige Fremde mit offenen Armen. Wir freuten uns darauf, die Nacht auszuruhen, wir hatten Schlaf dringend nötig. Eva ging es noch schlechter als mir, denn sie war nach der durchwachten Nacht in der von Ratten besiedelten Scheune sichtlich am Ende ihrer Kraft.

Als müssten wir für den schönen, friedvollen Tag bezahlen, den wir auf der Straße unterwegs gewesen waren, begann ausgerechnet in dieser Nacht die Bombardierung von Rudolstadt.

»Die amerikanischen Streitkräfte sind sehr nahe, aber wir haben einen Keller, in den wir flüchten können«, hatten unsere Gastgeber erklärt. Und so war an Schlaf erst einmal nicht zu denken:

Rudolstadt war unser nächstes Ziel, und wir wurden bei Familie Vielitz gut aufgenommen. Im Keller verbrachten wir allerdings die Nacht, denn man erwartete die Besetzung mit Beschuss.

Obwohl wir uns nichts sehnlicher wünschten als ein weiches Bett und tiefen Schlaf, mussten wir die ganze Nacht dort unten verbringen, denn bald wurde die Stadt ununterbrochen beschossen. Im Keller hatten sich noch andere Familien eingefunden, und wir drängten uns dicht zusammen. Unsere einzigen Sitzgelegenheiten waren ein Sofa und einige Pritschen. Ich kann mich nicht erinnern, geschlafen zu haben; ich kuschelte mich an Eva und döste wahrscheinlich von Zeit zu Zeit ein. Ich weiß noch, dass mir die Nacht endlos vorkam. Aber es war gut, nicht zu marschieren und die müden Beine auszuruhen.

Den einzigen Lichtblick bot eine große, hübsch mit Rosen bemalte Waschschüssel aus Porzellan und der dazu gehörende Krug, der so groß war, dass ich ihn nicht allein hätte heben können. Beide standen auf einem Tisch in der Ecke des Kellers. Ein Ortsansässiger brachte kochendes Wasser und mischte es mit dem kalten Wasser im Krug. Für Eva und mich war es ein herrlicher Luxus, dass wir uns mit warmem Wasser waschen konnten.

Als wir ein lautes Klirren von Glas hörten, wussten wir, dass die Scheiben in den Fenstern zersprungen waren. Dann gab es eine gewaltige Explosion, die die gesamte Stadt erschütterte.

»Sie haben die Brücke in die Luft gesprengt«, sagte ein Mann. Er hatte recht. Um den amerikanischen Vormarsch aufzuhalten, war die Brücke, die wir noch wenige Stunden zuvor überquert hatten, gesprengt worden. Es war eine erfolgreiche Maßnahme, denn obwohl wir am Morgen, als wir aus dem Keller krochen, fest damit rechneten, die Stadt von amerikanischen Truppen besetzt vorzufinden, war noch nichts geschehen. Die Familie, bei der wir untergekommen waren, flehte uns an, nicht weiterzugehen, doch wir hatten unsere Entscheidung getroffen, oder vielmehr, Eva hatte entschieden. Obwohl ich viel zu jung war, ihr mit meinem Rat oder meiner Ansicht beizustehen, erkundigte sie sich auf unserem Marsch stets nach meiner Meinung, und ich fand es wunderbar, dass sie mich wie eine Erwachsene behandelte. Egal, was sie vorhatte, ich stimmte ihr zu, und selbst wenn ich müde war, konnte Eva stets noch einen zusätzlichen Kilometer Fußmarsch aus mir herausholen.

Im Übrigen hatte unsere Gastfamilie genug mit sich selbst zu tun. Als wir aus dem Keller kamen, lag ihr Haus in Trümmern. Die Fenster waren mit den Fensterrahmen herausgesprengt, das Licht fiel durch die ausgefransten

Löcher im Mauerwerk. Überall lagen Glasscherben. Einige Scherben waren mit einer solchen Wucht durch die Luft geflogen, dass sie sich in die Wand des Nachbarhauses gebohrt hatten. Die Verdunklungsvorhänge wehten traurig vor den Fensteröffnungen, große Teile Putz waren von der Decke gefallen, die Möbel von einer dicken, weißen Staubschicht überzogen.

Das Haus auf der gegenüberliegenden Straßenseite hatte Feuer gefangen und brannte noch immer. Der Tag war windstill, die Flammen kräuselten sich um das Gebälk und der Rauch stieg senkrecht auf, während die Feuerwehr kämpfte, um den Brand zu löschen. Die Luft roch streng nach versengtem Holz.

Wir konnten nicht helfen und wollten nicht hinderlich sein, also machten wir uns wieder auf und wanderten in nordöstlicher Richtung auf der Straße nach Kahla weiter. Das Blutbad, das diese Bombennacht angerichtet hatte, war das Schlimmste, das ich während unserer ganzen Wanderschaft gesehen habe. Überall lagen Leichen, man hatte sie noch nicht einmal an den Straßenrand geräumt. Einige müssen schon lange dort gelegen haben, denn der Gestank nach verwestem Fleisch war so stark, dass wir unsere Kopftücher abnahmen und sie als Atemschutz vor die Nasen banden.

»Schau weg, Puppe«, sagte Eva streng. »Ich meine es ernst: Du darfst nicht hinsehen. Wenn dir doch etwas in den Blick kommt oder du an diesen schrecklichen Dingen nicht vorbeischauen kannst, dann sieh nur auf ihre Füße, hast du mich verstanden?«

Ich nickte. Ich wollte nichts davon sehen und tat mein Bestes, dem Anblick auszuweichen, aber es lagen so viele Tote herum, dass es schwierig war zu gehen. Ich musste achtgeben, wohin ich meine Füße setzte, und der Anblick der verwesenden Leichen blieb mir nicht erspart.

Doch ich gehorchte Eva. Ich sah nur auf ihre Füße. Ich kann mich bis heute an die Füße einer Frau erinnern, die einen ihrer Schuhe verloren hatte. Ihr Fleisch war blau. Ich sah einen Rockfetzen, er war kräftig blaurot, fast wie ihr Fuß, und wenn ich heute diese Farbe sehe, muss ich noch immer an die Frau denken. Zerfetzte Fuhrwerke, Pferdefleisch, verbogenes Metall, Mauerreste und Unmengen anderer Schutt lagen herum.

Wir bahnten uns einen Weg durch die Trümmer der eingestürzten Häuser, bis wir den Stadtrand erreichten. Noch immer lagen Leichen am Straßenrand, und schon waren Füchse und Vögel da, Krähen wahrscheinlich, und machten sich über die Toten her. Wir hörten die Explosionen von Granaten und schweres Geschützfeuer. Hinter den Baumwipfeln brannten Leuchtsignale am Himmel, und wütende, lang anhaltende Maschinengewehrsalven ertönten. Die Granaten jaulten und schlugen mit einem dumpfen Krachen nur wenige hundert Meter entfernt von uns ein. Über dem Gelände hingen Rauchfahnen und Nebelschwaden. Manchmal dröhnte ein Flugzeug über uns.

»Wir sollten die Straße verlassen«, sagte Eva. Wenn sie sich Sorgen machte, bemühte sie sich, es nicht zu zeigen: »Ich glaube, wir kommen besser voran, wenn wir durch den Wald gehen.«

»Aber wie finden wir den Weg?«, fragte ich ängstlich.

Eva holte ihren Kompass heraus: »Ganz einfach, wir halten uns an den Kompass. Keine Sorge. Komm!«

Mithilfe des Kompasses führte mich Eva auf Wildwechseln durch den dichten Buchenwald, während um uns die Bäume zitterten, wenn Granaten und Bomben über sie hinwegzischten. Manchmal setzte der Lärm aus, wir betraten eine Insel der Stille, und plötzlich waren Waldgeräusche zu hören. Zweige knackten unter unseren Füßen, Vögel stoben aufgeregt in die Luft und warnten mit ihrem Kreischen die anderen Tiere vor den nahenden Menschen. Seltsam, dass sie sich vor uns harmlosen Eindringlingen ohne böse Absicht fürchteten, während um sie ein schlimmer Krieg tobte.

Wir kämpften uns durch den Wald und benötigten wohl einige Stunden, denn als wir den Waldrand erreichten, strahlte die Sonne schon mit aller Kraft. Hier stießen wir auf eine Schar Menschen, die sich zum Schutz vor dem Dauerbeschuss unter die Bäume geflüchtet hatten. Nur wenige Hundert Meter von uns entfernt standen deutsche Soldaten und winkten uns herüber. Wir rannten zu ihnen und sahen, dass sie am Eingang eines Schachts standen, der in den Berg hineinführte. Thüringen birgt ein ausgedehntes Geflecht von Stollen unter seiner schönen Landschaft. Die Bergwerke um das nahe gelegene Kahla wurden während des Krieges als geheime Waffenfabriken benutzt. Nachdem die Luftangriffe der Alliierten die großen Industriestädte zerstört hatten, wurde 1944 die Produktion von Waffen und Flugzeugen unter die Erde verlegt, und in einigen Bergwerken in der Gegend um Kahla wurden Messerschmitt-Bomber gebaut.

»Los, kommt schon, hier rein«, wies ein Soldat die Leute in den dunklen Schlund des Stollens.

»Wo bringt ihr uns hin?«, fragte Eva, als wir von dem kleinen Strom von Menschen erfasst wurden, der sich ins Erdinnere hinunterdrängte.

»Los jetzt«, herrschte der Soldat sie an, ohne ihre Frage zu beantworten, »es ist zu eurem Besten. Überall wird gekämpft. Die Amerikaner kommen. Im Berg seid ihr sicher.« Barsch winkte er uns weiter, »Bewegt euch! Los jetzt, schnell!«

Ganz nahe hörten wir das schreckliche Donnern der Geschütze und waren schließlich froh, an einem geschützten Ort zu sein.

Diese Mine war im Krieg nicht zu einer Munitionsfabrik umgewandelt worden. Sie war offenbar stillgelegt. Nach dem strahlenden Sonnenschein draußen erschreckte uns die Dunkelheit in dem Bergwerk. Wir stolperten für kurze Zeit einen waagrechten Stollen entlang, der in einen größeren Saal mündete, den einige Petroleumlaternen und manchmal der Strahl einer Taschenlampe beleuchteten.

Erst als sich meine Augen an das Dämmerlicht gewöhnt hatten, bemerkte ich, dass die Höhle voller Menschen war, Hunderte waren hier zusammengepfercht. Als wir hineingespült wurden, riefen einige: »Kein Platz mehr, kein Platz mehr!«

Tatsächlich – es gab keinen Platz mehr. An den Wänden standen Bänke, doch sie waren alle besetzt, und im Innenraum drängten sich Menschen aller Altersklassen, von Greisen bis zu Säuglingen. Eine Frau stillte mit Mühe ihr kaum ein paar Tage altes Baby. Kleinkinder klammerten sich an die Rockzipfel ihrer Mütter, ältere Kinder weinten. Alle sahen abgekämpft und erschöpft aus. Manche beteten und ließen nervös ihre Rosenkränze durch die Finger gleiten.

Ein älterer Mann, der auf einer Bank ganz in unserer Nähe saß, kippt plötzlich vornüber. Niemand nahm Notiz davon, keiner half ihm. Er war vielleicht ohnmächtig, oder gar gestorben, doch es schien niemanden zu kümmern. Jeder fürchtete um sein eigenes Leben. Was würde mit uns geschehen? Würden die Amerikaner kommen und uns gefangen nehmen? Würden wir in die Luft gesprengt oder erschossen werden? Niemand schien sich hier sicher zu fühlen:

Die deutsche Armee schoss ganz anständig und jagte uns manchen Schrecken ein. Durch ein kleines Buchenwäldchen hindurch kamen wir an einen Bunker, wo man uns festhielt. Hier setzten wir uns mit den übrigen Menschen und harrten der Dinge, die da kommen sollten.

Einige dieser Menschen waren schon stundenlang im Bergwerk, ein erdrückender Schweißgeruch lag in der Luft. In diesen schwierigen Tagen war es nicht leicht, sich sauber zu halten, und viele dieser Menschen schienen den Versuch aufgegeben zu haben. Sanitäre Einrichtungen waren erst gar nicht vorhanden, auch keine Lebensmittel oder Wasser. Um sich zu erleichtern, musste man sich in einem der Schächte, die vom Saal wegführten, ein Stück weit vortasten. Doch auch hier stauten sich die Menschen meterweit. Wollte man also seine Blase oder seinen Darm entleeren, musste man noch weiter vordringen, doch manche störten sich keineswegs an Zuschauern oder waren zu ängstlich, um tiefer in den Schacht zu gehen. Das trug sehr zum säuerlichen Gestank bei. Als ich bemerkte, dass der Boden unter mir feucht war, wollte ich lieber nicht genauer über die Ursache nachdenken. Wir konnten uns nicht einmal hinsetzen.

Eva zog mich eng an sich, doch ich konnte sehen, dass sie große Angst hatte. Verzweiflung und Panik lagen in ihren Augen. Keiner von uns ertrug es lange in einem geschlossenen Raum, aber dies hier kam uns vor wie die Hölle. Noch heute reagiere ich oft klaustrophobisch – ich würde eher durch den Kanal schwimmen, als den Eurotunnel zu benutzen, und ich ertrage keine vollständige Dunkelheit, vielleicht eine Folge meiner Erfahrungen von damals. Das Gemurmel der Menschen, das nicht einmal besonders laut war, wurde von den Wänden zurückgeworfen und hallte durch den Saal. Zum Glück war die Decke hoch, da der Schacht direkt in den harten Fels gegraben worden war.

»Komm, Kleine, ich glaube, es ist besser, wir versuchen unser Glück draußen, als hier zu sterben«, sagte Eva. Später erzählte sie mir, dass sie große Angst gehabt hatte, die Luft würde für so viele Menschen nicht lange genug ausreichen. Zum Ärger der Mitgefangenen fing sie an, uns einen Weg zurück zum Ausgang zu bahnen.

»Wo wollt ihr denn hin?«, fragte eine große Frau.

»Wir wollen raus. Meine Schwester hat Platzangst. Ich versuche lieber draußen durchzukommen.«

»Sie werden euch nicht hinauslassen«, erwiderte die Frau. »Sie bewachen den Eingang und drohen, jeden zu erschießen, der versucht, den Stollen zu verlassen. Glaubt mir, ihr seid nicht die ersten, die versuchen rauszukommen.«

»Sie wollen verhindern, dass jemand verrät, wo wir uns verstecken«, fügte ein Mann in der Nähe hinzu.

»Wie lange wollen sie uns denn noch hierbehalten?«

»Wahrscheinlich bis der Krieg zu Ende ist«, sagte der Mann, »das wird ja wohl nicht mehr lange dauern.« Er lachte sarkastisch.

Eva biss sich auf die Lippe und zog mich noch enger an sich. Wir machten kehrt und drängten uns durch die

Menge immer tiefer in den Saal, bis wir einen Platz gefunden hatten, wo wir uns hinsetzen konnten.

Irgendwann flüsterte Eva mir zu: »Sag laut, du müsstest Pipi machen, dann gehe und erkunde diesen Stollen. Gut möglich, dass es noch einen anderen Ausgang gibt, der nicht bewacht wird. Du musst sehr vorsichtig sein, klar? Und was ganz wichtig ist: Gehe auf keinen Fall in irgendeinen seitlichen Stollen, sonst bist du vielleicht für immer verloren. Aber bleibe nicht länger als ein paar Minuten weg, gleichgültig, ob du etwas gefunden hast oder nicht. Hast du verstanden, dass du nicht in einen seitlichen Stollen gehen darfst? Man kann sich darin sehr leicht verlaufen, auch wenn du meinst, du kennst den Weg.«

Ich begriff, was ich tun sollte.

»Ich muss mal ...«, verkündete ich laut.

»In Ordnung«, sagte Eva, sodass jeder sie hören konnte. »Nimm die Taschenlampe und gehe diesen Schacht hinunter, bis du ein sauberes, verstecktes Örtchen gefunden hast. Aber bleib im Haupttunnel, bloß nicht abbiegen, sonst gehst du verloren!«

Sie holte die Taschenlampe aus ihrem Rucksack und gab sie mir. Bis zu diesem Zeitpunkt hatten wir nur sehr selten von ihr Gebrauch gemacht, damit die Batterien möglichst lange hielten. Selbst wenn wir nachts gelaufen waren, hatten wir sie höchstens kurz angeknipst, um ein Straßenschild zu lesen.

Ich stolperte den Gang hinunter, der zum Glück völlig leer war. Es kam mir vor, als wäre ich schon lange gegangen, und ich hatte viele Abzweigungen gesehen, doch ich befolgte Evas Anweisungen und folgte weiter dem Schacht, in dem ich war. Irgendwann kam ich an einem schmalen Gang an meiner linken Seite vorbei, an dessen Ende ich etwas sehen konnte, das wie Tageslicht aussah. Evas Warnungen im Ohr, fragte ich mich, ob ich nachsehen sollte. Dann hatte ich eine Idee: Ich nahm mein Taschentuch heraus und ließ es an der Einmündung zu dem Stollen zurück, der mich zu Eva bringen würde. Dann erkundete ich den schmalen Gang. Ich hatte recht gehabt! An seinem Ende drang durch ein kleines, von Gras überwachsenes Loch Tageslicht herein. Ich streckte meinen Kopf heraus. Niemand war zu sehen, kein Soldat, und auch der Haupteingang zum Bergwerk nicht, nur Felder, soweit das Auge reichte.

Ich eilte zu Eva zurück, doch ich besann mich, dass ich langsam gehen musste, wenn ich in die Mündung zum Saal kam, wo die Menschen waren. Eva erwartete mich ängstlich. Später gestand sie mir, dass sie sich große Vorwürfe machte, mich alleine losgeschickt zu haben, da ich mich hätte verlaufen können.

Ich setzte mich neben sie, flüsterte: »Ich habe einen Ausgang gefunden, in einem Gang weiter hinten. Dort gibt es ein Loch raus auf die Felder.«

»Gut gemacht, Puppe. Lass dir nicht anmerken, was wir vorhaben. Gleich sind wir draußen.«

Wir verhielten uns also unauffällig, sammelten rasch unsere Sachen zusammen und verschwanden unbemerkt in dem Gang. Bald hatten wir das Loch erreicht, durch das Tageslicht hereinströmte. Ich hatte keine Mühe, mich hindurchzuzwängen. Es lag nicht sehr weit oben, ungefähr in Höhe meiner Hüfte. Ich musste lediglich ein paar Farne zur Seite biegen, dann war ich draußen. Eva reichte mir die Rucksäcke und Charlotte heraus. Doch als sie versuchte durchzuschlüpfen, blieb sie mit der Schulter stecken. Sie zwängte sich zurück, dann begannen wir beide hektisch, die Erde an den Rändern des Lochs abzutragen. Wir hatten keine Werkzeuge, sondern gruben und kratzten nur mit unseren Fingern. Ich hatte Angst: Sollte es uns nicht gelingen, das Loch zu vergrößern, wären wir gezwungen, zur großen Flüchtlingsherde zurückzukehren. Der Gedanke daran spornte uns an. Immer wieder versuchte Eva, sich durch das Loch zu zwängen.

»Noch ein kleines bisschen«, sagte sie, und wir machten weiter. Ich hatte die größte Arbeit, denn ich war draußen. Die Erde, die ich wegkratzte, fiel durch das Loch auf Eva hinab. Endlich gelang es mir, einen großen Erdklumpen zu lösen, der sich so plötzlich lockerte, dass ich rückwärts umfiel und wie ein Ball die Wiese hinunterkullerte. Als Eva mich nicht mehr sehen konnte, bekam sie einen großen Schreck, und bis ich zurückkehrt war, hatte sie sich schon mit den Schultern hinausgezwängt. Nach einigem Zappeln und Winden schaffte sie es schließlich, ganz herauszuschlüpfen.

»Gott sei Dank bin ich unterwegs so dünn geworden«, spaßte sie.

»Ich habe einen Purzelbaum gemacht«, sagte ich, und wir lachten vor Erleichterung darüber, dass wir aus der überfüllten Mine herausgekommen waren. Erschöpft, aber froh, dass wir es geschafft hatten, ruhten wir uns kurz im Gras aus.

»Sieh dich mal an«, sagte Eva mit Blick auf meine schmutzverkrusteten Hände. Unser blondes Haar war voller Erdklumpen, und unsere Gesichter mit einer dunklen Schicht bedeckt. Wir standen auf, klopften den losen Schmutz ab und machten uns wieder auf den Weg. Vorsichtshalber gingen wir in einem Bogen um den Hügel, um nicht wieder zum Eingang des Schachts zu gelangen, vor dem die Soldaten Wache hielten.

Am Fuß des Hügels befand sich ein Tal, in dem ein klarer Bach floss. Wir folgten seinem Lauf, bis wir sicher waren, dass wir uns weit genug von der Mine entfernt hatten, dann machten wir Halt, um uns zu waschen. Eva holte die wunderbar duftende Seife aus dem Rucksack, die meine Mutter ihr geschenkt hatte. Meine Mutter und meine Großmutter liebten hochwertige Seifen, und sie bewahrten sie lange auf, bevor sie sie benutzten. Sie waren überzeugt, je härter eine Seife sei, desto länger würde sie halten. Dieses Seifenstück erfüllte ihre Erwartungen, denn es hielt die ganze Reise. Es roch nach Lavendel, und wie viele Düfte bringt mir auch dieser Geruch unwillkürlich unsere Flucht in Erinnerung.

Ich kniete mich am Ufer nieder und tauchte meinen Kopf ins Wasser, damit Eva mir das Haar waschen konnte. Zuerst rieb sie mit der Seife meine Kopfhaut ein, dann verteilte sie den Schaum in meinen Locken. Anschließend musste ich mit dem Kopf wieder ins Wasser tauchen, um das Haar auszuspülen. Eva bemühte sich, ihr schönes, schulterlanges Haar nach derselben Methode zu waschen, ich half ihr dabei, die Seife aufzuschäumen. Das Wasser war eiskalt, doch wir waren beide so froh darüber, den Schmutz loszuwerden, dass es uns nichts ausmachte. Der strahlende Sonnenschein wärmte uns nach dem Kälteschock. Wir wuschen Hände und Füße, dann trockneten wir sie an dem schmalen Handtuch ab, das Eva in ihrem Rucksack hatte. Der Essensvorrat war aufgebraucht, doch Eva besaß noch zwei Bonbons, die sie für eine besondere Gelegenheit aufbewahrt hatte. Jetzt war diese Gelegenheit gekommen. Wir lutschten die Bonbons langsam, um sie länger zu genießen. Dann tranken wir Wasser aus dem Bach, breiteten das Handtuch in der Sonne zum Trocknen aus und gönnten uns selbst ein kurzes Sonnenbad.

Wir lagen im Gras zwischen den hohen Stängeln feiner, weißer Schafgarbe, deren Blüten wie Spitze aussahen. Ich blickte durch den weißen Blütenschleier in den Himmel, und es war fast, als ob die Blumen uns verbergen würden. Meine Omi hatte immer kleine, weiße Spitzenkragen getragen, die sie mit einer Brosche am Halsausschnitt befestigte, und ich musste plötzlich an sie denken. Ich sehnte mich danach, bei unserer Familie und wieder zu Hause zu sein.

Aber wir konnten nicht mehr Zeit vertrödeln, egal wie groß unsere Erleichterung war. Deshalb brachen wir schon bald wieder auf. Eva trug beide Rucksäcke auf dem Rücken, und ich trug Charlotte. Zwischen uns hatten wir das Handtuch gespannt, damit es in der Sonne trocknete. So marschierten wir los.

Im Kielwasser der Invasoren

Bald gelangten wir wieder auf die Straße, und Eva schaute auf den Kompass. Unser Ziel lag nordwestlich: die Ortschaft Kirchhasel.

Die Stille war unheimlich. Weit und breit war kein Mensch unterwegs, stand kein Haus am Wegrand. Die Straße war vollkommen verlassen. Außer den Obstbäumen entlang des Wegs und der Felder, die bis zum Horizont reichten, war nichts zu sehen. Wir bekamen Angst. Im Stollen hatten wir gehört, dass die Amerikaner bald da sein würden. Und die Menschen hatten sich ausgemalt, was sie Fürchterliches mit uns anstellen würden.

»Was machen die Amerikaner mit uns?«, fragte ich Eva.

Ihr Blick war sehr besorgt: »Keine Ahnung, Puppe. Du hast ja selbst gehört, was über die Feinde gesagt wurde. Im schlimmsten Fall werden wir erschossen oder gefangen genommen. Was auch immer geschieht, wir müssen sehr tapfer sein.«

Wir hatten gelernt, die Russen mehr als alles auf der Welt zu fürchten, doch man hatte uns ebenso eingeimpft, dass alle Alliierten unsere Feinde seien und es uns schlecht erginge, wenn wir ihnen in die Hände fielen.

Eva merkte, dass ich große Angst hatte. Sie konnte mir unsere schwierige Lage nicht verheimlichen, doch sie versuchte, mich zu trösten, so gut sie konnte: »Hab keine Angst, Puppe. Sie werden uns in Ruhe lassen. Was sollten sie von einem Mädchen und einem Kind schon wollen? Uns geschieht bestimmt nichts, Ehrenwort. Doch wir müssen ihnen zeigen, dass wir keinen Widerstand leisten. Wir müssen weiße Fahnen tragen, damit sie sehen, dass wir uns ergeben.«

Wir hatten schon Häuser gesehen, aus deren Fenstern weiße Tücher hingen. Eva brach zwei kräftige Zweige von einem Baum ab. Am größeren banden wir das Handtuch fest, am anderen Evas weißes Taschentuch. Ich sollte den kleinen Zweig mit dem Taschentuch über der Schulter tragen, sodass jeder, der von hinten kam, die weiße Fahne sehen konnte. Sie selbst trug die große.

Mit unseren harmlosen weißen Fahnen zum Zeichen unserer Unterwerfung marschierten wir schweigend weiter. Heute erscheint es fast komisch, dass wir glaubten, die mächtige Armee der Amerikaner könnte sich durch ein Kind und ein Mädchen bedroht fühlen. Doch wir glaubten allen Ernstes, die Sieger seien Ungeheuer in menschlicher Gestalt, die kein Erbarmen mit dem deutschen Volk kennen würden, auch nicht mit Kindern.

Während wir so gingen, hörten wir in der Ferne hinter uns ein Rumpeln, das anders klang als das Donnern von schweren Geschützen. Es ließ nicht nach, kam immer näher, wurde lauter.

»Sie kommen, Puppe«, keuchte Eva und fasste meine Hand.

Der Feind war im Anmarsch: Ausgerechnet auf der Straße, die wir eingeschlagen hatten, rückte er vor. Der Gefechtslärm war verstummt, nur ein dumpfes Brummen eilte den Panzern und Lastwagen in der Stille voraus. Obwohl die Truppen noch mindestens einen halben Kilometer entfernt waren, schien der Boden plötzlich zu beben und der Motorenlärm hallte durch das Tal.

»Dreh dich nicht nach ihnen um«, sagte Eva und zog meine Hand dicht an sich. Mein Herz raste. »Halte Charlotte fest, hoffe das Beste und sag ein kleines Gebet, dann wird alles gut.«

Mit Herzklopfen hörte ich die Panzerfahrzeuge heranrollen. Um Platz zu machen für die fremden Fahrzeuge, die uns solche Angst einflößten, gingen wir jetzt auf dem Grasstreifen am rechten Straßenrand unter den Obstbäumen, die ihre weißen Blüten schwenkten wie wir unsere weißen Fahnen. Als das Dröhnen zum ohrenbetäubenden Getöse anschwoll und die ganze Welt zu zittern schien, kam hinter uns ein Konvoi von Sherman-Panzern in Sicht, der unerbittlich auf uns zurollte.

Ich hatte vergessen, was Eva mir geraten hatte, und schaute voller Ehrfurcht auf die riesengroßen Raupenfahrzeuge, die an uns vorbeidonnerten. Es waren zwanzig oder dreißig Panzer, endlos schienen sie an uns vorüberzuziehen. Als der letzte Panzer vorbeigerollt war, folgte ein Treck von Lastwagen und Jeeps, die verglichen mit den kriechenden Monstern, die ihre Vorhut bildeten, lächerlich klein und leise wirkten. Auf der Ladefläche des letzten Lastwagens drängten sich junge Männer in amerikanischen Uniformen.

Jetzt war »der Feind« also da, der unser Land besetzte.

Zu meiner Überraschung entsprachen die Männer gar nicht meinem Bild von schlimmen Bestien. Sie waren keine Ungeheuer mit zwei Köpfen oder Hörnern. Sie sahen nicht furchterregend aus, schwangen keine Waffen und brüllten auch nicht. Ich konnte es kaum fassen: Sie unterschieden sich nur durch die Uniform von unseren Soldaten!

Sie grinsten, lächelten und winkten uns. Und zu meinem Erstaunen begannen sie, uns Geschenke zuzuwerfen, winzige Schokoladenstücke, kleine Packungen Kekse und Kaugummi.

Die Feinde, so stellte es sich heraus, waren freundliche, junge Männer wie unsere Soldaten. Und anders, als die Propaganda uns weisgemacht hatte, waren sie gewöhnliche Männer, die für Armeen rekrutiert und in den Kampf geschickt wurden, ohne selbst böse Absichten zu hegen. Das war die ganze Wahrheit des Krieges.

Manchmal frage ich mich, ob einige dieser amerikanischen Soldaten bei ihrer Rückkehr nach Hause nicht ihren Familien von den beiden verlorenen, mageren Gestalten erzählten, der jungen Frau und dem Kind, die mutterseelenallein mit kleinen weißen Fahnen über der Schulter auf einer Landstraße unterwegs waren. Trotz ihrer Überzeugung und überlegenen militärischen Macht müssen diese Soldaten geahnt haben, was ihnen noch bevorstand. Der Krieg war noch nicht zu Ende, an einigen Orten leistete man den einmarschierenden Truppen erbitterten Widerstand. Ich hoffe, wir haben ein Lächeln auf ihre Gesichter gezaubert und irgendwie ihr Herz berührt. Das mag unser kleiner Betrag zum Frieden gewesen sein.

Eva schrieb damals:

Auf dem Weg nach Kirchhasel sahen wir die ersten Amerikaner. Ich muss sagen, mir hat doch ziemlich das Herz geklopft und ich wagte nicht, das Auto anzuschauen. Die Panzer warfen uns dann Bonbons runter und die Angst schwand etwas.

Eine kleine Wegstrecke vor uns hatte die Kolonne angehalten, wir holten sie ein. Eva sprach ein wenig Englisch, wir grüßten schüchtern mit »Hallo« und »Wie geht es?«

Die amerikanischen Soldaten waren aus ihren Panzern und Lastwagen geklettert. Sie strichen über meine Locken, einer zwinkerte mir fröhlich zu.

Sie hatten am Straßenrand Klapptische und Bänke aufgestellt und luden uns ein, uns zu ihnen zu setzen und mit ihnen zu rasten. Dankbar nahmen wir an und aßen mit ihnen köstlichen Kartoffelbrei, Mais und Hühnchen. Alle waren sehr freundlich und stellten sich mit ihren Vornamen vor, was uns sehr eigenartig vorkam: In Deutschland war es damals noch völlig undenkbar, dass Fremde sich duzten und mit dem Vornamen ansprachen, das galt erst recht für Kinder im Umgang mit Erwachsenen. Evas Englischkenntnisse reichten zur Konversation nicht aus, aber wir verständigten uns mit Händen und Füßen. Als wir uns wieder auf den Weg machten, steckten uns die Soldaten noch einmal Süßigkeiten zu.

Dieser Tagesabschnitt ist für mich mit dem fast widerwärtig süßen Duft von knallrosafarbenem Kaugummi verbunden – dem ersten und für Jahre letzten Kaugummi in meinem Leben. Ich kaute eifrig darauf herum, damit er kleiner würde und ich ihn schlucken könnte, bis Eva mir erklärte, ich dürfe dies keinesfalls tun: »Schluck ihn bloß nicht runter. Weißt du, wenn du Kaugummi schluckst, wächst ein Gummibaum in dir.«

Ich erinnerte mich an den Gummibaum in unserer Hamburger Wohnung, ein Ungetüm von einer Pflanze, der bis zur Zimmerdecke reichte und sich über dem Fensterrahmen verzweigte. Auf keinen Fall wollte ich, dass so ein Monster in mir aufschoss, deshalb mied ich von diesem Zeitpunkt an Kaugummi.

Wir marschierten weiter, rings um uns waren Amerikaner. Wir waren überglücklich und sangen laut und übermütig. Die ganze, entsetzliche Angst, die uns seit Tagen auf unserem Marsch begleitet hatte, war wie weggeblasen, und wir fühlten uns, als sei eine tonnenschwere Last von unseren Schultern genommen.

»Siehst du, wie gut es war, dass wir ein Gebet gesprochen haben?«, sagte Eva mit entspanntem, frohem Gesicht.

Meine Erleichterung war riesengroß. Man würde uns nicht töten oder gefangen nehmen. Wir würden leben. Wir würden unsere Reise fortsetzen, bis wir wieder bei Mutti wären.

Je näher wir Kirchhasel kamen, desto mehr Amerikaner sahen wir und desto größer wurde unser Essensvorrat, denn von den Leckereien, die sie anderen Flüchtlingen zugeworfen hatten, war einiges am Wegrand liegen geblieben, das wir nun einsammeln konnten. Wir füllten unsere Taschen mit Keksen und Schokolade. Aus allen Fenstern im Dorf wehten weiße Fahnen. Wir meldeten uns wie üblich im Gemeindehaus und bekamen eine Adresse, bei der wir übernachten konnten.

Überall herrschte überwältigende Erleichterung. Die Erwachsenen schüttelten sich die Hände, viele tätschelten meinen Kopf oder kniffen mich in die Wange. Die Deutschen waren besiegt, aber sie waren erschöpft, kriegsmüde und froh, dass es vorbei war, und so jubelten sie vor Erleichterung.

Wenn man heute durch diese hübsche Region Deutschlands reist, entdeckt man immer wieder mittelalterliche Stadtkerne, die die Kriege des zwanzigsten Jahrhunderts unbeschadet überstanden haben. Heute hat man dort viel mehr mit den Folgen der jahrelangen sowjetischen Herrschaft zu kämpfen, unter die Thüringen drei Monate später geriet, als Deutschland unter den Alliierten aufgeteilt und Ostdeutschland den Russen zugeschlagen wurde.

Im Großen und Ganzen versuchten die amerikanischen Truppen, bei ihrem Einmarsch in eine Stadt oder ein Dorf eine friedliche Übergabe zu erreichen. Wenn die Panzer- und Lastwagenkolonnen sich der Stadtgrenze näherten, stoppten sie und forderten die Bewohner über Lautsprecher in deutscher Sprache auf, sich zu ergeben. In der Regel kamen ihnen der Bürgermeister und der Befehlshaber der örtlichen Truppen mit weißen Fahnen entgegen, und das Dorf ergab sich. Häufig wurde dann per Telefon die Übergabe des nächsten Dorfs auf der Marschroute der Amerikaner arrangiert.

Trafen die Truppen auf SS-Einheiten oder Jugendliche aus der Hitlerjugend, die für den Volkssturm rekrutiert worden waren, schlug ihnen unter Umständen erbitterter Widerstand entgegen. Dann wurden die Städte oder Dörfer unvermeidlich von den Panzern zerstört. Manchmal sahen wir in der Ferne ein orangefarbenes Glühen am Himmel, dann wussten wir, dass sich ein Dorf nicht ergeben hatte und nun in Flammen aufging.

Größtenteils jedoch behielten der gesunde Menschenverstand und der starke Wille zu überleben die Oberhand, und man versuchte, zu einer Art von Normalität zurückzukehren. Bald war klar, dass die Amerikaner kein Interesse daran hatten, Vergeltung zu üben. Die Teufel, vor denen uns die Nazipropaganda gewarnt hatte, existierten nicht, und sobald wir feststellten, dass unsere Feinde Menschen waren wie wir, die sich nach Frieden und einem Ende des Wahnsinns sehnten, der die Welt so lange beherrscht hatte, empfanden wir nur noch Erleichterung.

Mit meinen sieben Jahren hatte ich noch keine richtige Vorstellung vom Weltgeschehen und begriff den politischen Zusammenhang der Niederlage und des Sieges nicht. Ich wusste nicht, warum das alles so geschah. Wie jedes Kind wünschte ich mir Wärme, Liebe und etwas zu essen.

Vielleicht wurde ich überall bemuttert und jeder zeigte sich mir gegenüber von seiner besten Seite, weil ich ein kleiner Lockenkopf war, doch ich glaube nicht, dass man mich irgendwie bevorzugt behandelt hat. Diese Soldaten, die mit ihren Panzern und Gewehren ins Land strömten, waren anständige junge Männer, die nach Hause zu ihren Frauen und Familien wollten, und sie machten die Frauen, Kinder und alten Leute, die sie in den Dörfern und Städten noch antrafen, nicht dafür verantwortlich, dass sie so lange Zeit von den Ihren getrennt waren.

Die Soldaten müssen schreckliche Dinge gesehen haben, die sie wahrscheinlich ein Leben lang verfolgten, so wie mir die verrenkten Leichen am Straßenrand nie mehr aus dem Sinn gegangen sind und mir der Gestank noch heute in der Nase steckt. Aber zumeist sahen die Invasionstruppen in den Deutschen, was wir kurz nach ihrer Ankunft auch in ihnen sahen: Mitmenschen, die durch die schrecklichen Umstände des Krieges aufeinandertrafen.

Das Haus, das man uns in jener Nacht in Kirchhasel als Quartier zugewiesen hatte, lag direkt in der Dorfmitte.

Es war ein hohes, schmuckes Gebäude mit einer großen, roten Eingangstür, an die ich mich genau erinnere. Wir klopften an und wurden von einer sehr mageren, nervösen Frau eingelassen, die uns bat, mit in die Küche zu kommen und dort zu warten, bis ihr Ehemann nach Hause kommen würde.

Wir setzten uns an den Küchentisch, aber sie bot uns nichts zu essen und nichts zu trinken an.

»Könnten wir bitte ein Glas Wasser haben?«, fragte Eva höflich.

Die Frau nickte, gab uns wortlos ein Glas Wasser und begab sich wieder an ihre Arbeit. Sie schälte Kartoffeln, putzte Lauch und stellte einen Topf zum Kochen auf den großen Küchenherd. Wir versuchten, mit ihr ins Gespräch zu kommen, doch sie antwortete einsilbig. Sie machte nicht den Eindruck, als teilte sie die allgemeine Aufregung darüber, dass der Krieg endlich zu Ende war, und zeigte deutlich, dass sie sich nicht in ein Gespräch darüber verwickeln lassen wollte.

Nachdem wir uns etwa eine halbe Stunde vergeblich um eine Unterhaltung bemüht hatten, wollte Eva schließlich fragen, ob sie unser Nachtquartier sehen könnte, denn es hatte nicht den Anschein, als ob sie uns noch zum Essen einladen würde, und wir waren beide sehr müde.

Der Tag war lang gewesen, der Fußmarsch und all die Emotionen bei der ersten Begegnung mit den Amerikanern hatten uns erschöpft.

Glücklicherweise waren wir weniger hungrig als sonst, denn wir hatten unterwegs die Schokolade und die Kekse gegessen, die uns die amerikanischen Soldaten geschenkt hatten.

Gerade als Eva sich mit mir zurückziehen wollte, sprang die Tür des Hintereingangs auf, und ein großer Mann mit rotem Gesicht trat ein. Wir erkannten ihn, er hatte bei der Zimmervermittlung im Gemeindesaal geholfen.

»Ah, da sind ja meine beiden Hübschen!«, sagte er, als er uns sah. »Gefällt euch das Haus? Hat sich meine Frau um euch gekümmert? Hat sie etwas für euch gekocht?« Er warf seiner Frau einen Blick zu, die in der Küche umherhuschte, Besteck und Geschirr zusammensuchte und den Tisch deckte.

»Kommt, ihr nehmt mich in eure Mitte und erzählt mir, was ihr erlebt habt«, sagte der Mann.

Seine Frau stellte wortlos eine Bierflasche vor ihn auf den Tisch.

»Und die junge Dame? Weißt du denn nicht, was sich bei Gästen gehört?«, herrschte er seine Frau an, die in der Speisekammer verschwand und eine zweite Flasche Bier holte.

»Nein, danke«, entgegnete Eva ziemlich schroff. Ich warf einen Blick auf sie und wusste sofort, dass sie sich unwohl fühlte. Der Mann beugte sich über mich und tätschelte meine Wange.

»Du wirst mal eine richtige Schönheit werden, genau wie deine Schwester«, sagte er und wandte sich Eva zu. Er legte seinen fleischigen Arm über die Rückenlehne ihres Stuhls: »Nun, wohin seid ihr beiden denn unterwegs?«

Normalerweise erzählten wir unsere Geschichte jedem, den wir trafen, doch jetzt sagte ich nichts, denn ich fühlte Evas Unbehagen.

»Halle«, sagte sie ohne weitere Erklärung.

»Ihr wollt doch bestimmt deinen Freund dort treffen? Ein hübsches Ding wie du hat viele Freunde, nicht wahr? Ich wette, viele sind hinter dir her.«

Eva reagierte nicht, und in diesem Augenblick stellte die dünne Frau Teller mit Lauch und Kartoffeln vor uns auf den Tisch. Dazu gab es Würste, Streifen von Bauchspeck und Brot. Der Mann machte sich hungrig über seine Portion her und war fürs Erste damit beschäftigt, sich satt zu essen. Die Frau saß stumm auf ihrem Stuhl. Wir stocherten in unseren Tellern; die Mahlzeit sah unappetitlich aus, und wir waren beide verärgert über die bierseligen Anzüglichkeiten des Mannes.

Sobald er seinen Teller mit einer dicken Scheibe Brot blank gewischt hatte, richtete er seine Aufmerksamkeit erneut auf Eva. Er schlang wieder seinen Arm um ihre Rückenlehne. »So, du wollest gerade von deinen Liebschaften ...« Bei diesen Worten rutschte sein Arm auf ihre Schulter.

Eva sprang auf, stieß ihren Stuhl zurück. »Fassen Sie mich nicht an«, sagte sie wütend. »Puppe, nimm deine Sachen. Wir gehen.«

»Nicht doch, nicht doch. Ich habe es doch nicht so gemeint. Wollte bloß das Kriegsende mit dir feiern, gemütlich mit euch zusammensitzen und einen trinken.« Der Mann versuchte sie umzustimmen, aber Eva packte eilig unsere Rucksäcke. Ich nahm Charlotte in den Arm und wir gingen zur Tür.

»Ihr werdet heute keine andere Unterkunft mehr finden. Die Zimmervermittlung ist geschlossen. Es ist zu spät. Ihr solltet lieber bleiben.« Die Stimme des Mannes klang drohend.

»Wir kommen schon zurecht«, sagte Eva kurz.

Der Mann stand vom Stuhl auf und versperrte die Tür mit seinem Arm. Eva drehte sich zu ihm, ihre Augen glühten. Nie zuvor hatte ich sie so wutentbrannt gesehen. »Lassen Sie uns durch«, zischte sie wütend und sehr entschlossen.

Er blickte sie höhnisch an, doch unter ihrem Blick ließ er den Arm schließlich widerstrebend sinken. Er machte noch eine abfällige Bemerkung, die ich nicht verstand und die Eva mir nie erklärte. Als wir gingen, drehte sich Eva nach der Frau um: »Sie tun mir leid. Danke für die Mahlzeit und viel Glück.«

Wir traten in die mondlose, rabenschwarze Nacht hinaus. Nachdem wir ein Stück gegangen waren, hielt Eva an, beugte sich zu mir und sah mir ins Gesicht. »Tut mir leid, Puppe, aber dort konnten wir unmöglich bleiben. Das ist ein sehr böser Mann. Mach dir keine Sorgen, wir finden schon eine Unterkunft.«

Ich hatte keine Angst. Auch mir hatte es in dem Haus kein bisschen gefallen. Die Atmosphäre war mir sofort bedrohlich und angsterfüllt vorgekommen, wenngleich ich nicht verstanden hatte, warum.

Ich war bloß froh, dass Eva und ich unbeschadet herausgekommen waren. Offenbar folgte auf jede Wohltat eine schlechte Erfahrung.

Doch selbst dieser Vorfall konnte unsere alles übertreffende Freude über das Kriegsende nicht trüben. Die Amerikaner waren da. Was wir so angstvoll befürchtet hatten, war eingetreten, doch es war plötzlich das Beste, was uns passieren konnte. Wir holten die Taschenlampe aus dem Rucksack und gingen auf der Straße weiter, denn wir mussten uns nicht mehr sorgen, in einen Kugelhagel zu geraten.

»Wir sollten zusehen, dass wir vorankommen, und nicht ins Dorf zurückgehen«, sagte Eva.

Nach kurzem Marsch gelangten wir zu einem Feldweg, an dessen Ende wir ein Haus sahen, das etwa 200 Meter von der Straße entfernt war. Es brannte noch Licht, so beschlossen wir, unser Glück zu versuchen und anzuklopfen. Die Tür ging einen Spaltbreit auf, ein Gesicht spähte hinaus, dann wurde die Tür weit aufgerissen. »Man kann nicht vorsichtig genug sein«, sagte eine freundliche Stimme, »kommt rein, ihr seht aus wie zwei verlassene Waisenkinder.«

Die Frau war klein und schmal, dennoch hätte es zwischen ihr und ihrer Nachbarin keinen größeren Unterschied geben können. Sie war freundlich und aufgeschlossen, und sie hieß uns in dem warmen Bauernhaus willkommen. Sie und ihr Mann teilten das Essen mit uns, und sie holten eine Flasche Branntwein, um mit Eva auf das Kriegsende anzustoßen, das nun sicher bald kommen würde, und auf den Frieden zu trinken. Wir erzählten ihnen von unserer Wanderschaft, und Eva zeigte ihnen unsere Landkarte.

»Ich habe eine, die noch genauer ist«, sagte der Bauer und kramte die Landkarte hervor. Über sie gebeugt, suchten wir die Route. »Es sind noch einmal 70 Kilometer bis Halle. Ein kleines Stück dahinter liegt Wiedersdorf, wo sich eure Mutter aufhält.«

Noch einmal mindestens 70 Kilometer Fußmarsch. Wir hatten den direkten Weg so häufig verlassen, dass wir bereits über 160 Kilometer zurückgelegt hatten. Manchmal hatten wir uns sogar weiter von unserem Ziel entfernt, da wir aufgrund der Gefechte ausweichen mussten. Zumindest gab es jetzt weniger Hindernisse auf dem

Weg, und wir hatten bereits über die Hälfte des Weges geschafft.

Die Bäuerin schaute mich fortwährend an und gluckste: »Armes kleines Ding!« Sie war offenbar der Auffassung, dass es für mich zu Fuß zu weit wäre.

Wir erzählten ihr, dass wir unseren kleinen Leiterwagen verloren hatten, der uns wenigstens das Tragen des Gepäcks erspart hatte. Dabei sprang der Bauer mit einem »Ich hab's!« auf und eilte hinaus.

Seine Frau lachte herzlich: »Mal sehen, was er jetzt wieder ausheckt.«

Bei seiner Rückkehr forderte der Mann uns auf, an die Tür zu kommen. Vor der Tür stand eine große, altmodische Schubkarre. »Bitteschön«, sagte er: »Damit könnte ihr eure Sachen transportieren, und die Kleine kann sich darin schieben lassen, wenn sie zu müde zum Laufen ist!«

»Was für eine wunderbare Idee«, rief Eva erfreut. »Herzlichen Dank, das wird uns eine große Hilfe sein!«

»Aber alles hat seinen Preis. Schubkarren sind nicht billig«, merkte der Bauer an.

Eva stutzte. Sie hatte noch ein wenig Geld von Mutti, denn die meisten Menschen, die wir auf unserer Wanderschaft trafen, wollten keine Bezahlung. Dann merkte sie, dass der Bauer grinste.

»Du hast erzählt, dass ihr zusammen singt, wenn ihr spürt, dass euch der Mut verlässt. Jetzt habt ihr Publikum. Singt und verdient euch damit die Schubkarre.«

Wir brachen in Gelächter aus. Dann nahm mich Eva zur Seite und flüsterte: »Stille Nacht«, ein Lied, das wir gut zweistimmig singen konnten.

So sangen wir mitten im April, in den letzten Tagen des

Zweiten Weltkriegs, »Stille Nacht, Heilige Nacht« für einen Bauern und seine Frau und dankten ihnen auf diese Weise dafür, dass sie uns auf unserem Heimweg halfen. Dem freundlichen Paar rannen Tränen über die Wangen. Es war ein ganz besonderer Moment.

Sie hatten nur ein kleines, kärglich möbliertes Schlafzimmer, in dem ein Einzelbett stand, doch Eva und ich waren mehr als froh, es teilen zu können. Glücklich, einmal mehr einer bösen Begegnung entronnen zu sein und so bald darauf wieder Vertrauen in die Menschheit gewonnen zu haben, kuschelten wir uns aneinander und schliefen ein. Später fragten wir uns, ob der »böse Mann« (so nannten wir ihn, wenn wir über ihn sprachen) uns absichtlich für eine Übernachtung in seinem Haus ausgesucht hatte, weil er Eva begehrte. Seine Frau tat uns sehr leid, aber wir ärgerten uns auch über sie, weil sie uns nicht geholfen hatte. Aber vielleicht war jeder Funken Widerstand in ihr erloschen. Sie schien eingeschüchtert wie ein Tier, das lange Zeit schlecht behandelt worden war und aufgegeben hatte.

Bevor sie in dieser Nacht in den Schlaf fiel, notierte Eva einige Verse von Christian Morgenstern in ihr Tagebuch:

Geh einfach Gottes Pfad
Lass nichts sonst Führer sein
So gehst du recht und grad
Und gingst du ganz allein.

Endlich: Wiedersdorf in Sicht

Am nächsten Morgen marschierten wir weiter. Eva schob unsere neu erworbene Schubkarre. Sie war sehr schwer, doch dank ihrer konnten wir auch dann weiterlaufen, wenn meine kleinen Beine zu müde waren.

Einmal überredete ich Eva, sich in die Schubkarre zu setzen, ich wollte sie schieben. Sie kletterte hinein, aber natürlich gelang es mir nicht, die Karre anzuheben. Eva lachte.

Das Bauernpaar hatte uns mit Proviant versorgt: Sie gaben uns Brot, Käse, eine Flasche mit Wasser und eine große Mettwurst mit auf den Weg. Wir freuten uns sehr darüber.

»Wie wäre es, Puppe?«, sagte Eva, »wenn wir die Mettwurst als Geschenk für Mutti aufbewahrten? Sie hat am 22. April Geburtstag, das ist in fünf Tagen. Bis dahin sind wir gewiss bei ihr angelangt. Der Bauer meinte, es seien nur noch 70 Kilometer Wegstrecke, ich bin sicher, wir schaffen das in fünf Tagen. Was hältst du davon?«

Ich fand die Idee wunderbar.

Mutti würde sich nicht nur freuen, uns wiederzusehen, wir brächten sogar ein schönes Geschenk für sie mit. Ich konnte den Tag kaum erwarten. Wenn ich die Mettwurst sah und mir Muttis Freude vorstellte, wäre ich am liebsten losgerannt.

Wir müssen einen komischen Anblick geboten haben, als wir mit unserer schweren Schubkarre die Straße entlangtrotteten. Dass wir nun wieder tagsüber laufen konnten, war ein großer Vorteil. Seit dem Einmarsch der Alliierten fürchteten wir nicht mehr, unter Beschuss zu geraten, wir konnten umstandslos den kürzesten Weg entlang der Hauptstraßen einschlagen, die wir zuvor gemieden hatten. Von nun an würden wir immer geradewegs auf das Ziel zugehen. Allein diese Vorstellung beflügelte unsere Schritte.

Wir erreichten Jena. Kurz vor der Stadtgrenze wurde ich so müde, dass Eva mich in der Schubkarre in die Stadt hineinfuhr. Wie so oft machte sie ein Spiel daraus: Ich sei eine Prinzessin in ihrer Kutsche, sagte sie. Sie ließ sich nie anmerken, wie sehr ihr Rücken darunter litt, mich zu schieben.

Als wir in die Stadt kamen, sahen wir zum ersten Mal die Verwüstung, die die Bombardierung der Großstädte hinterlassen hatte. Wir wussten, dass Hamburg bombardiert worden war, aber wir hatten das Ausmaß der Zerstörung nicht mit eigenen Augen gesehen. Kann in diesen Trümmern überhaupt jemand überlebt haben?, fragten wir uns. Doch bald bemerkten wir, dass Menschen in den Ruinen hausten.

Sie wohnten in Kellern, manchmal hatten sie das Erdgeschoss notdürftig zu einer Wohnstätte hergerichtet. Straßenzeile für Straßenzeile wanderten wir zwischen schwarzen Gerippen, die einst Häuser, Geschäfte und Fabriken gewesen waren und die jetzt schwankend aneinanderlehnten und sich gegenseitig stützten wie Betrunkene.

Wir suchten nach der Flüchtlingssammelstelle, die uns ein Quartier für die Nacht zuweisen würde, und gingen deshalb geradewegs in einen großen Park in der Stadtmitte, der in Friedenszeiten ein wunderbarer Flecken gewesen sein muss. Dort schlugen gerade einige Amerikaner ihr Lager auf, und es herrschte ein ständiges Kommen und Gehen von Soldaten in uns noch immer fremden Uniformen.

Erschöpft plagte sich Eva mit mir in der Schubkarre ab, als ein amerikanischer GI auf uns aufmerksam wurde. Er war sehr groß, ein Riese in meinen Augen, aber noch mehr staunte ich über seine Hautfarbe. Ich hatte nie zuvor einen schwarzhäutigen Menschen gesehen und wusste nicht, ob ich mich fürchten oder meiner Faszination nachgeben sollte. Dann fiel mir ein, dass Eva mich gebeten hatte, niemals das Gesicht zu verziehen, gleichgültig wie ein Mensch aussah, da es seine Gefühle verletzten könnte. Also bemühte ich mich, ruhig auszusehen und gelassen zu bleiben. »Sei stets freundlich und liebenswürdig, wie auch immer die Menschen aussehen, die dir begegnen«, hatte Eva mich belehrt, doch ich war so erstaunt, dass ich im wahrsten Sinne des Wortes den Atem anhielt. Die einzigen Farbigen, die ich je gesehen hatte, waren die »Zehn kleinen Negerlein« in einem Kinderbuch. Jetzt war ich überwältigt vom eleganten, strahlenden Auftreten dieses für mich fremdartigen Menschen.

In Englisch und mit Gesten forderte der Soldat uns auf, uns auf eine Bank zu setzen. Eva verstand so viel Englisch, dass sie begriff, was er wollte, und wir gehorchten ihm. Ich presste Charlotte an mich und kletterte aus der Schubkarre, dann hob er unsere Rucksäcke heraus und stellte sie neben uns auf die Erde.

»Stay there. I'll be back«, sagte er, packte die Griffe unserer schweren Schubkarre und schob sie leichtfüßig davon. Wir sahen uns verwundert an. Vielleicht hatte er sich unsere Schubkarre geliehen, weil er sie gerade brauchte.

Wir wussten nicht, was er vorhatte, aber wir spürten, dass wir es hinnehmen mussten. Obwohl jeder Amerikaner, dem wir bis dahin begegnet waren, freundlich gewesen war, war uns voll und ganz bewusst, dass sie nun über uns bestimmten.

Ich weiß nicht, wie lange wir auf der Bank saßen und warteten – zwanzig Minuten, eine halbe Stunde? Wir waren müde und froh, ein Weilchen sitzen zu können. Dann kehrte der Mann mit seinen langen, federnden Schritten zurück. Anstelle unserer Schubkarre schob er einen großen Kinderwagen mit einem geschlossenen Korb mit Verdeck und Schutzblechen über den Rädern, wie man sie damals hatte – ein teures, gut gefedertes Modell. Als er bei uns ankam, bedeutete uns der Soldat, wir sollten hineinsehen. Wir schielten über die Kanten: Der Kinderwagen war gefüllt mit Süßigkeiten und Lebensmitteln – Bonbons, Schokolade, Marschrationen der Armee, Teebeutel, und alles für uns! Als er sah, wie uns vor Glück und Staunen die Augen überliefen, streckte er seine Arme nach mir aus und hob mich durch die Luft in den Kinderwagen. Ein strahlendes Lächeln, das von einem Ohr bis zum anderen reichte, erschien auf seinem Gesicht und offenbarte zwei tadellose, weiße Zahnreihen. Spontan streckte ich ihm die Arme entgegen und umarmte ihn. Er kicherte leise, fuhr mit der Hand durch mein Haar, winkte und verschwand wieder im Feldlager.

Wir waren hellauf begeistert. Wir hatten uns vor ihm gefürchtet, und jetzt hatte sich gezeigt, dass unser GI der freundlichste Mensch war, dem wir je begegnet waren. Wir sollten nie erfahren, ob er die Schubkarre gegen den Kinderwagen getauscht hatte oder wie er überhaupt an ihn gelangt war, doch das war für uns auch bedeutungslos. Von nun an konnte mich Eva ohne Anstrengung schieben, es sei denn, es ging steil bergan. Wenngleich ich abgemagert und untergewichtig war: Hut ab vor der Handwerkskunst jener Tage, in denen ein Kinderwagen so stabil war, dass ein siebenjähriges Kind darin fahren konnte. Ich glaube nicht, dass ein moderner Kinderwagen das mitmachen würde.

Wir fanden die Sammelstelle für Flüchtlinge und bekamen eine Unterkunft auf einem Bauernhof außerhalb der Stadt zugewiesen. So machten wir uns auf den Weg, ich saß in unserem luxuriösen, mit Schätzen gefüllten Kinderwagen. Unter den Naschwaren befanden sich auch eine Banane und eine Orange. Ich hatte noch nie eine Banane gesehen und versuchte, sie mitsamt der Schale zu essen. Eva lachte und zeigte mir, wie ich sie schälen musste. Ich erinnerte mich vage daran, dass wir in Hamburg Orangen gegessen hatten, doch das war über drei Jahre her. Wir schälten sie sorgfältig und teilten sie. Es war ein Festmahl!

Der Bauernhof, den wir ansteuerten, wurde von einer alleinstehenden Frau bewirtschaftet. Sie war vielleicht unverheiratet oder ihr Mann war im Krieg, jedenfalls nahm sie uns in die Räucherkammer mit, wo Schinken und Würste hingen. Wenn ich Rauchfleisch rieche, fällt mir jedes Mal dieser Raum ein, obwohl sich dort viele Düfte vermischten, denn das Feuer in einer Räucherkammer wird mit Wacholderbeeren, Lorbeerzweigen und anderen Gewürzpflanzen geschürt, um die rohen Schinken und Wurstringe, die vom Gebälk herabhängen, beim Räuchern zu würzen. Und natürlich gab es an jenem Abend geräucherte Wurst, und wir hatten ein bequemes Bett.

Am nächsten Morgen standen wir früh auf, denn wir wollten vorankommen. Mit dem Kinderwagen waren wir viel schneller. Ich ging so lange, wie ich konnte, zu Fuß, und wenn ich zu müde war, um weiterzulaufen, konnte mich Eva bequem weiterschieben. Da wir uns nun frei auf den Straßen bewegen konnten, machten wir große Fortschritte. Mir schien das Ende unserer Wanderschaft wirklich in Sicht, ich sah uns schon bald bei Mutti ankommen.

Wir ließen Apolda, Bad Sulza und Naumburg hinter uns, die Eva als Stationen unseres Wegs sorgfältig in ihrem Tagebuch aufgelistet hatte für den Fall, dass wir die Landkarte verlieren sollten. Am Abend erreichten wir Weißenfels, wo Eva einer Ärztin den Brief überbrachte, den uns eine Mitarbeiterin des KLV-Lagers in Tabarz mitgegeben hatte.

Wir blieben die Nacht über bei der netten Dame, die wie so viele verzweifelt auf Nachricht von ihrer durch den Krieg in alle Winde zerstreuten Familie wartete. Sie hieß uns herzlich willkommen, und wir ruhten uns einen Abend bei ihr aus. Sie stammte wie wir aus Hamburg und erzählte, dass ihr Haus dort unbeschädigt sei. Sollten wir endlich wieder nach Hamburg zurückkehren, lud sie uns ein, dort zu wohnen, solange wir nichts Besseres hatten. Das war ein sehr großzügiges Angebot, denn sie kannte uns nicht und wusste nicht, ob wir vertrauenswürdig waren. Sie bestand darauf, dass sich Eva ihre Hamburger Adresse notierte, für den Fall, dass wir Hilfe benötigten.

Unsere Gastgeberin und Eva schwärmten den ganzen Abend vom Hamburg der Vorkriegszeit, erinnerten sich an Geschäfte, Kirchen und alle Plätze, an denen sie beide gewesen waren. Meine Erinnerungen waren natürlich weniger umfangreich und drehten sich alles in allem um unsere alte Wohnung und den Kindergarten. Doch unsere Gastgeberin kannte die Wandsbeker Chaussee, und sie konnte sich sogar erinnern, wo unser Wohnhaus gestanden hatte, da sie die Bäckerei im Erdgeschoss kannte. Wir schliefen ausgezeichnet und machten uns am nächsten Tag ungewöhnlich spät auf die Weiterreise. Unsere wunderbare Gastgeberin steckte uns zum Abschied Käse und Zuckerperlen in die Taschen.

Wir marschierten weiter ins nur siebzehn Kilometer entfernte Merseburg. Aufgrund der kurzen Entfernung ging ich die ganze Strecke zu Fuß, während Eva den Kinderwagen schob. Heute scheint es unglaublich, dass wir solche Strecken zurücklegten, doch es zeugt davon, wie gut das Schuhwerk damals war, denn wir hatten niemals Blasen an den Füßen. Zwar schmerzten meine Beine manchmal so sehr, dass ich kaum einschlafen konnte, aber Eva massierte sie, sang und erzählte mir Geschichten, damit ich mich beruhigte. Wenn ich nicht so müde war, dass ich sofort in den Schlaf fiel, beteten wir abends zusammen für unsere Mutter und besonders für unseren Vater, denn wir hatten schon lange keine Nachricht mehr von ihm erhalten. Wir beteten auch für unsere Schwester Ruth im Himmel, unsere Großeltern und den Rest der Familie, und ich fragte mich bei dieser Gelegenheit oft, wie es wohl meinen Vettern Volker und dem kleinen Henning ging. Die langen, schönen Tage, die ich mit Volker gespielt hatte, als wir im Haus bei der Ziegelei lebten, schienen eine Ewigkeit zurückzuliegen, obwohl wir tatsächlich erst vor drei Monaten von dort geflohen waren. Es war, als ob diese Welt aus einem Märchen stammte. Meine Wirklichkeit war das Kriegsende, die Straße, die Wanderschaft. Wir lebten von Tag zu Tag und wussten nie, was der nächste Morgen bringen würde.

Merseburg war durch Bomben fast vollständig zerstört worden. Die Verwüstung war mit weitem Abstand das Schlimmste, was wir sahen, schlimmer als in Jena. Die Stadt war Standort für große Industrieanlagen gewesen, in denen hochwertiges Flugbenzin für die Luftwaffe hergestellt wurde. Deshalb war Merseburg ein Hauptangriffsziel der Alliierten, die die Stadt von Mai 1944 bis Ende 1944 mit über einem Dutzend Luftangriffen überzogen. Fünfundsechzig Prozent der Bewohner waren dabei getötet worden, in der ganzen Stadt herrschte eine trostlose Atmosphäre.

Wir bahnten uns einen Weg durch Schutt und Trümmer, vorbei an den verkohlten Grundmauern, die von Häusern und Wohnblöcken geblieben waren. Eva kämpfte sich mit unserem Kinderwagen durch Straßen, die noch nicht vom Schutt geräumt waren und an denen kein einziges Haus mehr stand. Ohne die Gebäude schienen sie plötzlich eigenartig breit, ausufernd, überall lagen Trümmer, offene Elektroleitungen (von denen mich Eva fernhielt), Glasscherben und zerfetzte Möbelstücke. Wo Wände eingestürzt waren, erschienen die Häuser wie architektonische Querschnitte, die Stockwerk für Stockwerk Einblick in halbierte Zimmer mit unbeschädigten Möbeln, gedeckten Tischen und Vorhängen vor den Fenstern gaben.

Dennoch begann die Stadt bereits aus der Asche wiederzuerstehen, am Straßenrand hatten einige wenige Geschäfte in behelfsmäßigen Buden geöffnet, und Frauen mit Kopftüchern huschten geschäftig umher. Die Atmosphäre war deprimierend, und es gelang uns nicht, eine Anlaufstelle für Flüchtlinge zu finden.

Wir hatten noch ein wenig von dem Proviant, den uns die Amerikaner gegeben hatten, doch es war nicht mehr viel. Auf den Trümmern einer Mauer sitzend, zehrten wir unseren letzten Vorrat auf. Während der ganzen Wanderschaft war das Wetter gut gewesen, und jetzt betrachteten wir einen prächtigen Sonnenuntergang über den zerklüfteten Ruinen der Stadt.

Als die Dämmerung anbrach, wurde Eva unruhig: »Komm, wir müssen einen geschützten Platz zum Schlafen suchen. Hier gibt es niemanden, der eine Unterkunft für uns organisiert, ich glaube, heute Abend müssen wir uns selbst behelfen.«

Mehr sagte sie nicht, doch ich wusste, dass sie sich wegen der Plünderer sorgte, die wir in den Trümmern herumschleichen sahen; Menschen, die alles verloren hatten und sich damit durchschlugen, dass sie überall nach Brauchbarem suchten. Ohne Frage hatten wir Sachen im Kinderwagen, die für uns wertvoll waren. Eva befürchtete, wir könnten unserer Habe beraubt werden, wenn wir keinen sicheren Platz fänden.

Da näherte sich eine junge Frau und stellte sich als Fräulein Reinhardt vor. Sie war älter als Eva, vielleicht Mitte zwanzig, auf der Flucht wie wir und versuchte, nach Hause zu gelangen. »Wohin geht ihr?«, fragte sie. Sie wirkte vertrauenerweckend.

»Nach Halle«, sagte Eva.

»Ich komme aus Leipzig, genau aus der Gegenrichtung. Es sieht so aus, als müssten wir die Nacht in Merseburg verbringen. Wollen wir uns nicht zusammentun? Wir wären gewiss sicherer ...«

Erfreut über die neue Verbündete willigte Eva ein. Und während die beiden sich nach einem Platz umsahen, an dem wir die Nacht verbringen konnten, gingen wir weiter. Es war der 20. April, und die Nächte waren teilweise noch frostig. Wir mussten einen Unterschlupf finden. Nachdem wir einige Hundert Meter gegangen waren, entdeckten sie einen Keller. Wir inspizierten ihn. Das Haus darüber war eingestürzt, doch zwischen Haufen von Ziegeln und Gebälk fanden wir die Treppe, die hinabführte. Dies sei der beste Unterschlupf, befanden meine Begleiterinnen. Wir trugen unseren wertvollen Kinderwagen die Stufen hinunter, zogen unsere zusätzlichen Strickjacken über und richteten uns für die Nacht ein. Es gab nichts zum Sitzen oder Liegen, nur den nackten, kalten Fußboden, aber wir hatten keine Wahl. Immerhin war es trocken. Ich legte meinen Kopf auf meinen kleinen rosafarbenen Rucksack und schlief ein. Eva und Fräulein Reinhardt dösten mit dem Rücken an die Wand gelehnt. Sie unterhielten sich eine Weile, dann schliefen sie, so gut es ging.

Kurz nach Sonnenaufgang wurde ich aus dem Schlaf gerissen. Eva war mit einem Ruck aufgesprungen und wimmerte vor Schmerz. Von dem zerstörten Gebäude über uns hatte sich ein Mauerstück gelöst und sie beim Herabfallen am Kopf getroffen. Die Wunde blutete stark, wir stillten das Blut mit unseren Taschentüchern und dem Handtuch.

Ich war außer mir und den Tränen nahe. Das viele Blut, das ihr am Kopf herunterlief, war ein entsetzlicher Anblick.

»Sei unbesorgt«, sagte sie immer wieder. »Es sieht schlimmer aus, als es ist. Es heilt schnell wieder.«

Später erzählte sie mir, dass sie einfach nur froh war, dass ich nicht getroffen worden war.

Eva und unsere Begleiterin beschlossen, den Keller unverzüglich zu verlassen, da er nicht sicher war, und Hilfe

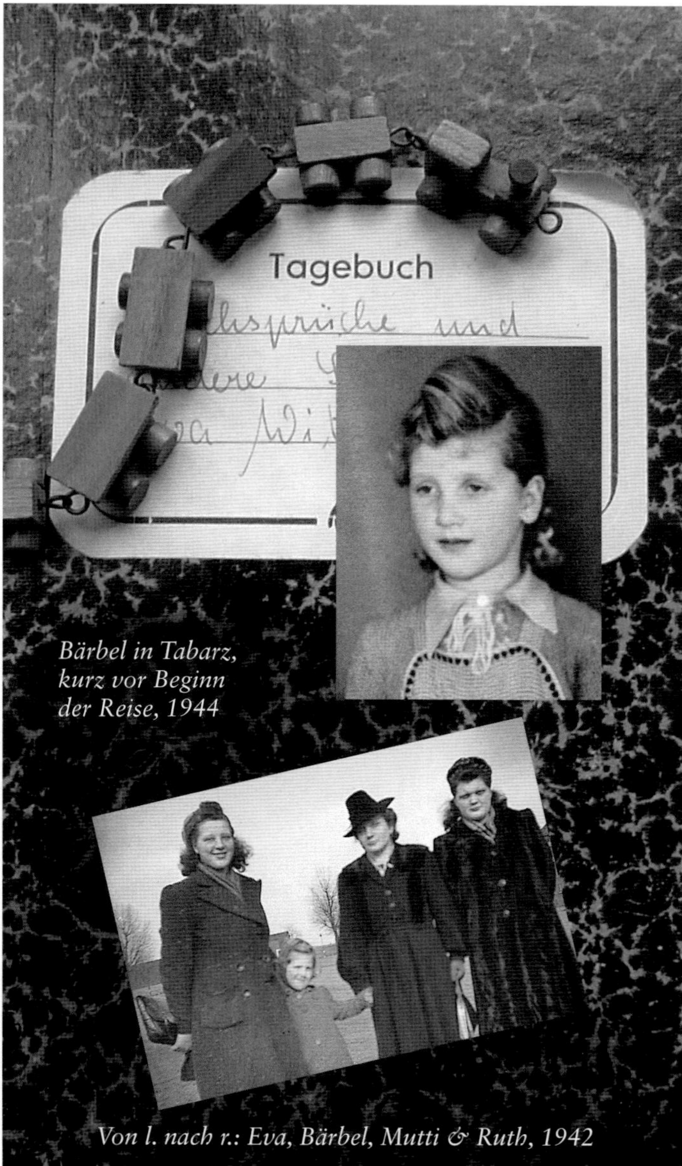

Bärbel in Tabarz, kurz vor Beginn der Reise, 1944

Von l. nach r.: Eva, Bärbel, Mutti & Ruth, 1942

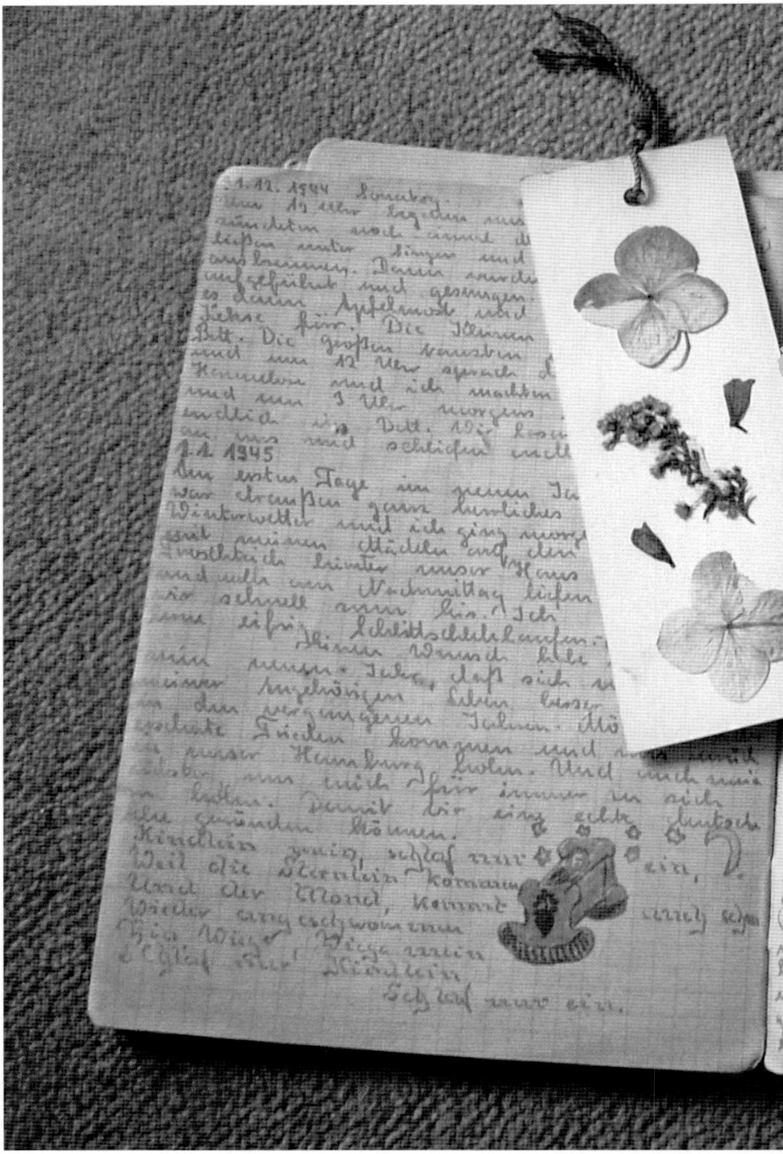

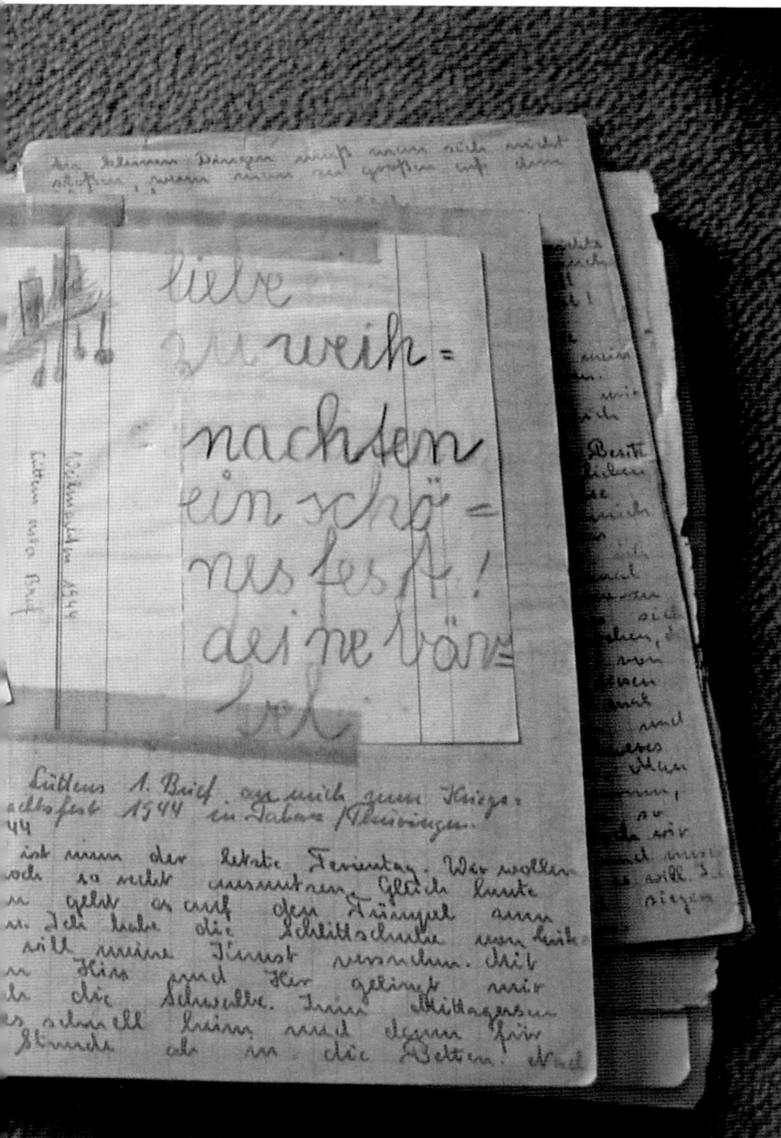

Tagebucheinträge vom Jahreswechsel 1944/1945,
oben Bärbels Weihnachtskarte an Eva

daß die Männer so rar sind. Ich bin mit Hans eben doch noch nicht ganz im Reinen. Wann mag das mal kommen? Wenn man nur nicht immer diese dummen Vergleiche ziehen würde. Aber man kommt schon drüber hinweg. Fast zwei Jahre sind es her. War ich nicht damals noch ein Kind? Heute sieht man alles mit ganz anderen Augen an. Was mag aus uns nur noch werden? Wenn ich wüßte, daß alles so wäre, dann ist alles gut und ein schwerer Stein löste sich von meinem Herzen. Ich will und muß Mutti's Rat befolgen sonst fürchte ich, daß nicht alles glatt abgeht. —

Doch nun Schluß mit trüben Gedanken. Heute ist Nikolaustag und meine Kleinen und auch die Großen freuen sich schon diebisch. Wir wollen es etwas festlich begehen. Auch der Nikolaus wird kommen. —

Ein Wort zum Tag der Hausmusik:

Ein kleines Lied, wie geht's nur an,
daß man so lieb es haben kann?
Was liegt darin, erzähle!
Es liegt darin ein wenig Klang,
ein wenig Wohllaut und Gesang
und eine ganze Seele.

Marie von Ebner-Eschenbach

Manchmal fragt man sich, warum müssen wir so unendlich viel von dem Guten und schönen Kunstleben, Musik, Theater, Oper und anderes mehr entbehren? Hat man nicht auch ein Verlangen nach dem

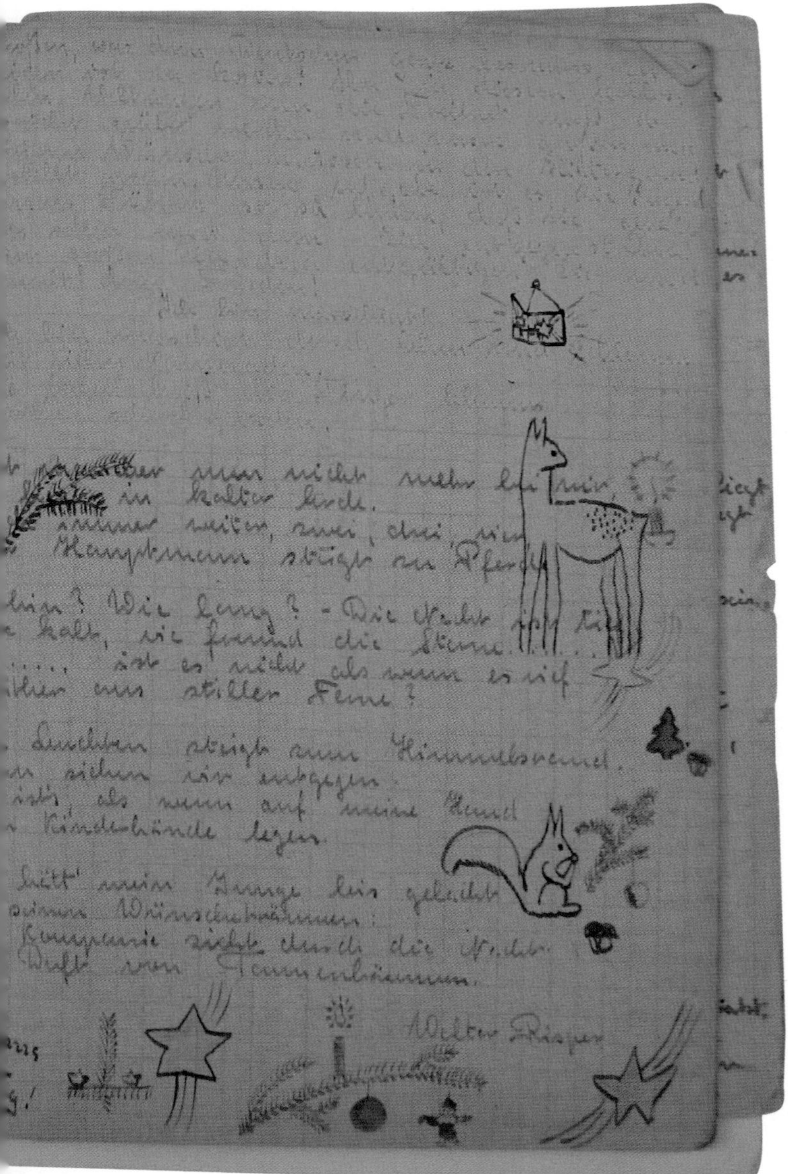

Tagebucheintrag vom Dezember 1944

und zogen frisch und munter un[s]
nächsten Tag los. In Kotzwitz als wi[r]
Wiedersdorf schon liegen sahen, ka[m]
men uns zwei Mädchen entgegen [die]
uns sagten, daß Mutti längst ab[ge]
reist sei. Einen schlimmeren Vor[wurf]
hätte sie nicht fallen können denn ic[h]
glaubte, man hätte mir ein Mes[ser]
ins Herz gesteckt. Der ganze Weg
umsonst?? Das konnte doch nich[t]
sein! Mutti konnte doch nicht
ohne uns abgefahren sein? Ich ko[nn]
te es nicht glauben und mir liefe[n]
die Tränen die Wangen herunter.
Ich empfing mich erstmal ordentli[ch]
auszuweinen. Mutti hatte noch einen
Brief hinterlassen. Was sollen wi[r]
nun tun? Ich muß mir meine[n]
Puppe nehmen und auf [illegible]
[illegible]. Wir hatten wir uns
auf unsere Mutti gefreut!!! Und
nun die Enttäuschung!!!!!

[illegible] am 27.4.1945 [illegible]
Heute [illegible]
[illegible] Tagebuch zu schreiben. [illegible]
[illegible] Herren
[illegible] die Puppe und [illegible]
[illegible] erleichtern. [illegible]
[illegible]

[illegible]

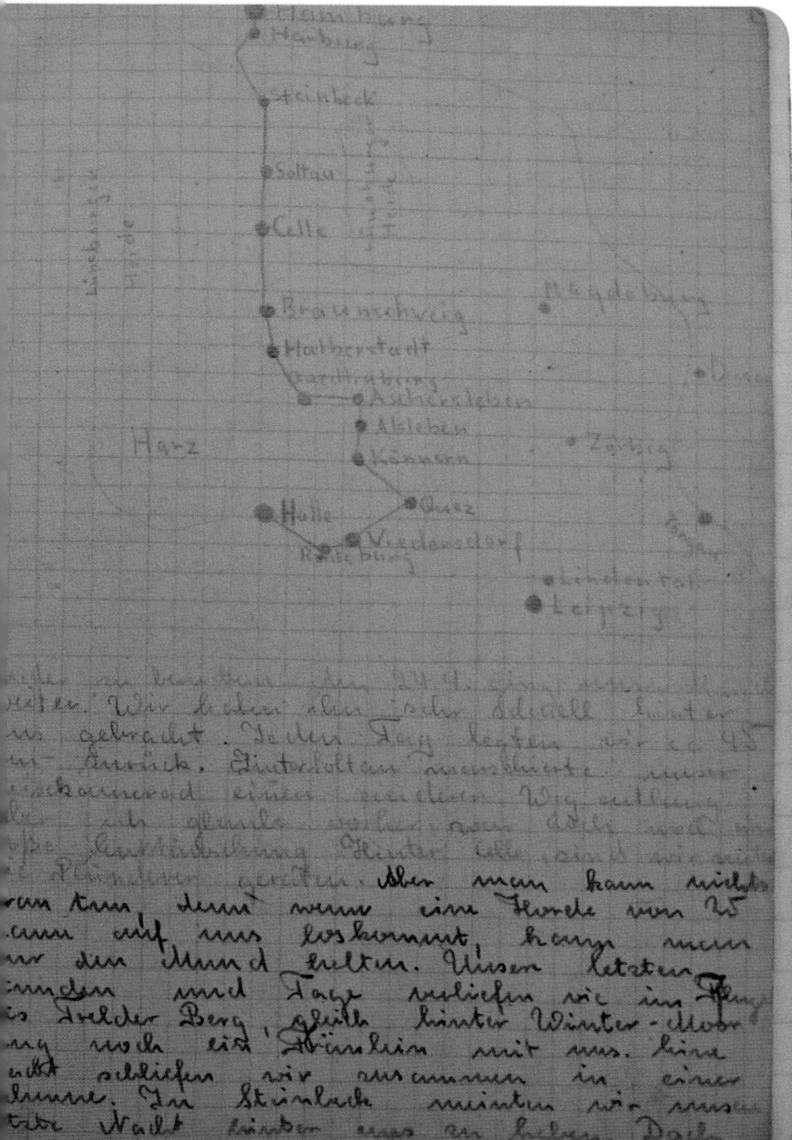

Tagebucheinträge vom Frühjahr 1945, zweiter Teil der Reise bis Hamburg

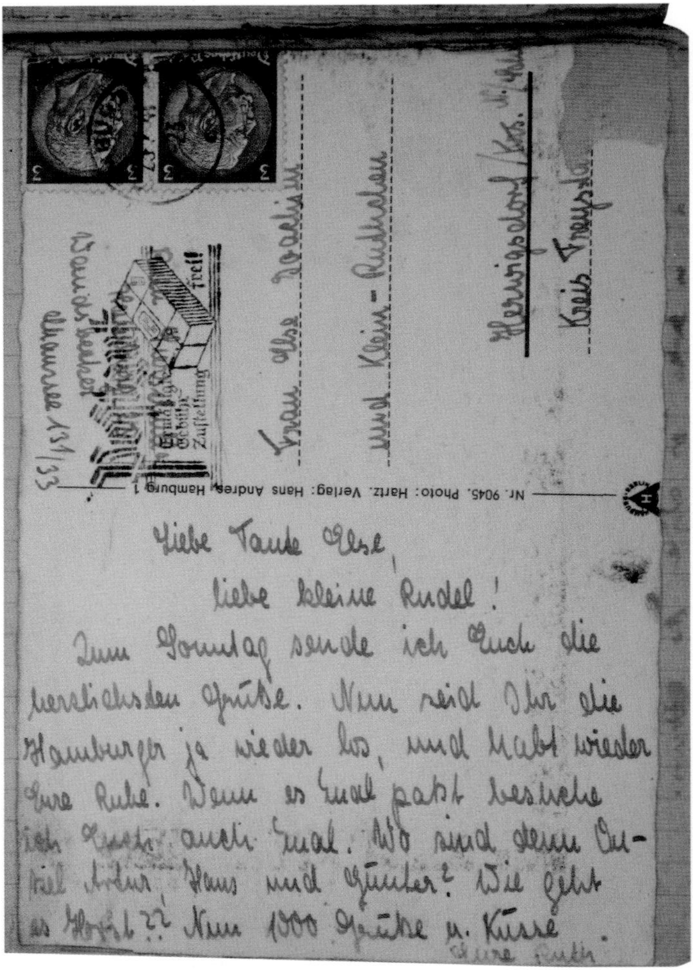

Liebe Tante Else,
liebe kleine Rudel!
Zum Sonntag sende ich Euch die herzlichsten Grüße. Nun seid Ihr die Hamburger ja wieder los, und habt wieder Eure Ruhe. Wenn es mal paßt besuche ich Euch auch mal. Wo sind denn Onkel Arthur, Hans und Günter? Wie geht es [illegible]?? Nun 1000 Grüße u. Küsse
Eure Ruth

Karte von Ruth an ihre Tante, Sommer 1941

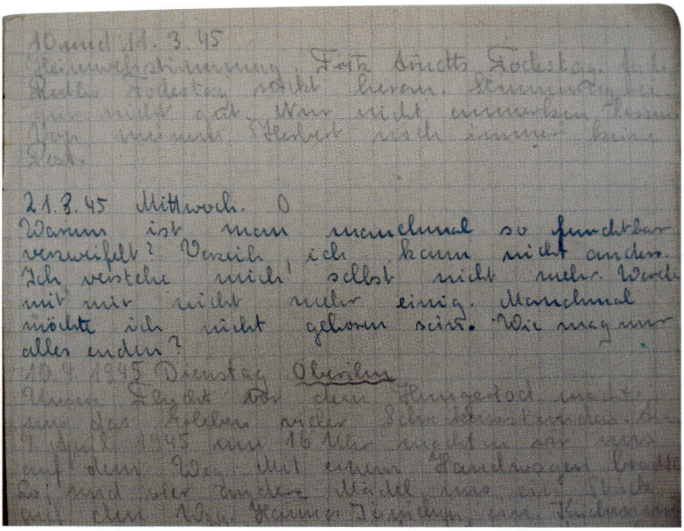

Tagebucheinträge kurz vor der Reise, Frühjahr 1945

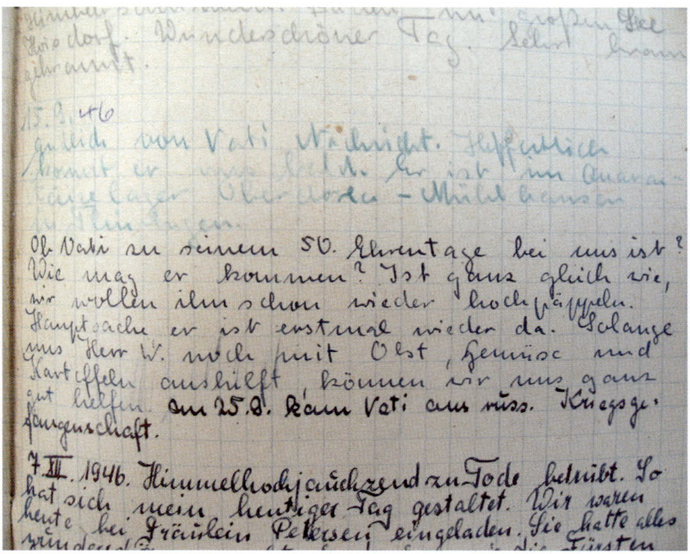

Tagebucheinträge vom Herbst 1946 zur Heimkehr des Vaters aus russischer Gefangenschaft

Eva und Ruth als kleine Mädchen

Ruth, Bärbel und Eva, 1940

Bärbel im Warthegau, 1941

Bärbel (links) und Inge, ihre beste Freundin im Kindergarten, am Muttertag. Hamburg, 1942

Bärbel und Lumpi. Der geliebte Welpe war ein Abschiedsgeschenk ihres Vaters vor seinem Fronteinsatz in Russland. Warthegau, 1944

Bärbel und die Stachelbeer-Episode auf dem Balkon der Wohnung in der Wandsbeker Chaussee. Hamburg, 1942

Das Haus an der Ziegelei im Warthegau, 1944. Hintere Reihe von l. nach r.: Mutti, Eva, Tante Irma, Tante Hilda. Vordere Reihe von l. nach r.: Bärbel, Henning, Volker

Bärbel in ihrer roten Strickjacke mit den Perlmutt-Knöpfen und dem rot weißen Kopftuch, das sie einige Monate später auch auf der Wanderung mit Eva trug. Polen, 1944

Eva in dem Ski-Dress, den sie später auf ihrer Wanderung mit Bärbel trug. Tabarz, 1944

Eva und Kurt bei ihrer Hochzeit am 29. November 1947

Bärbel mit ihren von Kurt genähten Sandalen vor der Caspar Voght Schule in Hamburg, 1948

Vati entzündet die Christbaumkerzen. Hamburg, Weihnachten 1960

Bärbel an der Universität in Genf, 1961

Bärbel mit ihrem ersten Kind Michael, genannt Meiki, 1964

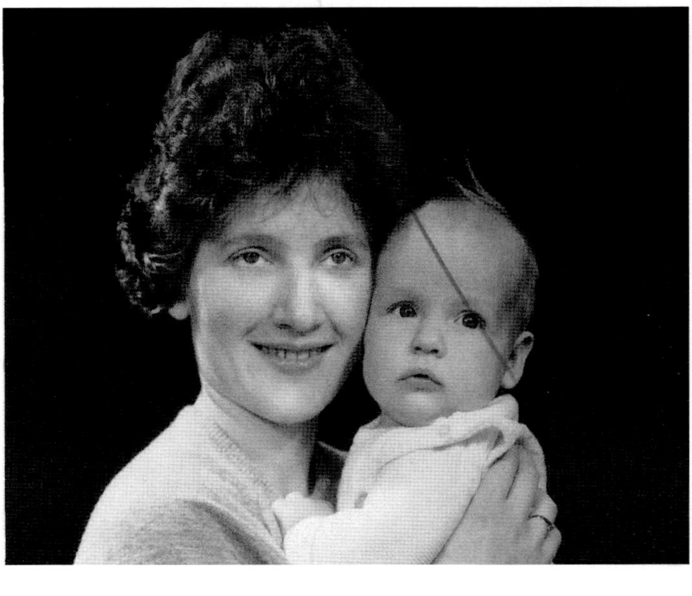

Von l. nach r.: Eva, Mutti und Bärbel an Muttis siebzigstem Geburtstag, 22. April 1974

Bärbel im Dirndl und ihr Mann Ray in der Uniform der Kapelle der Welsh Guards, Juli 1981

Meiki in seiner Polizei-Uniform vor seinem Haus, Herbst 1997

Von l. nach r.: Amy-Lou, Graham, AJ, Ray, Babette und Bärbel, Weihnachten 2005

für Eva zu suchen. Zu dritt schleppten wir den Kinderwagen auf die Straße und machten uns auf die Suche. Eva ging hinter uns und presste das Handtuch an ihren Kopf.

Eine Frau, der wir auf der Straße begegneten, wies uns den Weg zu einer Krankenstation, wo zu unserem Glück trotz der frühen Morgenstunde eine Krankenschwester ihren Dienst versah. Sie versicherte uns, dass die Wunde nicht tief war, und legte Eva einen sauberen Verband um die Stirn.

Im Badezimmer der Krankenstation konnten wir uns waschen und unsere Lavendelseife benutzen, deren zarten, lange haftenden Duft wir liebten. Wir wuschen unser blutgetränktes Handtuch und die Taschentücher, denn wir wussten, dass wir sie wieder benötigen würden.

In ihrem Tagebuch schreibt Eva, sie hätte noch Tage danach schreckliche Kopfschmerzen gehabt, doch um mich nicht zu bekümmern, erwähnte sie es mir gegenüber nie, sondern lachte nur, wenn ich mich nach ihrer Verwundung erkundigte, die sie zum Spaß ihre »Kriegsverletzung« nannte.

Es war bereits elf Uhr, als wir uns wieder auf den Weg machten. Wir verabschiedeten uns von Fräulein Reinhardt, die in die entgegengesetzte Richtung musste, und marschierten nach Nordwesten. Unsere Spannung wuchs, je näher wir dem Ort kamen, an dem wir vor Monaten Abschied von unserer Mutti genommen hatten. Jetzt waren es nur noch sechzehn Kilometer bis nach Halle, und Wiedersdorf lag nicht viel weiter weg.

Beim Verlassen von Merseburg erzählte mir Eva das Märchen von dem Raben, der den Ring des Bischofs gestohlen hat. Ich kannte das Märchen, doch jetzt fand ich es besonders aufregend, denn ich hatte ja eine Nacht in der Stadt verbracht, in der das Märchen spielt. Es handelt von einem Mann, der für den Diebstahl des Rings ins Gefängnis geworfen und hingerichtet wird, bevor man den Ring schließlich in einem Rabennest entdeckt. Für dieses »Verbrechen« wird in der Burg von Merseburg bis zum heutigen Tag ein Rabe in einem Käfig gehalten, der den Diebstahl seines Ahnen büßt. Als ich noch kleiner war, lief mir bei der Vorstellung, jemand könnte, aus welchem Grund auch immer, hingerichtet werden, ein Schauer über den Rücken. Doch nun waren wir vom Tod umgeben, und ich hatte mehr Leichen unschuldiger Menschen gesehen als Leichen von solchen, deren Verbrechen eine Hinrichtung gerechtfertigt hätte. Dennoch rührte mich das Schicksal des vor Jahrhunderten irrtümlich zum Tode verurteilten Mannes. Am besten gefiel mir bei der Geschichte aber der Vogel. Eines Tages möchte ich den Weg noch einmal bereisen, den Eva mit mir zurückgelegt hat, und dann will ich auch den Raben in Merseburg besuchen.

Heute ist Merseburg eine Vorstadt von Halle, und die Straße zwischen beiden Städten geht durch bebautes Gelände. Vor sechzig Jahren führte die Straße noch durch Felder, wenngleich die bewaldeten Hügel zusehends weniger wurden. Mitten am Nachmittag kam zu unserer großen Aufregung Halle in Sicht. Die von Bombenangriffen kaum zerstörte Stadt lag am anderen Ufer der Saale, deren Lauf wir seit Rudolstadt tagelang und viele Kilometer weit gefolgt waren.

Doch zu unserer Enttäuschung und Verzweiflung konnten wir nicht nach Halle gelangen. Die Brücke über den Fluss war gesprengt worden, um den Vormarsch der Alliierten aufzuhalten. Eine Zeit lang wanderten wir weiter, doch unsere Verzweiflung wuchs. Dann erblickten wir eine Brücke, doch als wir sie erreichten, erwies sie sich als Eisenbahnbrücke. Zwischen den breiten Schwellen gähnte der Abgrund, und wir blickten auf den Fluss hinunter. »Es geht nicht«, klagte Eva, »wir können unmöglich auf den Schienen gehen. Was um Himmels willen sollen wir tun?«

Wir hätten meilenweit den Fluss entlanglaufen müssen, um auf einer Brücke ans andere Ufer zu gelangen. Unsere Verzweiflung muss in unseren Gesichtern gestanden haben, denn schließlich sprachen uns drei Männer an.

»Wollt ihr über den Fluss?«, fragten sie.

Eva bejahte, blieb argwöhnisch und hielt meine Hand fest. Doch ihre Befürchtungen zerstreuten sich bald, als sich zeigte, dass die Männer sehr freundlich waren. Sie trugen keine Uniform, obwohl sie so jung aussahen, dass sie am Kriegsende durchaus zum Volkssturm hätten einberufen werden können. Wir sollten nie erfahren, wer sie waren oder woher sie kamen. In diesen schwierigen Tagen fragte man nicht nach Dingen, die jemanden in Verlegenheit hätten bringen können.

Die Männer boten an, uns bei der Überquerung zu helfen. Wir nahmen ihr Angebot dankbar an.

Zuerst mussten wir einen steilen Damm erklimmen, um zum Bahngleis zu gelangen. Einer der Männer kletterte auf den Damm und streckte seinen Arm herunter, während ein anderer mich im wahrsten Sinne des Wortes hinaufreichte. Ich war nur noch Haut und Knochen und wog fast nichts. Dann halfen sie Eva, die steile, zugewucherte Böschung zu erklimmen. Zuletzt hievten sie unseren Kinderwagen hoch.

Jetzt standen wir auf den Gleisen, und ich spähte nervös vor und hinter mich.

»Du brauchst keine Angst zu haben, kleines Fräulein«, sagte einer der Männer unter Lachen, als er mein Gesicht sah, »es besteht keine Gefahr, dass Züge kommen. Es fahren keine Züge mehr in Deutschland. Kommt jetzt, gehen wir.«

Obwohl ich nun wusste, dass keine Eisenbahn mehr über die Gleise stampfen würde, war es sehr beängstigend, über die glänzenden Schienen zu gehen, die von Bombeneinschlägen verbogen waren. Die Saale ist breit, und von der Brücke bis ins Wasser ging es tief hinunter. Das Geländer rechts und links der Brücke war niedrig und teilweise abgerissen. Eva und ich litten unter Höhenangst: Sobald wir den festen Boden des Bahndamms verließen, befanden wir uns hoch über dem dunklen Wasser, und vor Schreck erstarrten wir über dem Abgrund.

Einer der Männer redete uns gut zu: »Geht auf die Knie, dann krabbelt auf Knien und Händen. So geht es!« Eva sollte vor mir kriechen. »Ich bin direkt vor dir. Richte deine Augen nur auf mich, alles andere interessiert dich nicht. Sieh nicht nach rechts und nach links«, riet er ihr.

Dann wandte er sich sehr freundlich mir zu: »Sieh nur auf den Hintern deiner Schwester.«

Ich kicherte, als er das in meinen Ohren derbe Wort benutzte, und er grinste. Wahrscheinlich war er froh darüber, dass sich meine Verkrampfung löste.

»Lass sie nicht aus den Augen. Krieche einfach ihrem Hintern hinterher, dann sind wir schnell drüben, das verspreche ich dir.«

Einer der anderen Männer fügte hinzu: »Und wir bleiben direkt hinter euch. Wir lassen nicht zu, dass euch etwas geschieht, Ehrenwort.« Um mir noch ein Lächeln zu entlocken, fügte er hinzu: »Wir hängen uns an eure Hinterbacken.«

Dann setzte sich unsere bizarre kleine Kolonne in Bewegung. Der Vordermann kroch los, und wir folgten ihm. Es war ziemlich schwierig, wir mussten Hand für Hand, Knie für Knie von Bahnschwelle zu Bahnschwelle bewegen. Die zwei anderen Männer hinter uns gingen aufrecht, aber nahe bei uns, und sie sprachen leise und ermutigend auf uns ein. Sie trugen unseren Kinderwagen, denn es war unmöglich, ihn zu schieben. Die Überquerung kam mir endlos vor. Wir krochen langsam, Schwelle für Schwelle auf das andere Ufer zu, und schließlich erreichten wir es. Wir hatten den großen Fluss überquert.

Eva notierte diesen Meilenstein unserer Reise in ihrem Tagebuch:

Nach Halle kam man noch nicht rein. Nur unter unsäglichen Strapazen gelang es uns doch, über eine Eisenbahnbrücke nach Ammendorf zu kommen.

Der Anführer unserer Kolonne sprang von dem Schienenstrang hinunter, streckte Eva die Arme entgegen und fing sie auf. Als sie festen Boden unter den Füßen hatte, hoben er und mein Hintermann mich vom Bahndamm auf die Straße. Unsere Hände waren rot und wundgescheuert und voller Splitter aus den Holzschwellen. Auch unsere Knie brannten, und unsere Hosen waren nahezu durchgewetzt. Doch wir waren glücklich. Wir hatten diesen wirklich schwierigen Teil unserer Reise gemeistert und waren näher denn je bei Mutti.

Wir bedankten uns überschwänglich bei unseren Helfern. Wer auch immer sie waren und wohin auch immer sie gingen, sie hielten sich nicht lange mit uns auf. Wir waren in Ammendorf angekommen, einer Industriestadt, die heute nahtlos mit Halle zusammengewachsen ist. Hier wurden später die sowjetischen Breitspurwaggons produziert, doch während des Krieges wurden hier die Viehwaggons gebaut, in denen man Millionen Menschen in die Konzentrationslager deportiert hat.

Wie immer ließen wir uns im Rathaus eine Adresse für die Übernachtung geben. Ich weiß heute noch genau, wo wir Quartier fanden, denn Eva schrieb die Adresse in ihr Tagebuch: Hallische Straße 107, Familie Schneider. Der Mann war Diplomingenieur, wie sie neben dem Namen notierte, und arbeitete in einer der Fabriken der Stadt:

Wir bekamen Quartier bei dem Diplomingenieur Schneider, Hallische Str. 107. Wir wurden freundlich aufgenommen und zogen frisch und munter am nächsten Tag los.

Wieder einmal hatten wir Glück. Es war eine wunderbare Adresse. Die Familie war sehr gastfreundlich. Wir durften ein Bad nehmen – zum ersten Mal seit Tabarz saß ich wieder in einer Badewanne –, erhielten ein wohlschmeckendes Mahl, Grünkohl mit geräucherter Wurst und Kartoffeln, und hinterher gab es einen Nachtisch aus Obstkompott mit Vanillesoße. Wenn man lange nichts zu essen bekommt, ist jede Mahlzeit ein Fest, und ich erinnere mich sehr lebhaft an die Mahlzeiten während des Krieges. Sie schmeckten besser als alles, was ich später aß, selbst die Küche eines Fünfsterne-Restaurants kann mit meiner Erinnerung nicht mithalten.

Ebenso herrlich waren die sauberen Bettbezüge, in denen wir in dieser Nacht schlafen durften. Was frisches Bettzeug bedeutet, lernt man erst richtig schätzen, wenn man tagelang bestenfalls in gebrauchter Bettwäsche oder, wenn es schlimm kam, in Scheunen und Kellern geschlafen hat. Trotzdem konnte ich nicht einschlafen, denn unser Ziel war jetzt greifbar nahe. Der nächste Tag war der 22. April, der einundvierzigste Geburtstag unserer Mutter, und an diesem Tag würden wir sie wiedersehen. Es war, als würden alle Geburtstage und Weihnachten auf diesen Tag zusammenfallen, und wäre ich nicht so erschöpft gewesen, hätte ich bestimmt kein Auge zugetan.

Am nächsten Morgen zogen wir unsere saubere Unterwäsche an. Mochte unsere Oberbekleidung auch schmutzig sein, wir wollten so sauber wie möglich vor Mutti treten. Wir hatten sogar noch unser Geschenk für sie, die Mettwurst, und wir waren gewaltig stolz auf uns, ihr trotz der Umstände etwas mitzubringen.

Wir gingen sehr früh los, denn wir wollten unter allen Umständen noch am selben Tag ankommen. Mit fröhlichem Singsang wanderten wir Richtung Wiedersdorf, wo wir unsere Mutter zum letzten Mal gesehen hatten, bevor wir nach Tabarz gereist waren. Ich hüpfte vor Aufregung, und Eva musste mich bremsen und mich ermahnen, meine Kräfte für den Fußmarsch zu sparen.

Als wir das Dorf Kockwitz erreicht hatten, sahen wir Wiedersdorf in der Ferne liegen. Zwei etwa vierzehnjährige Mädchen liefen uns entgegen, und als sie immer näher kamen, erkannten wir sie. Sie hießen Anke und Jutta und wohnten in Wiedersdorf in derselben Straße, in der das Haus unseres dortigen Gastgebers stand. Ich kannte sie, da ich einige Zeit in Wiedersdorf verbracht hatte, und sogar Eva hatte sich einmal mit ihnen unterhalten, als sie für zwei Tage zu Besuch gekommen war, um mich abzuholen. Sie erkannten mich sofort an meinem lockigen, blonden Haar.

Lächelnd begrüßten wir sie.

»Was macht ihr denn hier?«, fragte Anke.

»Wir wollen zu unserer Mutter, was sonst? Wir sind auf dem Weg zum Haus des Schulleiters, um sie zu überraschen.«

Sie starrten uns mit großen, ernsten Augen an: »Ja, wisst ihr nicht, dass …?«

Das Herz rutschte mir in die Hosen, und ich fühlte Evas Anspannung. »Was sollten wir denn wissen?«, fragte sie mit tonloser Stimme.

»Eure Mutter ist nicht mehr da. Sie ist schon seit einigen Tagen weg, sie ist mit dem letzten Zug nach Hamburg gefahren, als bekannt wurde, dass später keine Züge mehr fahren würden.« Als sie unsere niedergeschmetterten Gesichter sahen, fügten sie besorgt hinzu: »Tut uns leid wegen der schlechten Nachricht. Ist sonst alles in Ordnung?«

Nichts war mehr in Ordnung. Es gibt keine Worte für das, was wir empfanden. Der Schock war fast nicht zu verkraften. Wir sanken auf den Straßenrand und weinten und weinten. Es war, als hätte man uns alles genommen. Wir hatten so viel durchgemacht, um zu ihr zu gelangen, und nur der Gedanke an sie hatte uns aufrechtgehalten. Wenn ich traurig und müde war, hatte Eva mir jedes Mal versichert, dass wir Mutti schon näher seien, und mir ausgemalt, wie es sein würde, wenn wir wieder zusammen wären. In den letzten zwei oder drei Tagen hatten wir die Kilometer buchstäblich gezählt. Der Gedanke an Muttis Blick hatte mir die Kraft gegeben, über die Eisenbahnbrücke zu kriechen, und immer, wenn wir kurz davor standen, aufzugeben, hörten wir ihre Stimme in uns, die uns zum Weitergehen drängte.

Aber sie war nicht mehr hier.

Was sollten wir tun?

Wieder unterwegs

Betäubt und ohne jeden klaren Gedanken gingen wir weiter nach Wiedersdorf. Was hätten wir sonst tun sollen? Wir konnten nicht umkehren. Wir waren zwei Wochen marschiert, und obwohl wir Luftlinie nur etwa 120 Kilometer zurückgelegt hatten, waren wir auf Umwegen die doppelte Wegstrecke gegangen und hatten dabei unwegsames und gefährliches Terrain durchquert. Während der vielen schrecklichen Erlebnisse hatte uns die Aussicht auf das Wiedersehen mit unserer Mutter die Kraft gegeben durchzuhalten.

Der Gedanke an sie hatte uns in den dunkelsten Augenblicken gestärkt und in den letzten Tagen, in denen wir unserem Ziel immer näher kamen, mit freudiger Erwartung erfüllt.

Wir waren am Boden zerstört. Ich habe keine Worte, um auszudrücken, wie niedergeschmettert wir waren. Dieses eine Mal konnte Eva ihre Enttäuschung nicht vor mir verbergen:

In Kockwitz, als wir Wiedersdorf schon liegen sahen, kamen uns zwei Mädchen entgegen, die uns sagten, dass Mutti längst abgereist sei. Ein schlimmeres Wort hätte nicht fallen können, denn ich glaubte, man hätte mir ein Messer ins Herz gesteckt. Der ganze Weg umsonst? Das konnte doch nicht sein! Mutti konnte doch nicht ohne uns abgefahren sein. Ich konnte es nicht glauben, und mir liefen die Tränen die Wangen herunter. Ich musste mich erstmal ordentlich ausweinen. Mutti hatte noch einen Brief hinterlassen.

Was hatten wir uns auf unsere Mutti gefreut!!!! Und nun die Enttäuschung!!!!!

In Wiedersdorf gingen wir schnurstracks zum Haus des Schulleiters und dessen Frau, bei denen wir unsere Mutter zuletzt gesehen hatten und wo sie gewohnt hatte, bis sie den letzten Zug nach Hamburg nahm. Auch sie waren überrascht, als wir vor ihrer Tür standen, begrüßten uns aber sehr herzlich. Als Erstes überreichten sie uns einen Brief von Mutti. Sie hatte ihn hinterlegt für den Fall, dass wir nach Wiedersdorf kämen und nach ihr suchten. Dass sie an uns gedacht hatte, tröstete uns ein wenig. Der Brief war in großer Eile geschrieben worden:

Liebe Eva, liebe Bärbel,
wir mussten den letzten Zug zurück nach Hamburg nehmen! Es ist wohl besser, wenn wir versuchen, dort ein neues Zuhause aufzubauen, wo unsere Familie und Freunde sind, statt als Gäste in Wiedersdorf zu bleiben, auch wenn unsere Gastgeber freundlich sind und wir ihnen so willkommen waren.
Geht zu Tante Käte, wenn Ihr nach Hamburg kommt: Auch wenn ich nicht dort bin, so wird sie auf jeden Fall wissen, wo Ihr mich finden könnt.
Alles Liebe und Gott sei mit Euch und schütze Euch auf Eurem Weg,
Eure Mutti

Muttis Handschrift zu sehen und zu wissen, dass sie an uns dachte und uns in ihr Herz schloss, war wunderbar, doch ich kann gar nicht sagen, wie einsam wir uns fühlten. Von der ganzen Familie – Großeltern, Tante Irma mit Henning, Tante Hilda mit Volker – war niemand mehr hier. Es war ein trauriger Augenblick.

Unsere Gastgeber bemühten sich, uns aufzumuntern, nahmen uns bei sich auf und halfen, den Kinderwagen zu leeren. Als ich die Mettwurst herausnahm, bekam ich einen richtigen Hass auf sie. Es war, als würde sich die Wurst über mich lustig machen: Wir hatten es noch rechtzeitig zu Muttis Geburtstag nach Wiedersdorf geschafft, doch jetzt war sie nicht da, und das Geschenk war sinnlos.

»Am liebsten würde ich sie wegwerfen«, sagte ich kläglich. Diese Wurst sollte mir nicht mehr unter die Augen kommen.

Eva starrte einen Augenblick auf die Wurst. Ich konnte deutlich sehen, dass sie meine Meinung teilte. Sie streckte sie unseren liebenswürdigen Gastgebern hin: »Wollen Sie sie haben? Wir wollten sie Mutti schenken, sie hat heute Geburtstag.«

Sie lehnten höflich ab: »Ihr solltet die Wurst für eure Mutter aufbewahren. Ihr werdet sie ganz gewiss wiedersehen.«

Es war schwer, sich von dieser großen Enttäuschung zu erholen, doch unsere Gastgeber taten, was sie konnten, um uns wieder aufzumuntern, und kümmerten sich zumindest um unser leibliches Wohl. Wir bekamen jeder ein heißes Bad und genossen den Luxus, unser Haar mit Shampoo waschen zu können. Am Abend wurde der Tisch für uns mit Servietten, Silberbesteck und einem sauberen Tischtuch gedeckt. Wir erhielten abgelegte Kleider, während unsere Kleider gewaschen, gebügelt und geflickt wurden.

Obwohl unsere Gastgeber sehr zuvorkommend waren, fiel es Eva und mir schwer, eine höfliche Unterhaltung zu führen und zu erzählen, was wir erlebt hatten, denn die Enttäuschung schmerzte uns sehr. In der Nacht schliefen wir in geplätteten Leinenbetttüchern und weinten in unsere sauberen Kopfkissen.

Am nächsten Morgen standen wir spät auf. Als ich die Augen aufschlug, war Eva bereits wach, saß am Frisiertisch und bürstete ihr Haar. Mit einem breiten Lächeln, das typisch für sie war, drehte sie sich um und sagte: »Ach, Puppe, da kann man nichts machen, wir müssen eben weiter. Wir sind bis hierhergekommen, da schaffen wir auch noch den Rest des Wegs.«

»Fahren wir mit dem Zug wie Mutti?«, fragte ich, obwohl ich die Antwort wusste.

»Du hast doch gehört, es fahren keine Züge mehr. Mutti und die anderen haben den letzten genommen.«

»Dann müssen wir also wieder zu Fuß gehen?«

»Ja, aber es wird viel einfacher sein, denn es gibt jetzt keine Gefechte mehr. Außerdem haben wir unseren tollen Kinderwagen, mit dem ich dich die ganze Strecke schieben kann, wenn du willst.«

Sie sagte mir nicht, dass »die ganze Strecke« noch einmal 320 Kilometer betrug, mehr, als wir bisher zurückgelegt hatten. Wie weit auch immer es war, ich hatte keine Lust mehr weiterzumarschieren. Ich war so traurig darüber, dass wir Mutti verfehlt hatten, ich konnte mir nicht vorstellen, wieder aufzubrechen. Woher sollten wir den Mut für diese Reise nehmen? Doch kaum war ich richtig munter und sah, wie zuversichtlich und frohgemut Eva war, konnte ich ihr nur zustimmen: Wir sollten uns so schnell wie möglich auf den Weg machen. Eva schrieb:

Was sollen wir nun tun? Ich muss mir meine Puppe nehmen und auf nach Hamburg.

Ihr Durchhaltevermögen war erstaunlich. Sie konnte mir nicht verheimlichen, welche Strapazen uns bevorstanden, doch sie sah schon wieder die positiven Seiten. Vielleicht spürte sie, dass wir keine andere Wahl hatten. Es konnte Monate, wenn nicht gar Jahre dauern, bis wieder Züge fuhren, und wir hätten in der Zwischenzeit nichts weiter tun können, als fern von unserer Familie und unserem Zuhause in Wiedersdorf auszuharren. An dieser trostlosen Aussicht änderte auch die Freundlichkeit nichts, mit der wir hier aufgenommen wurden. Evas Entschluss mochte aus der Einsicht in die Notwendigkeit geboren sein, doch für mich stellte sie es so hin, als wäre es ein großes Vergnügen und die richtige Entscheidung. »Morgen machen wir uns wieder auf den Weg«, sagte sie entschlossen: »Genieße den heutigen Tag, Puppe, und lass' uns das Beste daraus machen.«

An diesem Ruhetag kosteten wir in vollen Zügen die Gastfreundschaft unserer liebenswürdigen Gastgeber aus, nahmen ausgiebige Bäder und ließen uns von ihnen verwöhnen. Der Schulleiter und seine Frau hatten Mutti und den Rest der Familie sehr ins Herz geschlossen, und obwohl ich wegen ihrer ein wenig reservierten Umgangsformen noch immer sehr befangen war, meinten sie es offenkundig gut mit uns und nahmen sich unserer liebevoll an.

Gerne hätten sie uns länger bei sich behalten, doch wir waren fest entschlossen weiterzuwandern. Als der Schulleiter Eva vor den Gefahren warnte, die einer allein reisenden jungen Frau und einem Kind begegnen konnten, erinnerte ihn Eva an das, was wir bereits durchgestanden hatten. »Schlimmer kann es nicht kommen«, sagte sie.

Ich wünschte, sie hätte recht behalten …

Während wir uns ausruhten, waren unsere Gastgeber nicht untätig. Am Abend gab es ein Festmahl. Der Schulleiter hatte für uns eines der wertvollen Hühner geschlachtet und gebraten, jetzt lag es auf unseren Tellern, dazu gab es köstlichen Fruchtsaft aus seinem Keller und ein Glas Wein für jeden Erwachsenen.

»Ich sehe, Sie sind entschlossen«, wandte sich der Schulleiter an Eva, als das herrliche Mahl zu Ende war, »ich will Sie nicht aufhalten. Es zeugt von Ihrer Stärke und Ihrer Entschlossenheit, dass Sie mit Bärbel schon so weit gekommen sind. Es wäre nicht richtig, Sie aufzuhalten, wenn es Ihnen beiden so viel bedeutet, zu Ihrer Mutter zu gelangen. Doch ich möchte Ihnen einen Vorschlag machen. Ich habe zwei Bekannte, die morgen in dieselbe Richtung aufbrechen, und ich möchte Ihnen ans Herz legen, solange wie möglich mit ihnen zu gehen. Es sind zuverlässige Männer – ich hätte ein besseres Gefühl, wenn ich wüsste, dass Sie wenigstens zu Beginn in ihrer Begleitung sind. Was halten Sie davon?«

Eva willigte ein. Dann gingen wir nach oben in unser Zimmer, um eine letzte Nacht in den weichen Betten des Schulleiters zu träumen.

Am nächsten Morgen lernten wir unsere Reisebegleiter kennen. Herr Kramer, um die sechzig Jahre alt, war nicht an die Front geschickt, sondern mit der Verwaltung eines Nachschublagers betraut worden. Er war groß, ging leicht gebeugt und war sehr kurzsichtig. Seine Brillengläser waren so dick, dass man ihren Schliff sehen konnte, und wenn er einen ansah, schienen seine riesigen Augen wie Fischaugen hinter den Gläsern zu schwimmen. Ich war sehr beeindruckt davon, besonders, weil eines der Gläser zerbrochen war und durch einen Klebestreifen zusammengehalten wurde, hinter dem das halbe Auge verschwand.

Unser anderer Begleiter war Dr. Hagen, ein Mann zwischen vierzig und fünfzig Jahren, wenn ich nach meiner kindlichen Erinnerung gehe, was immer ein wenig unsicher ist, denn für ein Kind ist es schwer, das Alter eines Erwachsenen zu schätzen. Beide Männer kamen mir »alt« vor. Ich habe nie herausgefunden, was Dr. Hagen während des Krieges machte. Er sprach nicht darüber. Vielleicht erzählte er Eva davon, doch sie hat es nie erwähnt, auch nicht, als wir später über unsere lange Wanderung sprachen. Vielleicht war er Soldat und hatte sich der Gefangennahme entzogen, um nach Hause zurückzukehren. Er trug keine Uniform, doch ich glaube, viele Menschen halfen Soldaten mit ziviler Kleidung aus. Ich weiß noch, dass seine Hose um die Hüfte viel zu weit war und dass er sie mit einem dicken Strick zusammenziehen musste. Im zivilen Leben war er Lehrer gewesen, ein alter Kollege unseres Gastgebers in Wiedersdorf. Er und Herr Kramer wollten zu ihren Familien zurückkehren.

Als wir vier aufbrachen, winkten wir dem guten Schulleiter und seiner Frau zum Abschied, dann marschierten wir wieder mit unserem Kinderwagen und unseren kleinen Rucksäcken die Straßen entlang. Ich hatte wie immer Charlotte im Arm. Dieses Mal traten wir die Reise mit einer Menge Proviant an. Wir hatten Brot, Käse und Schinken geschenkt bekommen und einige Äpfel und Birnen von dem Obst, das der Schulleiter und seine Frau im Keller eingelagert hatten. Außerdem hatten sie uns mit warmen Decken ausgerüstet. Eva notierte unseren Aufbruch fröhlich in ihrem Tagebuch:

Heute komme ich nun dazu, endlich einmal wieder in mein Tagebuch zu schreiben. Dieser Weg hat uns nun mit zwei Herren zusammengeführt, die Puppe und mir den Marsch wesentlich erleichtern. Hier kann ich nun aufführen, wie unsere Erlebnisse sich weiterentwickelt haben.

Ich weiß noch, dass wir aus Wiedersdorf fortgingen, ohne auch nur im Geringsten zu ahnen, dass dieses Abenteuer noch viel mehr von uns fordern würde als die Strecke, die wir bereits hinter uns gebracht hatten. Da der Krieg nahezu vorüber war, glaubten wir, das Leben gehe jetzt wieder seinen normalen Gang und wir kämen nun schneller vorwärts, weil es weniger beschwerlich war zu Fuß und weil wir den direkten Weg nehmen konnten. Wir bedachten nicht, dass die Verhältnisse in einem besetzten Land mit einer Bevölkerung, die Hunger litt, ganz andere Gefahren und Risiken für uns bereithielten.

Am ersten Tag marschierten wir auf Landstraßen in einem Bogen um Halle herum. Wie zuvor die Panzergräben, so versperrten uns jetzt hohe Stapel von Baumstämmen vor jedem Dorfeingang den Weg, provisorische Straßensperren, die den Einmarsch der Alliierten eine Zeit lang aufhalten sollten.

Dr. Hagen war stämmig und stark, und wenn unser Weg blockiert war, räumte er das Hindernis mit bemerkenswerter Leichtigkeit aus dem Weg; wir waren deshalb froh, ihn bei uns zu haben.

Als wir nach ein paar Stunden die Hauptstraße erreichten, waren dort die Baumstämme bereits beiseite geräumt, damit Militärkolonnen ungehindert passieren konnten. Jetzt kamen wir mühelos voran.

Unsere Weggefährten waren offensichtlich gut zu Fuß. Herr Kramer sah zwar mit seiner reparierten Brille ziemlich seltsam aus, war aber sehr vergnügt, immer zu Scherzen aufgelegt und hatte einen Humor, der einer Siebenjährigen gefallen musste. Eva erzählte mir Jahre später, er sei ihr ziemlich auf die Nerven gegangen, und ich muss zugeben, dass seine Art für Erwachsene vielleicht schwer zu ertragen war, aber für mich hatte er stets Späße und einen großen Schatz von Geschichten auf Lager. Manchmal warf Eva ihm einen strengen Blick zu und warnte ihn, wenn er mir einen Witz erzählte. Heute weiß ich, dass einige seiner Geschichten ziemlich unanständig gewesen sein müssen und Eva nicht wollte, dass ich solche Dinge hörte.

Dr. Hagen dagegen war in sich gekehrt und schwieg oft lange Zeit. Am meisten eingeprägt hat sich bei mir sein Stock, dessen Knauf einen Hundekopf darstellte. Er gefiel mir, und manchmal gab mir Dr. Hagen seinen Stock, und ich durfte damit gehen. Irgendwie hatte ich das Gefühl, solange der Hundekopf nach vorne blickte, würde er uns beschützen und es könnte uns nichts geschehen.

Wir kamen wirklich schnell voran, besonders weil nun drei Erwachsene abwechselnd den Kinderwagen schoben, in dem ich saß.

Die Kampfhandlungen waren eingestellt, wir konnten bei Tag laufen und kamen daher nie von der Strecke ab. Die Zahl derer, die zu Fuß unterwegs waren, hatte zugenommen, und gelegentlich schlossen wir uns anderen

Reisenden an und gingen ein Stück des Weges mit ihnen. Dass wir uns nicht mehr in Hecken flüchten oder uns auf den Boden werfen mussten, während um uns herum die Kugeln flogen, machte es uns leicht voranzukommen.

Ein Nachtquartier zu finden stellte sich allerdings als schwierig heraus.

Wir vermieden es, Städte oder große Dörfer anzusteuern, denn dort herrschte Chaos.

Die Gemeindeverwaltungen, die so gut funktioniert und so viel zur Versorgung der Flüchtlinge getan hatten, waren an vielen Orten vollkommen zusammengebrochen. In den Städten war die Stromversorgung unterbrochen, die Kanalisation zerstört, und überall gab es Obdachlose, von denen einige skrupellos um ihr Überleben kämpften. Viele städtische Beamte, die für die Unterbringung der Flüchtlinge gesorgt hatten, waren tot oder geflohen. Ihr Verschwinden hinterließ ein Vakuum. Selbst dort, wo es noch eine Art Verwaltung vor Ort gab, waren die Probleme zu groß, um sich auch noch um Menschen wie uns zu kümmern, die auf der Durchreise waren.

Plünderungen waren an der Tagesordnung, ebenso Diebstahl. In den düsteren Tagen zwischen dem Einmarsch der Alliierten und dem offiziellen Kriegsende, als die Alliierten eine Übergangsverwaltung einsetzten, waren die Großstädte finstere und gefährliche rechtsfreie Räume. Frauen sahen oft keinen anderen Ausweg, um sich und ihre Kinder durchzubringen, als die Prostitution. Um die Leute von den Straßen fernzuhalten und diese zu räumen, wurden Ausgangssperren verhängt, und manchmal war die freie Zeit auf drei Stunden begrenzt. Gegen die Nahrungsmittelknappheit wurden Lebensmittelkarten ausgegeben, doch für Durchreisende sorgte niemand.

Die erste Nacht verbrachten wir unter einem Brückenbogen an einem schmalen Zufluss der Saale. Wir folgten noch immer ihrem Lauf, wenn auch nicht mehr lange. Eva wusste, dass die Saale in die Elbe mündete und dass wir irgendwann in Hamburg ankommen würden, wenn wir der Elbe in nördlicher Richtung folgten. Unser Weg hätte sich dann jedoch verlängert. Wegen der Trockenheit führte der kleine Fluss wenig Wasser, wir fanden zwei Nischen im Mauerwerk der Brücke und richteten uns darin so bequem wie möglich ein. Herr Kramer und Dr. Hagen teilten sich eine Nische, Eva und ich die andere. Zum Glück hatten wir die Decken von unseren Gastgebern in Wiedersdorf, in die wir uns einwickeln konnten. Es war recht behaglich.

Diese Nacht gefiel mir gut, denn am Wasser herrschte reges Leben. Die ganze Nacht hörte ich es plumpsen und platschen. Vielleicht waren es Fische oder Kröten und Frösche. Ich lag im Halbschlaf und fühlte mich wie Alice im Wunderland. Ich konnte nichts erkennen in der Finsternis, aber ich stellte mir vor, große Frösche säßen auf Seerosenblättern und passten auf, damit mir nichts zustieß. Ich fürchtete mich nicht vor ihnen, denn ich bildete mir ein, sie seien zu meinem Schutz gekommen. Ich liebte den Klang von Wasser und lauschte dem kleinen Fluss, der unentwegt auf wohltuende, beruhigende Weise plätscherte. Ich erinnere mich noch an das helle Zirpen der Grillen, bevor ich einschlief – auch sie gehörten vielleicht schon zu meinem Traum.

Als wir am nächsten Tag erwachten, grüßten wir die Männer in der Nachbarnische mit einem »Guten Morgen!«, das in einem entzückenden Echo widerhallte. Ich rief daher mehrfach »Guten Morgen«, und das Echo mischte sich mit den Echos der Morgengrüße unserer Begleiter. Ich lachte.

Nachdem wir einen kleinen Happen gefrühstückt hatten, kehrten wir auf die Straße zurück und setzten unseren Marsch fort. Wir wollten nach Alsleben, wo wir noch einmal die Saale überqueren mussten. Bei unserer Ankunft stellten wir fest, dass die Brücke von Alsleben wie so viele andere von der Wehrmacht auf ihrem Rückzug zerstört worden war, um die Invasion aufzuhalten. Doch es gab einen behelfsmäßigen Fährbetrieb, und wir hofften, wir würden alle vier gemeinsam übersetzen können. Die Fähre war ein Floß ohne Geländer, sie zu besteigen war ein schwieriges Unterfangen, denn das Floß schwankte und wackelte unter uns. Wir mussten zudem unseren geliebten Kinderwagen sicher auf die Fähre bringen. Herr Kramer und Dr. Hagen halfen Eva, ihn aufs Floß zu hieven.

»Dieses Gefährt solltest du zurücklassen«, sagte der Fährmann verdrossen. Doch Eva bestand darauf, den Kinderwagen mitzunehmen, und zahlte den Fährmann im Voraus. Nachdem wir abgelegt hatten, mussten wir uns in der Mitte des Floßes aneinanderdrängen, dabei wäre ich so gerne am Rand gesessen und hätte meine Hand ins Wasser gehalten.

»Du musst ganz still sitzen«, sagte Eva streng zu mir. Ich glaube, sie fürchtete, das Floß könne kentern, sobald sich einer von uns bewegte.

Wir erreichten sicher das andere Ufer und folgten der Hauptstraße nach Aschersleben. Unterwegs stießen wir auf einige geparkte Lastwagen: Ein Trupp amerikanischer Soldaten hielt am Straßenrand Rast. Sie gehörten wahrscheinlich zu einer Versorgungseinheit in der Nachhut der einmarschierenden Truppen, denn sie waren nur mit Lastwagen, nicht mit Panzern unterwegs.

Sie grüßten uns freundlich, und wir gingen zu ihnen, um uns mit ihnen zu unterhalten. Wir hatten keine Angst mehr vor den fremden Soldaten, aus unseren Feinden waren innerhalb weniger Tage unsere Freunde geworden.

»Wollt ihr euch nicht zu uns setzen und mit uns essen?«, wurden wir eingeladen. Wir ließen uns nicht zweimal bitten und aßen gekochten Schinken und Cracker mit ihnen. Sie hatten Nescafé in ihrer Marschration. Ich konnte mich nicht an Kaffee erinnern, im Krieg gab es keinen, doch Eva und die beiden Männer waren begeistert. Später meinten sie, der lösliche Kaffee sei nur eine dürftige Nachahmung von richtigem Kaffee gewesen – in Deutschland wurde vor dem Krieg nur Filterkaffee aus frisch gemahlenen Kaffeebohnen getrunken –, dennoch freuten sie sich noch immer über diese Einladung zum Kaffee.

Die Soldaten boten uns an, uns ein Stück mitzunehmen. Sie verstauten den Kinderwagen auf einem Lastwagen, und wir kletterten auf die Pritsche. Die Fahrt erinnerte mich an die Fahrten, bei denen uns deutsche Soldaten mitgenommen hatten. Die Amerikaner machten ebenso viel Aufhebens um mich, und einer zog seine Brieftasche hervor, um mir ein Bild seiner Tochter zu zeigen, ein hübsches Mädchen, das wie ich lockiges Haar hatte. Nur die Sprache und die Uniform unterschied sie von den Männern, die ihre »Feinde« waren. Sie waren eine fröhliche Truppe. Ich konnte nicht verstehen, worüber sie sprachen, doch sie lachten, machten Späße und waren gewiss ebenso erleichtert über das Ende der Kampfhandlungen wie wir. Endlich konnten wir entspannt beisammensitzen! Dr. Hagen, der Lehrer, sprach recht gut Englisch. Er übersetzte und unterhielt sich mit den Soldaten. Auch an Eva richteten sie das Wort, obwohl sie weniger Englisch konnte als Dr. Hagen. Herr Kramer und ich dagegen konnten nur zuhören und raten, wovon die Rede war. Später erzählte Dr. Hagen, dass die Soldaten ihm erzählt hätten, aus welchem Bundesstaat sie stammten und wie lange sie von zu Hause fort waren. Alle redeten damals von »zu Hause«, jeder wollte dorthin zurück, jeder war dorthin unterwegs. Und für diejenigen, die kein Zuhause mehr hatten, war die Heimat dort, wo ihre Familie jetzt lebte.

Bei Aschersleben setzten uns unsere Freunde ab und gaben uns noch einige Extrarationen mit auf den Weg. Wie sich anhand der Beschriftung herausstellte, waren es Frühstücksrationen. Wahrscheinlich hatten sie mehr davon als Mittag- und Abendessen. Dazu schenkten sie uns natürlich Kaugummi.

Wir gingen in den Ort und begaben uns wie üblich zum Rathaus, um herauszufinden, ob Flüchtlingen und Durchreisenden noch Quartiere zugewiesen wurden. Beim Rathaus verabschiedete sich der lustige Herr Kramer von uns, der seit Monaten weder Frau noch Kinder gesehen hatte. Sie waren alle im Kriegsdienst oder zum BDM eingezogen worden. Doch jetzt war er fast zu Hause.

»Auf Wiedersehen, und alles Gute!« Er schüttelte unsere Hände: »Das wünsche ich euch ebenfalls. Ich hoffe, ihr findet eure Familie wohlbehalten und gesund wieder.«

Wir wünschten dasselbe, für ihn wie für uns. Alle hofften, dass ihre Familien die Kriegswirren unbeschadet überstanden hatten.

In Aschersleben gab es keine Vermittlung von Unterkünften, deshalb wanderten wir sofort weiter. Doch bevor wir uns auf den Weg machten, öffneten wir das erste Paket aus der amerikanischen Truppenverpflegung. Die Packungen enthielten Fruchtriegel, Päckchen mit löslichem Kaffee und Zucker, ungesüßtes Gebäck und eine Dose gekochten Schinken oder Corned Beef. Ich fand die Sachen köstlich, wir aßen nicht nur zum Frühstück davon: Für uns war das eine gute Mahlzeit für jede Tageszeit, und wir waren sehr dankbar für dieses Geschenk. Mir machte es große Freude, die Päckchen zu öffnen. Da die vielen kleinen Snacks alle eingewickelt waren, kam es mir vor, als hätte ich ständig Geburtstag, und da ich die englische Beschriftung nicht verstand, rätselte ich gespannt über den Inhalt, bis ich ihn ausgewickelt hatte.

In dieser Nacht schliefen wir wieder unter freiem Himmel. Früh am nächsten Morgen setzten wir unsere Wanderschaft fort. Jetzt, da der redselige Herr Kramer nicht mehr bei uns war, taute unser zweiter Reisebegleiter langsam auf. Dr. Hagen hatte klassische Sprachen unterrichtet und konnte zahllose griechische und römische Sagen erzählen. Er vertrieb mir die Zeit mit eigenen vereinfachten Versionen von Shakespeares Dramen, rezitierte Schiller und andere deutsche Dichter. So trug die Wanderschaft mit ihm auch noch zu meiner Bildung bei.

Meist hatten wir keine Möglichkeit, Wasser für Kaffee oder Tee zu kochen, manchmal bekamen wir in Dörfern ein wenig heißes Wasser. Aber die Menschen wurden immer ungastlicher und misstrauischer, und die Türen öffneten sich uns während dieses Teils unseres Marschs nicht mehr so bereitwillig wie zuvor.

»Weißt du, Puppe, ich glaube, von jetzt ab werden wir öfter im Freien schlafen«, sagte Eva. »Was für ein Glück, dass das Wetter so gut ist! Zumindest der Boden ist trocken. Wir kuscheln uns in unsere Decken und betrachten die Sterne ... Das macht sicher Spaß, es ist ein wenig wie Zelten.«

Für mich betrachtete Eva alles von der positiven Seite. Doch in der folgenden Nacht fanden wir eine Unterkunft bei einer Witwe, die mit ihrer Tochter am Dorfrand lebte.

Die Witwe sah uns vorbeigehen, und wir müssen auf sie so vertrauenswürdig gewirkt haben, dass sie Eva und mir eine Übernachtung in ihren Wohnzimmersesseln anbot. Dr. Hagen wurde in dem kleinen Schuppen untergebracht, in dem sie einige Hühner und eine Ziege hielt.

Ihre Tochter Renate war um die vierzig und leicht geistig behindert. Sie sprach langsam, und ihr geistiger Entwicklungsstand lag vermutlich noch unter meinem. Ich schlug sie mühelos beim Damespiel. Eva raunte mir zu, ich solle sie ab und zu gewinnen lassen, was ich auch tat.

Renate lachte viel – sie kicherte unentwegt, fast wie aus Verlegenheit. Da es ihr schwerfiel, sich auszudrücken, kommunizierte sie auf diese Weise.

Ihrer Mutter machte es große Freude zu sehen, wie ich mit ihr spielte und sprach, denn Renate hatte keine Freunde.

»Für Kinder ist sie zu alt und für Erwachsene zu jung«, sagte sie wehmütig. Ich fand diese Bemerkung sonderbar, denn damals wusste ich noch nichts von den Problemen, mit denen sie sich bei der Pflege ihrer Tochter herumschlug. Zu ihrer großen Erleichterung hatten die Amerikaner ihre Gegend besetzt und nicht die Russen.

»Was wäre dann mit meiner armen Renate geschehen?«, fragte sie immerzu. Ich verstand nicht, was sie damit meinte, nur, dass sie wie wir alle froh war, dass wir im Besatzungsgebiet der Amerikaner und nicht dem der Russen waren.

Der Aufenthalt bei der Witwe war eine schöne Abwechslung, auch wenn wir unsere Sorgen und Zukunftsängste nicht vergessen konnten. Außer ihren Hühnern und der Ziege hatte die Witwe einen großen Gemüsegarten, und das Essen war lecker: Omelett, Kartoffeln, Karotten und dazu amerikanischen Pulverkaffee. Wie wir hatte sie jahrelang keinen Kaffee getrunken. Wir gaben Ziegenmilch hinein, und ich muss zugeben, dass ich den Geschmack sehr seltsam fand. Noch heute trinke ich wenig Kaffee, eine Tasse Tee ist mir allemal lieber.

Die Witwe schien sich in unserer Gesellschaft wohlzufühlen, denn sie fragte, ob wir nicht noch einige Tage bei ihr ausruhen wollten. Wir lehnten dankend ab. Wir wollten unbedingt nach Hamburg, alles andere interessierte uns wenig.

Am nächsten Tag machten wir uns wieder auf den Weg und kamen nach einer Weile in ein Dorf. Wir hofften, hier Brot und Proviant kaufen zu können. Eva hatte noch das meiste von dem Geld, das Mutti ihr gegeben hatte, doch als sie hörte, welche Preise verlangt wurden, war sie entsetzt.

Die erste Bäckerei verließen wir, ohne etwas zu kaufen, weil Eva den Brotpreis für überzogen hielt. Es stellte sich allerdings heraus, dass es nirgendwo billiger war. Schließlich mussten wir in den sauren Apfel beißen und die hohen Preise für einen Laib Brot und ein Stück Käse bezahlen. Während des zweiten Teils unserer Reise litten wir mehr Hunger als zuvor. Kurz vor der Kapitulation waren die Versorgungssysteme zusammengebrochen, die Nahrungsmittelvorräte wurden knapp.

Außerdem teilten wir selbstverständlich alles mit Dr. Hagen, der überhaupt kein Geld hatte.

Lebensmittel waren zwar teuer, aber wir mussten bei Kräften bleiben. Nachdem wir uns ein wenig gestärkt hatten, gingen wir weiter. Ich saß im Kinderwagen, Eva schob, und Dr. Hagen marschierte mit seinem Wanderstock voran.

Die Jungen der Hitlerjugend

Es war der vierte Tag, nachdem wir Wiedersdorf den Rücken gekehrt hatten. Seit Tabarz hatte sich die Atmosphäre sehr verändert. Obwohl wir auf direktem Wege vorwärts kamen, das Gelände nicht schwierig war und wir keinem Geschützfeuer mehr ausweichen mussten, lag eine neue Bedrohung in der Luft. Wie die Menschen, die wir unterwegs in den Städten und Dörfern trafen, waren auch wir misstrauischer geworden und mehr auf uns selbst gestellt.

Wir fuhren in gewisser Weise besser damit, wenn wir uns nur auf uns selbst verließen und uns keine Hoffnungen auf eine gute Mahlzeit und ein warmes Bett am Ende des Tages machten und dann enttäuscht wurden.

An diesem Tag schlossen sich uns zwei Jungen an, Claus und Wolfgang.

Vieles, was ich über ihr Schicksal weiß, habe ich erst in späteren Jahren aus den Gesprächen mit Eva über unsere Wanderschaft erfahren.

Doch an ihren ersten Anblick kann ich mich deutlich erinnern. Sie trugen Hemden, die einige Nummern zu groß waren, und wenn die Zipfel hochflatterten, konnten wir sehen, dass sie darunter die unverkennbare braune Uniform der Hitlerjugend trugen. Sie litten Hunger, und als wir ihnen von den amerikanischen Frühstücksrationen zu essen gaben, verschlangen sie diese gierig im Gehen. Ihr Ziel war Halberstadt, es lag auf unserem Weg.

Anfangs unterhielten sie sich nur widerwillig, doch Dr. Hagen, der aus seiner langen Erfahrung als Lehrer wusste, wie man mit Jugendlichen ins Gespräch kommt, gelang es schnell, ihnen ihre Geschichte zu entlocken.

»Ich bin gerade sechzehn geworden«, sagte Claus stolz. »Ich habe am selben Tag Geburtstag wie der Führer, am 20. April.«

Hitlers Geburtstag zu feiern war Pflicht gewesen in Nazideutschland, sogar Kinder wie ich kannten das Datum.

»Und wo kommt ihr her? Warum seid ihr so weit von zu Hause weg?«, fragte Dr. Hagen.

»Wir waren an der Front«, sagte Claus, »haben mit der Hitlerjugend bei der Verteidigung von Magdeburg geholfen. War eine ziemlich heikle Sache, das kann ich Ihnen sagen.«

»Und du, Wolfgang? Hast du auch gekämpft? Wie alt bist du?«

Wolfgang nickte: »Ich bin siebzehn.«

Ich dachte sofort an Ulrich, der etwa gleich alt war, aber keineswegs zu den Erwachsenen gezählt werden konnte, jedenfalls nicht, soweit ich es ermessen konnte. Ulrich war ein großes Kind, der uns zu allerlei Unfug in der Ziegelei angestiftet hatte. Die beiden Jungen aber hatten im Krieg gekämpft. Ich sehe Claus noch vor mir: Er war ziemlich schmächtig für sein Alter und hatte Pickel auf der Nase. Der ein Jahr ältere Wolfgang wirkte dagegen ein wenig erwachsener. Er hatte kurz geschorenes blondes Haar und blaue Augen, und er war größer als sein Kamerad. Beide hatten mit Waffen gekämpft und zugesehen, wie ihre Kameraden fielen – ihre Jugendlichkeit machte diese Vorstellung noch erschütternder.

Heute weiß ich, dass nach 1942 alle Jungen über sechzehn zu militärischen Trainingslagern einberufen wurden, eine schwere Schinderei, verglichen mit den Freizeiten der Hitlerjugend in den Jahren zuvor, die mehr Pfadfinderlagern mit viel Ballast an Nazipropaganda geglichen hatten. In den Trainingslagern der Wehrmacht wurden sie intensiv auf ihre künftige Rolle als Soldaten vorbereitet.

Es war eine richtige Gehirnwäsche, daher ist es nicht verwunderlich, dass diese Jungen häufig die Letzten waren, die sich ergaben, und dass es ihnen schwererfiel als älteren Soldaten, die Niederlage hinzunehmen. Alle Jungen in diesem Alter hatten die Hitlerjugend durchlaufen, der sie mit dem zehnten Lebensjahr beitreten mussten, sie waren fast ihr gesamtes bisheriges Leben von der Propaganda berieselt worden. Unter bestimmten Umständen ist es nicht schwer, andere zu indoktrinieren, besonders junge Menschen, die noch keine anderen Lebenserfahrungen haben und nichts kennen, was sie zum Vergleich heranziehen könnten. Gegen Ende des Krieges wurden in Städten wie Berlin und München zehn- und elfjährige Jungen zum Kriegsdienst gezwungen, in Uniformen gesteckt, die viel zu groß für sie waren, und mit Waffen ausgerüstet, die sie nicht handhaben konnten. Die Lebenserwartung der in den letzten Tagen dieses irrsinnigen Krieges eingezogenen Jungen betrug weniger als einen Monat. Beim sinnlosen Unterfangen, das besiegte Deutschland zu verteidigen, verloren viele von ihnen ihr Leben durch ihren Fanatismus und jugendlichen Wagemut.

Claus mit seiner überzogenen Vaterlandsliebe war ein hervorragendes Beispiel für diese Indoktrination. Beim Gehen sang er Lieder der Hitlerjugend, darunter auch das Marschlied der HJ: »Ja, die Fahne ist mehr als der Tod!«, bis Eva ihn bat, damit aufzuhören.

»Meinst du, es sei klug, solche Lieder zu singen, während überall die Konvois der Amerikaner über die Straßen rollen?«, fragte sie ihn trocken.

»Das ist mir egal«, verkündete Claus. »Lieber wäre ich in der Schlacht gestorben als unter den Alliierten zu leben. Ist doch klar, was jetzt kommt: Die Deutschen werden von ihren Feinden zu Sklaven gemacht. Wir sind dann nicht mehr wert als Tiere.«

Ängstlich schaute ich Eva an, doch sie stellte sofort klar: »Also, hör mal, du weißt, dass das nicht stimmt, Claus. Du erschreckst Bärbel, wenn du solchen Unsinn erzählst. Deine sogenannten »Feinde« waren bisher alle sehr nett und freundlich zu uns. Wir haben nur Gutes mit ihnen erlebt.«

»Ha!«, antwortete Claus höhnisch: »Ihr habt keine Ahnung. Ihr habt nicht wie ich gegen sie gekämpft.«

So piepsig seine Knabenstimme war, er ließ es sich nicht nehmen, seine Tapferkeit zur Schau zu stellen. In seinem Innersten war er wahrscheinlich ebenso erleichtert darüber, dass es vorbei war, wie wir alle. Doch es fiel ihm schwer, es einzugestehen.

Wolfgang, der andere Junge, war nachdenklicher, stiller und insgesamt ernster. Er wurde gesprächiger, als Dr. Hagen erklärte, er glaube nicht, dass die Alliierten das besetzte Deutschland unterdrücken würden.

»Ob ich wohl wieder in die Schule zurückgehen darf?«, wollte Wolfgang wissen. »Ich habe nämlich vor, Ingenieur zu werden wie mein Vater.«

»Gewiss kannst du wieder zur Schule gehen«, erwiderte der ehemalige Lehrer. »Das Land wird viele gut ausgebildete Leute brauchen, die mithelfen, es wieder aufzubauen.«

Wolfgang schien darüber erleichtert zu sein und wieder Mut zu fassen. Auch er hatte es bitter nötig, in das normale Leben zurückzufinden und seine verlorene Jugend zurückzugewinnen.

»Erzählt uns doch von den Kämpfen, an denen ihr beteiligt wart«, forderte Eva sie auf.

Während wir weitergingen, erzählten sie nach und nach ihre Geschichte.

Es lag gerade eine Woche zurück, dass die Amerikaner Magdeburg angegriffen hatten. 300 Flugzeuge warfen Bomben über dem Stadtgebiet ab, gleichzeitig wurde die Stadt vom anderen Ufer der Elbe unter heftigen Artilleriebeschuss genommen. Zur Verteidigung Magdeburgs waren 800 Jungen aus der Hitlerjugend eingezogen und in die Truppen eingeteilt worden. Sie sollten den Vormarsch der Amerikaner aufhalten. Später las ich, dass der letzte amerikanische Soldat, der im Zweiten Weltkrieg starb, bei diesem Angriff in Madgeburg fiel, als ein Panzer getroffen und der MG-Schütze dabei getötet wurde. Die Panzerfaust, die ihn tötete, war offenbar von einer Frau abgefeuert worden.

Claus und Wolfgang waren als Heckenschützen im äußeren Stadtbereich eingesetzt worden. Sie hatten sich in Ruinen oder einfachen, aus umherliegenden Trümmern und Holzstücken gebauten Unterständen verschanzt, um die feindlichen Truppen abzulenken und aufzuhalten. Es waren die letzten Stellungen in Magdeburg, die Wohnblock für Wohnblock und Straße für Straße erbittert verteidigt wurden. Ihre Waffen stammten aus Restbeständen des Ersten Weltkriegs. Bald mussten sie sich immer weiter in die Stadt zurückziehen, doch da alle Brücken über die Elbe gesprengt waren und die Amerikaner noch immer von den Deutschen am anderen Elbufer beschossen wurden, geriet ihre Einheit jetzt unter Beschuss durch die eigenen Leute. Neben ihnen starben Jungen aus ihrer Einheit. Irgendwann befahl ihnen der befehlshabende Offizier, der selbst erst achtzehn war, sie sollten sich ergeben, was sie auch taten, obwohl Claus lieber sterben und noch ein paar Amerikaner mit in den Tod nehmen wollte.

Sie wurden von den Amerikanern gefangen genommen und von einem US-Sergeant verhört, der offenbar erstaunt darüber war, dass es Halbwüchsige waren, die so erbittert gekämpft hatten. »How old are you boys?«, fragte er, und als sie ihm antworteten, sagte er zu ihrer Verwunderung plötzlich auf Deutsch: »Raus aus der Uniform und nichts wie heim, Jungs! Geht zu eurer Mutter, wo ihr hingehört!«

Der Sergeant war schockiert. Er sah keinen Sinn darin, Kinder gefangen zu nehmen, und ließ sie laufen. Claus und Wolfgang hatten Glück. Wäre es ihnen gelungen, vor Sprengung der Brücken ans andere Elbufer zu gelangen, wären sie den Russen in die Hände gefallen. Die sowjetischen Streitkräfte hätten sie wahrscheinlich nicht so großzügig behandelt.

Viele der Jungen fanden Zuflucht in ausgebombten Häusern und überlebten, indem sie den Rest ihrer Marschverpflegung verzehrten, plünderten und bettelten. Als Claus und Wolfgang sicher waren, nun gefahrlos den Heimweg antreten zu können, klopften sie an eine Haustür, baten um zivile Kleidung und erhielten die zu großen Hemden. Dann machten sie sich auf den Weg.

Sie erzählten uns von Kameraden, die in den von den Russen besetzten Teil Magdeburgs zurückgekehrt waren.

Sie lebten jetzt in den Ruinen und schlugen sich irgendwie durch.

Es war eine schreckliche Geschichte. Die beiden Jungen hatten wirklich grauenhafte Dinge erlebt. Es schien den Wahnsinn zusammenzufassen, der unser Land verschlungen hatte, dass am Ende Kinder gezwungen wurden, ihr Leben so sinnlos zu opfern. Aber Claus und Wolfgang gehörten zu denen, die das Glück hatten zu überleben und hoffen durften, bald wieder bei ihren Familien zu sein.

Claus stammte aus einer großen Familie, und er erzählte uns, wie sehr er sich für seine Großmutter schämte, eine standhafte Katholikin, die sich immer kritisch zu Hitler und seinem Regime geäußert hatte. »Wie mussten so tun, als wäre sie ein wenig plemplem, damit sie uns nicht in Schwierigkeiten brachte«, sagte er. Sein Vater und seine beiden älteren Brüder waren an der Front gewesen, seine Mutter hatte alle Hände voll zu tun, den kleinen Bauernhof zu bewirtschaften und sich um seine sechs jüngeren Geschwister zu kümmern. »Dass ich ihr viel Arbeit abnehmen kann, ist der einzige Grund, weshalb ich froh bin, überlebt zu haben«, meinte er.

Wolfgang war der älteste von drei Geschwistern. Er war froh, dass die beiden anderen Mädchen waren, die hätte man wenigstens nicht einziehen können, selbst wenn der Krieg weitergegangen wäre. Seine Schwestern waren beide mit der Kinderlandverschickung evakuiert worden. Wolfgang wusste nicht, wohin seine Schwestern verschickt worden waren, da die jüngste jedoch erst zehn Jahre alt war, erkundigte sich Eva nach ihrem Namen und ging im Kopf die Mädchen durch, die sie aus Tabarz kannte. Sie konnte ihm keine positive Auskunft geben, aber sie tat ihr Bestes, um Wolfgang zu beruhigen, und versicherte ihm, dass es seinen Geschwistern bestimmt gut gehe.

Vor seiner Einberufung war Wolfgang Schüler an einem Gymnasium gewesen. Er hoffte auf einen guten Abschluss, um studieren zu können. Wie unser Vater war Wolfgangs Vater wegen seines Alters und seiner wichtigen Stellung als Ingenieur bis kurz vor Kriegsende zu Hause geblieben. Doch dann erhielt er seine Einberufung, und wenige Monate später musste auch Wolfgang an die Front. Ich hatte Hunger, Angst und Schrecken aushalten, durch Schlachtfelder marschieren und den Gestank von Leichen ertragen müssen. Doch Wolfgang war gezwungen worden, am Krieg teilzunehmen, andere zu töten und stolz darauf zu sein. Er musste seine Kindheit opfern. Nun sorgte er sich um seine Mutter, die allein zurückgeblieben war. Er wollte so schnell wie möglich zu ihr, und ich wusste genau, wie er sich fühlte.

Claus erzählte uns, dass er mit Gewissheit mindestens zwei Amerikaner erschossen hatte. Wolfgang brüstete sich nicht mit solchen Taten. Sollte er solche grauenhaften Dinge erlebt haben, so behielt er sie für sich.

Als wir Jahre später über die Jungen sprachen und uns fragten, was wohl aus ihnen geworden war, sagte mir Eva, dass sie sich damals am meisten Sorgen um Wolfgang gemacht hatte: »Claus dürfte keine Probleme gehabt haben. Er wird einen Beruf ausüben, bei dem er Befehle auszuführen hat, oder den Bauernhof bewirtschaften. Er wird verdrängen, was er gesehen oder getan hat. Bei Wolfgang ist das anders. Ich hoffe nur, dass ihn seine Erlebnisse und das, wozu man ihn gezwungen hat, nicht den Rest seines Lebens verfolgen. Sie waren ja noch Kinder.«

Wir waren nur einen Tag mit den Jungen unterwegs, doch ich erinnere mich lebhaft an sie. Ich weiß noch genau, wie Claus mich schob, mit dem Kinderwagen eine Weile rannte und ihm dann einen kräftigen Schubs gab, sodass ich bergabwärts auf der Straße davonsauste. Eva rief ihm etwas zu, und er rannte dem Wagen lachend hinterher und bekam ihn wieder zu fassen. Zum Glück war ich so schwer, dass er mich nicht allzu schnell anschubsen konnte.

Es war kaum vorstellbar, dass derselbe Junge, der mit mir so sorglos herumalberte, eine Woche zuvor Soldaten erschossen hatte und selbst nur knapp dem Tod entronnen war.

Die Straße, auf der wir marschierten, war nicht beschädigt, aber hügelig, denn wir passierten die Ausläufer des Harzes. Wir sahen die Altstadt von Quedlinburg über uns auf Felsen hochragen. Weil wir nicht wussten, welchen Schwierigkeiten wir dort begegnen würden, mieden wir das Stadtzentrum.

Während wir um die Stadt herumgingen, erzählte uns Dr. Hagen aus ihrer Geschichte. Er schien wirklich alles zu wissen. Wolfgang und ich hörten ihm aufmerksam zu, nur Claus ließ sich immer wieder leicht ablenken. Wenn amerikanische Kolonnen vorbeifuhren, mussten wir ihn zurückhalten, damit er ihnen keine Schmähungen zurief.

Eva erinnerte ihn daran, dass man ihn immer noch gefangen nehmen konnte. Wolfgang zog jedes Mal sein viel zu großes, weißes Hemd eng zusammen, damit die Uniform, die er darunter trug, nicht zu sehen war, aber Claus kümmerte sich nicht darum.

Bei Halberstadt trennten wir uns. Claus und Wolfgang erkannten die Gegend wieder, man spürte ihre Aufregung, bald zu Hause zu sein. Sie hatten kaum noch Zeit, sich von uns zu verabschieden, bevor sie losstürmten.

Als sie fort waren, meinte Eva: »Hoffentlich werden sie bei ihrer Ankunft nicht ebenso enttäuscht wie wir in Wiedersdorf.«

Halberstadt war bombardiert worden, der Dom völlig zerstört – wir hofften, dass die Familien der Jungen den Angriff unbeschadet überstanden hatten. In den folgenden Nächten schlossen wir sie in unsere Gebete ein.

In dieser Nacht fanden wir einen sehr aufregenden Unterschlupf. Bei Dunkelheit war der Aufenthalt auf der Straße gefährlich wegen der Militärfahrzeuge, die über die Straßen rumpelten, und weil Dr. Hagen und Eva nicht allen Flüchtlingen trauten, die auf der Straße unterwegs waren. Alle, die sich vor den Amerikanern versteckten, waren nachts auf den Beinen, besonders Soldaten, die der Gefangenschaft entkommen waren und nun versuchten, zu ihren Familien zurückzugelangen, und Zwangsarbeiter, die einst nach Deutschland deportiert worden waren. Sie hatten sich selbst befreit und streiften jetzt durchs Land.

Als die Dämmerung anbrach, bogen wir daher in den Wald ab, der die Straße säumte, und folgten einem ausgetretenen Pfad. Da uns zweifellos nichts anderes übrig blieb, als unter freiem Himmel zu übernachten, suchten wir nach einem geschützten Unterschlupf zwischen den Bäumen.

Wir verließen den Pfad und kamen nach kurzer Zeit auf eine Lichtung. Dort sahen wir vor uns einen Hochsitz, wie Förster ihn benutzen.

Ich war begeistert davon. Er sah aus wie ein Hexenhaus in den Bäumen, ein kleiner hölzerner Verschlag in der Luft mit einer groben Leiter, die nur Kerben in einer Holzplanke als Stufen hatte.

Eva machte sich Sorgen, wie ich dort hinaufgelangen sollte, doch ich war flinker als sie, und Dr. Hagen und kletterte mühelos hoch.

Den Kinderwagen mussten wir unten stehen lassen, aber nicht ohne unseren Besitz nach oben geschafft zu haben.

Der Hochsitz hatte wohl zur Wildbeobachtung gedient, denn er hatte Gucklöcher, und eines lag nur wenig über dem Boden, als wäre dieser Ausguck für ein Kind gedacht gewesen, das auf dem Boden sitzt. Wahrscheinlicher ist aber, dass hier Förster rasteten, denn wir fanden etwas zu essen. Es waren nur abgepackte Trockenfrüchte und Nüsse, aber sie schmeckten vorzüglich. Dort lag auch eine Flasche, in der etwas abgefüllt war, aber nachdem Eva und Dr. Hagen daran geschnüffelt hatten, entschieden sie, dass wir nicht davon trinken sollten. Zum Glück hatten wir uns erst kurz zuvor an einem Bach erfrischt und gewaschen.

Wir legten uns hin, doch ich war zu aufgeregt, um einzuschlafen. Vom Fenster aus konnte ich sehen, wie sich auf der Lichtung mehr und mehr Waldtiere versammelten.

Wir sahen Rotwild, und ich erinnere mich besonders an zwei große Hirsche mit Geweihen. Auch Hasen und Wildschweine zeigten sich. Hoch über ihnen fühlte ich mich ganz und gar in Sicherheit, und im Dämmerlicht schien es mir, als ob die Tiere nur für mich auf die Lichtung gekommen wären.

Eva redete auf mich ein, ich solle schlafen, da wir am nächsten Tag wieder weit zu gehen hätten, doch ich konnte mich nicht von dem losreißen, was ich sah. Dann brach die Finsternis an, aber der Mond schien, und die Szene wechselte – jetzt waren Dachse und Füchse unterwegs.

Als Wolken vor den Mond zogen, konnte ich es rascheln hören und ab und zu ein Augenpaar unter uns aufflackern sehen.

Irgendwann muss auch ich eingeschlafen sein, doch ich weiß, ich war noch lange wach, als meine beiden Begleiter bereits selig schlummerten. Ich war den Tag über ja meist im Kinderwagen geschoben worden, sie waren bestimmt sehr viel erschöpfter als ich. Eingewickelt in meine Decke, lauschte ich Dr. Hagens leisem Schnarchen, spürte den warmen Hauch von Evas tiefem, ruhigem Atem an meinem Ohr und fühlte mich glücklich und geborgen.

Als wir am anderen Morgen aufwachten, war heller Sonnenschein, aus dem Wald ertönten Vogelstimmen, und die Kaninchen auf der Wiese waren noch zahlreicher als am Vorabend. Wunderbarerweise graste sogar eine Ricke mit ihrem Rehkitz, einem Bilderbuch-Bambi, auf dem moosigen Boden. Ich beobachtete sie gebannt, doch plötzlich wurden sie durch ein Geräusch irgendwo im Wald gestört. Die Ricke hob ihren Kopf, sah um sich, als schnupperte sie, und sprang mit ihrem Kitz davon.

Ich freute mich so sehr, dass alles kein Traum war, und wäre zu gerne geblieben. Ich hätte stundenlang dem arglosen Leben im Wald zusehen können, doch ich wusste, wir mussten weiter.

Wieder zu zweit

In den letzten Wochen der Niederlage, in denen die Alliierten ganz Deutschland besetzten, herrschte überall großes Durcheinander. Über die Straßen irrte eine ansteigende Flut von Menschen, die nicht wussten, wohin sie zurückkehren sollten. Unter diesen »Displaced Persons« waren auch ehemalige britische, französische und amerikanische Kriegsgefangene, die versuchten, zu ihren Einheiten zurückzugelangen. Dann gab es viele Flüchtlinge, die alles verloren hatten, vor allem Alte, Frauen und Kinder, die auf der Suche nach einer neuen Bleibe ihre ganze Habe in kleinen Handkarren mit sich schleppten. Alle trugen Pakete, Koffer, Wäschekörbe oder Einkaufstaschen, die mit Schnüren umwickelt waren, einige hatten Decken über ihren Schultern.

Auch viele Zwangsarbeiter waren darunter, hauptsächlich aus dem Baltikum. Es kam zu Plünderungen, Vandalismus und auch zu Vergewaltigungen.

Ohne Eva kann ich das, was ich erlebt habe, nicht in eine genaue zeitliche Abfolge bringen, ihre mageren Aufzeichnungen sind der Leitfaden für meine eigenen Erinnerungen. Wann immer sie eine ruhige Minute fand, schrieb sie mit Bleistift in ihr Tagebuch. Doch auf diesem zweiten Teil unserer Reise waren solche Augenblicke rar, und ihre Aufzeichnungen wurden spärlich. Viele Begebenheiten blieben ohne schriftliche Erwähnung.

Ich erinnere mich, dass immer mehr Flüchtlinge die

Straßen bevölkerten und Eva mich immer dichter an sich zog. Jetzt wechselte sie mit anderen Reisenden nur noch sehr widerstrebend mehr als ein paar freundliche Worte. Wir sahen Kinder, die allein umherzogen; sie waren zwar älter als ich, aber noch nicht alt genug, um selbstständig zu sein; und wir sahen Greise, die auf selbst gezimmerten Wagen geschoben wurden, und manchmal deutsche Soldaten, die keinen Dienst mehr versahen, sondern wie wir alle ihren eigenen Zielen entgegeneilten.

Es gab einige Orte, in denen Hilfsorganisationen tätig waren. Dorfbewohner und Bauern stellten Eimer mit Wasser an ihre Zäune, damit wir davon trinken konnten. Einmal, ich glaube, es war bei Braunschweig, hatten wir das Glück, auf ein Feldlager amerikanischer Soldaten zu stoßen, wo amerikanische Helferinnen vom Roten Kreuz Kaffee und Krapfen verteilten. Der süße, fettige Duft von Krapfen ist noch immer lebendig in mir. Die Mädchen sahen so gesund aus, waren nicht abgemagert wie wir. Sie lachten und scherzten mit den Soldaten, und wie immer hätschelten sie mich. Gierig stopften wir unsere Taschen mit Krapfen voll, damit wir später weniger Hunger litten und unsere Vorräte mit anderen teilen konnten, die noch weniger zu essen hatten als wir.

Eines Tages stand am Straßenrand eine kleine Gruppe bis zur Unkenntlichkeit abgemagerter Menschen in gestreiften Uniformen. Sie sahen nicht mehr wie Menschen, sondern wie lebende Skelette aus. Ihre Köpfe waren kahlrasiert. Einer von ihnen streckte die Hand aus und bettelte um Essen, die anderen schienen zum Betteln keine Kraft mehr zu haben.

»Wer sind die?«, fragte ich Eva. Ich hatte keine Ahnung, wie mager Menschen sein können.

»Ich weiß nicht«, antwortete sie. »Sie kommen vielleicht aus einem Krankenhaus oder so etwas Ähnlichem. Sie sehen sehr krank aus. Wahrscheinlich sind sie wegen ihrer schlechten Verfassung irgendwo in Behandlung gewesen, und nun hat das Haus geschlossen.«

Es waren natürlich Überlebende aus einem Konzentrationslager, und heute weiß ich, dass sie zu den Gesündesten unter den Überlebenden gehört haben mussten, sonst hätten sie den Weg von den Lagern auf die Straße nicht geschafft.

Viele Jahre später, als mein Sohn nach einer quälenden Chemotherapie an Krebs starb, fielen mir beim Anblick seiner hohlen Wangen und seines abgemagerten Körpers für einen kurzen Augenblick diese Männer ein, die in ihrer gestreiften, an Schlafanzüge erinnernden Kluft die Welt um Hilfe anflehten.

Als kleines Kind waren diese elenden Menschen für mich einfach ein weiteres bleibendes Bild einer verrückt gewordenen Welt, einer Welt, der jede Ordnung abhandengekommen und in der wirklich jeder auf sich allein gestellt war.

Es gab noch anderes, das wir im Chaos des Kriegsendes erlebten. Irgendwo auf unserem Weg sahen wir Züge voller Menschen, die in Güterwaggons zusammengepfercht waren. Es muss gewesen sein, bevor wir von den Alliierten besetztes Gebiet erreichten, doch das Durcheinander war so groß und meine Erinnerungen sind so verworren, dass ich nicht sagen kann, wo es war. Einmal hielt ein solcher Zug an, und alle Menschen konnten aussteigen. Sie waren ein Stück weit von uns entfernt, und wir sahen sie wie Ameisen den steilen Bahndamm hinunterkrabbeln und sofort in alle Richtungen auseinanderlaufen.

In den Gesprächen auf der Straße ging es immer wieder

darum, wo die Russen standen. Jeder wollte im Kielwasser der Amerikaner und Briten sein, und wir hatten alle entsetzliche Angst davor, den Sowjettruppen in die Hände zu fallen. Wir kapselten uns von den anderen ab, und Eva meinte, wir sollten vorsichtig sein mit der Auskunft darüber, wohin wir unterwegs waren. Wenn wir gefragt wurden, antwortete sie einfach nur: »Hamburg.«

Hamburg war jetzt für mich so bedeutungsvoll wie Wiedersdorf während des ersten Teils unseres langen Fußmarsches. In Hamburg würden wir unsere Mutter wiedersehen, und es klang wirklich nach Zuhause. Obwohl ich wusste, dass unser Zuhause durch Bomben zerstört war, träumte ich ganz naiv davon, dass es genauso wiederaufgebaut sein würde.

Ich würde in den Flur rennen, wo Mutti uns erwartete, aus der Küche wehten köstliche Düfte, und eine große Schüssel Stachelbeeren wartete darauf, dass ich sie verputzte. Unterwegs riefen wir uns unentwegt das Hamburg in Erinnerung, das wir vor dem Krieg gekannt und geliebt hatten.

»Du darfst nicht enttäuscht sein, wenn es nicht mehr so ist wie früher«, erklärte mir Eva, als sie merkte, dass ich anfing zu träumen: »Es wird heute anders sein.«

Doch nie war sie niedergeschlagen oder deprimiert. Sie sagte, es sei gut gewesen, dass wir Mutti nicht in Wiedersdorf angetroffen hatten, denn sonst wären wir dort gestrandet.

»Omi und Opa hätten eine solche Strecke nicht gehen können«, meinte sie. »Gott sei Dank haben sie es alle mit dem Zug geschafft! Auch Klein-Henning hätte nicht zu Fuß gehen können, und euch beide hätte der Kinderwagen nicht fahren können.«

Sie ahnte nicht, wie recht sie hatte.

Wären wir alle zusammen einige Monate länger in Wiedersdorf geblieben, hätten wir uns in dem von den Russen besetzten Gebiet befunden und in Ostdeutschland bleiben müssen.

Wir näherten uns Celle, wo uns unser Freund Dr. Hagen verließ. Zu dritt verbrachten wir noch einmal eine Nacht unter freiem Himmel. Wir hatten nicht das Glück, einen Unterstand zu entdecken, doch wir fanden ein trockenes Plätzchen in einem Wald. In der Nähe lagerten noch andere. Sie zündeten ein Feuer an, doch wir blieben unter uns und zogen es vor, uns in unsere Decken gehüllt auf dem Boden niederzulassen. Auf der einen Seite schützten uns einige Sträucher, auf der anderen unser zur Seite gekippter Kinderwagen.

Eva und Dr. Hagen wollten kein Risiko eingehen, ausgeplündert zu werden, deshalb legten wir unsere wenige Habe zwischen uns, und Dr. Hagen knotete ein großes Taschentuch um den Griff des Kinderwagens und band es an seinem Handgelenk fest, damit er aufwachte, wenn jemand versuchen sollte, den Wagen zu bewegen. Wir wollten ihn um alles in der Welt nicht verlieren, und auf der Straße war uns nicht entgangen, dass andere begehrlich auf ihn schauten. Manche hatten nichts, in dem sie ihre Habe transportieren konnten, und schwankten unter der Last ihrer kleinen Kinder. Andere zogen Leiterwagen. Doch unser Kinderwagen war ein gut gefedertes, solide konstruiertes Gefährt, leicht zu schieben und dennoch sehr stabil. Wie oft wir im Stillen dem amerikanischen GI dankten, der mit unserer schweren, unhandlichen Schubkarre weglief und uns dafür diesen Kinderwagen zurückbrachte!

Wir hatten unsere letzten Armeerationen aufgebraucht und wurden immer hungriger. An diesem Abend hatten wir noch etwas Brot, aber nichts dazu außer Wasser aus einem Bach. Ich weiß noch, dass ich vor Hunger eine Zeit lang nicht einschlafen konnte und mein Magen laut knurrte. Doch schließlich übermannte mich der Schlaf. Als wir am nächsten Morgen aufwachten, erwartete uns wieder ein sonniger Frühlingstag.

Wir waren früh auf den Beinen, teils weil unser Nachtlager so unbequem war, teils weil Dr. Hagen nun, da wir so nahe bei seinem Heimatort waren, es nicht erwarten konnte, dass wir losmarschierten. Nach einem kurzen Wegstück kamen wir in die alte Stadt Celle, wo er sich schließlich von uns verabschiedete. Doch zuvor gab er mir eine letzte Unterrichtstunde. Ich hatte viel von ihm gelernt, als wäre ich in einem fahrenden Klassenzimmer unterwegs gewesen. Sein Abschiedsgeschenk für mich war eine kurz gefasste Geschichte von Celle unter besonderer Berücksichtigung von Johann Sebastian Bach, von dessen Kompositionen er mir pfeifend Kostproben gab.

Obwohl Dr. Hagen sehr zurückhaltend und die meiste Zeit schweigsam war (wir erfuhren nur sehr wenig über sein Privatleben), hatte er sich als ein guter Reisebegleiter erwiesen. Es tat uns leid, als wir uns von ihm trennten, doch wir freuten uns natürlich für ihn, denn er hatte jetzt sein Ziel erreicht. Für uns war es sicherer gewesen, in Begleitung eines Mannes zu reisen, und meiner Schwester hatte es gutgetan, sich mit einem Erwachsenen unterhalten zu können und dessen Ratschläge einzuholen.

Während sie im Gespräch waren, konnte ich in meinem Kinderwagen sitzen, in der Gegend umhergucken und von Mutti und zu Hause träumen. Und mit zwei Erwachsenen, die mich schieben konnten, war auch die Reise viel schneller vonstatten gegangen und wir hatten große Tagesetappen zurücklegen können. Eva war dankbar dafür:

Erst heute ist es mir möglich, mein Tagebuch wieder zu bereichern. Am 24.4. ging unser Marsch weiter. Wir haben ihn dank der Hilfe sehr schnell hinter uns gebracht. Jeden Tag legten wir ca. 45 Kilometer zurück.

Nur wer als Kind einmal gezwungen war, fernab von seiner Mutter zu sein, kann verstehen, wie sehr ich mich danach sehnte, sie wiederzusehen. Eva war eine wunderbare Ersatzmutter. Ihre erste Sorge galt immer mir, und sie tat, was sie konnte, um mich vor den Schrecken zu schützen, die uns auf unserem Weg begegneten. Dennoch sehnte ich mich nach meinem eigenen Bettchen und meiner Mutti, die mir Geschichten erzählte, während sie mir das Haar flocht. Ich träumte ständig von ihr, Tag und Nacht. Als wir uns einmal einen Weg durch dichtes Gestrüpp bahnten, hörte ich ihr Lachen; manchmal träumte ich so lebhaft von ihr, dass ich ihr Parfum roch und ihr Kleid rascheln hörte.

Jetzt, da es nicht mehr weit war, wurde ich immer aufgeregter. Eva zeigte mir auf der Landkarte, wie nahe wir Hamburg schon waren, und wir wussten, dass wir wahrscheinlich nur noch eine Nacht auf der Straße verbringen mussten, bevor wir Harburg am südlichen Elbufer erreichten.

Wir waren sechs Tage marschiert, doch die lange Wanderschaft hatte sich gelohnt, denn in nur zwei Tagen würden wir wieder bei unserer Familie sein.

Beschwingt brachen wir auf. Die Straßen waren nicht

mehr so belebt, und wir waren wieder die meiste Zeit allein unterwegs. Wir sangen, so gut gelaunt waren wir. Es gab noch ein wenig Brot zu essen und einige amerikanische Wrigley's Kaugummis, obwohl ich nicht glaube, dass sie gegen den beißenden Hunger halfen, denn wenn ich sie kaute, schien mein Magen noch mehr zu rumoren.

Die üppigen Nadelwälder wichen der flacheren, doch ebenso spektakulären Landschaft der Lüneburger Heide. Das Heidekraut blüht im Sommer in tiefen Lilatönen, umrahmt vom hell leuchtenden Blau der Glockenblumen, die dort in Hülle und Fülle gedeihen. In der Jahreszeit, in der wir diese Landschaft durchwanderten, waren die Farben noch zurückhaltend Grün und Grau. In voller Blüte habe ich die Heide erst ein paar Jahre später gesehen, als die Zeiten friedlicher waren.

Am Himmel zogen Falken ihre Kreise und stürzten sich auf ihre Beute herab, kleine Feldtiere, und ich lernte das raue Krächzen der Eichelhäher, die immer schlecht gelaunt klangen, als ob sie schimpften, vom Gekrächze der Krähen zu unterscheiden, die sich in großen Scharen auf knorrigen Eichen versammelten. Beim Vorübergehen entdeckte ich in den Hecken schmale Streifen Silberpapier, die auf einer Seite schwarz waren. Eva wusste nicht, wozu sie gut waren, doch nach ein oder zwei Stunden hatte ich vielleicht ein halbes Dutzend davon gesammelt und in meinen Kinderwagen gesteckt. Später, als der Krieg längst vorbei war, erfuhren wir, dass die alliierten Bomber sie im Anflug auf Hamburg abgeworfen hatten, damit man sie durch den Radar nicht orten konnte. Am Morgen nach dem großen Luftangriff muss die Heide von ihnen gefunkelt haben, doch in den Monaten nach der Zerstörung

Hamburgs waren die meisten weggeweht worden. Für mich waren diese Streifen lediglich ein hübsches, glänzendes Spielzeug, doch sie hatten scharfe Kanten, und Eva mahnte mich zum vorsichtigen Umgang.

Die Heide war flacher als die Gegenden, durch die wir bisher gekommen waren. Aus weiter Entfernung konnten wir die Kirchturmspitzen über winzigen Dörfern sehen. Hier und da gab es kleine Landhäuser, die vor dem Krieg vor allem als Wochenend- und Ferienunterkunft gedient hatten und in die jetzt Familien eingezogen waren, die nicht wussten, wo sie sonst bleiben sollten, wahrscheinlich Flüchtlinge aus Hamburg. Ihr Flecken Land war gepflegt, die Häuser in Schuss.

Als wir in die Heide hineinwanderten, hatten wir das Glück, im Garten eines dieser Häuser eine Frau anzutreffen, die uns Milch und dazu etwas Brot und Honig gab. Sie war ziemlich barsch, beklagte sich über die große Zahl von Flüchtlingen und sagte, dass man nicht von ihr erwarten könne, dass sie ihnen allen etwas zu essen gebe. Da wir an diesem Tag die Ersten seien, wolle sie jedoch eine Ausnahme machen. Trotz ihrer deutlichen Worte klang ihre Stimme nicht drohend, und als sie mich sah, sagte sie: »Armes Ding, du brauchst etwas zu essen.«

Honig aus der Lüneburger Heide ist eine berühmte Delikatesse. Auf frisches Brot gestrichen, ist es ein herrliches Frühstück, eines der besten, das ich je im Leben gegessen habe, auch wenn es vielleicht nur so gut schmeckte, weil ich so hungrig war.

Wir schrieben den 29. April; der zweiundzwanzigste Tag, seit wir Tabarz verlassen hatten, ein Tag mit folgenschweren historischen Ereignissen: Hitler heiratete seine Geliebte Eva Braun. Am nächsten Tag brachten sie sich gemeinsam in seinem Bunker in der Reichskanzlei um. Andere Mitglieder des Oberkommandos taten es ihnen gleich. Acht russische Armeen hatten Berlin eingeschlossen. Fünf Tage später nahm in der Lüneburger Heide der britische Generalfeldmarschall Montgomery am 4. Mai 1945 die bedingungslose Kapitulation aller deutschen Truppen westlich der Elbe einschließlich Dänemarks und Hollands entgegen, drei Tage vor dem endgültigen Kriegsende, bei dem Deutschland sich an allen Fronten geschlagen gab.

Wir befanden uns nun in der von den Briten besetzten Zone. Zum ersten Mal begegneten wir der britischen Armee. Ihre Uniform war anders, aber die Soldaten unterschieden sich nicht: dieselben freundliche Männer mit lachenden Gesichtern wie bei den Amerikanern; auch sie schenkten uns Proviant und unterhielten sich höflich mit meiner Schwester, deren gebrochenes Englisch sie zu amüsieren schien. Hin und wieder pfiff einer von ihnen Eva hinterher, doch sonst war ihr Betragen so höflich und nett, wie wir es von den Amerikanern gewohnt waren. Die britischen Soldaten waren weniger gesprächig und stellten sich auch nicht mit dem Vornamen vor, doch sie waren ebenso freigiebig wie die Amerikaner. Bei ihnen gab es mehr Corned Beef, das wir dankbar verzehrten. Ich aß damals so viel Corned Beef, dass ich es heute nicht mehr sehen kann, aber ich bin dankbar, dass ich heute wählerisch sein kann. Zu jener Zeit war eine Dose Corned Beef ein Geschenk des Himmels.

Es gibt noch einen anderen, düsteren Grund, warum sich diese Gegend in der Geschichte des Zweiten Weltkriegs einen Namen gemacht hat. Am Rand der Heide, nahe dem kleinen Dorf Bergen, lag eines der bekanntesten und schlimmsten Konzentrationslager, Bergen-Belsen. Wir schoben unseren Kinderwagen durch Bergen, ohne die geringste Ahnung davon zu haben, dass wir nur sechs Kilometer entfernt von diesem Friedhof der Menschheit waren: 50 000 Menschen starben hier, viele an Hunger und Krankheiten, andere wurden Opfer der grausamen Anordnungen des berüchtigten Lagerkommandanten Josef Kramer und seiner letzten SS-Aufseherin Irma Grese.

Es ist der Ort, an dem Anne Frank starb. Das Lager war am 15. April von den Briten befreit worden, zwei Wochen, bevor wir dort vorbeiwanderten.

Sie fanden zu Tausenden unbegrabene Tote und Massengräber, in denen schätzungsweise 40 000 Leichen in Gruben aufgestapelt waren.

Dieses Buch ist weder eine Geschichte des Krieges noch ein zusammenfassender Bericht über das, was in den düsteren Tagen danach geschah. Es erzählt meine Geschichte, und ich kann nur berichten, was ich gesehen habe. Erst sehr viel später habe ich von Bergen-Belsen gehört.

Eigentlich ist mir der ganze Umfang der Gräueltaten erst bekannt, seit ich in England lebe, so wirksam war die Verdrängung in den Nachkriegsjahren.

Wir waren an einem sonnigen Frühlingsmorgen unterwegs und ahnten nicht, was sich direkt neben uns ereignete. Und so konnten wir unsere ganze Kraft sammeln, um das zu überstehen, was vor uns lag.

Die Plünderer

Es waren jetzt wieder mehr Reisende auf der Straße, doch wir kamen schnell voran. Dabei half uns ein Bauer, der uns auf seinem Fuhrwerk bis hinter Soltau mitnahm, sodass Eva während der Fahrt ihre Beine ausruhen konnte. Dann gingen wir weiter, bis es Zeit für unser Mittagessen wurde. Wir hatten die Pakete mit den britischen Militärrationen noch nicht angebrochen und keine Ahnung, was sie enthielten. Ich war sehr gespannt darauf.

»Wir sollten von der Straße abbiegen, Puppe«, sagte Eva. »Wir müssen etwas trinken, und an der Straße gibt es nichts. Wenn du einen Bach oder ein Haus entdeckst, gehen wir dorthin und rasten eine kurze Weile, einverstanden?«

Wenige Hundert Meter weiter erspähte Eva einen Bauernhof am Ende eines Wegs. »Wollen wir hingehen und sehen, ob es dort etwas für uns gibt?«

Ich stimmte ihr wie gewöhnlich zu. Wir folgten dem Pfad zu dem Gehöft. Als wir näher kamen, merkten wir, dass das Gebäude aufgegeben und verfallen war, obgleich es inmitten bebauter Felder stand.

»Schade«, meinte Eva, »aber hier werden wie niemanden antreffen. Wir wollen trotzdem einmal nachsehen, ob es nicht vielleicht einen Brunnen oder einen Wasserhahn gibt, aus dem wir Wasser zapfen können.«

Wir marschierten auf das Haus zu und hatten fast die

Nebengebäude erreicht, als über dem Feld ein bedrohlicher Schatten heraufzog. Der Anblick ließ uns erstarren, halb gelähmt beobachteten wir, wie der dunkle Haufen näher kam. Er bewegte sich und spaltete sich. Jetzt war eine Horde von etwa fünfundzwanzig Männern deutlich erkennbar, alle mit dunklem Haar und Bärten, in grober, dunkler Kleidung, eine jener gefürchteten Banden von Plünderern, wie wir sie nannten, befreiten Zwangsarbeitern, die raubend und mordend durchs Land zogen.

Es dauerte eine Weile, bis Eva ihren Schrecken abschüttelte. Dann flüsterte sie hastig: »Wehre dich nicht und widersprich ihnen nicht, tu genau das, was sie sagen, und bete.«

Unterdessen warf sie einige unserer Habseligkeiten aus dem Kinderwagen in den Graben neben uns. Ich war wie versteinert. In Todesangst presste ich Charlotte an mein Gesicht, aber ich schielte über ihren Kopf auf die nahende Gefahr. Wir versuchten gar nicht erst, wegzulaufen oder uns zu verstecken – wo hätten wir uns auch verstecken sollen? Sie hatten uns gesehen und bewegten sich schnell auf uns zu.

Je näher sie kamen, desto bodenloser wurde meine Angst. Die Männer schwiegen auf bedrohliche Weise, nur einer oder zwei bellten in einer nie gehörten, kehligen Sprache etwas, das nach einem Befehl klang. Es war kein Deutsch, kein Französisch und auch kein Englisch. Die ganze Horde schien wie im festen Verband durch die Felder auf uns vorzurücken, keiner scherte aus.

Dann hatten sie uns erreicht. Ich hielt Evas Hand fest. Die Männer waren schmutzig, sie trugen dunkle Jacken und zerlumpte Hosen. Einige trugen Stiefel, andere waren barfuss und hatten Lumpen um die Füße gebunden. Sie stanken nach Schnaps. Die halbe Mannschaft schwang Pistolen. Als sie wenige Schritte vor uns standen, kniff ich die Augen zu und betete inständig, sie mögen an uns vorbeiziehen, weitergehen, uns in Ruhe lassen. Doch meine Gebete wurden nicht erhört. Mit seltsamen Jauchzern und Schreien stellten sie uns.

Einige der Männer lösten sich aus der Gruppe und begannen den Bauernhof zu inspizieren. Es krachte, Glas zersprang, Holz splitterte, Türen wurden aufgerissen, Fenster zerschmettert. Sie suchten nach Beute. Die anderen kreisten uns ein, grapschten unseren Proviant und unsere Habseligkeiten aus dem Kinderwagen und warfen ihn in die Säcke, die sie fast alle bei sich trugen. Sie musterten uns, und einer packte mich am Arm, während drei oder vier der Männer Eva wegzerrten, sie bedrängten und dabei ein höhnisches, ungehobeltes Lachen ausstießen, das mir bis heute in den Ohren klingt. Ich schrie, doch der Mann, der mich hielt, ballte seine Faust und hielt sie mir drohend vors Gesicht.

Als sie Eva wegzogen, rief sie mir zu: »Denk daran, gehorche ihnen!« Dann rief sie »Charlotte«, unser Zeichen, dass ich meine Puppe vors Gesicht pressen sollte. Selbst in Todesangst sorgte sie sich um mich.

Sie zerrten sie in einen verfallenen Holzschuppen. Der Mann, der mich festhielt, stieß mich gegen ein Gemäuer und bedeutete mir, ich solle mich auf den Boden setzen. Ich gehorchte. Ich wagte nicht, mich zu rühren, nicht einmal meinen Kopf zu drehen, um zu sehen, was jetzt passierte. Ich begrub mein Gesicht in Charlotte, drückte meine Augen in ihre blaue Samtmütze, die während unserer Wanderschaft zerschlissen und schmutzig geworden war. Ich war starr vor Angst um meine Schwester.

Die zügellosen Männer liefen hin und her, riefen einander unverständliche Dinge zu und durchsuchten weiter das verfallene Haus. Sie nahmen keine Notiz von mir, bis einer sich plötzlich auf mich stürzte, Charlotte aus meinen Händen riss, sie in seinen Lumpensack steckte und dabei in einer Sprache, die ich nicht verstand, auf mich einredete. Ich wollte aufschreien, protestieren und sie festhalten, doch meine Angst war zu groß. Ich erinnerte mich, was Eva gesagt hatte, und wusste, ich musste es zulassen, dass mir der Mann Charlotte raubte.

Ich weiß noch, wie er aussah. Er trug Hosenträger, eine Pistole steckte in seinem Hosenbund. Seine Stiefel hatten keine Schnürsenkel, sein Gesicht war schwarz vor Dreck, im Mund war kein einziger heiler Zahn. Seine buschigen, schwarzen Augenbrauen stießen auf der Nasenwurzel aneinander, Backen und Kinn waren mit schwarzen Stoppeln bedeckt. Mit seinem schwarzen Stirnband sah er aus, wie ich mir einen Banditen in meinen schlimmsten Albträumen vorgestellt hatte. Er stank nach Schnaps und saurem Schweiß.

Nachdem er mir Charlotte entrissen hatte, kniff ich die Augen fest zu, überzeugt, er habe sie mir weggenommen, damit er mich leichter erschießen konnte.

Ich saß reglos da, hielt den Atem an, die leeren Hände im Schoß. Ich hatte so große Angst, dass ich nicht mehr imstande war, Evas Rat zu befolgen und an schöne Dinge zu denken, um die Angst zu meistern. Sollte er mich nicht erschießen, war meine größte Angst, einen Schuss aus dem Schuppen zu hören. Sie hatten Eva weggezerrt, um sie zu ermorden – etwas anderes konnte ich mir nicht vorstellen. Gott sei Dank ertönte kein Schuss.

Nach einer Ewigkeit versammelten sich die Männer

auf ein unbestimmtes Zeichen hin, und die sonderbare, schreckliche Bande brach wieder auf, tauchte schnell und abseits des Weges in die Felder ein, entfernte sich und verschmolz in der Ferne zu einem dichten schwarzen Fleck im Grün und Grau der Landschaft.

Erst als sie ganz verschwunden waren, wagte ich, mich zu bewegen. Meine Muskeln waren vor Anspannung fast in einem Krampf erstarrt. Vorsichtig stand ich auf und sah um mich. Da lag noch unser Kinderwagen, den sie wüst zur Seite gekippt hatten. Alles, was darin gelegen hatte, war verschwunden.

Ich rief nach Eva, doch zu meinem Entsetzen antwortete sie nicht. Aus Angst, es könnten ein oder zwei Männer zurückgeblieben sein, tastete ich mich langsam zu dem Schuppen, in den sie Eva gezogen hatten. Ich fürchtete mich sehr, was ich darin finden würde, ich war mir sicher, dass dort die Leiche meiner Schwester lag. Ich hatte genügend Tote gesehen und wusste, wie sie aussahen, ich konnte es mir mühelos vorstellen.

Als ich durch die zerbrochene Tür in den Schuppen trat, hörte ich ein Geräusch. Eine Last fiel von mir – Eva lebte! Es war ihr Schluchzen, ein tiefes, qualvolles Schluchzen, das sie schüttelte. Ich trat aus der hellen Mittagssonne eines schönen, warmen Frühlingstages in die Düsternis des Schuppens und konnte sie zunächst nicht sehen. Doch langsam gewöhnten sich meine Augen an die Finsternis, und ich konnte ihre Umrisse erkennen. Sie lag auf einer dünnen Lage Stroh, hinter ihr standen alte Milchkannen.

»Eva«, sagte ich schüchtern. Diesmal hörte sie mich, drehte sich hastig um und strich ihre Kleider zurecht.

Schnell wischte sie sich die Tränen ab, zog die Nase

hoch und sagte: »Puppe, meine kleine Puppe, ist alles in Ordnung mit dir? Haben sie dir wehgetan?«

Ich rannte zu ihr, warf mich neben sie ins Stroh und ließ meinen aufgestauten Gefühlen freien Lauf: Ich weinte und weinte vor Freude darüber, dass wir beide am Leben waren, denn ich hatte keine Vorstellung davon, was mit ihr geschehen war. Eva hielt mich im Arm, und lange Zeit schluchzten wir gemeinsam.

Bis dahin hatte Eva mir erst einmal ihre wahren Gefühle gezeigt, nämlich als wir entdeckt hatten, dass Mutti ohne uns weggefahren war. In jeder anderen Situation unserer schwierigen Reise war sie optimistisch geblieben, hatte die positiven Seiten betont und sich stets fröhlich gezeigt, damit ich durchhielt. Dieses grauenhafte Erlebnis war jedoch zu viel für sie. Nach dem schändlichen Verbrechen an ihr und der ungeheuren Angst, die sie meinetwegen ausgestanden hatte, war ihr unerschütterlicher Mut zusammengebrochen. Wir weinten, bis wir vor Erschöpfung nicht mehr schluchzen konnten. Dann lagen wir eine Weile still und hielten uns in den Armen.

Wenn ich mich an diesen schrecklichen Augenblick erinnere, spüre ich noch heute, wie Eva am ganzen Körper zitterte, und ich höre ihr bitterliches Weinen.

Noch Tage danach rannen ihr Tränen über die Wangen, wenn sie glaubte, ich merkte es nicht, und sie wischte sie schnell und verstohlen ab.

Nachts wurde ich davon wach, dass ihr magerer Leib, der sich an mich schmiegte, von stummen Schluchzern geschüttelt wurde.

Ich kannte das Verbrechen nicht, ich erfuhr überhaupt erst Jahre später, was eine Vergewaltigung ist. Kinder wurden damals vom Thema Sexualität ferngehalten, man schätzte ihre Unschuld und schützte sie. Ich wusste, dass die Männer grausam mit Eva umgegangen waren: Der säuerliche Geruch nach Schweiß, Alkohol, Tabak und Schmutz haftete an ihr, als wir im Stroh lagen. Ich bemerkte, dass ihre Kleidung aufgerissen worden war, und als wir uns schließlich hinsetzten und den Schaden begutachteten, dauerte es einige Minuten, bis sie ihre Kleider geordnet hatte.

Wir haben bis zu Evas Tod nie darüber gesprochen, was geschehen war. Wenn wir später ab und zu über unsere Wanderschaft sprachen und ich die Plünderer erwähnte, pflichtete sie mir darin bei, dass es sehr böse Männer waren, doch sie redete nur über das, was sie uns geraubt hatten. Niemals erwähnte sie die Vergewaltigung. Ich weiß keine Einzelheiten, doch sie muss von mehreren Männern vergewaltigt worden sein. Wenn sie daran erinnert wurde, traten Tränen in ihre Augen, und in meine ebenfalls. Noch heute, beim Schreiben dieses Buchs, laufen mir die Tränen über die Wangen, wenn ich an das furchtbare Verbrechen denke, dessen Opfer sie wurde. Ich weine aber auch wegen ihrer Tapferkeit, die ich erst Jahre später ganz zu würdigen wusste.

Was geschah, behielt sie für sich. Sie konnte es niemandem anvertrauen, nicht einmal sich selbst in ihrem Tagebuch. Dort schrieb sie rückblickend:

Bis Trelder Berg, gleich hinter Wintermoor, ging noch ein Fräulein mit uns. Aber ich glaube, vorher war doch noch eine große Enttäuschung. Hinter Celle sind wir unter die Plünderer geraten. Aber man kann nichts dran tun, wenn eine Horde von 25 Mann auf uns loskommt, man kann nur den Mund halten.

Mehr als diese kurzen, knappen Worte formulierte sie nie über dieses schreckliche Erlebnis, verschanzte sich hinter ihrem Pragmatismus und begrub ihren Schmerz tief in ihrem Inneren. Ich weiß, dass einige ihrer Freundinnen wie auch Töchter von Freunden unserer Eltern, die etwa Evas Alter hatten, von russischen Soldaten missbraucht und vergewaltigt worden sind, doch keine sprach je darüber. Heute leben wir in einer Kultur der Therapie, in der man sich über seine schlechten Erfahrungen austauscht, doch damals waren wir damit beschäftigt, zu überleben, und Eva war nicht die Einzige, die über das schreckliche Unrecht, das ihr angetan worden war, schwieg und die Minuten in dem verfallenen Schuppen in sich begrub. Wer weiß, was besser ist? Meine liebe Schwester schien fast unverzüglich ihr normales Gleichgewicht wiedererlangt zu haben, doch sobald über das Geschehen dieses Tages gesprochen wurde, konnte ich die Angst in ihren Augen sehen.

An jenem Tag im April 1945 erwies sich Eva, wie immer, als Pragmatikerin, und als wir auf dem Stroh saßen, sagte sie zu mir: »Ach, Puppe, wir sind beide am Leben und unverletzt. Was will man mehr! Wir müssen Gott dafür danken. Er hat unsere Gebete erhört.« Sie erhob sich mühsam vom Heu und reckte sich.

»Sie haben Charlotte mitgenommen«, sagte ich.

»Ach, mein Kleines, das ist ja schrecklich. Aber du musst nicht traurig sein, wenn wir zu Hause sind, wirst du wieder Puppen haben.«

»Ich will Charlotte wiederhaben«, sagte ich aufgebracht. Rückblickend schäme ich mich dafür. Was war mein Verlust verglichen mit dem ihren? Aber ich war zu jung, um das zu verstehen, und Charlotte hatte mich durch viele heikle und gefahrvolle Erlebnisse begleitet und mich beschützt. Heute frage ich mich, warum der Plünderer sie mir wegnahm und in seinem Sack davontrug. Sie war nicht wertvoll, nur eine handgemachte Lumpenpuppe, und inzwischen war sie sehr zerknautscht und zerschlissen. Ich habe nur eine Erklärung dafür: dass er sie schlichtweg aus Rachegelüsten mitnahm.

»Lass uns gehen und nachschauen, ob wir etwas zu trinken finden, wie wir es vorhatten«, sagte Eva, die schon wieder die Alte war.

Wir verließen den Schuppen und gingen als Erstes zu dem Graben, in den Eva einige unserer Habseligkeiten geworfen hatte. Wir fanden Muttis Mettwurst, die silberne Armbanduhr, die Hans Eva als Glücksbringer geschenkt hatte, und ihr Tagebuch – die Plünderer hatten diese Dinge nicht entdeckt. Ich wünschte mir von Herzen, ich hätte auch Charlotte in den Graben geworfen. Sonst war alles verloren, einschließlich Evas eigener Uhr und sogar einem Ring, den sie ihr vom Finger abgezogen hatten.

Doch wir wussten, dass wir Glück gehabt hatten, denn sie hätten uns ebenso gut erschießen können, und es hätte möglicherweise Wochen gedauert, bis man unsere Leichen gefunden hätte.

Später wurde uns klar, dass wir von Glück sagen konnten, dass Dr. Hagen uns bereits verlassen hatte, denn ihn hätten sie gewiss erschossen und uns wäre wahrscheinlich dasselbe Los beschieden gewesen, weil wir das Verbrechen gesehen hätten. Viele Jahre später, als ich erfuhr, dass man auch kleine Kinder vergewaltigt hatte, wurde mir zudem bewusst, wie viel Glück ich hatte, dass sie mich nicht anrührten. Bei all den entsetzlichen Dingen, die in diesen gesetzlosen Tagen geschahen, hätte es noch schlimmer kommen können, und wir hatten Glück gehabt.

Wir stellten den Kinderwagen auf die Räder.

»Wenigstens haben sie den nicht mitgenommen«, sagte Eva vergnügt, »so kann meine kleine Prinzessin noch immer in ihrer Kutsche fahren. Und jetzt, wo wir nichts mehr haben als uns selbst, werden wir richtig gut vorankommen, nicht wahr?«

Wir fanden eine Wasserpumpe. Eva wusch sich ausgiebig, obgleich unsere herrliche Seife und unser weiches Handtuch weg waren, und endlich kamen wir dazu, unseren Durst zu stillen. Doch die Plünderer hatten auch unsere Becher mitgenommen, wir mussten mit den Händen eine Schale bilden und daraus trinken.

Dann meinte Eva: »Wir sind so hungrig. Ich glaube nicht, dass es Mutti etwas ausmacht, wenn wir ein wenig von ihrer Wurst essen.«

Da wir kein Messer mehr hatten, rissen wir die Mettwurst mit den Fingern auseinander und brachen Stücke davon ab. Es war sehr widerwärtig, denn statt wie üblich ein Brot mit Mettwurst zu bestreichen, aßen wir sie pur und hatten den ganzen Mund voll mit würziger, fettiger Wurstmasse. Es war alles andere als appetitlich.

Als ich mein Gesicht verzog und ausspuckte, schimpfte Eva mit mir: »Wir müssen essen, Puppe. Wir brauchen Kraft für das letzte Stück unserer Reise. Denke daran: In zwei Tagen werden wir gemeinsam mit Mutti essen. Um das zu schaffen, müssen wir bei Kräften bleiben.«

Also aß ich widerstrebend weiter und dachte sehnsüchtig an die britischen Armeerationen, die uns geraubt worden waren. Ich sollte nie erfahren, was sie enthielten, aber ich bin sicher, es wäre leichter verdaulich und schmackhafter gewesen als fette Wurstzipfel.

Beim Essen steckte ich meine Hand in meine Hosentasche. Dort hatte ich die kleine Holzeisenbahn versteckt, die ich heimlich aus Tabarz mitgenommen hatte. Ich sagte Eva nichts davon, denn ich kam mir sehr ungezogen vor, weil ich ihre Anweisung nicht befolgt und außer Charlotte auch noch die Eisenbahn mitgenommen hatte. Ich ertastete ihre Konturen und fühlte mich gleich viel wohler: Die Plünderer hatten doch nicht alles gefunden.

Nachdem wir eine Weile gerastet und Wurst gegessen hatten, tranken wir noch einen Schluck und brachen dann wieder auf. Wir gingen den Weg zurück, der uns von der Straße zu dem zerfallenen Gehöft geführt hatte, wo uns diese »furchtbaren Männer«, wie ich sie nannte, überfallen hatten. Eva erzählte mir später, dass ich immer die Nase gekräuselt, die Mundwinkel nach unten gezogen und gezittert hätte, wenn ich von den »furchtbaren Männern« sprach und mir den Überfall in Erinnerung rief.

Eva, meine liebste, beste Schwester der Welt, versuchte sogleich, mich von meinen schrecklichen Erinnerungen abzulenken. Sie begann zu singen, und bald sang ich mit. Dann fragte sie mich, welche Geschichte ich gerne hören würde, und ich ließ mir mein Lieblingsmärchen von der kleinen Meerjungfrau erzählen. Als Eva das Märchen zu Ende erzählt hatte, unterhielten wir uns über unsere Eltern, über unsere Vettern Volker und Klein-Henning und den Rest der Familie, die in Hamburg warteten, um uns zu begrüßen.

Ohne Evas Uhr hatten wir keine Uhrzeit. Die Uhr von Hans war nicht mehr aufgezogen worden und stehen geblieben. Dem Stand der Sonne nach musste es noch immer Nachmittag sein.

»Wenn wir noch eine Weile weitergehen«, sagte Eva, »müssen wir nur noch eine Nacht auf der Straße verbringen.«

Am späten Nachmittag des folgenden Tages würden wir bei unserer Familie sein.

Fast zu Hause

Es gab keine Hindernisse mehr auf der Straße und wir kamen gut voran. Wir waren einige Kilometer gegangen und hatten gerade Wintermoor hinter uns liegen gelassen, als uns eine junge Frau in Evas Alter einholte, die in derselben Richtung unterwegs war. Sie fragte sehr höflich, ob sie sich uns anschließen dürfe, da sie sich beim Anblick mancher Leute auf der Straße fürchte.

Wir wussten, wovon sie sprach, und waren sehr froh über ihre Begleitung.

Sie hieß Fräulein Gerda und hatte wie Eva als Lehrerin in einem KLV-Lager gearbeitet. Sie hatten sich viel zu erzählen, und ich freute mich, dass Eva durch sie eine Weile von der schrecklichen Begegnung mit den Plünderern abgelenkt wurde. Sie sprachen wehmütig von den Mädchen in ihren Klassen, fragten sich, ob es wohl allen gelungen war, nach Hause zu gelangen. Gerda hatte einen Teil ihrer Schützlinge in ihre Heimatstadt Hannover zurückgebracht. Einige hatten ihre Familien wiedergefunden, andere mussten bei Fremden einquartiert werden.

Gerda war es schwergefallen, sie allein zurückzulassen, sie sorgte sich um sie, doch sie musste selbst nach Hause und zu ihrer Mutter und ihrer jüngeren Schwester zurückkehren. Die beiden wohnten in Harburg, vor den Toren Hamburgs. Bis dorthin wollten wir zusammenbleiben.

Als wir Gerda erzählten, woher wir kamen, staunte sie

und war sehr beeindruckt davon, dass ich klaglos so weit gelaufen war. Ich war sehr stolz auf mich. »Meine Mädchen mussten nur zwanzig Kilometer gehen, aber einige stellten sich an, als müssten sie die Welt umrunden. Dabei sind sie vier Jahre älter als du! Du bist ein sehr großes, tapferes Mädchen.«

Gerda war eine gute Weggefährtin, und wir legten weite Strecken wie im Flug zurück. Auf dieser Etappe löste sich eine Sohle von Evas derben Schuhen, die ihr so gute Dienste geleistet hatten. Die Sohle hing nur noch an der Ferse. Wir besaßen nichts, um sie wieder zu befestigen, die Plünderer hatten uns sogar unsere Taschentücher genommen. Deshalb gab Gerda ihr Taschentuch her, das Eva in Streifen riss, dann knoteten wir zwei oder drei Streifen aneinander und umwickelten damit den Schuh. Wieder dankten wir Gott für das warme, trockene Wetter. Bei Regen und aufgeweichten Wegen hätte Eva einen klatschnassen Fuß gehabt. Jetzt sah er aus, als wäre er verbunden. Ich scherzte und erkundigte mich immer wieder bei Eva: »Wie geht es deinem Schuh? Geht es ihm besser? Können wir den Verband bald abnehmen?«

Bei Einbruch der Dunkelheit kamen wir in ein Dorf namens Steinbeck. Wir suchten eine Unterkunft. Eine Frau, an deren Tür wir klopften, gab uns einen Teller gekochten Kohl und Kartoffeln, was uns sehr willkommen war. Doch sie bot uns kein Quartier an und erlaubte uns nicht einmal, das Essen in ihrem Haus einzunehmen, sondern verköstigte uns vor der Tür und beobachtete, wie wir das Essen teilten, damit sie gewiss ihren Teller und ihren Löffel zurückerhielt. Sie muss schlechte Erfahrungen mit Durchreisenden gemacht haben.

Als wir weitergingen, sahen wir nach einer Weile eine

Scheune, die etwas abseits bei einem Gehöft stand. Da es dunkel wurde, beschlossen Eva und Gerda, dass wir hineinschlüpfen und darin übernachten sollten. Solange kein Hund uns verbellte und den Bauern herbeiholte, würden wir ungestört schlafen können.

Die Scheune entpuppte sich als solider Stall, in dem Pferde untergestellt waren. Jedes hatte seine eigene Box, doch eine Box war leer und mit viel Stroh ausgestreut. Hier konnten wir es uns bequem machen. Einen Haken gab es: Wir waren schrecklich hungrig.

»Kann ich ein wenig Stroh essen?«, fragte ich Eva. »Den Pferden schmeckt es.«

»Aber nein«, sagte Eva lachend, »es würde dir alles andere als guttun.«

»Aber den Pferden tut es gut«, entgegnete ich.

»Ja, aber du bist ein kleines Mädchen, kein Fohlen. Ich weiß, dass du hungrig bist, Schatz, versuche einfach, nicht daran zu denken. Denke immer daran, dass wir morgen zu Hause sind. Morgen wird alles gut.«

Wir hatten noch einen Zipfel von der grässlichen Wurst, mein schlimmstes Magenknurren wurde gemildert, aber ich sehnte mich nach den leckeren Mahlzeiten, die Mutti immer für uns gekocht hatte.

Es war schön, vor dem Einschlafen das Schnauben der Pferde, das gelegentliche Stampfen ihrer Hufe und das Flüstern von Eva und Gerda zu hören, die sich noch immer leise unterhielten.

Ich schlief tief und viel länger als in der Nacht zuvor im Wald. Die Plünderer verfolgten mich nicht in den Traum.

Eva schrieb später:

Unsere letzten Stunden und Tage verliefen wie im Fluge. Eine Nacht schliefen wir zusammen in einer Scheune. In Steinbeck meinten wir, unsere letzte Nacht hinter uns zu haben. Doch es kommt oft anders, als man denkt.

Als wir am nächsten Morgen erwachten, erlebten wir eine Überraschung: Von den Dachbalken des Pferdestalls hingen kopfüber zahllose Fledermäuse und schliefen. Ich kannte Fledermäuse von der alten Ziegelei. Sie waren dort in der Dämmerung in großen Scharen umhergeflattert, doch schlafende Fledermäuse hatte ich noch nie gesehen. Eva und Gerda fürchteten sich ein wenig, und wir waren froh, dass wir sie nicht bemerkt hatten, als wir in der Scheune unterschlüpften. Mich störten die Fledermäuse weniger, aber ich machte mir Sorgen, sie könnten auf uns herunterfallen, wenn sie nicht aufpassten, da sie so unsicher von der Decke hingen. Eva erklärte mir, warum sie nicht herabfallen konnten. Aber wir waren froh, als wir uns von den Pferden verabschiedeten und den Stall verließen.

Beim Hinausgehen liefen wir direkt dem Bauern in die Arme, der gerade seine Pferde füttern wollte. Er erschrak ebenso wie wir. Dennoch war er nicht verärgert, zumal Eva und Gerda sich sehr höflich entschuldigten und ihm versicherten, dass wir nichts gestohlen hatten. Er forderte uns auf, ins Bauernhaus zu seiner Frau zu gehen, die uns ein Glas Milch zu trinken geben würde. Wir waren sehr dankbar dafür. Sie schenkte uns auch etwas Brot und Butter, und wir borgten uns ein Messer, um das Brot mit dem Rest der Wurst zu bestreichen. Auf Butterbrot mit einem Glas Milch schmeckte sie tausendmal besser.

Bevor wir weitergingen, führte uns der Bauer zu einem abseits gelegenen Wasch- und Badehaus. Wir könnten es benutzten, sagte er. Er hatte es offensichtlich für seine Feldarbeiter gebaut, doch nun waren keine Arbeiter mehr da, und der Bauer beklagte sich, dass er alles allein tun musste. Es war ein großes, gut geführtes Gehöft mit Getreidefeldern, so weit das Auge reichte. Im Waschhaus, das einem soliden Holzschuppen glich, gab es einen Wasserhahn, an dem wir uns waschen konnten, und eine einfache Toilette. Sie bestand aus einem großen Loch, über dem ein Holzbrett mit drei kreisrunden Ausschnitten lag, darunter befand sich vermutlich eine Jauchegrube. Die Sitzplätze waren durch dünne Bretterwände getrennt. Wenn man auf der Toilette saß, hörte man zwar die anderen, die ihre Notdurft verrichteten, aber man sah sie nicht. Wir machten immer noch gerne alles zusammen, und so hielten Eva, Gerda und ich gemeinsam Sitzung in dieser Gemeinschaftstoilette.

Und dann geschah etwas sehr Lustiges. Eine der beiden, ich weiß nicht, welche, ließ einen lauten Pups hören. Ich war überrascht und ein wenig schockiert, denn ich hatte gelernt, dass höfliche Mädchen dies nie in Gegenwart anderer tun würden. Bevor ich mich von meinem Schock erholt hatte, pupste auch die andere. (Schuld daran war wahrscheinlich der Kohl, den wir am Vorabend gegessen hatten.)

»Aha! Das also machen Erwachsene auf der Toilette! Hier ist es erlaubt«, folgerte ich, »es gehört eben zum Erwachsensein dazu.«

Und ich bemühte mich, ich drückte und drückte, presste und blies meine Backen auf, bis sie vor Anstrengung rot waren, doch es gelang mir nicht. Es war wahrscheinlich das einzige Mal in meinem Leben, dass ich mich verzweifelt bemühte zu pupsen, um zu beweisen, dass ich ein großes Mädchen sei. Ich war stolz, dass Gerda mich am Tag zuvor als »großes« Mädchen bezeichnet hatte, und hätte gerne die Gelegenheit ergriffen, einen weiteren Beweis für meine Reife zu erbringen. Doch leider – es klappte nicht. Ich erzählte den anderen nichts von meiner Niederlage, doch im Nachhinein wünschte ich, ich hätte es getan: Sie hätten unterwegs viel zu lachen gehabt.

An diesem Tag war endlich das Ende unseres Fußmarschs in Sicht. Unsere Schritte bekamen neuen Schwung und wurden beflügelt von der Gewissheit, dass wir fast zu Hause waren.

Eva und Gerda wechselten sich beim Schieben des Kinderwagens ab, wenn ich zu müde zum Laufen war. Unser Wunsch, so schnell wie möglich nach Hause zu kommen, trieb uns so an, dass die Entfernung schnell schrumpfte. Bald tauchten die Umrisse von Harburg am Horizont auf, was unseren Schritt noch mehr beschleunigte. Während Eva und Gerda sich vergnügt unterhielten, überlegte ich, was wir zu Hause wohl als Erstes tun würden. Ich hatte keine Ahnung, wo unser »Zuhause« sein würde, doch ich dachte an Mutti und malte mir die Wohnung aus, die sie für uns hergerichtet haben würde. Sie hatte ein großes Talent für Inneneinrichtung, und es war ihr gelungen, unser Haus bei der Ziegelei in ein gemütliches, freundliches Heim zu verwandeln. Wir würden gewiss eine behagliche und schöne Wohnung vorfinden. Charlotte fehlte mir, doch ich vertraute darauf, dass Mutti mir eine neue Puppe nähte, die genauso aussah. Dann überlegte ich, welche Farben die Puppenkleider haben sollten, Gesicht und Haar sollten sein wie bei Charlotte. Ich war so gespannt, die letzten Kilometer legten wir wie im Fluge zurück.

Zwei Jahre vor Kriegsausbruch war Harburg offiziell

mit Hamburg zu einer Stadt vereint worden, doch die beiden blieben zwei getrennte Städte, und werden es immer bleiben, da die Elbe sie trennt. Als wollte sie diese Trennlinie noch deutlicher markieren, teilt sich die Elbe zudem in zwei Arme, die Norder- und die Süderelbe, mit einer großen Insel dazwischen, sodass man eigentlich zwei Flüsse überqueren muss, um von Harburg nach Hamburg zu gelangen. Beide Flussarme sind breit, tief und haben starke Strömungen. Auf der Insel zwischen Harburg und Hamburg liegt ein großer, eigenständiger Hamburger Stadtteil, Wilhelmsburg. Von dort stammte Onkel Hermann, Hennings Vater.

Als wir die Randbezirke von Harburg erreicht hatten, sagten wir Gerda Lebewohl. Sie war jetzt ebenfalls fast zu Hause. Wir schieden mit den herzlichsten Wünschen voneinander, aber obwohl wir gute Freunde geworden waren, tauschten wir keine Adressen aus – wir hatten ja keine! Außerdem waren wir sehr aufgeregt und konnten kaum noch an etwas anderes denken als an das Wiedersehen mit Mutti.

Wir liefen die Straßen zur Elbe hinunter. Wie in vielen anderen Städten, die wir gesehen hatten, waren die Häuserzeilen durch Bomben zerstört. Erst als wir schließlich bei der ersten Brücke ankamen, die bemerkenswerterweise unbeschädigt geblieben war, fiel uns auf, dass sich immer mehr Menschen auf der Straße ansammelten. Man schob und drängte uns in der Menge weiter, und als wir nur noch wenige Hundert Meter vom Ufer entfernt waren, sahen wir, dass dort eine große Zahl britischer Soldaten wartete.

»Was ist hier los?«, fragte Eva eine Frau neben uns, die sich wie wir zur Brücke durchschlängelte.

»Die Brücken sind gesperrt. Die Engländer lassen uns nicht hinüber«, sagte sie.

»Was?«, rief Eva mit ängstlichem Gesichtsausdruck, »Sie lassen uns nicht hinüber? Warte hier, Puppe, ich gehe und spreche mit den Soldaten.«

Sie ließ mich im Kinderwagen am Straßenrand zurück und kämpfte sich zu den Soldaten durch. In ihrem gebrochenen Englisch sprach sie sie an. Die Brücke solle später für die Passanten freigegeben werden, erfuhr sie, doch zu ihrem eigenen Schutz könne man nicht die gesamte Menschenmenge auf einmal auf die Brücke strömen lassen.

Eigentlich war es keine Überraschung, dass die Brücken für Zivilisten geschlossen waren. Obwohl die britische Armee seit dem 19. April im Südosten von Hamburg in Stellung lag, erhielten sie den Befehl, die Elbe zu überschreiten und die Stadt zu besetzen, erst am 30. April, dem Tag, als wir dort ankamen. Erst ab dem 1. Mai kontrollierten britische Soldaten die Straßen von Hamburg. Als wir die Stadt erreichten, hatten sie Harburg erst seit wenigen Stunden besetzt.

In den Wochen zuvor hatte man in Hamburg große Ängste ausgestanden. Hitler hatte befohlen, jede Stadt, jede Ortschaft und jedes Dorf bis zum letzten Mann zu verteidigen, doch wer die Zeichen der Zeit verstand, wusste, dass die Alliierten Widerstand mit einem unerbittlichen Angriff beantworten würden, bei dem es weitere sinnlose Opfer unter der Bevölkerung gäbe, die bereits unter der Bombardierung sehr gelitten hatte.

Hamburg war nie eine Hochburg der Nazis gewesen. Wie die meisten Hafenstädte war es eine kosmopolitische, weltoffene Stadt. Radio Hamburg war der erste Radiosender, der am 1. Mai, einen Tag nach Hitlers Selbstmord, seinen Tod meldete. Der Sender hielt sich an die Vorgabe der Partei und gab bekannt, »dass unser Führer Adolf Hitler heute Nachmittag in seinem Befehlsstand in der Reichskanzlei bis zum letzten Atemzuge gegen den Bolschewismus kämpfend für Deutschland gefallen ist«, doch in diesem Stadium des Krieges registrierten die meisten Erwachsenen diese Nachricht mit Zynismus.

Noch bevor die Briten die Stadt besetzten, erhielt jeder Stadtbewohner eine zusätzliche Lebensmittelration: zwei Pfund Brot, einen schmalen Streifen Speck und ein halbes Pfund geräucherte Wurst. Diese Zusatzration wurde mit dem Hinweis ausgegeben, man solle sie für »den Notfall« aufbewahren. Die Hamburger glaubten daher an eine Belagerung. Die Erleichterung und Freude war groß, als die Stadt schließlich kampflos übergeben wurde.

An der Auffahrt zur Brücke wurden wir in eine große Halle mit offenen Seiten und einem Glasdach geleitet. Das Gebäude muss vor dem Krieg eine Markthalle oder ein Zwischenlager für Waren von den großen Schiffen gewesen sein, die dort anlegten. Die Halle war voll, doch sie war nicht so überfüllt wie der Stollen, in den wir eingesperrt gewesen waren. Es gab ausreichend Platz für jeden und viel frische Luft, sodass wir Gott sei Dank keine Platzangst bekommen mussten. Kleine Familienverbände lagerten nebeneinander auf dem Boden. Eva und ich fanden einen Platz, der gute Sicht auf das bot, was an der Auffahrt zur Brücke vor sich ging, und stellten den Kinderwagen ab. Wir fanden auch Holzkisten zum Sitzen.

Um uns herum sah ich fast nur Frauen und Kinder und einige ältere Männer. Jüngere Männer gab es kaum. Die erste Nacht brachten wir elend zu, denn wir hatten keine Decken, und der blanke Boden war hart und kalt. Ich konnte wenigstens im Kinderwagen sitzen, aber ich war viel zu groß, um darin zu liegen, und meine Beine baumelten über den Rand, sodass mir bald die Kniekehlen schmerzten. An Einschlafen war daher nicht zu denken. Und wenn wir uns auf den Boden legten und uns aneinanderschmiegten, kroch uns die Kälte in die Glieder, sodass sie steif und unbeweglich wurden.

Eva machte in dieser Nacht kein Auge zu, ich döste ein wenig. Wir saßen auf den Holzkisten, die wir zusammengeschoben hatten. Ich lehnte an ihrer Schulter, sie hielt mich mit dem Arm umschlungen. Es muss schrecklich unbequem für sie gewesen sein, doch wir hielten uns beide an dem Gedanken aufrecht, dass das Ende unserer Wanderung nahe war. Am nächsten Tag kam eine Gruppe von freiwilligen Helfern des Roten Kreuzes mit großen Leiterwagen vorbei, die heiße Suppe und Decken verteilten, und es gelang uns, zwei Decken zu ergattern, in die wir uns einwickeln konnten. Das Wetter, das während unserer Wanderschaft immer gut gewesen war, hatte sich geändert, es war kälter und regnete, aber wir hatten zumindest ein Dach über dem Kopf und waren schon fast zu Hause.

Wir dachten, wir könnten an diesem Tag die Brücke überqueren, doch es stellte sich bald heraus, dass die Briten sie nicht für Fußgänger freigaben. Militärkonvois zuckelten hinüber, um Hamburg einzunehmen.

Die Warterei war endlos, und ich langweilte mich schrecklich. Auf unserer Wanderung hatte sich wenigstens die Landschaft ständig verändert. Zum Glück waren viele Kinder unter den Wartenden, das half mir, mich ein wenig zu beschäftigen. Manchmal spielte ich mit Kindern aus Familien, die in der Nähe lagerten. Ein Kind hatte ein

Stück Kreide und malte ein großes Hüpffeld auf den Fußboden, wir spielten den ganzen Tag »Himmel und Hölle«. Einer der Lastwagenfahrer machte Springseile für uns aus einem Strick, mit dem er sonst Kisten auf der Ladefläche festband. Wir hatten einige kurze Seilstücke, um allein zu hüpfen, aber auch ein langes Seil, das zwei Kinder schwangen, während die anderen abwechselnd hineinsprangen, hüpften und dabei Kinderreime aufsagten, um den Takt vorzugeben. Wir wurden alle Meister im Seilspringen.

Damit ich mich auch im Stillen beschäftigen konnte, schenkte mir jemand ein Stück Band, und Eva spielte Fadenspiele mit mir. Ich sei besser darin als sie, lobte sie mich immer.

Wir vertrieben uns die Zeit auch mit Wortspielen. Wir spielten »Ich sehe was, was du nicht siehst« und alles, was uns sonst einfiel. Nachdem die Suppenküche weitergezogen war, gab es nichts anderes zu essen als Radieschen von einem Lastwagen, der ebenfalls darauf wartete, die Brücke passieren zu können. Der Fahrer verteilte etwas von seiner Ladung unter den Wartenden, wir waren ihm sehr dankbar dafür, denn die Radieschen waren knackig und schmeckten frisch.

Nach einer weiteren unbequemen Nacht ließen die Briten am nächsten Tag einige Fußgänger die Brücken passieren, doch immer nur in kleinen Schüben und nur für die Dauer einer halben Stunde.

»Jetzt kommen wir endlich hinüber«, meinte Eva zuversichtlich. Jedes Mal, wenn Bewegung unter die Soldaten kam, reihten wir uns in die Woge von Menschen ein, die über die Brücke wollten. Doch die Brücke wurde immer nur für so kurze Zeit freigegeben, dass es uns nie gelang, über die Elbe zu kommen, und so mussten wir eine weitere Nacht in unsere Decken gehüllt auf dem harten Fußboden verbringen. Da wir nichts hatten, konnte uns wenigstens keiner berauben, meinte Eva.

Wir warteten acht Tage und Nächte in der Halle. Es war schrecklich, Hamburg auf der anderen Seite der Elbe zu sehen und nicht hinüberzukönnen. Mutti war zum Greifen nah, fast meinten wir, sie sehen zu können, und doch trennte uns dieser unüberwindbare Fluss. Eva und ich sangen gemeinsam das Lied von dem Prinzen und der Prinzessin, die an den gegenüberliegenden Ufern eines großen, sehr tiefen Sees lebten. Sie liebten sich sehr, doch sie konnten nicht zueinandergelangen. Wir fühlten ihre Verzweiflung:

Es waren zwei Königskinder,
Die hatten einander so lieb,
Sie konnten zusammen nicht kommen,
Das Wasser war viel zu tief.

Die ganze Zeit hatten wir außer einem gelegentlichen Teller Suppe oder einem heißen Getränk nichts zu essen und zu trinken, nur Radieschen und Wasser. Radieschen, Radieschen, immer nur Radieschen. Heute esse ich keine Radieschen mehr, obwohl ich immer versucht bin, welche einzukaufen, wenn ich im Supermarkt einen schönen Bund sehe. Doch sie stoßen mir auf, ich glaube, sie wollen mich daran erinnern, dass sie mir einmal das Leben gerettet haben.

In diesen Tagen litten wir am meisten Hunger. Jeder sparte seine eigenen kläglichen Rationen auf, und niemand hatte etwas übrig, das er abgeben wollte. Die Soldaten konnten ihre Lebensmittel nicht mit uns teilen: Hätten sie einem etwas gegeben, wären sie von Hunderten belagert worden. Mein Magen knurrte ständig, als säße ein Tier darin, das versuchte, sich nach draußen zu fressen. Eva konnte nicht mehr tun, als mich abzulenken. Doch wenn die Helfer vom Roten Kreuz mit Essen auftauchten, gab es trotzdem keinen Andrang. Als ob jeder zu erschöpft oder zu enttäuscht gewesen wäre oder nur noch daran gedacht hätte, auf keinen Fall die Öffnung der Brücke zu verpassen, als ob keiner riskieren wollte, seinen guten Platz in der Halle zu verlieren. Die Helferinnen gingen geduldig herum, und wenn sie sahen, wie abgemagert ich war, gaben sie mir manchmal eine doppelte Portion.

Anfangs konnte ich vor Hunger nicht schlafen, doch dann war ich so erschöpft, dass ich trotzdem schlief. Es gab keine Waschgelegenheiten, nur einige primitive Toiletten, die sonst wahrscheinlich von den Dockarbeitern benutzt wurden. Ich hasste es, dorthin zu müssen. Weil so viele Menschen die wenigen Toiletten teilen mussten, waren diese wirklich unappetitlich. Ich hatte gelernt, niemals auf einem fremden Toilettensitz Platz zu nehmen, um keinen Pilz zu bekommen. Ich schwebte also zwischen Sitzen und Stehen. Zugleich aß ich so wenig, dass ich keineswegs so häufig wie sonst zur Toilette musste – es war ein versteckter Segen, glaube ich.

Irgendwann sagte Eva: »Ich halte es nicht mehr länger aus. Ich versuche, einen Platz ganz vorne in der Schlange zu bekommen, damit wir über die Brücke kommen, wenn sie das nächste Mal geöffnet wird. Pass auf!«

Sie nahm eine unserer Decken, stopfte sie in ihre Bluse und ging zu den britischen Soldaten, die an der Brücke Wache hielten. Dann versuchte sie, ihnen auf Englisch weiszumachen, sie erwarte ein Kind. »I become a child«, sagte sie in sehr deutsch klingendem Englisch. Es war die falsche Vokabel, richtig wäre gewesen »I'm expecting a child«. Stattdessen sagte sie, sie habe sich in ein Kind verwandelt. Die Soldaten lachten. Sie fanden ihr Englisch drollig, und ihr seltsam geformter Bauch überzeugte die Wachen nicht. Aber leider wurde man nicht bevorzugt behandelt, wenn man die Wachen zum Lachen brachte.

Manchmal wurden wir von Männern angesprochen, die in die Halle kamen und anboten, uns bei Dunkelheit in einem kleinen Boot überzusetzen. Sie wollten dafür bezahlt werden, doch seit unserer Begegnung mit den Plünderern hatten wir kein Geld mehr. Und wenn wir welches gehabt hätten, wären wir das Risiko nicht eingegangen, meinte Eva. Die britischen Soldaten schossen auf alles, was sich nachts auf dem Wasser bewegte, denn obwohl der Krieg zu Ende war und nur noch die Kapitulation unterzeichnet werden musste, fürchteten sie immer noch, auf Widerstand zu stoßen. Aufgrund der Strömungen wäre eine Überfahrt zudem gefährlich gewesen, und wer weiß, ob es stimmte, dass die Männer den Fluss so gut kannten, wie sie behaupteten.

Die britischen Truppen sollten sich mit den Deutschen nicht allzu gut stellen, doch die Soldaten, mit denen wir sprachen, waren stets höflich und hilfsbereit. Ich glaube nicht, dass sie wussten, wann die Brücke geöffnet würde, denn die Befehle kamen von höherer Stelle. Die Wachen machten uns also nicht absichtlich das Leben schwer, wenn sie keine Auskunft gaben. Es kam auch zu einigen Techtelmechteln. Wir sahen junge deutsche Mädchen in hübschen, leichten Sommerkleidern, die mit den Soldaten lachten, flirteten und manchmal Arm in Arm mit ihnen gingen. Sie sollten mehr Zurückhaltung an den Tag legen, hieß es dann missbilligend. Doch ich denke, es waren bloß junge Menschen zweier sich im Krieg bekämpfender Parteien, die viel durchgemacht hatten und jetzt ein wenig Unbeschwertheit und Abwechslung genossen. Es schadete niemandem.

Die Brücke wurde nicht in festgelegten Zeitabständen geöffnet. Plötzlich wurden Wartende hinübergelassen und ebenso plötzlich wurde sie wieder geschlossen, doch die Öffnung währte selten länger als eine halbe Stunde. Wir saßen deshalb alle wie auf heißen Kohlen. Die Deutschen sind keine Meister im Schlangestehen. Wurde die Brücke freigegeben, drängten wir alle ungeduldig zur Auffahrt, um unter denjenigen zu sein, die passieren konnten. Die Wachposten hatten die Situation im Griff, Aufbegehren und Gerangel gab es nicht. Wenn man nicht durchgelassen wurde, blieb einem nichts anderes übrig, als an seinen Platz zurückzugehen und weiter zu warten. Einige Male hatten wir Pech, doch unser Platz in der Halle blieb immer für uns frei, als ob jeder nach dem Chaos der ersten ein, zwei Tage das Anrecht des anderen auf seinen Platz achtete.

Am achten Tag hieß es plötzlich und ohne die übliche vorausgehende Ankündigung, die Brücke sei wieder frei. Wir warfen unsere Decken in den Kinderwagen und stürmten mit den anderen los. Endlich konnten wir über die Elbe …

Ich war inzwischen so daran gewöhnt, abgewiesen zu werden, dass ich es kaum glauben konnte, als Eva und ich vor die Auffahrt geleitet wurden, die Schranke passierten und tatsächlich auf der Südbrücke standen, wie wir es uns über eine Woche lang inständig gewünscht hatten. Wir lachten vor Glück, als wir endlich über dem großen Strom standen, der uns von allem getrennt hatte, nach dem wir uns sehnten. Fröhlich, weil Mutti immer näher rückte, schoben wir unseren Kinderwagen auf dem Bürgersteig hinüber, da sich auf der Fahrbahn ein nicht abreißender Konvoi von Autos, Militärfahrzeugen und Lastwagen mit Versorgungsgütern über die Brücke wälzte.

Als ich über das Brückengeländer schaute, sah ich die riesigen Schiffe in den Werften. »Sie sind so groß wie Häuser!«, rief ich erstaunt aus. Ich hatte nicht gewusst, dass Schiffe so groß sein konnten.

»Stell dir vor, Puppe,« rief Eva, die nach vorn auf Wilhelmsburg blickte, das auf der Insel zwischen uns und Hamburg lag, atemlos, »jetzt haben wir es gleich geschafft!«

Doch als wir in Wilhelmsburg ankamen, erlebten wir eine weitere Enttäuschung: Die Nordbrücke war gesperrt. Es war zum Verzweifeln: Würden wir wieder acht Tage ausharren müssen? Wie sollten wir das durchstehen, da uns jetzt nicht einmal mehr ein Lastwagenfahrer mit Radieschen aus seiner Ladung versorgte? Wir wurden erneut in eine Halle geleitet, in der weit mehr Menschen als an der Südbrücke warteten.

»Tut mir leid«, sagte Eva so sanft sie konnte zu mir, »heute Abend werden wir wahrscheinlich nicht zu Mutti kommen. Aber wenn wir Glück haben, können wir morgen die Brücke passieren. Und, weiß du was, ich habe eine prima Idee! Onkel Hermanns Verwandte leben in Wilhelmsburg. Ich glaube, ich weiß noch die Adresse. Wir gehen zu ihnen. Ich bin sicher, sie haben etwas zu essen und einen Platz zum Schlafen für uns.«

Nachdem sie sich vergewissert hatte, dass wir die Brücke an diesem Tag nicht mehr überqueren durften, stand Evas Beschluss fest: Wir machten uns auf die Suche nach der Villa Cohrs in der Dratelnstraße, wo sie einmal Onkel Hermanns Familie besucht hatte. Wir erkundigten uns bei einem Wilhelmsburger nach dem Weg und marschierten los.

Wir wanderten durch verwüstete Straßen zu der Adresse, an die sich Eva erinnerte. Als wir die Dratelnstraße hinunter auf das Haus zugingen, wussten wir es schon: Das Gebäude war teilweise zerstört, das obere Stockwerk vollkommen eingestürzt, und es war niemand mehr da.

Doch wieder hatten wir Glück im Unglück. Die Nachbarn lebten im Keller unter ihrem eingestürzten Wohnhaus. Sie erzählten uns, dass die Familie heil entkommen konnte, wussten allerdings nicht, wohin Onkel Hermanns Verwandte gegangen waren. Dann luden sie uns zu sich ein und bereiteten uns einen herzlichen Empfang.

Das Ehepaar hatte sich in seinem Kellerraum eingerichtet, andere Hausbewohner lebten in den anderen Räumen. Sie gaben uns zu essen, und wir verschlangen es dankbar. Dann boten sie uns an, wir könnten auf ihren Betten liegen und uns dort eine Weile ausruhen. Wir schliefen einige Stunden und erwachten, als der Abend anbrach.

Ihr Angebot, die Nacht über zu bleiben, schlugen wir aus. Da sie den Kellerraum zu viert bewohnten, wäre es wirklich zu eng geworden. Außerdem wollten wir zur Nordbrücke zurück, um an Ort und Stelle zu sein, wenn sie geöffnet wurde. Das wollten wir auf keinen Fall verpassen.

Wir verbrachten die Nacht in der Halle an der Nordbrücke und richteten uns resigniert darauf ein, wie vor der Südbrücke mehrere Tage auszuharren. Doch zu unserer großen Freude konnten wir die Brücke am nächsten Tag ohne allzu große Umstände passieren. Da unsere Ankunft in Hamburg mit der Übernahme der Stadt durch die Briten zusammengefallen war, hatten wir zehn Tage zur Überquerung der Elbe gebraucht.

Doch jetzt gingen wir schnurstracks nach Hause.

Wiedersehen mit Mutti

Niemand kann sich vorstellen, wie glücklich wir auf den letzten Metern der Nordbrücke waren, als wir unseren Kinderwagen aufs Hamburger Ufer schoben. Wir waren sehr schwach vor Erschöpfung und Hunger, aber das hinderte uns nicht daran, zu singen, und ich ging bereitwillig zu Fuß, damit Eva mich nicht im Kinderwagen schieben musste:

Endlich, am 10.5., konnten wir die Brücken passieren und uns auf den letzten Heimweg machen.

Wir wussten, wohin wir uns wenden mussten. In ihrem Brief hatte Mutti geschrieben, wir sollten zu Tante Käte gehen, wenn wir nach Hamburg kämen. Tante Käte war keine Verwandte, sondern Muttis beste Freundin. Sie hatten zusammen das Fröbel-Seminar besucht. Tante Käte würde wissen, wo Mutti war. Als wir von der Nordbrücke kamen, bogen wir nach rechts ab. Unser Ziel war die Caspar-Voght-Straße im östlichen Stadtteil Hamm.

Zweieinhalb Stunden waren wir unterwegs durch Straßen, die ohne die Häuser, Büros und Geschäfte, die sie früher gesäumt hatten, völlig fremd aussahen, auch wenn sie von Trümmern geräumt waren. Große Gebiete innerhalb der Stadt waren eingeebnet, alle Wegmarken verschwunden. Es gab nichts mehr, an dem man sich orientieren konnte. Vielerorts waren Behelfsunterkünfte und

Baracken aus dem Boden gestampft worden, trotzdem sahen einige Gegenden gänzlich verlassen aus, waren öde Brachlandschaften geworden. Manchmal meinte ich, die Straße sei unbeschädigt, bis ich bemerkte, dass nur noch die Fassaden der Häuser standen wie bei Filmkulissen. In anderen Straßen waren die Häuser nur zur Hälfte eingestürzt, und die Menschen lebten in Behelfswohnungen in den unteren Geschossen und Kellern unter der ständigen Bedrohung, von einstürzendem Mauerwerk erschlagen zu werden.

Einige der kleineren Gebäude sahen aus, als hätten riesige Trolle die Dächer abgehoben. Krater taten sich vor uns auf, die wir umgehen mussten, manche waren mit Wasser vollgelaufen. Überall lagen verkohlte Trümmer herum.

Auf unserem Weg erzählte Eva mir, welche Gebäude diese Straßen einst gesäumt hatten. Sie nannte Kirchen, Schulen und Einkaufsstraßen, die für immer verschwunden oder unkenntlich waren. Ich war zu jung und konnte mich an nichts mehr erinnern, außer an meine kleine Welt zu Hause, an den Kindergarten und die Häuser von Freunden. Für mich war dieser Gang nicht mit solchen Gefühlsregungen verbunden wie für Eva, die durch die Ruinen einer Stadt ging, in der sie aufgewachsen war und die sie für dauerhaft und unzerstörbar gehalten hatte.

Und doch hatte Hamburg seit seiner Zerstörung durch die Bombenangriffe vor zwei Jahren wieder zu leben begonnen. Sobald die Briten die Ausgangssperre am Tage aufgehoben hatten, ging man wieder seiner Arbeit nach, und die Kinder hatten den größten Abenteuerspielplatz, den man sich denken kann: die Ruinen. In einer verlassen wirkenden Straße sahen wir eine Mutter, die ihre Kinder rief, bis sie einer nach dem anderen aus dem Labyrinth der Ruinen auftauchten: drei schmutzige Buben. Nachdem sie mit ihnen geschimpft hatte, nahm sie die Kinder zum Essen mit. In lebhafteren Gegenden begegneten wir gut angezogenen Frauen und Mädchen in sauberen Kleidern, die ihr Haar mit leuchtenden Tüchern über dem Kopf zu einer schönen Frisur zusammengebunden hatten, und wir zupften verlegen an unseren zerfetzten und schmutzigen Kleidern herum. In den Ruinen arbeiteten Männer und begannen mit den gewaltigen Aufräumarbeiten, die aus Hamburg jene moderne, schöne Stadt machen sollten, die wir heute kennen. Wäscheleinen spannten sich über verwüstetes Gelände, an denen weiße Handtücher und Tischdecken in der Frühlingsluft flatterten, die uns an die weißen Fahnen in den Fenstern der Städte und Dörfer erinnerten, durch die wir gekommen waren.

Wir waren vollauf beschäftigt mit all den Dingen, die wir sahen, hörten und rochen, und unsere aufgestaute Erwartung trieb uns voran. Wir waren schon zweimal herb enttäuscht worden: in Wiedersdorf, wo die Enttäuschung zwar schwer, aber kurz war, und an den Brücken, wo wir quälend lange jeden Tag aufs Neue gehofft hatten, über die Elbe zu gelangen. Jetzt bemühte sich Eva zwar, mich zu beruhigen und auf weitere Tiefschläge vorzubereiten, doch keiner von uns konnte sich vorstellen, dass es jetzt noch etwas geben könnte, was unser baldiges Wiedersehen mit Mutti verhindern würde.

Als wir uns der Straße näherten, in der Tante Käte wohnte, klopfte uns das Herz bis zum Hals. Eva nahm mich fest an der Hand, als wollte sie mich gegen einen erneuten Rückschlag wappnen. Wir hatten so viel durchgestanden auf unserer langen Wanderung und brauchten unsere Mutti jetzt so dringend, dass die Anspannung fast zum körperlichen Schmerz wurde. Wie lange hatten wir gehofft, jetzt durfte es keine Enttäuschung mehr geben!

»Komm, Puppe«, sagte Eva, deren Hand leicht zitterte, als wir in die Straße einbogen. Die Straße war von den Bomben verschont geblieben, die kleinen, schmucken Einfamilienhäuser waren unbeschädigt. In welchem wohnte Tante Käte?

Und dann sah ich von Weitem zwei vornübergebeugte Köpfe und Rücken. Zwei Frauen jäteten Unkraut im Garten. Ich erkannte sie auf Anhieb, besonders die schönen Locken der linken Frau. Das war Mutti! Endlich war ich bei ihr.

Mein Herz hüpfte vor Aufregung und Sehnsucht. Ich riss mich von Evas Hand los und begann zu laufen, so schnell mich meine müden, abgemagerten kleinen Beine tragen konnten, meine wunden Füße klatschten auf das Pflaster.

»Mutti! Mutti!«, rief ich atemlos und keuchend. Mein Herz klopfte.

Langsam hob sie den Kopf und sah auf. Einen Augenblick lang zögerte sie und runzelte die Stirn, als könnte sie nicht glauben, was sie sah, als sei alles ein Irrtum. Dann trat freudige Überraschung auf ihr Gesicht, sie sprang auf und rannte uns entgegen: »Meine Bärbel! Meine Eva!«

In großen Sätzen sprang ich durch den Garten, zertrat Reihen von Spargelpflanzen und warf mich in ihre ausgebreiteten Arme. Eva ließ endlich den Kinderwagen stehen und rannte ebenfalls los.

Die folgenden Minuten kann man nicht mit Worten beschreiben. Was ich empfand, als ich endlich wieder mit meiner Mutter vereint war, werde ich nie vergessen. Lachend und weinend zugleich küsste sie meine Haare und mein Gesicht.

»Meine Mädchen! Meine Lieblinge. Ihr seid wieder da. Gott sei Dank!«, weinte sie und schlang ihre Arme auch um Eva. Wir lachten und weinten alle, drückten sie an uns und wollten sie nicht mehr loslassen, bis uns Tante Käte einfiel, die wir dann ebenfalls umarmten, um dann wieder in Muttis zitternde Arme zurückzukehren.

Endlich waren wir zu Hause!

Für Mutti waren die vergangenen Wochen qualvoll gewesen, da sie weder von uns noch von unserem Vater etwas gehört hatte. Sie hatte bereits Ruth verloren und wusste nicht, ob sie den Rest ihrer Familie jemals wiedersehen würde. Schon den Tod ihrer Tochter hatte sie nur schwer überwunden und war darüber krank geworden; ich weiß nicht, was aus ihr geworden wäre, wenn sie auch noch uns beide verloren hätte. Sie hatte versucht, sich innerlich darauf vorzubreiten, uns niemals wiederzusehen. Als sie mich daher rufen hörte, konnte sie es zuerst gar nicht glauben. Doch als sie meinen Blondschopf mit großen Sätzen durch den Garten auf sich zurennen sah, waren ihre Freude und ihre Erleichterung unermesslich groß.

Die Entscheidung, Wiedersdorf zu verlassen, um nach Hamburg zurückzukehren, war Mutti sehr schwergefallen. Unsere Großeltern, Tante Irma, Tante Hilda, Volker und Henning wollten nach Hamburg zurück. Sie fürchteten, wenn die Briten erst in der Stadt wären, würde ihnen der Zugang verwehrt bleiben. Und die Erfahrungen, die wir während unserer Wanderschaft und der endlosen Warterei an den Brücken gemacht hatten, gaben ihnen darin recht. Besonders für meine alten Großeltern wäre die Rückkehr sehr schwierig geworden. Nach langem Ringen hatte sich Mutti deshalb entschlossen, mit ihnen zu gehen, solange noch Züge fuhren. Die Entscheidung hatte sie viele schlaflose Nächte gekostet, in denen sie wach gelegen und sich mit Schrecken vorgestellt hatte, wir wären dem Feind in die Hände gefallen.

Als wir später Mutti und Tante Käte einen kurzen Bericht davon gaben, was wir erlebt hatten, liefen ihnen beim Zuhören die Tränen über das Gesicht, und sie konnten nicht anders, als uns immer wieder zu umarmen und zu streicheln.

Tante Kätes Haus war klein, und sie hatte zwei Kinder, die beide wohlbehalten aus dem Reichsarbeitsdienst zurückgekehrt waren: Anne, die so alt war wie Eva, und den etwa sechzehnjährigen Hansi. Ihr Mann war noch nicht zurückgekehrt. Wir teilten uns zu dritt ein Zimmer, ich schlief mit Mutti in einem Bett und Eva auf einem Klappbett. Mutti erzählte mir später, sie sei die ganze Nacht wach geblieben, hätte uns angesehen und mich sanft geherzt, damit ich nicht aufwachte, doch sie hätte mich einfach immer wieder in ihre Arme schließen müssen, um sich zu versichern, dass es kein Traum war. Eva schrieb:

Mutti und Tante arbeiteten gerade im Garten und die Wiedersehensfreude war groß. Nachdem wir uns erst einmal ordentlich ausgeklönt hatten, wurde gegessen und geschlafen.

Wir schliefen so lange und tief wie seit unserem Aufbruch von Tabarz nicht mehr, nämlich bis zum nächsten Nachmittag. Als wir aufwachten, hatten Mutti und Tante Käte ein heißes Bad bereitet. Sie schrubbten mich, dass ich dachte, sie wollten mir die Haut wegschrubben. Wir hatten uns seit zehn Tagen nicht mehr richtig gewaschen, ich war bestimmt sehr schmutzig und stank, doch bei unserem Wiedersehen spielte das keine Rolle. Ich wurde nicht einmal dafür geschimpft, dass ich die Spargelbeete zertrampelt hatte, was normalerweise geradezu ein Verbrechen gewesen wäre, da es sehr lange dauert, Spargel zu ziehen.

Als sie meine abgetragenen, schmutzigen Kleider wegwerfen wollten, rettete ich meine Hose und die kleine Holzeisenbahn aus der Hosentasche. Ich wickelte mein Souvenir in ein sauberes, kleines Taschentuch: Was für ein schlechtes Gewissen hatte ich deswegen gehabt! Als ich Eva den heimlichen Transport der Eisenbahn gestand, lachte sie in einem fort: »Das hättest du mir doch ruhig sagen können. Ich hätte dir erlaubt, sie mitzunehmen«, sagte sie.

Meine ganze Heimlichtuerei war also gar nicht nötig gewesen. Doch wenn ich den kleinen Zug und das Taschentuch in meinem kleinen Rucksack getragen hätte, hätten ihn mir die Plünderer ebenso genommen wie Charlotte. Es war also richtig gewesen, mein Geheimnis für mich zu behalten. Die Holzeisenbahn und das Taschentuch sind bis heute die Dinge, an denen ich am meisten hänge.

An diesem ersten Tag, den wir in Sicherheit und mit Mutti vereint in Hamburg verbrachten, notierte Eva:

Viele schwere und schöne Stunden liegen hinter uns. Man muss dem Herrgott danken, dass wir gesund und heil angekommen sind.

Wir hatten beide das Gefühl, etwas Unglaubliches geschafft zu haben. Eva zeigte mir auf der Landkarte den Weg, den wir zurückgelegt hatten, und ich fuhr mit dem Finger die Strecke entlang. Ich habe sie mir häufig wieder angesehen, besonders, als ich dieses Buch geschrieben habe. Und noch heute erfüllen mich dasselbe Staunen und derselbe Stolz wie damals.

Wir haben es geschafft!

Der Hammer Park

Einen Monat lang lebten wir bei Tante Käte. Es war eng, aber wir kamen zurecht. Die Briten verfügten, dass an jedem Haus ein Zettel hängen musste, auf dem angegeben war, wie viele Personen darin lebten – wohl um herauszufinden, wo es unterbelegte Wohnungen gab.

Tante Käte hatte dieses Problem nicht, es waren sogar zwei Mitbewohner hinzugekommen.

Die Versorgung der Stadt mit Strom und Wasser funktionierte nur sporadisch, doch wir hatten Glück, denn Tante Käte wohnte in der Nähe zweier Gymnasien (eines davon besuchte ich später), die als Militärkrankenhäuser genutzt wurden. Man bemühte sich deshalb sehr, die Versorgung dieses Stadtgebiets zu sichern. Wenn das Wasser abgestellt war, holten wir mit großen, scheppernden Metalleimern Wasser am Hydranten und hatten auf dem Rückweg an den schweren Eimern doppelt schwer zu schleppen – mit leichten Plastikeimern wäre es viel einfacher gewesen, doch leider gab es die damals noch nicht.

Wenn ich Wasser trug, war ich hochkonzentriert, damit ich auf dem Nachhauseweg so wenig wie möglich verschüttete.

Dann hatten wir großes Glück. Bevor man meinen Vater eingezogen hatte, war er Reichsbahnobersekretär gewesen. Mutti hörte, dass es im Hammer Park eine gewisse Anzahl Fertighäuser gäbe, die ausschließlich für Eisenbahnerfamilien errichtet worden seien. Der Hammer Park ist eine wunderbare Grünanlage, die als Feldlager für britische Soldaten genutzt wurde. Mutti stellte einen Antrag, und unverzüglich wurde uns ein Haus zugesprochen, vielleicht, weil mein Vater eine leitende Position innegehabt hatte. Sie rief an und man sagte ihr, sie könne in das Haus Fahrenkamp 43 sofort einziehen, wenngleich es noch nicht ganz fertig sei.

Es gab mehrere Reihen dieser kleinen Häuser im Hammer Park, die irgendwo in Skandinavien vorgefertigt und vor Ort zusammengebaut wurden. Es wurden dieselben Wohnungsbaumaßnahmen angewendet, die in den großen Städten Englands als Notprogramm aufgelegt wurden, um Wohnraum für alle jene zu schaffen, die ihr Zuhause bei den Bombenangriffen verloren hatten oder aus dem Krieg zurückkehrten und Familien gründeten. Unser Fertighaus war ein Reihenendhaus, und das hatte den Vorteil, dass wir einen größeren Garten erhielten. Als wir einzogen, waren noch keine Fenster eingesetzt, das Haus war nicht verputzt und kein Fußboden verlegt. Natürlich besaßen wir auch keine Möbel. Dennoch war es ein wunderbares Gefühl, dass wir nur die Haustür zumachen mussten, um wieder unter uns zu sein und niemanden um uns zu haben als unsere kleine Familie: Mutti, Eva und mich.

Wir hatten noch keine Nachricht von meinem Vater und wussten weder, wo er war, noch, ob er überhaupt noch lebte. Die ersten Kriegsgefangenen kehrten zurück, die ersten Bekannten feierten die Rückkehr des Vaters oder der Söhne mit einem Fest. Wir beteten und hofften, auch einmal zu diesen Glücklichen zu gehören, doch die Zeit verstrich, und mit ihr schwand unsere Hoffnung.

Wir mussten realistisch bleiben: Viele Väter und Söhne kehrten nicht wieder zurück, oft wussten ihre Familien nicht einmal, was mit ihnen geschehen war. Ich war wohl am wenigsten darüber bekümmert, ich vermisste meinen Vater zwar, doch ich hatte ihn so lange nicht gesehen und war so jung gewesen, als er eingezogen wurde, dass mir im Leben nichts fehlte, solange ich Mutti und Eva hatte.

Wir hatten unser Haus schon bezogen, als die Fenster eingesetzt wurden. Dann organisierten wir Möbel bei Verwandten, die nicht direkt von den Bombenangriffen betroffen gewesen waren. Alle Vettern von Mutti trugen zu unserer Einrichtung bei; ihre Wohnungen waren von der Zerstörung verschont geblieben, weil sie in den Außenbezirken Hamburgs lebten. Einer, der eine gut gehende Baumschule betrieb, überraschte uns mit Obstbäumen und Beerensträuchern. Zur Feier unseres neuen Zuhauses stürzten wir uns in eine große Pflanzaktion: Quitten-, Kirsch-, Apfel-, Pflaumen- und Birnbäume, Stachelbeeren sowie schwarze und rote Johannisbeeren, alle bekamen einen Platz in unserem Garten.

Manchmal träume ich, ich sei wieder in Deutschland. Dann sehe ich mich meist in diesem Garten Beeren pflücken.

Wir liebten unser kleines Haus und wohnten viele Jahre darin. Es war nur einstöckig, mit zwei Schlafzimmern, einem Wohnzimmer mit Essecke, einer offenen Küche. Wir hatten eine Toilette im Haus, aber kein Badezimmer und keine Dusche, doch wir gewöhnten uns daran, uns von Kopf bis Fuß mit dem Waschlappen zu waschen, und außerdem fand sich unter den Freunden oder in der Familie immer jemand, der uns sein Badezimmer überließ.

Wir waren so dankbar, ein Dach über dem Kopf zu haben und eine Tür, die wir hinter uns zuziehen konnten, dass wir dem Komfort nicht nachtrauerten, den wir früher in der Wandsbeker Chaussee hatten. In Hamburg hausten die Menschen zuhauf in Kellern und Baracken, da war es für uns kein Weltuntergang, dass wir kein Bad und keine Dusche hatten.

Von manchen wurden unsere Fertighäuser »Ställe« genannt, sie sahen tatsächlich ein wenig so aus. Wir bauten einen Schuppen im Garten hinter dem Haus, und dort wohnte mein Kaninchen Hansi in seinem Hasenstall. Hansi hatte ein Freigehege auf dem Rasen, und ich sammelte jeden Tag im Park Löwenzahn und fütterte ihn Blatt für Blatt mit der Hand. Manchmal verwöhnte ich ihn mit einer Karotte aus unserem Gemüsebeet. Nahrungsmittel waren knapp, und alles war rationiert. Mutti musste schuften, damit wir satt wurden und keine Not litten. Eines Sonntags kam Kaninchen auf den Tisch, und ich stellte mit Entsetzen fest, dass Hansi geschlachtet worden war. Weinend sprang ich vom Tisch auf und war so außer mir, dass ich eine Woche lang nichts zu mir nahm. Ich sah ein, dass Nahrung wertvoll war, doch das würde ich Mutti nie verzeihen, dachte ich. Und obwohl ich wieder ein Kaninchen bekam, war es mit ihm nicht dasselbe wie mit Hansi.

Erst heute kann ich ermessen, welche Not zu jener Zeit herrschte. In manchen Teilen der Großstädte hausten die Menschen wie Höhlenbewohner unter den Ruinen ihrer früheren Wohnungen. Es gab so wenig zu essen, dass Hunde geschlachtet und zu Wurst verarbeitet wurden, und manche streunende Katze landete im Kochtopf. Wir besaßen einen Garten, in dem man Obst und Gemüse anbauen konnte, und eine saubere Unterkunft. Wir hatten unermessliches Glück.

Bei der allgemeinen Lebensmittelknappheit gab es höchst selten etwas zu naschen. Darum war ich überglücklich, als Tante Käte mich fragte, ob ich ihr helfen wolle, den Kuchen für ihren Geburtstag zu backen. Das letzte Mal, dass ich Teig gerührt hatte, schien so unendlich weit zurückzuliegen, dass es mir vorkam, als backte ich zum ersten Mal in meinem Leben, obwohl ich weniger als sechs Monate zuvor in der Ziegelei mit Volker und Klein-Henning Plätzchen ausgestochen hatte. Ich durfte sogar die Rührschüssel auslecken. Dann wurde ich ins Bett geschickt, doch als ich am nächsten Morgen erwachte, fiel mir sofort der Kuchen ein und ich freute mich auf meine Portion. Zu meiner großen Enttäuschung hatten die Erwachsenen in der Nacht den ganzen Kuchen gegessen. Sie hatten gefeiert und mich schlicht vergessen. Ich war sehr gekränkt – komisch, dass man sich an diesen kindlichen Kummer noch nach Jahren erinnert.

Nachdem wir wieder ein Zuhause hatten, kehrte für mich die glückliche Zeit der Kindheit zurück. Wie einst die Ziegelei, so war auch der Hammer Park ein herrliches Spielgelände. Stellen Sie sich vor, Sie lebten als Kind mitten in einem Park, einer autofreien Zone, in der höchstens ein paar Lastwagen ab und zu Holz abtransportierten, und das riesige Gelände stünde ganz für Erkundungen und Spiele zur Verfügung – es war eine Wonne. Mit den Kindern aus den anderen Fertighäusern hatte ich bald jeden Winkel des Parks und des britischen Feldlagers erforscht.

Die Soldaten mochten uns, und wir schlossen dicke

Freundschaft mit ihnen. Durch die Gespräche mit ihnen lernte ich Englisch und überraschte meine Lehrer damit, als ich die Schule wechselte. Ich denke, nicht alle Sätze, die ich lernte, standen in meinem Schulbuch, doch ich glaube nicht, dass sie mir je etwas beigebracht haben, was man nicht sagen durfte. Es waren freundliche Menschen. Im Gegenzug lernten ein oder zwei Soldaten durch uns Deutsch und freuten sich, wenn sie sich mit uns unterhalten konnten.

Wie alle Soldaten, die wir auf unserer Wanderung getroffen hatten, bekamen auch sie Heimweh nach ihren eigenen Kindern, wenn sie mich und meine kleinen Gefährten sahen. Sie zeigten uns Fotos und erzählten von Kindern, die uns sehr ähnlich waren, aber seltsam klingende Namen trugen. Ich spielte gerne mit meinen Freunden, doch ebenso gerne saß ich bei den Soldaten und unterhielt mich mit ihnen. So wurde ich zu ihrem Maskottchen. Und sie erwiesen sich weiterhin als unendlich großzügig und schenkten mir nach wie vor Essensrationen, die ich freudig nach Hause trug. Besonders Kaffee oder Tee war schwer zu bekommen: Die Teebeutel, die uns die Soldaten schenkten, übergossen wir so häufig mit heißem Wasser, bis es klar blieb. Mutti trocknete sie, damit sie wieder stark würden, wie sie sagte. Hatte Mutti Zutaten für einen Kuchen auftreiben und backen können, trug ich einige Stücke zu den Soldaten, denen diese Abwechslung zu ihrer Alltagskost sehr willkommen war.

Wegen einer Sache habe ich Schuldgefühle, und es treibt mir noch immer die Röte ins Gesicht, wenn ich mich an den Vorfall erinnere. An einem heißen Sommertag stießen wir, eine kleine Bande Jungen und Mädchen, auf einen britischen Soldaten, der im Gras lag. Er hatte seinen Gürtel und die Stiefel ausgezogen und schnarchte in tiefen Träumen vor sich hin. Die Stiefel glänzten herrlich und waren aus stabilem Leder. Da es in Hamburg zu dieser Zeit unmöglich war, irgendwo Schuhe aufzutreiben, war die Verführung so groß, dass einer der Jungen ihr erlag und zugriff. Seitdem mache ich mir Gedanken wegen des Soldaten: Er musste ins Feldlager zurückkehren und gestehen, dass er seine Stiefel verloren hatte, und ich bin sicher, dass er deswegen Schwierigkeiten bekam. Gerne würde ich mich bei ihm entschuldigen.

Die Schulen blieben geschlossen. Schulhäuser, die nicht dem Erdboden gleich gemacht waren, wurden von den Besatzern übernommen und behelfsmäßig zu Militärkrankenhäusern umfunktioniert. Zudem dauerte es Monate, bis neue Lehrkräfte organisiert und die Lehrbücher so bereinigt waren, dass sie keine Nazipropaganda mehr enthielten. Ich glaube, mehr als zwölf Monate lebten wir in den Tag hinein, als wären ständig große Ferien. Natürlich sorgte Mutti dafür, dass ich nicht alles verlernte, doch ich glaube, es war eher die Ausnahme als die Regel. Und trotzdem hatte ich unendlich viel Zeit, den Park auszukundschaften, auf Bäume zu klettern, Verstecke zu bauen, in Fantasiewelten mit meinen Freunden zu spielen. Es war eine herrliche Zeit.

Meine beste Kinderfreundin hieß Karla. Ihr Vater arbeitete beim Postamt. Nachdem er aus dem Krieg zurückgekehrt war, erhielt er von der Parkverwaltung die Erlaubnis, die ehemaligen öffentlichen Toiletten im Hammer Park zur Unterkunft für seine Familie umzubauen.

Es mag seltsam klingen, doch jedes Gebäude, das in Hamburg stehen geblieben war, wurde als Unterkunft benutzt, und da er ein sehr geschickter Handwerker war, verwandelte er das etwa fünfhundert Meter von uns entfernt liegende Toilettenhäuschen in ein tadelloses Haus.

Die Familie zahlte der Parkverwaltung eine Jahresmiete, also eine Art Pacht.

Während Eva und ich auf die Öffnung der Elbbrücken gewartet hatten, musste auch Karlas Familie Schlimmes erleben. Karlas Mutter hatte im April einen kleinen Jungen geboren. Zum großen Unglück starb Karlas Bruder am 10. Mai, jenem Tag, an dem wir endlich über die Brücke nach Hamburg gelassen wurden. Karlas Vater legte den Leichnam in eine Pappschachtel und machte sich zu Fuß auf den Weg zum weit entfernten Ohlsdorfer Friedhof. Doch ab achtzehn Uhr galt die Ausgangssperre. Jeder, der während dieser Zeit auf der Straße von britischen Soldaten aufgegriffen wurde, wurde bis zum nächsten Morgen in einem öffentlichen Gebäude oder einem Luftschutzbunker festgehalten. Karlas Vater sprach kein Englisch, doch er wusste, dass das Wort »Baby« in beiden Sprachen ähnlich klingt – er hatte gehört, wie zwei Soldaten von seinem Sohn als einem »little baby« gesprochen hatten.

Er ging daher zu den Wachposten und sagte, er habe sein Baby in der Schachtel, doch sie verstanden ihn nicht und dachten möglicherweise, er sei ein wenig verrückt.

So saß er in dieser schrecklichen Nacht da, presste die Schachtel mit dem toten Kind an seine Brust und durchlebte diese unendlich traurigen Stunden in bitterer Einsamkeit.

Am folgenden Morgen brachte er den Leichnam zum Friedhof und in die Leichenhalle. Zu Hause warteten seine Frau und seine Tochter Karla die ganze Nacht voller Sorge auf seine Rückkehr und trauerten um das tote Baby.

Karla und ich spielten oft zusammen im Park, der wie ein riesiger gemeinsamer Garten für uns war. Sie war eine sehr gute Freundin.

In diesem Herbst feierten wir Kinder in Hamburg wieder das traditionelle Laternenfest. Mit Papierlaternen, in denen Kerzen brannten, gingen wir in der Dämmerung in der Nachbarschaft umher und sangen unser Laternenlied:

Laterne, Laterne,
Sonne, Mond und Sterne.
Brenne auf, mein Licht!
Brenne auf, mein Licht!
Aber nur meine liebe Laterne nicht!

Schon im Herbst 1945 fanden sich irgendwo Papierlaternen und Kerzen für uns Kinder. Ich weiß nicht, woher meine Laterne stammte, ich war entzückt von ihr und wanderte mit Karla und den anderen Kindern vom Hammer Park mit einem Laternenumzug durch die nahe gelegenen Straßen, während sich die Erwachsenen hinter dem Zug aufreihten. Die britischen Soldaten waren hingerissen, sie hatten einen solchen Umzug noch nie gesehen.

Später hörte ich von Kriegsgefangenen, die nachts mit dem Zug nach Hamburg zurückkehrten, als Erstes hätten sie die Ruinen ihrer Heimatstadt gesehen, doch dazwischen leuchteten die Lichter der Laternenumzüge, an denen sie selbst schon als Kinder teilgenommen hatten.

Manch einer soll geweint haben, als er sah, wie schnell die Kinder der verwüsteten Stadt wieder zu einem normalen Leben zurückkehrten und die kleinen Lichter der Hoffnung wieder aufflackerten.

Karlas Vater war, wie gesagt, handwerklich sehr geschickt. Er zimmerte einen zierlichen kleinen Puppenwagen und ein wunderschönes hölzernes Bett für ihre Puppe, und da wir alles teilten, hatte immer eine von uns den Puppenwagen und die andere das Puppenbett bei sich.

Zum ersten Weihnachtsfest im Hammer Park, sechs Monate, nachdem wir dorthin gezogen waren, bekam ich eine eigene Puppe geschenkt. Sie war aus Celluloid, hatte Augen, die auf- und zuklappten, und trug das Haar in geflochtenen Schnecken am Kopf.

Ich taufte sie sofort Charlotte, ich liebte sie und spielte ständig mit ihr. Wir waren unzertrennlich, und sie half mir, den Verlust ihrer geliebten Namensvetterin zu vergessen.

Karlas Haus war von prächtigen Birnenbäumen umgeben, die der Parkverwaltung, nicht ihrer Familie gehörten. Wir stibitzten die Birnen, die vom Baum gefallen waren, selbst wenn sie Druckstellen hatten. Ich hatte immer ein schlechtes Gewissen, doch das schmälerte die Wonne nicht, wenn wir hineinbissen und sie verspeisten.

Unter dem Park befanden sich Luftschutzbunker. Die Zugänge waren verschlossen, wir hatten auch gar keine Lust, darin zu spielen: Nach allem, was ich in dem Stollen erlebt hatte, wollte ich um nichts in der Welt wieder unter die Erde.

Lieber tummelten wir uns in dem kleinen Musikpavillon, der die Bombardierung unbeschadet überstanden hatte, erfanden Theaterstücke, die wir vor einem imaginären Publikum aufführten.

Es gab auch einen Springbrunnen, der wieder Wasser spie, nachdem die Wasserversorgung wiederhergestellt war.

Wenn er im Winter zufror, verwandelte er sich in ein überwältigendes Schloss aus Eis.

Und auf den Sportplätzen organisierten wir Schlagball-, Fußball- und Handballturniere. Irgendwo im Park fand sich immer eine kleine Bande spielender Kinder, und verglichen mit unseren Altersgenossen in den Trümmerstraßen lebten wir an einem paradiesischen Ort.

Vor ein paar Jahren erst sandte mir mein Vetter Henning ein Buch über die Geschichte des Hammer Parks. Ich solle Seite 126 lesen, schrieb er dazu. Unter anderem findet sich dort ein Artikel von Karla über den Park in der unmittelbaren Nachkriegszeit.

Sie schrieb: »Meine beste Freundin hieß Bärbel. Sie lebte mit ihrer Mutter und ihrer Schwester in einem Haus im Park. Sie hatten wunderschöne Beete und hinter dem Haus einen Gemüsegarten.«

Ich rief den Verleger an, der Karla und mich wieder zusammenbrachte. Es war sehr schön, sich nach so langer Zeit wieder zu unterhalten. Seitdem haben wir uns bei meinen Deutschlandbesuchen zweimal wiedergesehen, wir schreiben und telefonieren regelmäßig. Karla hat die praktische Begabung ihres Vaters geerbt und schenkte mir vor Kurzem einen selbst gebastelten winzigen Kinderwagen mit einer winzigen Puppe darin, der mich an unsere Kinderspiele erinnern und mir die unbeschwerten Tage zurückbringen soll, die so lange zurückliegen.

Die Familie wieder vereint

In den ersten Monaten nach dem Krieg war Eva furchtbar unglücklich.

Sie hatte im August 1945 für kurze Zeit in einem Hamburger Kinderkrankenhaus gearbeitet, musste jedoch die Arbeit aufgeben, da sich das Asthma verschlimmerte, das sie ein Leben lang verfolgen sollte. Den ersten Asthmaanfall hatte sie nach Ruths Tod gehabt, eigenartigerweise litt sie während unserer gesamten Wanderschaft kein einziges Mal unter Atemnot. Doch jetzt kehrte die Krankheit mit voller Wucht zurück und machte es ihr unmöglich zu arbeiten. Eva wurde sehr depressiv, ihr Tagebuch zeugt davon:

Kurze Arbeit im Kinderkrankenhaus Rothenburgsort. Ich bin eingestellt als Stationsmädchen. Bin ich denn so schlecht? Ich kann nicht mehr, ich mag nicht mehr … Nach vier Wochen aufgehört, weil ich es gesundheitlich nicht durchhalten konnte.

Im September reiste sie nach Tabarz zurück, die Dinge abzuholen, die sie auf unserer Flucht zurückgelassen hatte – noch immer ein abenteuerliches Unterfangen, denn Züge fuhren nur sporadisch, und sie musste einen Teil der Reise auf einem Milchwagen zurücklegen. In Tabarz traf sie einige ehemalige Kolleginnen und wenige Mädchen, das Heim war jedoch geschlossen, und ihre Habseligkeiten waren längst verschwunden.

Die Rückfahrt war nicht ungefährlich, denn seit Aufteilung der Besatzungszonen stand Tabarz wie das ganze schöne Thüringen unter russischer Verwaltung. In Ostdeutschland hatten also die Kommunisten die Herrschaft übernommen, und ihre barbarische Vorgehensweise war in aller Munde. Zur großen Erleichterung unserer Mutter kehrte Eva wohlbehalten nach Hamburg zurück.

Mutti vertrat die Auffassung, kein Besitz sei es wert, dass man sein Leben dafür riskierte. Ich glaube, der Verlust ihrer schönen Wohnung bei der Bombardierung hatte ihr deutlich gezeigt, wie wenig materieller Besitz bedeutete. Für sie war es wichtig, dass ihre Familie in Sicherheit war und dass sie uns wohlbehalten und unbeschwert um sich hatte.

Eines Tages pilgerten wir in die Wandsbeker Chaussee zu den Überresten unseres Hauses. Wir entdeckten sogar unseren Herd wieder: Er stand noch immer an einem Kamin, der aus der Ruine emporragte wie ein mahnender Finger. Wir gingen zwischen den Trümmern umher und fanden Scherben von Muttis hübschem weißen, mit Goldrand verzierten Meißener Porzellan. Doch Plünderer hatten längst alles Verwertbare mitgenommen.

Wenn Mutti traurig über den Anblick war, so zeigte sie es jedenfalls nicht. Und ich weiß aus Gesprächen, die ich mit ihr führte, als ich erwachsen war, dass sie tatsächlich nicht so sehr unter dem Verlust unseres Zuhauses litt – sie hatte bereits einen schlimmeren Verlust erlitten: Ruths Tod.

Nach ihrer Rückkehr fand Eva eine Stelle als Empfangssekretärin bei einem Zahnarzt, doch auch diese Arbeit konnte sie nur vier Wochen ausüben, dann wurde sie wieder krank. Um ihr Asthma zu lindern, schloss sie sich einer Wandergesellschaft an und wanderte mit zwanzig bis dreißig Leuten regelmäßig in der Lüneburger Heide. Wenn die geplante Strecke nicht zu anstrengend war, durfte ich sie manchmal begleiten. Es machte ihr offenbar nichts aus, in derselben Gegend zu wandern, wo wir die verheerende Begegnung mit den Plünderern gehabt hatten, sonst hätte sie darauf verzichtet. Unser langer Marsch hatte uns das Wandern keineswegs verleidet. Ich freute mich immer sehr über diese Tage in der Natur, denn sie erinnerten mich an die schönen Seiten unseres Abenteuers, und wenn wir zu Mittag oder am Nachmittag irgendwo einkehrten, wollte ich jedes Mal unbedingt den wunderbaren Heidehonig probieren.

Je mehr Zeit nach Kriegsende verging, umso unwahrscheinlicher schien es, dass mein Vater je zurückkehren würde. Als das Jahr 1946 anbrach, wurden die Züge, die Soldaten und Kriegsgefangene aus den russischen Lagern zurückbrachten, immer seltener. Mutti und Eva sprachen mit Absicht immer weniger über Vater und wollten mich so auf den Verlust vorbereiten. Aber wenn sie alleine zusammensaßen, hielten sie die Erinnerung an ihn wach und lebten Tag für Tag in der Hoffnung, doch noch eine Nachricht von ihm zu erhalten. Sie müssen sich beide sehr einsam gefühlt haben. In Eva hatten die lange Kriegszeit und die vielen Entbehrungen, die es zu erdulden galt, ein Gefühl der Entwurzelung und Leere hervorgerufen, und sie schreibt in ihrem Tagebuch:

Auch dieses Weihnachtsfest haben wir hinter uns und das neue Jahr liegt vor uns. Wie viel hatten wir uns von dem Friedensweihnachten versprochen. Dass es einmal so auslaufen würde, damit hat kein Mensch gerechnet. Nun ist der Frieden da, und wie schaut unser innerer Frieden aus? Nur weinen, heulen möchte man. Sehnsucht hat man, nach was nur? Dürfen wir noch etwas erhoffen? Ich habe nur den einen Wunsch für das Jahr 1946, einen lieben Menschen zu finden, mit dem ich glücklich sein darf und dem ich meine ganze Liebe schenken darf.

Am 15. September 1946, sechzehn Monate nach Kriegsende, kam ein Brief. Zu unserer Überraschung war er von Vater – er lebte! Es war ein Fest! Selbst Mutti hatte schon fast keine Hoffnung mehr gehabt, denn inzwischen waren die meisten Kriegsgefangenen zurückgekehrt, und überall um uns herum gab es entweder glücklich vereinte Familien oder Familien, die um den Verlust des Vaters oder Sohns trauerten. Vater teilte uns in knappen Worten mit, dass er aus einem Kriegsgefangenenlager in Murmansk, im äußersten Norden der UdSSR, zurückgebracht worden sei und sich nun zur medizinischen Versorgung in einem Lager in Mühlhausen in Thüringen aufhalte. Nach einer anschließenden Quarantänezeit würde man ihn nach Hause entlassen. Es war jenes Mühlhausen, das nur wenige Kilometer entfernt von Tabarz liegt!

Nachdem Mutti den Brief gelesen hatte, weinte und lachte sie in einem fort, Eva und ich schlossen uns an, und wir tanzten durch unser kleines Wohnzimmer. Am 28. September war Vaters fünfzigster Geburtstag – wir beteten, er möge bis dahin bei uns sein. Ich betete allerdings heimlich für einen vorgezogenen Termin, den 20. September: Das war mein neunter Geburtstag.

Endlich von Vati Nachricht. Er ist im Quarantänelager in Thüringen. Ob er zu seinem 50. Ehrentage bei uns ist? Wie mag er kommen? Ist ganz gleich, wie, wir wollen ihn schon wieder hochpäppeln. Hauptsache, er ist erstmal wieder da.

Evas Sorge war berechtigt. Wir hatten gesehen, wie ausgezehrt andere Kriegsgefangene aus russischen Lagern zurückgekehrt waren, mit gelbstichiger Haut, ausgehöhlten Wangen und kahlrasierten Köpfen, auf denen das Haar nur an einzelnen Stellen in komischen Büscheln wieder zu wachsen begann. Damit diese Männer sich wieder erholten, musste man sie mit einer langsam aufbauenden Diät und zärtlicher Fürsorge aufpäppeln. Wir waren darauf vorbereitet, alles Menschenmögliche zu tun, um Vater gesund zu pflegen, doch wir fürchteten uns davor, ihn elend zu sehen.

Am Nachmittag des 25. September, ich spielte gerade in Evas und meinem Schlafzimmer auf der Rückseite des Hauses, sah ein fremder Mann durchs Fenster und musterte mich eingehend. Ich rannte aus dem Zimmer, rief: »Mutti, Mutti, da kommt jemand! Da ist ein Mann in unserem Garten!«

Ich erkannte meinen Vater tatsächlich nicht wieder. Ich hatte ihn zwei Jahre lang nicht gesehen, und er war abgemagert und sah sehr verändert aus. Aber Mutti schnappte nach Luft, rannte aus der Tür und warf sich in seine Arme. Nach einer Ewigkeit, die sie sich umschlungen hielten, umarmte er auch mich. »Hallo, Bärbel«, sagte er lächelnd und küsste mich, »kennst du deinen alten Vater noch?«

Jetzt erkannte ich ihn und weinte mit Mutti vor Wiedersehensfreude. Wir saßen zu dritt im Wohnzimmer und ließen uns erzählen, was er erlebt hatte, als wir Evas Schritte auf dem Weg knirschen hörten. Vater stand auf. Als sie ins Zimmer trat und ihn erblickte, verschlug es ihr den Atem. Wortlos nahm er Eva in seine Arme und drückte sie immer wieder. Keiner von uns brachte ein Wort hervor, Tränen rannen über unsere Wangen, und noch heute, während ich dies aufschreibe, treten mir bei der Erinnerung daran Tränen in die Augen.

Für mich gab es nichts Schöneres als die Wiedervereinigung unserer Familie in Hamburg.

Vater war sehr, sehr dünn, doch in weit besserer Verfassung als manch anderer Überlebende. Er sprach nie viel darüber, was er erlebt und im Lager erlitten hatte, doch wir wussten, dass er viele seiner Freunde hatte sterben sehen. Er erzählte uns von seiner Lüge bei der Gefangennahme, als er den Russen weismachte, er gehöre zum Küchentrupp. Das rettete ihm wahrscheinlich das Leben, denn er wurde in die Lagerküche abkommandiert. Als er sich im Ersten Weltkrieg die Hand verletzt hatte, riet ihm ein Krankengymnast, er solle Brotteig kneten, um die Hand zu trainieren. Er hatte also Übung im Brotbacken. (Ich erinnere mich, dass er in der Wandsbeker Chaussee köstliches Pflaumenbrot buk.) Die weitere Küchenarbeit bestand darin, Gemüse zu kochen – eine leichte Übung, bei der seine fehlenden Kochkenntnisse niemandem auffielen. Die Küche war der wärmste Ort im Lager, die Küchenmannschaft hatte Zugang zu den Lebensmitteln und konnte daher anderen Gefangenen helfen. Obwohl er halb verhungert war, ging es ihm also besser als anderen. Er schenkte mir ein silbernes Messer, das er von einem Mitgefangenen zum Dank dafür bekommen hatte, dass er ihm etwas zu essen hatte zukommen lassen. Ich besitze es heute noch und benutze es täglich. Murmansk liegt jenseits des Polarkreises. Vater erzählte, dass es fast den ganzen Tag über dunkel war und kälter, als er es sich je hätte vorstellen können.

Wir berichteten von unserem Marsch, und Vater staunte und war sehr stolz auf uns. Wir redeten häufig über die Abenteuer, die wir auf dem Weg zu Mutti erlebt hatten, besonders über die lustigen Begebenheiten. Die düsteren und gefährlichen Erlebnisse sparten wir aus, wir erzählten vor allem, wie freundlich und großzügig die vielen Menschen gewesen waren, denen wir begegneten.

Vater erholte sich langsam und stetig. Ich sehe ihn noch, wie er sich einmal auf Mutti stützte und einen Spaziergang machen wollte. Wir gingen in die Gaststätte im Hammer Park, die von einer Familie bewirtschaftet wurde, mit der wir bereits Bekanntschaft geschlossen hatten. Meine Eltern saßen am Tisch und tranken Alsterwasser. Dann ging Vater an den Tresen und bestellte zwanzig Zigaretten.

Das Mädchen hinter dem Tresen sah ihn erstaunt an.

»Waldi«, sagte meine Mutter sanft, »Zigaretten sind rationiert. Sie sind unheimlich teuer. Ich bin mir nicht sicher, ob du dir zwanzig leisten kannst.«

Er konnte sich gerade zwei leisten, die ihm noch dazu schlecht schmeckten. Mein Vater hatte viele Veränderungen nicht mitbekommen.

Es dauerte nicht lange, da begann er, Tabakpflanzen in unserem Garten zu ziehen, und ich weiß noch, wie die Blätter auf Schnüre gefädelt zum Trocknen im Schuppen hingen, bevor er sie schnitt und zu Zigaretten rollte.

Damals waren Zigaretten das inoffizielle Zahlungsmittel. Die britischen Soldaten erhielten größere Zigarettenrationen als die Deutschen und tauschten sie ein: zwanzig Zigaretten für eine Uhr, fünfzig für eine Kamera und so fort. Ebenso knapp war Seife, auch davon hatten die Besatzer im Überfluss und konnten Tauschhandel treiben.

Das Leben in den ersten beiden Wintern nach dem Krieg war schwierig, alle Lebensmittel waren rationiert. Der Brennstoff ging aus, doch wir hatten Glück, denn wir konnten im Park die herabgefallenen Zweige sammeln. Wenn die Gärtner einen Baum fällten, machten sie sich nicht die Mühe, die Wurzel auszugraben. Vater und einige andere Männer übernahmen diese Arbeit, die den Rücken strapazierte, sich aber lohnte, da die getrockneten Wurzeln ein gutes Brennmaterial abgaben. Ich lebte in seliger Unwissenheit und merkte nichts von all den Entbehrungen. Als Kind musste ich schließlich noch wachsen, deshalb war mein Teller immer voll. Der Rest der Familie hungerte wahrscheinlich, damit ich genug zu essen hatte. Und da meine Mutter eine so gute Köchin war, ließ sie all ihren Erfindungsreichtum spielen und fand tausend Wege, unsere schmalen Rationen in ein schmackhaftes Essen zu verwandeln.

Während wir uns in unserem kleinen Haus im Hammer Park einrichteten, fasste auch der Rest der Verwandtschaft wieder Fuß in Hamburg. Wegen ihres hohen Alters bekamen meine Großeltern schnell eine Wohnung, und wenn wir sie besuchten, durfte ich vorauslaufen und die Klingel drücken. In ihrem Schlafzimmer stand eine riesige Mahagonikommode (wahrscheinlich das Geschenk eines Verwandten). Sie besaß einen kleinen Aufsatz mit Schubladen, in denen Opa einen Vorrat an Süßigkeiten und Schokolade für unsere Besuche aufbewahrte. Er lagerte darin auch Äpfel, die in Seidenpapier gewickelt waren, und ihr wundervoller Duft erinnerte mich immer an den Keller des Schulleiters in Wiedersdorf.

Als Tante Irmas Mann Hermann aus dem Krieg zurückkehrte, bezogen sie eine Wohnung in der Elbchaussee, jener eleganten Straße entlang des Elbufers, die von Reichen und Prominenten bevorzugt wird.

Von ihrer Wohnung führte eine steile Treppenflucht zum Elbufer hinunter, die wir Kinder Himmelsleiter nannten. Wir rannten die Treppe rauf und runter, während unsere Mütter über die vielen Stufen murrten und klagten, man brauche endlos lange, um sie zu erklimmen.

Ich weiß nicht mehr, bei wem Tante Hilda mit Thekla, Ulrich und Volker unterschlüpften, doch als Onkel Willi zurück war, bauten sie ein Haus auf dem Grundstück, das Tante Hilda von ihrem Anteil am Lotteriegewinn meines Großvaters gekauft hatte. Ihre Wahl war also sehr weise gewesen, denn das Porzellan meiner Mutter war zerschlagen, und Tante Irmas Juwelen waren schon lange von Plünderern geraubt. Tante Hilda und Onkel Willi arbeiteten hart und bauten das Haus mit eigenen Händen. Für meine Cousine Thekla, die noch heute dort lebt, muss es sehr befriedigend sein, dass sie selbst an ihrem Haus mitgebaut hat.

Onkel Willi war ein sehr praktischer Mann, ein Hansdampf in allen Gassen. Er war Amateurboxer und mit dem berühmten Max Schmeling befreundet, dem deutschen Weltmeister im Schwergewicht. Sie trainierten sogar zusammen. Manchmal durften wir in die Sporthalle gehen und Onkel Willi im Ring zusehen – eine aufregende Sache. Onkel Willi starb schon 1959 im Alter von nur 57 Jahren.

Trotz allem, was sie im Krieg durchgemacht hatten, bemühten sich die Erwachsenen nicht nur um ihrer selbst willen, sondern vor allem für uns Kinder um die Rückkehr in ein normales Leben. Vor dem Krieg gab es in unserer Familie die Tradition, einmal im Monat zu einem literarischen Abend zusammenzukommen. Man wechselte sich als Gastgeber ab, und jeder sollte zu diesem Abend beitragen, indem er ein Gedicht oder einen Auszug aus einem Buch vorlas. Dann unterhielt man sich darüber. Manchmal bestanden die Beiträge aus Liedern, besonders die Beiträge von uns Kleinen. Diese hübsche Tradition wurde nun fortgesetzt.

An anderen Abenden trafen sich die Erwachsenen zum Kartenspiel. Volker, Henning und ich hofften stets, Onkel Hermann möge gewinnen, denn er schenkte uns immer seinen Gewinn, der für uns Kinder eine beträchtliche Summe darstellte. Er war Ingenieur zur See und arbeitete nach dem Krieg auf Walfangschiffen. Wir hatten einige tolle Fotoaufnahmen von ihm und seiner Mannschaft, auf denen ihnen Eiszapfen an Augenbrauen und Bart hingen. Ich durfte sie in der Schule zeigen, als ich vor meinen Klassenkameraden ein Referat über das Leben auf See halten musste.

Der Gewinner beim Kartenspielen war jedoch in der Regel mein Vater, der sich mit seinem sehr scharfen Gedächtnis mühelos merken konnte, welche Karten bereits gespielt worden waren. Als seine Gesundheit wiederhergestellt war, arbeitete er wieder bei der Bahn, allerdings nicht mehr in reisender Funktion, sondern in einem Büro in Hamburg. Er blieb dort bis zur seiner Pensionierung.

Vier Monate nach Vaters Rückkehr wendete sich das Blatt auch für Eva.

Sie hatte lange gebraucht, um sich von den Anstrengungen unserer Reise zu erholen, und war oft betrübt. Es war schwierig für sie gewesen, sich wieder in den Alltag einzugliedern. Sie sehnte sich nach jemandem an ihrer Seite, und sie vertraute ihre Wünsche und Träume ihrem Tagebuch an:

Alles muss sich aus sich selbst heraus ereignen, um gerade, ehrlich und gut zu werden … Eines Tages muss er kommen, meine Hand nehmen und alle Einsamkeit wie einen Schleier lächelnd von mir streichen.

Sie wünschte sich Normalität, wollte das Leben einer ganz normalen jungen Frau führen und sich lebendig fühlen. In dieser Zeit war sie wohl mehr als einmal unglücklich verliebt:

Himmelhoch jauchzend, zu Tode betrübt – so hat sich mein heutiger Tag gestaltet. Wir waren heute bei Fräulein Petersen eingeladen. Sie hatte alles wunderschön gemacht und uns wie die Fürsten bewirtet. Nur ich selbst hätte in einer Tour weinen mögen. Warum? Weil meine Gedanken dahin wandern, wo der Mensch ist, den ich von ganzem Herzen liebe.

Ich kann nicht anders, ich muss immer an ihn denken. Nur wer die Sehnsucht kennt, weiß, was ich leide.

Zusammen mit zwei Freundinnen besuchte sie nun regelmäßig Soldaten in einem behelfsmäßigen Militärkrankenhaus, das in einer Reihe von »Nissenhütten« in Harburg untergebracht war. Dort lasen sie den Kriegsversehrten vor oder schrieben Briefe für diejenigen, die nicht selbst schreiben konnten. Im Januar 1947, so ist in ihrem Tagebuch vermerkt, begegnete sie hier dem aus Siebenbürgen stammenden Kurt. Er war nicht verwundet worden, sondern lag wegen Unterernährung im Krankenhaus.

Ich bin so unendlich glücklich. Ich habe seit dem 17. Januar 1947 die glücklichsten Stunden meines Lebens erlebt. Ich liebe Kurt so innig, dass für mich eine Trennung unmöglich wäre.

Kurt und Eva verliebten sich und blieben bis zu Evas Tod 1990 zusammen. Alles, was sie in ihrem Tagebuch über ihre Sehnsucht geschrieben hatte, ihr Wunsch nach einem geliebten Mann, mit dem sie gemeinsam durchs Leben gehen und um den sie sich kümmern konnte, erfüllte sich. Eva und Kurt waren ein glückliches Paar. Als er zur weiteren Erholung in ein Kurheim in St. Andreasberg in den Harz geschickt wurde, reiste sie zu ihm, um ihn zu besuchen.

Sie brauchten nicht lange, um zu erkennen, welche Gefühle sie füreinander hegten. Eva schrieb:

Sonne soll uns immer scheinen
Unser Liebesglück vereinen.
Trennung soll nicht Schmerz bedeuten
Sondern wie ein fernes Läuten
Oder wie das Herzensschlagen
Gedanken zueinander tragen.
Drum lasst uns in die Ferne schaun
Mit einem nahen Gottvertraun.

Diesen Wunsch habe ich, er möge uns immer begleiten. Ich habe Kurt diese Worte auf unserem netten Pfingstnachmittag auf die Tischkarte geschrieben. Glaub mir, liebes Buch, ich bin so glücklich und könnte nicht glücklicher sein.

Ihr Tagebuch endet 1947 mit den Worten:

Am 27.5. haben mein Schieter [Liebster] und ich uns verlobt und werden nun gemeinsam den Kampf ums Leben meistern. Könnte ich mir einen Menschen denken, den ich lieber hätte als ihn? Da kann ich nur Nein sagen, denn ich habe ihn unendlich lieb. Er ist so reizend zu mir, und man kann alles mit ihm besprechen. Hoffentlich bleibt alles so und wir brauchen uns gegenseitig nicht enttäuschen. Dann muss es schön werden. Dann bleibt die Liebe rein und gut.

Am 29. November 1947, ein knappes Jahr nachdem sie sich kennengelernt hatten, heirateten sie. Für mich war die Hochzeit sehr spannend, denn ich war Brautjungfer. Das Kleid, das ich zu diesem Anlass trug, käme mir heute seltsam vor, doch damals war es für mich das schönste aller Kleider. Wir hatten Carepakete aus Großbritannien und den USA bekommen, die manchmal auch Stoff enthielten. Meine Mutter war eine hervorragende Schneiderin, sie nähte mir ein Oberteil in gebrochenem Weiß mit wunderschönen gesmokten langen Ärmeln. Da der Stoff nicht für mehr reichte, nähte sie dazu einen Rock aus hellblau gemustertem Satin. Ich war so begeistert davon, dass ich herumstolzierte und mich drehte wie ein Modell auf dem Laufsteg.

Eva trug ein traditionelles weißes Hochzeitskleid, das schon die Tochter eines Vetters meiner Mutter getragen hatte. Es bedurfte nur kleiner Änderungen, dann saß es perfekt.

Sie heirateten an einem schönen Novembertag. Es war kalt, aber der Himmel war klar und sonnig. Zur Hochzeit kam die ganze Familie. Nach der standesamtlichen Trauung wurde die Trauung in der Kirche vollzogen. Danach spazierte der kleine Festzug durch den Hammer Park in die Gaststätte zu einem köstlichen Hochzeitsmahl. Wir stießen mit Sekt auf das Brautpaar an, selbst ich bekam ein kleines Glas. Es war ein sehr glücklicher, fröhlicher Tag, denn wir alle mochten Kurt fast ebenso sehr wie Eva und freuten uns, dass er von nun an zur Familie gehören würde.

Evas und Kurts erste Wohnung war ein Keller in einem ausgebombten Haus an einer Straße neben dem Hammer Park. Man trat durch die noch vorhandene Kellertür und ging dann einige Stufen hinab. Wände und Decken waren solide, obwohl Vater immer fürchtete, die Haustrümmer könnten vollends einstürzen und sie unter sich begraben. Wenn es regnete, tropfte die Decke, und Eva und Kurt mussten überall Eimer und Schalen aufstellen. Fenster gab es nicht, trotzdem wurde es ein richtig schönes Zuhause, und ich besuchte sie gerne. Ich hatte mein eigenes kleines Zimmer, auf das ich stolz war. Eines Nachts stand ich im Halbschlaf auf und suchte nach der Toilette. Als Eva mich entdeckte, wollte ich gerade auf eine Kommode klettern. Sie hielt mich vorsichtig fest, schüttelte mich sanft und sagte: »Wach auf, Puppe, Schatz«, wie sie es immer gemacht hatte, wenn ich auf unserer Wanderung nach einem Luftalarm vom Boden aufstehen sollte.

Der Keller war freilich kein geeigneter Ort, um ein Kind großzuziehen. Als Eva schwanger wurde, mieteten sie deshalb eine Wohnung in Flottbek, die zu einer großen Villa mit einem schönen Garten gehörte. Kurt arbeitete für ein sehr exklusives Geschäft in Othmarschen, einer feinen Hamburger Gegend. Der Laden führte Tonwaren, Blumentöpfe, Pfannen und vieles mehr. Und es gab nichts, was Kurt nicht machte: Er war Elektriker, Klempner, Mädchen für alles.

Kurt und Eva passten gut zusammen. Als Kind hatte ich immer das Gefühl, wenn ich einen so guten Mann wie Kurt fände, würde ich glücklich sein. Er konnte ohne Noten auf dem Akkordeon spielen und beeindruckte mich sehr damit. Als 1948 ihr erstes Baby, Angelika, geboren wurde, war Eva erst im siebten Monat, und Angelika wog zwei Pfund. Sie war so klein, dass ich ihre Babykleidung später meiner Puppe anziehen konnte. Drei Jahre später kam ihre zweite Tochter Gunda zur Welt.

Meine Mutter konnte uns zwar aus jedem Streifen Stoff etwas zum Anziehen nähen und jedes Kleidungsstück so umarbeiten, dass es uns passte, doch Schuhe waren ein echtes Problem. Sie waren um nichts in der Welt aufzutreiben. Evas Mann war unsere Rettung. Er kaufte große, feste Gummiplatten, nahm unsere abgetragenen Schuhe als Schablone und schnitt den Gummi für unsere Füße zurecht. Sogar einen kleinen Absatz fügte er hinzu. Dann stanzte er Löcher entlang der Kante ein, durch die er Lederstreifen zog, die aus alten Lederwaren geschnitten waren. Diese Lederstreifen liefen über unseren Fuß, und einer umschloss unsere Fessel und wurde mit einer Schnalle geschlossen.

Ich besitze ein Foto von mir aus dem Jahr 1948, auf

dem ich auf der Mauer vor unserer Schule sitze und diese Schuhe trage.

Vor einigen Jahren lernte ich in den Ferien auf den Kanarischen Inseln ein älteres deutsches Urlauberpaar kennen, das in Hamburg in der Nähe meiner Schule wohnte.

Sie kannten Tante Käte, die in ihrer Nachbarschaft gewohnt hatte. Und sie erinnerten sich an ein Mädchen mit Lockenkopf, das auf der Mauer saß und sehr auffällige Sandalen trug. Die Welt ist klein!

Die Sandalen waren sehr bequem und sahen hübsch aus. Die Nachfrage nach ihnen bei Freunden und Verwandten war groß, und Kurts Finger waren häufig wund und voller Blasen vom Nähen des harten Materials.

Muttis Nähkünste führten sie einmal im Monat für einen Tag in das Haus jenes Vetters, der eine Baumschule besaß. Dort reparierte, verlängerte, kürzte und änderte sie die Kleidung seiner drei Jungen. Sie wendete verschlissene Kragen an Hemden, damit sie wieder wie neu aussahen. Die Familie war einigermaßen wohlhabend, konnte aber dennoch keine neue Kleidung kaufen, weil es keine in den Geschäften gab. Für ihre Arbeit wurde Mutti nicht bezahlt, stattdessen bekamen sie und ich immer leckere Esswaren mit nach Hause, denn die Familie besaß Land, auf dem sie allerlei anbaute, und sie wohnten umgeben von Bauernhöfen. Wir kamen immer mit wertvollen Paketen nach Hause.

Es waren schwierige Zeiten, aber wir blickten in die Zukunft, nicht zurück. Mutti hielt diese pragmatische und stoische Lebenseinstellung hoch, die Eva während unserer langen Wanderschaft an den Tag gelegt hatte. Sie sprach vom neuen Hamburg, das sich aus der Asche erheben würde, und welches Glück es sei, mitzuerleben, wie eine moderne Stadt entstand. Außerdem hatten wir doch nur ein paar Habseligkeiten verloren, auf die es nicht wirklich ankam. Hauptsache, die Familie hatte keinen Schaden genommen, und unser Lebenswillen war ungebrochen. Diese Haltung hat sie auch an mich weitergegeben.

Erwachsen werden

Irgendwann, nach endlosen Ferien, mussten alle Kinder wieder in die Schule. In einem von Dänemark gestifteten behelfsmäßigen Gebäude wurde ein Kindergarten im Park eingerichtet, doch für den Kindergarten war ich zu alt. Zur Grundschule war es ein ziemlich weiter Weg, aber damals traute man Kindern zu, dass sie alleine dorthin gingen. Karla sowie eine weitere Freundin aus derselben Häuserzeile namens Helga und ich machten uns gemeinsam auf den Weg durch die verwüsteten Straßen. Bisweilen entdeckten wir an Wände gekritzelte, verblasste Botschaften, in denen einem Ehemann, einem Sohn oder einer Tochter mitgeteilt wurde, dass die Familie noch lebte und wo sie nun wohnte. Wie viele dieser Botschaften waren wohl vergeblich an Wände geschrieben worden, wie viele Ehemänner oder Kinder kamen tatsächlich zurück, um wieder bei ihrer Familie zu sein? Auf Trümmern konnte man lesen, dass Plünderer verfolgt würden, doch zu jener Zeit war schon nichts mehr übrig, was man hätte plündern können. Selbst die Konstruktionsbalken der Häuser waren inzwischen als Feuerholz verbrannt oder als Bodenbelag verlegt worden.

Unsere Mütter hatten uns verboten, in den Ruinen herumzustöbern, denn es konnte sehr gefährlich werden, doch manchmal war die Versuchung einfach zu groß. Wir liebten solche Abenteuer. Für uns waren die Ruinen, in denen Ratten und streunende Katzen lebten, keine Überreste zerstörten Lebens, sondern ein faszinierender Spielplatz.

Die Schule begann um acht Uhr früh. Jeder hatte Schale und Löffel dabei wegen der Schulmahlzeit, die in der Vormittagspause ausgeteilt wurde. Zwei Kinder aus jeder Klasse wurden ausgewählt, die eine zusätzliche Essensration bekamen, weil sie besonders unterernährt waren. Anfangs gehörte ich dazu, doch ich hasste es, wenn ich mich von meinen Klassenkameraden unterschied, und konnte die »Ehre« glücklicherweise bald jemand anderem überlassen. Um dreizehn Uhr war die Schule aus, sodass wir zum Mittagessen zu Hause waren. Wir bekamen also jeden Tag eine Extramahlzeit, damit wir zu Kräften kamen. Nachmittags stand es uns frei, den Musik-, Tanz- oder Turnunterricht zu besuchen, der allerdings nicht kostenlos war.

Mit neun Jahren erkrankte ich an Kinderlähmung, wahrscheinlich hatte ich mich beim Baden in der Elbe angesteckt. Wir hatten Verwandte besucht, die nahe am Ufer wohnten, und ich ging schwimmen. Vierundzwanzig Stunden später war ich schwer krank, erbrach mich und konnte meine Gliedmaßen kaum noch bewegen. Ich wurde ins örtliche Krankenhaus eingeliefert und von dort in das große Kinderkrankenhaus gebracht, wo man Polio diagnostizierte. Ich war zwei Monate im Krankenhaus, doch zu meinem großen Glück war ich unter den ersten Patienten in Deutschland, die mit einem neuen Serum aus Amerika behandelt wurden. Meine Eltern mussten die Zustimmung geben, dass man es an mir ausprobieren durfte, und ich bin froh, dass sie es taten, denn ich wurde wieder vollständig gesund.

Es brauchte einige Monate, bis ich mich erholt hatte,

und ich musste kämpfen, um wieder so kräftig zu werden wie zuvor, doch ich zwang mich, zum Turnen und ins Ballett zu gehen, bis meine frühere Leistungsfähigkeit wiederhergestellt war.

Vier Jahre später erkrankte ich erneut sehr schwer, dieses Mal an Hirnhautentzündung. Ich war überzeugt, ich würde sterben. Ich hatte rasende Kopfschmerzen, erbrach mich, konnte meinen Kopf nicht anheben, und vor meinen Augen schwammen helle Lichter. Man brachte mich schnell ins Krankenhaus, wo ich meine Angst, dass ich sterben müsste, bestätigt fand, als meine Eltern mich besuchten und mir eine Armbanduhr mitbrachten. Ich hatte mir zum Geburtstag oder zu Weihnachten eine Armbanduhr oder ein Fahrrad gewünscht, doch sie sagten mir immer, ein Wildfang wie ich würde bestimmt vom Fahrrad fallen oder die Uhr zerbrechen. Als meine Eltern dann plötzlich mit einer Uhr auftauchten, dachte ich, mein Schicksal sei besiegelt, sie erfüllten mir meinen letzten Wunsch. Ich begann zu weinen, doch ich konnte ihnen den Grund nicht sagen.

Ich war sehr krank, und Weinen schadete mir, denn es reizte mein entzündetes Hirngewebe zusätzlich. Doch dann kam ein gut aussehender, junger Arzt, setzte sich auf mein Bett und nahm meine Hand.

»Ich bin neu hier«, sagte er, »ich habe erst vor Kurzem zu praktizieren begonnen, und ich muss zeigen, was ich kann. Ich möchte unbedingt, dass es dir besser geht, doch dazu brauche ich deine Hilfe. Zusammen schaffen wir es.«

Er beruhigte mich, und das erste Mal, seit ich erkrankt war, schlief ich tief und fest. Als ich erwachte, saß er wieder an meinem Bett. Zuerst dachte ich, dass er die ganze

Zeit bei mir gewacht hatte. Das war die Wende, und ich begann mich zu erholen. Ich musste einige Rückenmarkpunktionen über mich ergehen lassen, bei denen mit einer langen Nadel Rückenmarkflüssigkeit entnommen wird. Ich erinnere mich, dass ich fürchtete, man könnte mich durchstechen und die Nadel aus meinem Bauchnabel wieder austreten. Danach musste ich vierundzwanzig Stunden flach und ohne Kopfkissen auf dem Rücken liegen, damit ich keine Kopfschmerzen bekam. Wieder dauerte der Krankenhausaufenthalt mehrere Wochen.

Als es mir schon besser ging, zogen mir die Krankenschwestern einmal eine ihrer Uniformen an. Meine Eltern, die mich besuchen kamen, fanden das Bett leer. Sie standen noch im Türrahmen, als ich mit den Worten hinter sie trat: »Kann ich Ihnen helfen?« Sie staunten: Offenbar ging es mir schon so gut, dass ich wieder Spaß daran fand, sie zu necken.

Mit zehn bestand ich die Aufnahmeprüfung fürs Gymnasium. Meine neue Schule war ganz in der Nähe unseres kleinen Hauses, ich konnte sozusagen zu Hause die Schulglocke hören. Der kurze Schulweg gefiel mir gut. Da das Gebäude des Jungen-Gymnasiums noch immer als Krankenhaus benutzt wurde, hatte man die Jungen in den oberen Stockwerken unseres Schulhauses einquartiert, doch man war eifrig bemüht zu verhindern, dass sich Jungen und Mädchen begegneten oder gar zusammenstanden. Wir konnten uns nur in den Tanzstunden nach der Schule kennenlernen.

Am Gymnasium fand ich drei wirklich gute Freundinnen: Ilse, Antje und Karin. Ilses Mutter war eine Kriegswitwe, die in dieser schwierigen Zeit drei Kinder großzuziehen hatte und ein Delikatessen- und Konfektionswarengeschäft betrieb, das an unserem Schulweg lag. Zusammen mit meinen drei Freundinnen gründete ich einen Mädchenklub, wir nannten uns CDS. Wir haben nie jemandem verraten, wofür die Buchstaben standen, und ich will es auch jetzt nicht tun, da Antje und Karin tot sind. Ilse und ich stehen in engem Kontakt miteinander, und ich besuche sie jedes Mal, wenn ich in Hamburg bin. Antje und Karin stammten aus ziemlich wohlhabenden Familien und wohnten in Villen vor der Stadt, doch ich empfand niemals, dass mich jemand benachteiligte, weil wir alles im Krieg verloren hatten. Als Antje, die eine sehr gute Sportlerin war, einmal beim 100-Meter-Lauf auf der Ziellinie gestürzt war und sich am Bein schwer verletzt hatte, wohnte sie eine Zeit lang bei uns, weil es von uns aus so nahe zur Schule war. Sie tauschte ihre schöne Villa gegen unser kleines Häuschen ohne Bad, doch sie fühlte sich sehr wohl bei uns. Mutti war eine geborene Hausfrau, die jeden Gast herzlich aufnahm.

Ich war in der Schule immer gut in Englisch und schulde dafür den britischen Soldaten Dank, die mir die Sprache so ausgezeichnet beibrachten. Ich wollte unbedingt nach England reisen und nahm daher an einem Schüleraustausch teil, den unsere Schule mit der Leigh Grammar School in Atherton in der Grafschaft Lancashire durchführte. Während unseres zweiwöchigen Aufenthalts dort im August 1954 nieselte es nahezu immer. Wir trugen Polokleidchen und wollten gerne Staat damit machen, doch das Wetter spielte nicht mit. Ich fand, dass die englischen Männer mit ihren Anzügen sehr seltsam aussahen, denn ihre Jacketts hatten hinten zwei Schlitze, sodass ihr Hinterteil hervorstand.

Nach meiner Rückkehr sagte ich zu meiner Mutter: »Komme, was wolle, einen Engländer heirate ich nie!« Sie zog mich später häufig damit auf, denn ich heiratete nicht nur einen, sondern zwei Engländer.

Der Englandaufenthalt war trotz des schlechten Wetters ein Erfolg: Wir verstanden uns gut mir den englischen Mädchen, und ich hatte weiterhin große Lust, nach England zu reisen. Mein Name wurde sogar in der Regionalzeitung genannt, denn ein Reporter hatte die Party genutzt, die man uns zu Ehren gab, und uns über unsere Eindrücke von England befragt. Vier Mädchen und vier Jungen der dreißigköpfigen Schülerschar wurden in dem Artikel erwähnt. Uns Mädchen waren vor allem die Unterschiede im Alltagsleben aufgefallen: Die Kaminfeuer, die schweren Teppiche und das geordnete Schlangestehen beim Einsteigen in den Bus hatten uns am meisten beeindruckt. Die Jungen stellten ernstere Überlegungen über das Verhältnis zwischen den beiden Nationen an.

Von meiner Mutter und meiner Großmutter habe ich die Liebe zum Stricken, Häkeln und Nähen übernommen. In der Schule nannten sie mich Strickpuppe, weil ich so viel strickte. Einmal strickte ich einen Rock für mich, der so weit ausgestellt war, dass er um die Hüfte schwang, wenn ich mich im Kreis drehte. Er war grün, den Saum schmückten lauter kleine braune Kaninchen. Jedem Kaninchen hatte ich Ohren gestickt. Als ich später alt genug war, um auszugehen, kam oft meine Freundin Ursi zu mir, und wir nähten uns an einem Abend neue Kleider.

Mit achtzehn machte ich das Abitur und ging dann nach England, um Sprachen zu lernen. Vater hatte stets ein wachsames Auge auf mich, vielleicht rührte es daher, dass wir im Krieg so lange getrennt waren. Er nannte mich immer seine kleine Bärbel, und als Teenager regte ich mich darüber auf, dass ich so früh nach Hause zurückkehren musste. Einmal wartete er die ganze Nacht auf mich und schlief in einem Sessel ein, weil er dachte, ich sei noch nicht zu Hause. Als er am nächsten Morgen Mutti weckte vor Sorge, ich könnte nicht nach Hause gekommen sein, erfuhr er, dass ich am Abend meine Meinung geändert hatte und früh ins Bett gegangen war, statt auszugehen. Da Ilse mich zu seiner Erleichterung nach England begleitete, fiel es ihm schließlich doch nicht so schwer, mich gehen zu lassen.

Ich besuchte eine Sprachschule in London, lernte Englisch und Französisch und erwarb das große Sprachdiplom der Universität von Cambridge. Die meisten Engländer waren herzlich und offen. Da wir Deutsche waren, begegnete man Ilse und mir manchmal aber auch mit Misstrauen. Einmal saßen wir im Bus auf der hintersten Sitzbank und unterhielten uns auf Deutsch, als ein Mann uns mit Tomaten bewarf. Ich verstand es, dass Menschen noch immer unter dem Krieg litten und Wut empfanden, doch ich trat ihm laut und deutlich entgegen und sagte in meinem inzwischen recht guten Englisch zu ihm, dass ich zwei Jahre alt war, als der Krieg begann, und sieben, als er zu Ende ging, und ich folglich nichts mit dem Krieg zu tun hatte.

Manchmal beschimpfte man uns als Nazis, denn alle Deutschen seien Nazis. Normalerweise reagierte ich darauf, indem ich deutlich machte, wie leid uns das Geschehene tat.

Nach einem Jahr in England ging ich zusammen mit einer anderen Freundin, Ursula, auf die Universität von Genf und studierte dort Englisch, Französisch und Literaturwissenschaften. Das internationale Studentenwohnheim war Teil eines alten Klosters, das in einen Berg hineingebaut war. Das Gebäude hatte überall Arkaden und Rundbogen. Es stand unter der gütigen Diktatur von Madame Müller. Wir kamen gut mit ihr zurecht, da wir nach dem Frühstück immer aufräumten und sie mit kleinen Geschenken verwöhnten. Trotzdem befürchteten wir schon das Schlimmste, als sie uns nach unserem ersten Studiensemester zu sich rief. War die Unordnung in unserem Zimmer zu groß? Waren wir abends zu spät ins Wohnheim zurückgekehrt und bei ihr angekreidet worden?

Unsere Sorgen waren unberechtigt. Sie erklärte uns, dass eine neue Studentin einziehe, die mit ihrem Vater aus Israel gekommen sei. Sie hieß Miriam und stammte aus einer jüdischen Familie. Ihre Eltern waren zu Beginn des Krieges aus Deutschland geflohen, sodass Miriam zwar in Deutschland geboren, aber in Israel aufgewachsen war. Sie kannte die deutschen Verbrechen an den Juden und weigerte sich folglich, Deutsch zu sprechen oder deutsche Bücher zu lesen. Ihre Eltern waren darüber sehr unglücklich, Deutsch war trotz allem ihre Muttersprache.

»Ihr Vater möchte, dass sie begreift, dass es auch gute Deutsche gibt. Wärt ihr einverstanden, wenn wir noch ein Bett in euer Zimmer stellten?«, fragte Madame Müller.

Wir willigten ein, und Miriam, Ursula und ich wurden zu einer verschworenen Gemeinschaft. Wir waren wie Schwestern füreinander. Miriam lernte Deutsch von uns. Jeden Tag diktierten wir ihr einen Text, damit sie mit ihren Eltern in deren Muttersprache reden konnte. Miriam ist heute Professorin für Sprachen und islamisches Recht an der Hebrew University in Jerusalem. Sie hat viele gelehrte Bücher geschrieben und schickt mir immer ein Exemplar mit der Widmung: Meiner kleinen Schwester Bärbel.

Nach meinem Studienabschluss wollte ich Lehrerin werden. Mutti war sehr darauf erpicht: Wenn ich eigene Kinder hätte, würde ich zusammen mit ihnen Ferien haben, sagte sie immer. Doch auf meinem Flug von Genf nach Hamburg änderte ich meinen Lebensplan. Ich unterhielt mich mit den Stewardessen der Lufthansa. Es erschien mir viel interessanter, immer unterwegs zu sein und so viele Orte auf der Welt zu sehen. Sie sagten mir, wo ich mich bei der Luftfahrtgesellschaft bewerben musste. Meine Karriere begann.

England

Bevor ich mein Studium in Genf aufnahm, wohnten wir in einem Neubau in Horn, einem Stadtteil in der Nähe des Hammer Parks. Die Wohnung war geräumig, hatte zwei Schlafzimmer und befand sich in einem Wohnkomplex mit schön gestalteten Außenanlagen, wie sie im Zuge des Wiederaufbauprogramms entstanden, das aus Hamburg jene erstaunlich moderne Stadt machte, die meine Mutter einst prophezeite, als sie davon sprach, dass Hamburg aus seinen Ruinen wiederauferstehen würde.

Mein Schlafzimmer hatte einen Balkon, von dem aus man die sehr gepflegten Gartenanlagen überblicken konnte.

Zu dieser Zeit starben meine Großeltern. Beide waren eng in unser Leben eingebunden gewesen, und wir hatten sie häufig besucht.

Ihr Tod riss eine große Lücke in mein Leben, und noch heute vermisse ich sie. Beide sind im Familiengrab auf dem Hauptfriedhof in Ohlsdorf beerdigt, in jenem Grab, das wir einst für Ruth kauften. Jetzt haben schon viele dort ihre letzte Ruhe gefunden – meine Mutter und mein Vater, Eva, Tante Irma, Onkel Hermann, Tante Hilda und Onkel Willi.

Als ich von der Universität Genf nach Hause zurückkehrte, war ich voller Tatendrang. Ich zog mein bestes Kostüm an und ging zur Lufthansa, um mich dort um eine Stelle zu bewerben. Ich hatte keinen Termin ausgemacht, doch ich hatte Glück und wurde empfangen. Die zahllosen psychologischen Eignungstests absolvierte ich so souverän, dass sie mich gleich am nächsten Morgen anriefen, um ein Vorstellungsgespräch mit mir zu vereinbaren. Dass ich fließend Deutsch, Englisch und Französisch sprach, war mein großer Pluspunkt. Man bot mir eine Stelle in der Revisionsabteilung in Hamburg an.

In der Zeit zwischen meinem Studium in England und in Genf lernte ich Ingo kennen, meinen ersten und einzigen deutschen Freund. Er war zwei Jahre jünger als ich, und ich fürchtete immer, er könnte sich mit Mädchen in seinem Alter verabreden, denn wenn man jung ist, sind zwei Jahre ein gewaltiger Altersunterschied. Wir waren sehr verliebt, doch wir haben nie miteinander geschlafen: Damals bewahrten Mädchen ihre Jungfräulichkeit bis zur Hochzeit auf, und Ingo war ganz Gentleman und unternahm nichts, was meinen Ruf hätte gefährden können.

Ich war erstaunlich unschuldig. Einmal schaute ich bei einer Sportveranstaltung beim Langstreckenlauf zu. Der Junge, der die Läufer anführte, hatte eine Erektion, die sich deutlich unter seiner Turnhose abzeichnete. Ich hatte keine Ahnung, was es war, und dachte, er müsse irgendwie krank sein. Nachdem ich mir einige Tage lang Gedanken darüber gemacht hatte, erzählte ich schließlich Eva davon. Sie lachte und erklärte mir, es käme von der Aufregung und verschwände schnell wieder. Als sie mich darüber aufklärte, wozu die Erektion diente, war ich schockiert: Bis dahin hatte ich geglaubt, man würde durch Zungenküsse schwanger werden.

Ich wäre Ingo bis ans Ende der Welt gefolgt. Er sah sehr

gut aus und erinnerte mich an den Soldaten, der mich gerettet hatte, als ich den Berg herunterkullerte. Er machte eine Ausbildung zum Ingenieur und hatte eine wundervolle Art, Dinge zu erklären, gleichgültig, ob es sich um technische, medizinische oder philosophische Fragen handelte. Ich habe noch heute seine Briefe und alle Geschenke von ihm, eine rote Briefmappe und ein braunes Kosmetikköfferchen aus Leder ebenso wie die Bücher, die er mir schenkte. Wir verbrachten gemeinsame Urlaube zusammen mit meiner Schwester und ihrer Familie, seiner Mutter, einer Witwe, und seiner Schwester Heide. Er war wie ich sehr familienverbunden.

Nachdem wir uns lange geprüft hatten, wollten Ingo und ich uns eine Weile nicht mehr treffen, um uns über unsere Gefühle füreinander klar zu werden. Es endete damit, dass wir uns zwei Jahre nicht sahen und er schließlich zu meinem Leidwesen jemand anderen kennenlernte, jünger als ich. Ich hatte ein gebrochenes Herz, aber dennoch das Gefühl, wir hätten das Richtige getan.

Jetzt war es Zeit für mich, Hamburg zu verlassen und etwas Neues zu beginnen.

Mit meiner Anstellung ließ sich das leicht bewerkstelligen. Ich wurde nach Frankfurt versetzt und erhielt dort ein Angebot für San Fransisco. Dazu brauchte ich ein Visum für die USA, und mein Vetter Ulrich, der inzwischen in den Vereinigten Staaten lebte, setzte sich für mich ein. Um die Zeit bis zum Eintreffen des Visums zu überbrücken, wurde ich als Vertretung nach London geschickt, wo man mir schließlich einen festen Arbeitsplatz bei der Lufthansa in England anbot. Die Entscheidung zwischen Amerika und England fiel mir nicht leicht, denn beide Länder zogen mich an. Meine Mutter neckte mich immer und sagte, der Storch habe mich ins falsche Nest gelegt, ich hätte in England oder Amerika geboren werden sollen. Ich entschied mich für London, denn so war ich näher bei meiner Familie und konnte sie leichter besuchen. Meinem Vater ging es damals nicht gut.

Noch in Deutschland schenkte mir meine Mutter ein ledergebundenes Notizbuch. Nach Evas Vorbild begann ich Gedichte, Zitate und Auszüge aus Büchern zu notieren, die ich gerade las, legte gepresste Blumen und sogar ein vierblättriges Kleeblatt dazu.

Mein erster Eintrag stammte von einem Schriftsteller aus dem siebzehnten Jahrhundert, Johann Amos Comenius. Der Krieg und seine Folgen waren noch sehr lebendig in mir, deshalb sprach mich die Textstelle an:

Warum verachten wir denn einander? Wir sind alle Bürger einer Welt, ja ein Blut. Einen Menschen hassen, weil er anderswo geboren ist, weil er eine andere Sprache spricht, weil er anders über die Dinge denkt […] – welche Gedankenlosigkeit! Lassen wir ab davon! Denn wir sind alle Menschen, also alle unvollkommen, uns allen muss geholfen werden […].

Damals wie heute bin ich überzeugt davon, dass die Welt besser wäre, wenn jeder dies beherzigen würde. Ich trauerte Ingo hinterher, und ich schrieb ein Gedicht darüber. Es gibt sehr gut meine damalige Gefühlslage wieder:

Meine Liebe für Dich ist ewig Dein
Sie nimmt alle Deine Unrast in sich hinein
Sie umhüllt Dich ständig liebend und groß
Ihre Stärke und Macht sind grenzenlos

Aus allem Ärger und Widerstreit
Kannst Du fliehen in ihre Einsamkeit
Meine Gedanken umfangen Dich, Dein Herz findet Ruh
Liebend verschmilzt mein Ich in Dein Du.

In London fand ich mich schließlich damit ab, ihn verloren zu haben. Jetzt ging es darum, das Beste aus meinem neuen Leben zu machen. Ich arbeitete auf vielen verschiedenen Stellen für die Lufthansa in London und teilte mit zwei Freundinnen eine Wohnung in Eaton Square, so nahe bei den Büros der Fluggesellschaft in der Old Bond Street, dass ich zu Fuß zur Arbeit gehen konnte. Es dauerte nicht lange, da begegnete ich Michael, der für eine skandinavische Fluggesellschaft (SAS) tätig war. Er war der Inbegriff eines Engländers: Er trug einen Kamelhaarmantel, spielte am Wochenende Cricket und pflegte ein aktives Gesellschaftsleben im Cricket-Club. Bald waren wir ineinander verliebt, nach sieben Monaten verlobt und vier Monate später verheiratet. Die standesamtliche Trauung fand in London statt, anschließend erhielten wir den kirchlichen Ehesegen in der neuen Dreifaltigkeitskirche im Hamburger Stadtteil Hamm. Die alte Kirche, in der meine Taufe stattgefunden hatte, war von Bomben zerstört worden. Übergangsweise wurde eine Holzkirche errichtet, in der Eva 1947 getraut und ich später konfirmiert worden war. Ich habe dort viele Jahre im Kirchenchor gesungen. Als ich am 23. März 1963 im Alter von fünfundzwanzig Jahren kirchlich heiratete, war die Holzkirche durch einen prachtvollen, neuen Kirchenbau ersetzt worden.

Es war herrlich, mein erstes eigenes Heim zu gründen. Ich war nicht auf einen bestimmten Ort festgelegt, doch ich fühlte mich bereits in England zu Hause. Außerdem war es nicht weit bis nach Deutschland, sodass ich meine Familie besuchen konnte.

Es machte mir also nichts aus, in einem anderen Land zu leben. Ich hielt engen Kontakt, besonders mit Mutti und Eva. Wir schrieben und telefonierten oft oder besuchten einander.

Ein Jahr nach der Hochzeit, am 21. März 1964, kam Michael, mein erstes Kind, zur Welt. Selbst als Ehefrau war ich noch erstaunlich naiv, verglichen mit den Mädchen heutzutage. Unmittelbar vor meiner Hochzeit gab mir meine Mutter ein kleines Instrument, das aussah wie eine Eieruhr. Ich fragte sie, was das sei, und sie erklärte mir, ich solle die Daten meiner Regelblutungen eingeben, das Instrument würde meine empfängnisbereiten Tage ausrechnen und so könne ich verhüten. Es klappte nicht.

Ich hatte nichts dagegen, so schnell schwanger zu werden, da ich immer Kinder und Familie wollte und wusste, dass ich darin mein Glück finden würde – all die Dinge, nach denen sich Eva in ihrem Kriegstagebuch so sehr gesehnt hatte.

Als ich mit Michael schwanger war, ging ich zu einer Untersuchung in die Klinik, und der Arzt fragte mich, ob ich je »German measles« gehabt hätte. »German measles« heißen in England die Röteln, während »measles« ohne den Zusatz »German« Masern bedeutet.

»Ja, ich hatte Masern, und ich stamme aus Deutschland«, sagte ich ahnungslos und brachte den Arzt damit zum Lachen.

Michael war ein wundervolles Baby. Ich weiß, dass alle Mütter das von ihren Kindern behaupten, aber in seinem Fall stimmte es wirklich. Ich hörte auf zu arbeiten, und jeden Sommer besuchten uns meine Eltern, und mein Vater blieb drei Monate bei uns in England, bis Mutti ihn wieder zu sich holte. Er erlitt sieben Schlaganfälle und war teilweise gelähmt, ich kümmerte mich also um ihn, damit sie sich zwischendurch erholen konnte. Obwohl er kein Englisch sprach, gefielen ihm diese Ortswechsel. Trotz der Sprachbarriere verstanden er und mein Mann sich gut: Sie setzten beide gerne ein paar Pfund beim Pferderennen – das war sozusagen ihre Lingua franca. Baby Meiki (ich nannte Michael immer »Meiki«) half mir, meinem Vater eine beträchtliche Summe Geld »abzuknöpfen«. Ich wechselte ihm die Windeln, und weil ich in allem Eva nacheiferte, hielt ich ihn, obwohl er erst drei Monate alt war, über das Töpfchen, bevor ich ihm eine saubere Windel anlegte. Vater lachte darüber und sagte, das könne ja nur etwas werden, wenn ich Glück hätte – und er fügte hinzu, er würde mir zehn Pfund geben, wenn Meiki es fertigbrächte. Zu meiner großen Überraschung machte Meiki prompt ins Töpfchen. Ich erzählte ihm Jahre später, dass er bereits im Alter von drei Monaten begonnen hätte, Geld zu verdienen, und zwar viel Geld, denn zehn Pfund waren damals das Zehnfache wert. Am nächsten Tag fragte ich meinen Vater, ob er noch einmal wetten wolle, doch er lehnte es entschieden ab.

Am 1. Juli 1966 wurde meine Tochter Babette geboren. Ich gab mir alle Mühe, sie möglichst lange in meinem Bauch zu behalten, denn ich wollte um keinen Preis, dass sie im Juni zur Welt kam, sonst hätten Geburtsmonat und Geburtsjahr zusammen die Ziffernfolge 666 ergeben, und irgendjemand hatte mir erzählt, das sei eine Teufelszahl. Sie kam in den frühen Morgenstunden zur Welt, ich habe es also gerade so geschafft. Sie wog ein ganzes Pfund weniger als Meiki, und sie sah mager aus wie ein kleines, nacktes Kaninchen. »Das kann nicht mein Kind sein«, sagte mein Mann, als er sie das erste Mal sah. Ich musste ihm widersprechen. Tante Hilda fand die nettesten Worte, sie sagte, Babette sähe aus »wie eine orientalische Prinzessin«. Sie mauserte sich zu einer wirklich tollen Frau. Sie ist zwar nicht im gleichen Jahr, aber am gleichen Tag wie Prinzessin Diana geboren, was die Leute immer wieder dazu veranlasste, auf ihre Ähnlichkeit mit Diana hinzuweisen.

Solange die Kinder klein waren, blieb ich zu Hause. Es war eine glückliche Zeit. Wir lebten anfangs in London, später kauften wir ein Haus in Walton-on-Thames, wo wir zu unserer Überraschung feststellten, dass die Rückseite unseres Gartens an den Garten von Freunden grenzte, Brian und Maureen, die auch in London neben uns gewohnt hatten. Das Loch im Zaun war schnell gemacht, sodass beide Familien (sie hatten zwei Töchter, Priscilla und Alexandra, meine Patenkinder) sich bequem durch den Garten besuchen konnten. 1968 erwarb jede Familie ein frei stehendes Fünfzimmer-Haus in East Molesey. Jetzt wohnten wir einander gegenüber. Der Ort hätte nicht besser sein können, eine Sackgasse, eingebettet in die herrliche Parklandschaft, ein sicherer und schöner Lebensraum für Kinder, und ich wohnte wieder in einem Park.

Ich fühlte mich in England immer sehr wohl. Ich habe dort nie wirkliche Ablehnung aufgrund der Tatsache erfahren, dass ich Deutsche bin, wenngleich ich mich an einen Vorfall erinnere, den ich mit Meiki erlebte. Er spielte mit einem seiner Freunde im Garten, sie kickten ihren Fußball immer wieder in ein Blumenbeet mit zarten, jungen Pflanzen, das ich gerade eingerichtet hatte. Ich rief

Meiki vom Schlafzimmerfenster aus zu, sie sollten besser aufpassen, wohin sie ihren Ball kickten. Ich sprach deutsch mit ihm – er wuchs zweisprachig auf und sprach es fließend. Babette versteht Deutsch, doch sie spricht es nicht wirklich gut. Meikis Freund, der kein Wort von dem verstanden hatte, was ich sagte, sah mich erstaunt an. Meiki sagte zu ihm: »Alles in Ordnung, meine Mutter ist Deutsche. Aber sie ist trotzdem echt nett.«

Ein anderes Mal kam ich in sein Zimmer, als er beim Spielen mit seinen Spielzeugarmeen gerade etwas vor sich hinmurmelte von wegen, er würde jetzt alle Deutschen erschießen. Als er mich erblickte, änderte er seine Feinde hastig in Japaner um.

Als beide Kinder zur Schule gingen, bewarb ich mich beim German Food Center, der Marketing-Organisation der deutschen Lebensmittelindustrie in London, und bekam eine Stelle im Bereich Hauswirtschaft. Es war ein wunderbarer Job, weil ich mir meine Arbeitszeit nach den Notwendigkeiten der Kindererziehung einrichten konnte. Mein Chef wusste, dass alles, was er mir gab, zu seiner Zufriedenheit erledigt würde. Ich hatte eine sehr gute Freundin, Edith, die Frau von einem Kollegen meines Manns, Meikis und Babettes Patentante, die sich immer sehr darüber freute, wenn sie vorbeikommen und nach den Kindern sehen konnte, wenn ich abends geschäftliche Verpflichtungen hatte. Edith wohnte nur 500 Meter von uns entfernt, und es klappte daher sehr gut. Sie ist noch immer eine gute Freundin und schaut wöchentlich bei uns vorbei.

In dieser Zeit lernte ich auch Maria kennen, meine beste Freundin, die wie eine Schwester für mich ist. Sie ist Österreicherin und war ebenfalls mit einem Engländer verheiratet. Als wir uns zum ersten Mal begegneten, mochten wir uns auf Anhieb. Unsere Freundschaft währt seit fünfunddreißig Jahren, jetzt wohnt Maria nur zwei Straßenzüge von uns entfernt. Freundschaften zu pflegen und zu nähren ist eine Stärke von mir, und manchmal frage ich mich, ob es vielleicht damit zusammenhängt, dass Eva und ich auf unserer Wanderung Menschen getroffen hatten, mit denen wir für eine kurze Zeit sehr eng befreundet waren und von denen wir später nie wieder etwas hörten oder sahen. So war das im Krieg, und vielleicht ist mir deshalb jetzt so sehr an festen, dauerhaften Freundschaften gelegen.

Ich arbeitete für das German Food Center, bis es 1988 seine Pforten schloss. Es war eine faszinierende Zeit. Meine Aufgabe bestand darin, große Werbeveranstaltungen, Kochvorführungen und Stände auf Messen zu organisieren, Vorträge über deutsches Essen und Trinken zu halten, die Ausstellung von Delikatessen in großen Geschäften vorzunehmen und vieles mehr. Ich begegnete vielen Berühmtheiten. Bei der Royal Show in Kenilworth organisierte ich den deutschen Messeauftritt und zeigte Prinz Charles, der alle Aussteller besuchte, die deutschen Messestände. Als er bei uns ankam, entschuldigte er sich, dass er leider weder Bier noch Wein kosten könne, da ihm bereits so viele alkoholische Getränke an den anderen Ständen angeboten worden seien. Eigentlich hatte ich vorgehabt, eine kleine Verkostung mit ihm zu machen. Ich entgegnete also: »Dann müssen Sie unbedingt unseren naturbelassenen Fruchtsaft aus Deutschland versuchen. Er erfrischt Bereiche des Körpers, die selbst Heineken-Bier nicht mehr erreicht.«

Heineken hatte damals eine berühmte Werbekampagne, in der es hieß, Heineken-Bier »erfrischt Bereiche, die andere Biere nicht erreichen«. Prinz Charles lachte und sagte, er wolle seiner Frau, Prinzessin Diana, meinen kleinen Witz erzählen. Noch zwei oder drei Tage später wurde ich von Journalisten belagert, die mich fragten, womit ich Prinz Charles zum Lachen gebracht hatte. Ich habe es ihnen nie verraten.

Sechzehn Jahre lang war ich mit meinem ersten Ehemann verheiratet, dann zerbrach die Ehe, und wir ließen uns scheiden. Er hat später wieder geheiratet, und es gelang uns, bis zu seinem Tod 1997 freundschaftlich verbunden zu bleiben.

Der Katalysator, der mir die Kraft gab, eine unglückliche Ehe zu beenden, war die Begegnung mit Ray, der fünf Jahre später mein Ehemann wurde. Als wir uns kennenlernten, war Ray verheiratet und hatte vier Söhne, Stephen, David, Andrew und Matthew. Es war eine schwierige Zeit, doch alles fand ein gutes Ende.

Ray ist im Forest of Dean in Gloucestershire geboren und siebzehn Monate jünger als ich – mein Toyboy, sage ich immer. Er war eines von neun Kindern. Seine Mutter, eine Witwe, zog ihre Kinderschar in einem kleinen Bauernhaus mit nur drei Zimmern groß. Die ganze Familie war musikalisch, alle Geschwister sangen, einige spielten ein Musikinstrument. Seine beiden älteren Brüder traten bei lokalen Veranstaltungen und großen Familienfeiern auf, sie nahmen Ray immer als Maskottchen mit. Bei seinem ersten öffentlichen Auftritt als Sänger war Ray erst fünf oder sechs Jahre alt und bestand darauf, mit dem Rücken zum Publikum zu stehen, damit er es nicht ansehen musste.

Er lernte bei der örtlichen Blaskapelle Kornett und

Trompete spielen. Nach der Schule arbeitete er in einem Sägewerk, später gab er den ungeliebten Job auf und ließ sich zum Einkaufsleiter eines Supermarkts ausbilden. Wie alle jungen Männer damals wurde er für zwei Jahre zum Militärdienst einberufen. Ursprünglich gehörte er zu einer Versorgungseinheit, doch als er in den regulären Dienst übernommen wurde und dort auffiel, wie gut er Trompete spielen konnte, versetzte man ihn in das Royal Army Service Corps, aus dem später die Royal Corps of Transport Band hervorging. Danach spielte er bei der Kapelle der Welsh Guards. Obwohl Instrumentalist, war sein Hauptinstrument die Stimme: Er war der offizielle Sänger der Kapelle – wir besitzen viele Schallplattenaufnahmen von ihm mit seiner Band.

Als wir einander begegneten, war Ray bei der Armee. Neben meiner Arbeit für das German Food Center organisierte ich einen privaten Catering-Service und musste daher Musiker kennen, die bei solchen Anlässen auftraten, denn manchmal sollten die Gäste nicht nur mit Speisen, sondern auch mit einem musikalischen Beiprogramm verwöhnt werden. Ray spielte in seiner Freizeit in einer Kapelle mit seinen früheren Kollegen aus der Militärkapelle, die sich New Clubmen nannte. Er war ihr Sänger und Conférencier.

Ich bereitete gerade eine Veranstaltung für das German Food Center vor und suchte für das Beiprogramm eine Blaskapelle. Ich fragte daher Ray, ob er nicht vielleicht mit seinen Freunden auftreten könnte, sie sagten zu und waren sehr gut. Von da an arbeiteten wir häufig zusammen bei Werbeveranstaltungen für BMW, Mercedes Benz, Holsten, Löwenbräu und so weiter.

Ich riet ihm, seine eigene Band aufzuziehen, und er

gründete die Rupert Hentzau Bier Band, nach dem Verschwörer in dem Film *Der Gefangene von Zenda*. Sie spielten nicht nur deutsche Musik, sondern nahmen auch bekannte englische Lieder wie »Roll Out the Barrel« und »Down at the Old Bull and Bush« in ihr Programm auf, damit jeder, der wollte, mitsingen konnte.

Unsere Gefühle füreinander wurden immer stärker und irgendwann wussten wir, dass wir zusammengehörten. Es waren schmerzhafte Zeiten, denn unsere beiden Familien brachen auseinander und formierten sich neu. 1984, wir waren schon fünf Jahre zusammen, heirateten wir. Ray wollte nicht gerne in dem Haus leben, in dem ich mit meiner alten Familie gelebt hatte, deshalb kauften wir ein wunderschönes kleines Landhaus in Hinchley Wood. Mein Exmann und Ray verstanden sich gut, und wenn er die Kinder holen kam, spielten sie gemeinsam mit ihnen Tischtennis im Garten.

Mein Sohn Michael und einer von Rays Söhnen, David, nahmen zusammen Schlagzeug-Unterricht bei einem von Rays Freunden aus der Welsh Guards Kapelle.

Ray und ich arbeiteten hart: Anfangs hatte er seine Armeeverpflichtungen und verbrachte die Abende und Wochenenden mit seiner Kapelle. Ich übernahm bei diesen Gelegenheiten das Catering und machte außerdem meinen Job. Nur an den Sonntagen hatten wir frei und konnten zusammen ausspannen.

»Ich liebe Sonntage«, sagte ich einmal zu Ray.

Und er erwiderte sehr romantisch: »Mit dir ist jeder Tag ein Sonntag.«

Dann setzte er sich – noch romantischer – ans Klavier und komponierte ein Stück für mich mit dem Titel »Every Day is Sunday« (Jeder Tag ist Sonntag). Er schenkte es mir an unserem Hochzeitstag anstelle einer Karte. Er spielt es häufig für mich, er sitzt gerne am Klavier, spielt und singt, und ich höre ihm gerne dabei zu.

1981 verließ er die Armee. Kurz zuvor hatte er für Prinz Charles gespielt, als dieser vom Buckingham Palast nach St. Paul's Cathedral aufbrach, um dort Prinzessin Diana zu heiraten. Ray betonte immer, wie froh er war, an diesem Tag mit seiner Musik den Anfang gemacht zu haben, denn nach dem Auftritt der Kapelle konnten er und seine Mitstreiter ihre Uniformen ausziehen und sich entspannen, während andere Kapellen für ihren Auftritt bis zum Ende der Zeremonie ausharren mussten.

Nach dreiundzwanzigeinhalb Jahren quittierte Ray seinen Dienst und wurde Hausmeister eines Bürogebäudes am Piccadilly Circus. Zu den Vorzügen dieser Stelle gehörte auch eine Dienstwohnung mitten in London, die wir seitdem immer wieder nutzen. Die Kinder waren inzwischen Teenager, denen die Aufenthalte in London gefielen. Es war ein glückliches, ereignisreiches Leben.

Michael

Nun komme ich zum traurigsten und schwierigsten Teil meiner Geschichte. 1998 starb mein wundervoller Sohn Michael, den ich »Meiki« und seine Freunde »Mick« nannten, an Krebs. Er war erst vierunddreißig Jahre alt und lebte damals glücklich verheiratet und mit den besten Zukunftsaussichten in einer schönen Gegend von New Hampshire in Amerika.

Nach seinem Schulabschluss trat Meiki in meine und seines Vaters Fußstapfen und arbeitete für die Scandinavian Airline Systems in Heathrow. Schon bald begann er, sich per E-Mail und Telefon mit einer Kollegin namens Joanie in New England zu unterhalten. Es dauerte nicht lange, dann tauschten sie Fotos, und irgendwann, etwa zwölf Monate später, ergriff Joanie die Initiative und fragte Meiki, was er in den Sommerferien mache, sie sei zur Hochzeit ihrer besten Freundin nach Cape Cod eingeladen und brauche einen Begleiter.

Er flog für zwei Wochen in die Vereinigten Staaten, und einige Zeit später kam sie nach England und besuchte uns. Bald war klar, dass sie ineinander verliebt waren. Sie flogen jeden Monat hin und her, und irgendwann beschlossen sie zusammenzubleiben. Joanie und Meiki nahmen ein Jahr unbezahlten Urlaub, um gemeinsam durch die Welt zu reisen und ihre weit verstreuten Familien zu besuchen, bevor sie sich in den Vereinigten Staaten niederließen.

Es tat mir weh, als Meiki aus England fortging, um so weit entfernt zu leben, doch ich wusste, wie glücklich er mit Joanie war, und dass sie auf alle Fälle zusammen sein mussten. Außerdem – so betonte Meiki – brauchte ich ja bloß ins Flugzeug zu steigen, wenn ich ihn besuchen wollte.

In New Hampshire lebten sie in einem Haus, das Joanie gehörte, einem alten Feuerwehrhaus, das zu einem Wohnhaus umgebaut worden war. Es stand auf einem großen Grundstück mit Bäumen und Nebengebäuden und hatte einen schönen Blick.

Am Weihnachtsabend 1989 machte Meiki ihr einen romantischen Heiratsantrag, und Joanie nahm sofort an. Sie waren beide unglaublich glücklich, die Hochzeit sollte im Mai des folgenden Jahres sein. Gerade als sie mit Champagner auf ihr Glück anstießen, klingelte das Telefon. Es war Joanies Zwillingsbruder, der ihnen ein fröhliches Weihnachtsfest wünschen und mit einer aufregenden Neuigkeit aufwarten wollte: Er hatte seiner Freundin einen Heiratsantrag gemacht, sie würden im Mai heiraten! Es war köstlich, doch Meiki und Joanie wollten mit ihrer eigenen freudigen Nachricht nicht einfach dazwischenplatzen und schwiegen daher über ihre Pläne.

Joanies Bruder Doug plante eine große Hochzeit mit der Familie in Texas. Noch ein solch verschwenderisches Fest im selben Monat erschien Meiki und Joanie übertrieben. Sie wollten sich daher einige Tage später im kleinen Kreis und ohne großes Aufheben im Haus ihrer Eltern das Jawort geben. Es gelang ihnen tatsächlich, ihr Geheimnis zu wahren, und ich erfuhr erst eine Woche vor der Hochzeit von ihren Plänen, als Meiki am zweiten Sonntag im Mai anrief, um mir zum Muttertag zu gratulieren.

Nach dem Gespräch legte ich den Hörer auf, freute mich für sie und war zugleich unglücklich, weil ich nicht bei ihnen war. Ich erzählte es erst Ray und rief dann Babette an.

»Dein Bruder heiratet nächste Woche – aber nicht, weil Joanie schwanger ist«, sagte ich.

Babette und ich flogen nach Amerika, für alle anderen in der Familie kam die Nachricht zu kurzfristig. Außerdem hatte Meiki deutlich gemacht, dass er ein kleines, intimes Fest feiern wollte. Wir kamen rechtzeitig zu Dougs Hochzeit in Dallas an, wo sich einige Gäste über die Anwesenheit von Meikis Mutter und Schwester wunderten. Gegen Ende des Empfangs sagte Joanie noch ein paar Sätze, dann ergriff Meiki das Wort und verkündete, dass Joanie und er ebenfalls heiraten wollten – das Geheimnis war gelüftet. Dougs Hochzeit wurde ein noch freudenvolleres Ereignis, denn jetzt feierte man das künftige Paar gleich mit.

Am nächsten Tag fuhren wir vier Stunden mit dem Auto durch eine wunderschöne, menschenleere Landschaft aus endlosen Feldern mit leuchtend bunten Blumen nach Georgetown, wo Joanies Eltern lebten. Wir gerieten noch in einen Sandsturm (die zweite extreme Wetterlage, die wir seit unserer Ankunft erlebten, denn als wir South Fork in Dallas besichtigten, wo die berühmte Fernsehserie Dallas gedreht worden war, fegte ein Tornado über uns hinweg und sorgte dafür, dass alle Lichter ausgingen).

Wir wohnten bei Joanies Eltern vor den Toren von Georgetown. Die Architektur ihres Hauses erinnerte mich sofort an das Haus bei der alten Ziegelei im Warthegau. Es hatte vier Flügel mit je einem Doppelzimmer mit Bad, sodass jedes ihrer drei Kinder ein eigenes Reich hatte, wenn sie nach Hause kamen. Es war ein sehr schönes Haus, perfekt für eine Feier im engsten Kreis, wie es Meiki und Joanie gewollt hatten.

Drei Tage später vollzog ein Richter, der mit der Familie befreundet war, die Trauung. Babette und ich verbrachten Stunden damit, weißen Tüll um die Balustrade der Veranda zu wickeln und überall weiße Blütenkelche aus Krepppapier aufzuhängen. Als Meiki und Babette klein waren, hatte jeder von ihnen einen kleinen Plüschhasen, den sie »Schnupperhasen« nannten. Ohne dass Meiki es wusste, hatte ich seinen Schnupperhasen nach Amerika mitgebracht und hängte ihn zwischen die Festdekoration. Er bemerkte ihn während der Trauzeremonie, und ein breites Lächeln erschien auf seinem Gesicht. Ich werde diesen wunderbaren Tag im Mai 1990 nie vergessen.

Meiki und Joanie waren sehr glücklich miteinander. Sie liebten beide Tiere, und in ihrem Haus wimmelte es ständig von Vierbeinern. Joanie besaß eine alte Katze, und Meiki brachte seine eigene Katze aus England mit. Sie kauften einen Cockerspaniel namens Ashley, zu dem jeder nur Crashley sagte, da er ständig mit irgendwelchen Dingen zusammenstieß. Es folgten noch mehr Katzen.

Meiki liebte es, an Autos und Motorrädern herumzuschrauben und konnte ihre Mechanik komplett auseinandernehmen und wieder zusammensetzen. Joanie teilte Meikis große Leidenschaft für Motorräder.

Meiki musste in Amerika Fuß fassen und eine neue Berufslaufbahn in Angriff nehmen. Anfangs hatte er viele verschiedene Jobs, arbeitete in einer Waffenfabrik, als Maler und Innenausstatter, in einer Sporthalle, als Wachmann, in einer Autowerkstatt, als Autohändler, um nur einige zu nennen. Er war bei der Freiwilligen Feuerwehr (sehr passend zu ihrem alten Feuerwehrhaus) und übernahm Einsätze beim Rettungsdienst als Fahrer und als ausgebildeter Sanitäter. Bald war er in der Gemeinde bekannt und beliebt.

Er war auch ein begabter Karikaturist – zu Weihnachten und anderen Gelegenheiten sandte er uns immer selbst gezeichnete Karten.

Durch seinen freiwilligen Dienst bei der Feuerwehr und den Rettungssanitätern lernte Meiki viele Menschen kennen. Ein Freund fragte ihn, ob er nicht eine Polizeiausbildung machen wolle. Dafür musste er zuerst die amerikanische Staatsbürgerschaft erhalten, doch sobald er sie besaß, begann er die Ausbildung zum Polizisten.

Doch dann zerbrach das Idyll. Wir bekamen die niederschmetternde Nachricht, dass Meiki an Hodenkrebs erkrankt war.

Hodenkrebs ist heilbar, doch Michael hatte die Symptome nicht beachtet. So hatte er zum Beispiel eine Zeit lang Rückenschmerzen, doch zu jener Zeit hatten Joanie und er ihr Haus vergrößert und eine Garage mit drei Parkplätzen und einem Obergeschoss angebaut. Er dachte, er hätte sich bei Bauarbeiten oder beim Anheben eines Patienten während seines Sanitätsdienstes einen Muskel gezerrt.

Ich erinnere mich auch daran, dass ich mir bei unserem Besuch in Amerika im November 1996, wenige Monate bevor er die Diagnose bekam, Sorgen um ihn machte, weil Meiki nach dem Abendessen fast einschlief, anstatt sich zu unterhalten und Karten zu spielen, wie wir es sonst immer taten. »Meiki«, fragte ich, »schläfst du genug? Du übernimmst dich hoffentlich nicht, oder?«

Damit er für seine Hilfsdienste immer abrufbar war, hatte er einen Piepser, mit dem man ihn jederzeit, Tag und Nacht, rufen konnte. Meiki war sehr gewissenhaft und war dann mit einem Satz aus dem Bett.

»Nein, Mum, mir geht es gut. Ich bin nur ein wenig müde.« Er lächelte mich an, und ich drang nicht weiter in ihn. Ich wünsche mir im Nachhinein, ich hätte ihn umgehend zu einem Arzt geschickt. Er ließ sich erst im folgenden März untersuchen, und als die Diagnose gestellt wurde, war der Krebs bereits bis zu seiner Wirbelsäule und seiner Lunge gewuchert.

Es folgte eine schreckliche Zeit voller Trauer und Leid, aber es war auch eine Zeit der Hoffnung. Wir alle wollten Meiki in jeder Hinsicht beistehen, und er hatte sich entschlossen, gegen den Krebs zu kämpfen. Er war noch nicht einmal acht Jahre mit Joanie verheiratet und wollte noch lange Zeit mit ihr glücklich sein. Sie versuchten alles, und seine Arztrechnungen waren erschreckend hoch. Die Versicherung zahlte einen Teil, doch wir mussten noch eine hohe Summe zusätzlich aufbringen. Jeder leistete seinen Beitrag. Ein Unternehmen aus dem Gebäude, das Ray verwaltete, unterhielt einen Fonds für Notfälle, aus dem sie ihm eine großzügige Spende zukommen ließen. Babette und ich wanderten fast vierzig Kilometer von Piccadilly nach Hampton Court, gesponsert von unseren Freunden und der Familie, und obwohl ich wegen einer Rückenverletzung, die ich 1988 erlitten hatte, einen Behindertenausweis habe, schaffte ich es. Anschließend verbrachte ich fünf Tage im Bett und war vollkommen am Ende, doch es machte mir nichts aus, es war nur gerecht, dass ich Meikis Schmerzen ein wenig teilte.

Rückblickend ist es leicht zu sagen, was man hätte anders machen können. Wenn wir gewusst hätten, dass sich sein Gesundheitszustand nicht bessern würde, hätten wir ihm wunderschöne vierzehn Monate Leben und Vergnügen geschenkt, in denen er hätte tun können, was immer er wollte. Er hätte nicht die zermürbende, monatelange Behandlung über sich ergehen lassen müssen, die ihn zu einem Schatten seiner selbst machte. Doch wir wollten versuchen, den Krebs zu besiegen, wir hätten es sonst immer bereut. Und das bedeutete, dass Meiki eine sehr elende Zeit durchlebte. Bestrahlung und Chemotherapie brachten es mit sich, dass er kaum noch etwas essen konnte, er war ständig krank, immer war ihm kalt, und er fröstelte.

Ich pendelte in diesen vierzehn Monaten zwölfmal zwischen Amerika und England hin und her. Es war sehr hart, und die Reisen wurden mir noch dadurch erschwert, dass Ray einen dreifachen Bypass am Herz gelegt bekam, dass er mich ebenso zu Hause brauchte, wie Meiki mich in Amerika benötigte. Ich wünschte verzweifelt, ich könnte bei beiden zugleich sein.

Meiki wurde im Hitchcock Medical Center in Lebanon, New Hampshire, behandelt, wo es ein berühmtes Fischrestaurant gibt, das Weather Vane, in dem wir oft essen waren, wenn es ihm gut ging. Meiki liebte die Atmosphäre dort, die blanken Holztische und die riesigen Fischplatten. Eines Tages, als es ihm sehr schlecht ging, traten wir nach einer chemotherapeutischen Behandlung aus dem Krankenhaus, und er sagte zu Joanie und mir: »Wollen wir ins Weather Vane essen gehen?«

Wir sahen uns erstaunt an, denn er hatte seit Monaten nicht mehr richtig gegessen. Er bestellte eine Muschelsuppe, dann Hummer, den man mit einem Lätzchen aß, weil einem die Butter am Kinn herunterlief, schließlich sogar einen Becher Früchte mit Eis zum Nachtisch. Die Portionen waren wie immer groß. Wir saßen am Fenster, das Sonnenlicht floss über uns, als wolle es uns segnen. Er verdrückte alles mit Genuss, und es war wunderbar, ihm dabei zuzusehen – er aß mehr, als er je gegessen hätte, wenn er gesund gewesen wäre. Joanie und ich schauten ihm vergnügt dabei zu und waren so in seinen Anblick versunken, dass wir in unserem eigenen Essen nur herumstocherten.

Leider ging es ihm bereits auf dem Rückweg wieder viel schlechter und er wurde zusehends schwächer. Es war sein letztes gutes Essen, und es war wie ein Wunder, dass es ihm gut bekommen war.

»Ich mag nicht mehr so krank sein, Mum«, sagte er ein paar Wochen vor seinem Tod zu mir.

Was konnte ich ihm antworten? Ich konnte nur meine Arme um ihn legen und ihn an mich drücken, mir von ganzem Herzen wünschen, ich könnte ihn wieder gesund machen. Wenn man kleine Kinder hat, kann man ihnen die Dinge erträglich machen, indem man ein Pflaster auf ihre Wunden klebt und sie fest umarmt. Ich fühlte mich so hilflos. Ich hätte alles dafür gegeben, seinen Platz einzunehmen. Meiki war erst vierunddreißig und hätte noch so viel Leben vor sich gehabt.

Am meisten schmerzt mich, dass ich nicht bei ihm sein konnte, als er starb. Ich bekam keinen Flug und traf einen Tag zu spät ein. Joanie und sein bester Freund Steve Marshall, ebenfalls ein Polizist, waren bei ihm, und er wusste, dass ich ihn über alles liebte, denn wir ließen nie etwas zwischen uns unausgesprochen.

Wie kann man die Trauer um ein totes Kind beschreiben? Es ist gegen die Natur, wenn eine Mutter ihre Kinder zu Grabe trägt. Der Tod des Lebenspartners, der Eltern oder der Geschwister ist sehr traurig, doch wir wissen, dass wir ihm ins Auge blicken müssen. Doch darauf, den Tod des eigenen Kindes zu überleben, ist keine Mutter vorbereitet, selbst wenn sie weiß, dass ihr Kind sterben muss. Für einen letzten Tag mit Meiki würde ich alles geben auf der Welt. Ich würde freiwillig durch die Schlachtfelder gehen, die Schüsse der Gewehre hören, mich in die Straßengräben werfen, den Plünderern noch einmal ins Auge sehen, ich würde alles dafür tun, wenn ich meinen geliebten Sohn noch einmal sehen, hören, berühren könnte. Inzwischen sind Jahre vergangen, aber keine Zeit der Welt heilt diese Wunde.

Die Königinmutter, Queen Mum, sagte einmal etwas sehr Weises: »Der Schmerz hört nie auf, aber man lernt langsam, besser damit fertig zu werden.«

Ich habe alle Stadien der Trauer durchgemacht, wie schon andere vor mir. Ich bin nicht die Einzige, die einen solchen Verlust beweint, aber für mich ist der Verlust einzigartig. Ich habe geweint, und ich weine noch immer jeden Tag über kleine Erinnerungen, Gedanken, die mir zwischendurch unvermutet in den Sinn kommen. Mein schöner, großzügiger, liebevoller Sohn ist tot, und ich werde ihn nie mehr sehen. Das ist der grausamste, der härteste Schlag in meinem Leben.

Meikis Beerdigung war einmalig. Die Kirche hatte eine große Treppe, und Sanitäter, Feuerwehrmänner und Polizisten in Uniform standen Spalier. Meiki lag in Uniform in seinem Sarg. Auf dem Berg gegenüber der Kirche war eine Feuerwache, und sie war mit Klapptischen und Bänken bestückt, auf denen Essen und Trinken im Überfluss auf die Trauergäste wartete. Uns wurde eine Rose überreicht, dazu zwei Flaggen, die amerikanische und die von New Hampshire. Ich gab die amerikanische Flagge an Babette weiter. In allen Lokalzeitungen erschienen Berichte über die Beisetzung und bewegende Nachrufe.

Obwohl Meiki seine Polizeiausbildung nicht beendet hatte, hatte er vor seinem Tod sein Polizeiabzeichen bekommen und war zum Offizier Emeritus ernannt worden, der Erste in New Hampshire.

Es bedeutete ihm viel.

Steve Marshall, sein bester Freund, hielt eine ergreifende Rede, und seine Worte zeigten, wie andere Meiki sahen. Ich war seine Mutter und liebte ihn, doch nach Steves Ansprache wusste ich, dass mein Sohn mit viel mehr Menschen verbunden war und von viel mehr Menschen geliebt wurde, als ich je gedacht hatte.

Steve sagte auf die Frage, bei Micks Beschreibung wären immer wieder vier Worte genannt worden: »freundlich, mitfühlend, leidenschaftlich und witzig«. Steve und Meiki waren sich zum ersten Mal begegnet, als sie beide wegen eines Hundes gerufen wurden, der sich in einem Kabel verfangen hatte. Durch ein Tier einen Freund zu finden, passte zu Meiki.

Über ihre erste Begegnung sagte Steve:

Ich hatte gerade erst angefangen, in der Gegend Dienst zu tun, und bekam einen meiner ersten Anrufe: Ein Hund hatte sich in ein paar Kabeln verfangen. Ich bat um Unterstützung durch die Feuerwehr, und Mick war als Erster da. Ich war erst vor Kurzem aus einer größeren Stadt gekommen und insofern vielleicht ein wenig voreingenom-

men. Und da kam dieser Typ in einem Gefährt angedüst (Meikis Rettungswagen), das man »Das Biest« nannte, wie ich später erfuhr. Der Wagen war zu hoch, die Reifen standen zu weit auseinander und er machte zu viel Krach. Dann sprang ein Kerl mit Stoppelschnitt, Ohrring und dunkler Lederjacke raus. Ich brauche nicht zu sagen, dass ich auf so einen gerne verzichtet hätte. Doch als er mich ansprach, wusste ich sofort, dass mein erster Eindruck mich getäuscht hatte und kein zwielichtiger Kerl aus Brooklyn vor mir stand. »Brauchst du Hilfe, Kumpel?«, fragte er. Da wusste ich, dass es nicht irgendjemand war. Mick langte nach dem Kabel, das sich um den Hund gewickelt hatte, und der Hund schnappte nach ihm. Doch er beruhigte den Hund und brachte es irgendwie fertig, dass er still hielt, während wir das Kabel durchschnitten und den Hund befreiten.

Steve erzählte von Meiki, wie er ihn gekannt hatte, und ich war ihm sehr dankbar dafür. Es gibt nicht viel, was einen beim Tod eines geliebten Menschen tröstet, aber dazu gehört zu erfahren, was er für andere bedeutet hat.

Micks Mitgefühl für andere in der Gemeinde ist legendär. Er war da, wenn man ihn brauchte, zu jeder Tages- und Nachtzeit, gleichgültig, wie das Wetter war und um was es ging. Man brauchte ihn – nach mehr fragte er nicht. Vor einigen Wochen, als Mick noch in recht guter Verfassung war, bat ich ihn, mir mit seinem Rat und seinem Fachwissen zu helfen, da ich nach dem Dienst die Bremsklötze im Wagen meiner Frau Karen ersetzen musste. Bis ich nach Hause kam, hatte er schon die Reifen abmontiert, die Bremsklötze ausgebaut und gereinigt. Und das, obwohl er die ganze Woche bei der Chemotherapie war und einen Katheter in der Brust hatte.

Seine leidenschaftliche Liebe für Joan machte viele von uns neidisch. Sie waren wie eine Liebespaar im Fernsehen: Ständig schrieben sie sich kleine Briefchen, machten sich kleine Geschenke, unternahmen spontane Ausflüge und andere tolle Sachen. Sie nutzten jede Gelegenheit für einen Kuss, einen Händedruck oder eine Umarmung, ja, sie benutzten sogar die gefürchtete Babysprache. Das war der wahre Mick, und was sie nach seiner Erkrankung zusammen erlebten, war echt und einzigartig, keine Reaktion auf eine tragische Situation. Joan war sein Leben, und er war ihres.

Seine Begeisterung für den Polizeidienst – und ich bin stolz, dies zu sagen – war größer, als ich es jemals bei jemand anderem erlebt hatte. Er liebte diesen Beruf und seine Kollegen, und er arbeitete mit großem Eifer daran, zum besten Polizisten in dieser Gegend zu werden.

Er liebte das Leben bis zuletzt. Auf unseren nächtlichen Patrouillen sprachen wir oft miteinander, wie nur Partner in einem Streifenwagen miteinander sprechen können. Wir redeten über Leben und Tod. Nur einmal sagte er mir, dass er nicht glaube, dass er den Krebs überleben würde. Nur einmal habe ich ihn weinen sehen. Er hielt dies von Joan fern, wollte sie beschützen, obwohl sie es schon lange wusste. Seine einzige Sorge im Sterben war, dass Joan allein zurückbliebe, oder vielmehr, dass er ohne sie sein würde. Doch noch mehr fürchtete er sich davor, im Leben vollkommen abhängig von Joan, seiner Mutter, mir und den anderen zu werden. Er wollte um nichts in der Welt, dass alle ihr Leben änderten, um seines zu verlängern. Er war derjenige, nach dem man rief, wenn man

Hilfe brauchte oder Zuspruch. Es war schwer für ihn, derjenige zu sein, der umsorgt werden musste.

Auch in den letzten Stunden seines Lebens bewies Mick, wie sehr er das Leben liebte. Als sich sein Zustand verschlechterte, wusste er, dass er sterben würde. Ich wusste, sein Leben ging zu Ende, doch als langsam eine andere, höhere Macht Kontrolle über ihn bekam und Joan und ich seine Hand hielten, schaute er mir direkt in die Augen. Sein Blick sagte: »Ich denke nicht daran, einfach abzutreten. Ich werde mich nicht umdrehen und einfach mitgehen.« Als er das Bewusstsein verlor, war er noch immer nicht bereit zu sterben. Joan küsste ihn und gab ihm ihren Segen. Als die Maschinen abgestellt wurden, hob er ein wenig den Kopf, drehte ihn zu Joan, und dann war er endlich an einem Ort, wo er keine Schmerzen mehr hatte.

Mick war mein Partner und mein bester Freund. Er war der Polizist für einen Polizisten, der beste Freund eines besten Freundes, ein Helfer, auf den man stolz sein konnte, ein Ehemann, ein Sohn, ein Bruder, den man bewundern musste, ein Nachbar, wie man ihn sich wünschte, ein Mensch, dem man nacheifern soll. Ich liebe und vermisse ihn.

Steves Worte klingen mir immer wieder in den Ohren, kommen mir immer wieder in den Sinn. Ich glaube, Mütter kennen ihre Kinder, doch sie unterschätzen manchmal den erwachsenen Menschen: Steves Perspektive zeigte den erwachsenen Meiki, den Mann, der 5 000 Kilometer entfernt von mir lebte und mir so nahe war wie der kleine Junge, der seinen Fußball ins Blumenbeet kickte, oder der junge Mann, der auf seinem riesigen Motorrad herumdüste und mich mit seiner Liebe zur Geschwindigkeit in Angst und Schrecken versetzte.

Bevor er nach Amerika ging, hatte Meiki einige Jahre eine Freundin namens Angie. Sie lebten eine Zeit lang zusammen, doch sie hatten sich bereits getrennt, als er Joanie kennenlernte. Sie blieben gute Freunde, und für mich gehört Angie zur Familie. Sie schrieb ein Gedicht für seine Beerdigung:

Siebzehn Jahre ist es her, dass wir uns begegneten,
An dem Tag fuhren wir, ich erinnere mich, den Berg hinunter.
Du hast einen Gang runtergeschaltet und das Visier runtergeklappt,
Die anderen aus der Gang würden uns sicher hinterherjagen.

Jeden Abend, jedes Wochenende haben wir in Andys Hinterhof vorbeigeschaut.
Es gab immer ein Problem zu lösen oder ein Motorrad zu flicken.
Oder wir hingen einfach rum, tranken Kaffee oder Tee,
Eine Clique junger Freunde, die zusammenhielt, und jeder war frei.

Wir wollten unabhängig sein, doch das Geld war knapp,
Es reichte für zwei Bikes, die liefen, und sechs andere,
Die du einfach haben musstest, vielleicht der Ersatzteile wegen.

Sie wegzuwerfen brachtest du aber nicht übers Herz.
Als sich unsere Wege trennten, war es nicht das Ende.
Du warst immer mit mir verbunden, immer mein bester Freund.
Du hast neue Herausforderungen gefunden, neue Leute, neue Kumpel.
Erst als du in die Staaten gegangen bist, ist alles anders geworden.

Es war schwer, selbstlos zu sein. Ich wollte nicht, dass du gehst.
Du warst mein Vertrauter, mein bester Freund, ich habe dich so vermisst.
Aber du wusstest, was du wolltest, und hattest mit Joan etwas Besonderes,
Etwas sehr Seltenes gefunden. Deshalb wolltest du dort sein.

Gott mag keine Gnade gekannt haben, als er dir das Leben nahm,
Doch wir müssen dafür danken, dass er dir eine so wundervolle Frau gab,
Und dass du ein Glück gefunden hast, das die meisten nie kennenlernen,
In einem herrlichen Land mit einer Frau, die dich so sehr liebte.

Doch als du krank wurdest, warst du so weit weg.
Es war sehr schwer für uns, wir konnten nur hoffen und beten,

Hauptsache, du wusstest, dass wir jeden Tag an dich dachten,
Dass wir uns wünschten, wir könnten bei dir sein und helfen.
Bis zuletzt bist du immer gerne Motorrad gefahren,
Hast dich mit der Straße eins gefühlt, dich in jede Kurve gelegt.
Bist du aus der Garage raus, hast alles stehen und liegen lassen,
Nur du und dein Motorrad zählten, und der Rausch der Geschwindigkeit.

Du hast alles darangesetzt, wieder gesund zu werden,
Nie war die Frage »ob«, sondern immer nur »wann«.
Du hast mit aller Kraft gekämpft, so lange es ging,
So warst du eben, hast den Kampf nie aufgegeben.

Es gibt keine Antwort auf die Frage, warum du gehen musstest.
Wie sollen wir damit zurechtkommen, da wir dich so sehr vermissen.
Ich denke, wir müssen dich in unserer Erinnerung lebendig behalten
Und daran glauben, dass du jetzt irgendwo bist, wo es besser ist.

Und daran glauben, dass wir uns an einem unbekannten Ort wiedersehen,
Wo wir alle zusammen sein werden und keiner allein zurückbleibt.

Und doch kann ich mir noch immer nicht erklären, warum.
Heute sind wir alle hier, um deiner zu gedenken und Abschied zu nehmen
Von einem ganz besonderen Menschen, der so sehr krank geworden ist.
Du hast mein Leben verändert. Ich werde dich nie vergessen.
Du fehlst mir, Mick.

Einige Wochen nach der Beerdigung hielten wir einen Gedenkgottesdienst für Meiki in Esher ab, und Joanie und einige seiner Kollegen, darunter auch Steve und Meikis Vorgesetzter bei der Polizei, Jim Benoit, nahmen daran teil. Im letzten Sommer sind wir ins Weather Vane zurückgekehrt, wo Meiki sein großes Essen mit uns genossen hatte: Wir saßen am selben Tisch, bestellten dasselbe Gericht und aßen, während uns die Tränen übers Gesicht liefen.

Trotzdem hat die Trauer nicht alles verschlungen. Meiki hat mir mit Joanie ein kostbares Geschenk hinterlassen, und ebenso mit Debs, der Freundin, deren Hochzeit Meiki und sie zusammenführte. Wir haben sie in unser Herz geschlossen, als gehörten sie und ihre Familien zu uns.

Wir haben zu Meikis Andenken eine Bank am Teich von Esher gestiftet, und an Geburtstagen und Jubiläen gehen wir dorthin, und dann sitze ich eine Zeit lang bei meinem Sohn. Es ist kein trauriger Platz für mich, und wir nehmen häufig meine Enkel, Babettes Sohn AJ und ihre Tochter Amy-Lou, mit dorthin zum Entenfüttern.

Ich glaube, Meiki ist noch immer in meiner Nähe, und

ich habe einige Dinge erlebt, die mir Gewissheit geben. Als ich einmal einkaufen ging, sah ich eine Münze auf dem Pflaster liegen. Ich hob sie auf. Es war ein alter Penny aus der Zeit, als das Dezimalsystem in der Währung noch nicht eingeführt war. Ich drehte ihn um und las das Prägedatum: 1964, Meikis Geburtsjahr. Solche Geldstücke sind schon lange nicht mehr im Umlauf, und doch lag es auf meinem Weg, wartete darauf, von mir aufgehoben zu werden.

Ich habe viel über meinen Sohn geschrieben und wenig über meine Tochter Babette. Nicht, dass ich sie weniger lieben würde. Ich liebe sie ebenso sehr wie Meiki. Aber sie lebt und wohnt in meiner Nähe, wir sprechen uns jeden Tag und teilen unser Leben in einer Weise, wie ich es mit Meiki nie wieder tun kann. Ich muss nicht aufschreiben, was sie für mich bedeutet, wir erleben es jeden Tag. Sie ist eine sehr fürsorgliche Tochter und eine hervorragende Mutter.

Babette, die von ihren Freunden Babs genannt wird, ist mit Graham verheiratet. Er hat drei Söhne aus erster Ehe: Stuart, Charlie und Ryan. Sie besuchen ihren Vater regelmäßig, und alle leben im Umkreis von einem Kilometer.

Babette und Graham haben zwei Kinder, AJ (Aaron Joseph) und Amy-Lou (Amy Louise Michelle). Babette kannte die vollständigen Namen meines Vaters und meiner Mutter nicht, und doch hat sie ihren Kindern die Beinamen »Joseph« und »Louise« gegeben, beides Namen meiner Eltern. AJ ist ein prächtiger Enkelsohn. Er ähnelt Meiki sehr, und wir sind sehr stolz auf ihn. Er spielt Fußball im Verein von Cobham, ich gehe gerne zu den Spielen und feuere ihn und sein Team an. Er bleibt oft über Nacht bei uns, weil er dann »Männersachen« mit Ray machen kann, zum Beispiel Snooker spielen oder Karten oder einfach nur über Dinge reden.

Amy-Lou ist sieben, aber viel reifer. Sie zeichnet und schreibt gerne Geschichten, sie hat schon mit fünf Jahren damit angefangen. Wir glauben, sie hat eine alte Seele, und wenn es so etwas gibt wie Wiedergeburt, dann war Amy-Lou bestimmt schon einmal auf der Welt. Sie sagt oft unglaubliche Dinge für ihr Alter. Als Ray einmal einige Krümel mit einem Handstaubsauger aufsaugen wollte und ärgerlich wurde, weil es nicht richtig klappte, sagte Amy: »Schimpf nicht mit den Werkzeugen, Dadad, wenn du das, was sie tun, nicht selbst tun kannst oder willst.« Sie war damals knapp fünf Jahre alt.

Babette und Graham sind viel beschäftigt: Sie arbeitet in der Werbung, und Graham ist Manager eines Großhandelsgeschäfts. Sie sind uns sehr lieb und teuer, und ich vergöttere meine Enkel. Auch Rays vier Kinder aus erster Ehe samt Frauen und Kindern haben wir in unser Herz geschlossen.

Da wir nicht länger ständig im Garten arbeiten wollten, wohnen Ray und ich jetzt in einer großen Wohnung im Zentrum von Esher. Ray hat einen Bypass und ist Diabetiker. Auch mich plagen Gesundheitsprobleme: Ich hatte Brustkrebs und bin noch immer in Behandlung, doch nach Operation und Bestrahlung hoffe ich, wieder ganz gesund zu werden und in der Statistik als »geheilt« aufgeführt zu werden, weil ich den Krebs länger als fünf Jahre überlebt habe. Mehr als der Krebs zehrt eine Rheumaerkrankung an mir, die Polymyalgia Rheumatica (PMR), die mich lähmt und gegen die ich Cortison einnehme. Das Cortison hat viele zusätzliche Gesundheitsprobleme mit sich gebracht. Aber das Leben geht weiter, und es gibt Dinge, an denen wir nichts ändern können – wir können nur das Beste aus dem machen, was uns beschieden ist.

Wenn ich mich manchmal selbst bedauere, frage ich mich, ob Eva und ich all unser Glück bei unserer Wanderung durch Deutschland aufgebraucht haben, denn beide hatten wir später immer wieder schwere gesundheitliche Probleme. Doch dann erinnere ich mich, dass mein Großvater zur mir sagte, ich hätte sein Glück geerbt, und ich weiß, wie recht er hatte. Ich bin nicht nur sehr glücklich geworden, sondern habe jetzt zudem die Gelegenheit, die unglaubliche Geschichte meiner Reise mit Eva zu Papier zu bringen und mir des ungeheuren Glücks bewusst zu werden, das wir hatten, als wir dieses Abenteuer unbeschadet überstanden. Ohne dieses Glück wäre alles andere nicht gewesen.

Ich hoffe, ich konnte ein wenig von meinem Glück mit anderen teilen, ihnen weitergeben, was ich bekommen habe – Fürsorge, Mitgefühl oder manchmal nur ein Lächeln, eine Umarmung, eine helfende Hand oder ein verständnisvolles Ohr.

»Das Leben ist, was du daraus machst!« – so hat uns unsere Mutter erzogen. Ich glaube, ich habe aus meinem gemacht, was ich konnte.

Natürlich gab es wie in jedem Leben auch für mich Schicksalsschläge und Unglück. Doch normalerweise denke ich nicht daran, ich will von niemandem bedauert werden. Ich hatte ein gutes und interessantes Leben, und ich bin zufrieden mit ihm.

Mein Mann sagt, ich sei heute englischer als eine Engländerin. Ich denke und träume englisch, und wenn ich nach Deutschland zurückkehre, benötige ich einige Stunden, um mein Ohr an meine Muttersprache zu gewöhnen. Bei mir gibt es noch immer die traditionelle deutsche Küche, und ich verwöhne meine Gäste mit Stollen, Mohnkuchen und Apfelstrudel (den mögen alle am liebsten), in meinem Haus geht es also noch immer ein wenig deutsch zu. Doch England ist definitiv meine Heimat geworden.

Dennoch, je älter ich werde, desto näher rückt mir meine Kindheit. Der Körper altert, doch im Innersten bleiben wir dieselben, die wir immer waren, und die prägenden Erlebnisse unseres Lebens und unserer Persönlichkeit fallen in die Kindheit. Die Erlebnisse auf meiner Reise mit meiner Schwester begleiten mich ständig, sie sind tief eingebettet in meine Gedanken und meine Erinnerungen. In dreiunddreißig Tagen, etwas mehr als einem Monat, sah und erlebte ich Dinge, die in ein Bild des Grauens verwoben sind: Mir begegneten Tod und Zerstörung, ich erlebte Todesangst, Hunger und Verwirrung. Doch wenn das die Kette des Gewebes ist, dann sind das Mitgefühl, der Humor und die große Liebe, die mir auf unserer Reise so sehr entgegengebracht wurden, der Schuss. Am Ende meines Lebens und mit all meiner Erfahrung kann ich mit großer Gewissheit sagen, dass Liebe der Leitfaden in meinem Leben war. Die Liebe, die meine Schwester Eva mir auf unserer langen Wanderung gab, als sie darum kämpfte, mich zu beschützen, koste es sie, was es wolle, spüre ich noch immer, und sie hat, so hoffe ich, meine Umgangsweise mit anderen geprägt. Ihre Liebe zu mir machte unsere schrecklichen Erfahrungen erträglich. Ich hoffe und bete, dass die Liebe, die wir meinem Sohn Michael schenkten, es ihm erleichtert hat, seine Krankheit und den Tod zu ertragen.

Mich selbst trägt jeden Tag die Liebe zu meinem Mann Ray, zu meiner Tochter und ihrer Familie, zu allen Mitgliedern unserer großen Familie und zu vielen Freunden.

Liebe ist das Thema meines Lebens.

Epilog

Nun kennen Sie meine Geschichte. Da so viele Menschen, besonders viele Familienmitglieder, Anteil daran haben, möchte ich Ihnen zum Abschluss einen kleinen Überblick geben, was aus ihnen geworden ist.

Meine Eltern

Mein Vater starb in November 1966, nachdem er eine Reihe von Schlaganfällen erlitten hatte und zuletzt halbseitig gelähmt war. Mutti gab irgendwann ihre geliebte Wohnung in Horn auf und zog in ein Altenheim nach Flottbek.

Es war ein schön gelegenes, großes Haus mit Einzelappartements gegenüber von meiner Schwester und ihrer Familie, und meine Mutter konnte ihre Wohnung mit ihren eigenen Möbeln einrichten. Das Heim wird von einer Einrichtung geleitet, die mit dem Fröbel-Seminar verbunden ist, und so schloss sich für Mutti der Kreis. Als sie zu gebrechlich wurde, um selbstständig zu leben, wurde sie im selben Haus in den Pflegebereich aufgenommen, wo man sich rund um die Uhr um sie kümmerte. Sie starb 1990 im Alter von sechsundachtzig Jahren.

Eva

Sie und Kurt hatten zwei Töchter, Angelika und Gunda. Evas Gesundheit war immer angeschlagen, sie litt ihr ganzes Leben unter schwerem Asthma, das an ihren Kräften zehrte. Als ihre Töchter größer waren, führte sie in dem großen Haus, in dem sie und Kurt lebten, eine Kinderkrippe für Säuglinge bis zu einem Jahr. Es waren Babys von Studentinnen, die sie betreute, und diese Aufgabe half ihrer Gesundheit so sehr, dass in der Regionalzeitung unter der Überschrift »Schwer kranke Frau von Babys geheilt« ein Zeitungsartikel über sie erschien.

Die Kinderkrippe war wunderbar organisiert, ich kam gerne dorthin und half mit den Babys.

Bis zu ihrem Tod telefonierten wir dreimal wöchentlich, wenn nicht öfter, und besuchten uns regelmäßig. Manchmal hatten wir einen »Schwesterntag«, an dem nur wir beide etwas zusammen unternahmen. Unwillkürlich kehrten dann die Erinnerungen an unsere lange Wanderung zurück.

Wir lachten, weinten und dachten daran, welche großen Ängste wir ausgestanden hatten. Wenn eine dann etwa sagte: »Kannst du dich noch an das Gesicht der Hexe erinnern?«, waren wir schon mitten drin und erlebten diese Wochen noch einmal. Hauptsächlich sprachen wir über die unglaubliche Freundlichkeit der Menschen, die uns nicht kannten, der Familien, die uns zu sich hereinbaten und uns Unterschlupf gewährten, und der Soldaten, egal ob sie Amerikaner, Briten oder Deutsche waren.

Doch unsere Kriegserinnerungen waren nicht unser einziges Thema: Wir hatten all die Jahre über noch viele andere Dinge gesprochen. Das Band zwischen uns war ungeheuer stark.

Eva und Kurt besaßen einen Campingwagen, wir unternahmen mit ihnen gemeinsam Ausflüge an die See oder in die Berge, wo ihr in der reinen Luft das Atmen leichterfiel.

Obwohl es mit Evas Gesundheit nicht zum Besten stand, hoffte sie immer, Mutti zu überleben. Sie überlebte Mutti um vier Monate und starb im Januar 1991 mit fünfundsechzig Jahren. Ihre Lungen waren geschwächt vom Asthma, und so raffte sie eine Rippenfellentzündung dahin. In den Monaten vor ihrem Tod hatte sie viel Gewicht verloren, und obwohl sie hungrig war, konnte sie nichts bei sich behalten.

Eva hatte nach Ruths Tod Asthma bekommen, und seit Eva tot ist, leide ich darunter – ein komischer Zufall. Vielleicht haben wir Schwestern es untereinander weitergereicht.

Als Eva starb, war ich am Boden zerstört. Kurz nacheinander hatte ich meine beiden Schutzengel, meine Mutti und sie, verloren. Es war eine sehr schwierige Zeit für mich.

Kurt lebt noch in einem Pflegeheim in Hamburg. Angelika hat vier Kinder und wohnt ebenfalls in Hamburg. Gunda trat in meine und Hennings Fußstapfen und arbeitete bei der Lufthansa.

Dann wechselte sie zur Malaysian Airlines und lebt jetzt mit ihrem Mann Josef im Süden von Perth in Australien.

Onkel Willi und Tante Hilda

Onkel Willi und Tante Hilda pendelten zwischen Hamburg, wo ihre Tochter Thekla lebt, und den USA, wo ihre beiden Söhne sich eine Existenz aufgebaut haben. Sie verbrachten abwechselnd jeweils sechs Monate bei ihnen zu.

Onkel Willi starb 1959 mit siebenundfünfzig Jahren, Tante Hilda 1989 mit sechsundachtzig.

Thekla
Ihre älteste Tochter ist verheiratet und hat eine Tochter namens Oliva. Sie ist inzwischen Witwe, aber sie lebt noch immer in dem Haus im Stadtteil Jenfeld, das sie und ihre Eltern nach dem Krieg gebaut haben. Sie hat das obere Stockwerk bezogen, Tochter, Schwiegersohn und Enkelsohn wohnen im Erdgeschoss. Die meiste Zeit widmet sie sich ihrem herrlichen Garten.

Ulrich
Ulrich, der bald nach dem Krieg nach Amerika auswanderte, starb 2004. Da sein Vater Willi in New York geboren war (mehr oder weniger durch Zufall: Seine Mutter brach sich auf Reisen ein Bein und musste in New York bleiben, bis das Kind auf der Welt war), besaß er stets beide Staatsangehörigkeiten, und er hat sie an seine Kinder weitergereicht.

Ulrich ging zur US-Armee und blieb so verrückt, wie er schon als Kind war. Er glaubte an UFOs und bildete sich ein, er wäre einmal von Außerirdischen entführt worden. Er war zweimal verheiratet und hat zwei Töchter aus erster Ehe. Seine erste Frau Thea ist eine sehr gute Freundin von mir.

Volker
Mein »Zwillingsbruder« lebt in Florida, und wir stehen uns noch immer sehr nahe: Ray und ich machen häufig eine Stippvisite bei ihm und seiner Familie. In Deutschland, in unserer Kinderzeit, machte sich Volker nicht viel aus der Schule. Mit vierzehn Jahren ging er in die Vereinigten Staaten und schloss dort die High School erfolgreich ab.

Er entpuppte sich als fähiger Geschäftsmann und war immer sein eigener Chef.

Er handelt mit Autos und hat sich auf eine für den amerikanischen Markt besondere Nische spezialisiert: deutsche und englische Marken wie Mercedes, BMW, VW, sogar Rolls-Royce und MG. Auch Boote verkauft er, und ihnen gilt seine besondere Liebe, denn am glücklichsten ist er auf seinem eigenen Boot, einer Schönheit mit einem gewaltigen, zwölf Meter hohen Mast. Ein Hurrikan, der über Florida fegte, hat das Schiff drei Kilometer weit den Indian River hinaufgetrieben und schwer beschädigt, doch inzwischen ist es wieder zu Wasser gelassen. Volker hat das Autogeschäft an seine Frau Michelle übergeben, aber er hat sich nicht vollständig zurückgezogen, sondern besucht die Auto-Auktionen in Orlando oder Palm Beach und liefert seine Wagen persönlich bei Kunden überall in den Staaten ab. Er besucht gerne Bootsmessen, wo er viele Bekannte trifft. Michelle und er haben zwei prächtige Söhne, Hans und Brent. Auch Keith und Ellen, Volkers Kinder aus seiner ersten Ehe mit Maggie, haben sich prima entwickelt. Ellen hat ihm drei Enkel geschenkt, Tristan, Klein-Maggie und das Baby Makena.

Wenn wir uns besuchen, sind Volker und ich noch immer wie Geschwister. Ray sitzt am Klavier, und wir singen zusammen. Er lebt in einem wunderschönen Haus mit einem fantastischen Garten, und wir fühlen uns bei ihm fast wie zu Hause. Michelle ist eine meiner besten Freundinnen. Als sie hörte, dass ich an einem Buch schreibe, gab sie in ihrem Garten eine »English Tea Party« zu meinen Ehren. Ich war gerührt.

Tante Irma und Onkel Hermann

Tante Irma und Onkel Hermann kauften sich eine Wohnung im Hamburger Stadtteil Hoheluft. Ihr Sohn Henning lebt noch immer dort. Tante Irma starb 1974, Onkel Hermann 1979.

Henning

Wenn wir über ihn sprechen, nennen wir ihn noch immer »Klein-Henning«. Er tat es mir gleich und arbeitete wie ich als Aquisiteur bei der Lufthansa. Seine Aufgabe war sehr interessant: Er kümmerte sich um die Berühmtheiten, die mit der Fluggesellschaft flogen. Auf diese Weise traf er viele Politiker, Schauspieler und Schauspielerinnen, Filmstars und Musiker. Er wirbelte ständig irgendwo im Kulturbetrieb herum: Wenn man Henning anrief und ihn zu Hause erwischte, hatte man wirklich etwas geschafft. Kein Theaterstück, keine Bühnenshow, kein Konzert und keine Ausstellung in Hamburg, die Henning nicht gesehen hat – es sei denn, er hat sie verpasst, weil seine Arbeit ihn nach Thailand, Australien oder in andere exotische Länder führte. Jetzt ist er im Ruhestand, immer noch alleinstehend und immer noch viel unterwegs.

Tante Else

Die Schwester und ihre Familie, die in der Nähe von Berlin lebten, fanden sich nach der Teilung Deutschlands durch die Alliierten in der russischen Besatzungszone wieder. Onkel Arthur starb bald nach dem Krieg. Einer ihrer Söhne, Günther, wird vermisst. Von ihren beiden anderen Söhnen ist Horst inzwischen gestorben, Heinz lebt noch. Das jüngste Kind von Tante Else, Ruth, war so alt wie ich. Sie kam mit ihrer Mutter immer wieder zu Besuch zu uns in den Westen, doch die Vorschriften der Regierung Ostdeutschlands verboten es ihnen, Geld in den Westen mitzunehmen. Deshalb musste mein Vater immer für alle ihre Unkosten und ihre Ausgaben aufkommen und vor ihrer Rückkehr ihre Taschen füllen. Obwohl Ruth nur drei Wochen älter war als ich, kam sie mir bei unseren Begegnungen immer sehr viel älter vor. Sie und ihre Mutter waren für unsere Verhältnisse altmodisch gekleidet. Ruth heiratete mit achtzehn oder neunzehn einen zwölf Jahre älteren Mann und hat zwei Kinder, die jetzt natürlich längst erwachsen sind. Sie erzählte mir, dass ihr Sohn in der Schule mit Propaganda gegen Westdeutschland überhäuft wurde und zu Hause solche Dinge sagte wie: »Adenauer ist ein Schweinehund«. Sie wagten nicht, ihm zu widersprechen; es hätte ja sein können, dass er in der Schule erzählt, was bei ihm zu Hause geredet wurde, und das hätte die ganze Familie in Schwierigkeiten bringen können. Ruth und ihr Mann leben noch am selben Ort wie vor fünfzig Jahren. An Weihnachten oder an Geburtstagen telefonieren wir miteinander oder schreiben uns eine Karte.

INGO

Mein erster Freund hat später geheiratet und drei Söhne und zwei Töchter bekommen. Ich habe noch Kontakt zu seiner Schwester Heide, ihrem Mann Horst und ihrer Tochter Maren.

ILSE

Sie lebt mit ihrem Ehemann Eberhard im Süden von Hamburg. Wir hören regelmäßig voneinander und besuchen uns gegenseitig.

Ursi

Meine Jugendfreundin, mit der ich zusammen Kleider nähte und die mit mir zusammen in Genf und später in London war, starb leider im September 2000.

Miriam

Wir haben immer noch engen Kontakt, und es steht bald ein Besuch an.

Die Sundermanns

Die nette Familie, die bei Posen lebte, hat immer Verbindung mit unserer Familie gehalten. Herr und Frau Sundermann sind tot, ebenso ihr Sohn Fritz, der schon als Zwanzigjähriger starb.

Doch Heinz lebt noch, und ich habe ihn gelegentlich besucht. Er hat zwei Töchter, und ich kann mich daran erinnern, wie fasziniert sie von meinem blauen Lidschatten waren, als sie klein waren. Lidschatten war damals in England die Mode, in Deutschland aber ganz und gar unüblich. Wir haben einen lustigen Nachmittag damit verbracht, dass sie mein Make-up ausprobierten. Heinz arbeitete bis zu seiner Pensionierung bei der Bundesbahn.

Wandsbeker Chaussee

Das Wohnhaus wurde wiederaufgebaut, und noch immer befindet sich in seinem Erdgeschoss eine Bäckerei.

Hammer Park

Unser kleines Haus wurde am 18. November 1955 abgerissen, und der Park erhielt seine ursprüngliche Schönheit zurück. Alle Spuren der britischen Soldaten und der Familien, die sich den Park teilten, sind verschwunden. Als ich vor Kurzem darin herumspazierte, versuchte ich die Stelle zu finden, an der unser Haus stand, doch selbst die Obstbäume sind verschwunden, und im saftigen Gras ist keine Spur der flachen Siedlung mehr zu erkennen. Auch die Schrebergärten gibt es schon lange nicht mehr, ebenso wenig das Gebäude des Kindergartens.

Der Park ist, wie er es immer war, das Zentrum im Leben des Stadtteils Hamm. Es gibt ein riesiges Schachbrett mit mannshohen Spielfiguren, einen Hügel, der »Liebesberg« genannt wird, weil er offenbar das Rückzugsgebiet von Liebespaaren ist, es gibt einen Rosengarten, einen Kinderspielplatz, eine Rollschuhbahn, Tennisplätze, die Sportstätten, die bereits in meiner Jugend dort waren, Minigolf, und – was für ein herrliches deutsches Wort! – einen »Kleinkinderpinkelwinkel«. Die Bäume, auf die wir als Kinder geklettert sind, stehen noch: Sie sind der ganze Stolz des Parks. Es gibt eine Jahrhunderte alte Linde und eine sehr alte Eiche, die durch den Brand eines Gebäudes während der Bombardierung beschädigt wurde, aber trotzdem überlebt hat. Auch wenn unser Haus verschwunden ist, im Hammer Park fühle ich mich immer noch zu Hause.

Joanie

Meikis Frau hat noch einmal geheiratet, wieder einen Engländer. Sie lebt jetzt auf der anderen Straßenseite, gegenüber dem Haus, das sie mit Meiki bewohnte. Wir bleiben in engem Kontakt.

Rays vier Söhne

Stephen lebt mit seiner Frau Patsy und ihren Söhnen James und Luke in Oxhey bei Watford, Hertfordshire.

David lebt jetzt mit seiner zweiten Frau Jane und zwei Söhnen, Luke und Matthew, in Australien in der Nähe von Perth. Seine erste Frau Nicky lebt mit ihren beiden Kindern Simon und Rachael in Bushey Heath, Hertfordshire.

Andrew und seine Frau Jo leben mit ihrem Sohn Sam und ihrer Tochter Jodie in Bushey, Hertfordshire.

Matthew, der Jüngste, machte eine Weltreise, während ich an diesem Buch schrieb, und verbrachte einige Zeit bei seinem Bruder David in Australien.

Insgesamt haben wir mit meinen beiden Enkeln AJ und Amy-Lou und Grahams Söhnen dreizehn Enkel, es gibt daher viele Geburtstage und Schulveranstaltungen, bei denen wir nicht fehlen dürfen. Sie halten uns jung und aktiv.

Danksagung

Lange Jahre habe ich davon gesprochen, dass ich eines Tages die Geschichte meiner Kindheit aufschreiben würde, doch irgendwie fand ich nie die Zeit dazu. Dann sah mein Mann Ray im Fernsehen die Ankündigung von Richard & Judy; sie suchten die besten wahren Lebensgeschichten, um sie zu veröffentlichen. »Jetzt hast du keine Ausrede mehr«, sagte Ray zu mir, »du musst deine Geschichte aufschreiben.« Ich setzte mich hin und schrieb – hier ist das Ergebnis.

Ich danke Ray, dass er mir den Anstoß dazu gab und für seine Geduld und seine Unterstützung während der Monate, die ich damit beschäftigt war, dieses Buch zu schreiben.

Ich danke Richard Madeley und Judy Finnigan, die diese glänzende Idee hatten und mich so liebevoll unterstützten, als ich meinen ersten Auftritt in ihrer Fernsehsendung hatte. Auch den Tausenden von Zuschauern möchte ich danken, die für die Veröffentlichung meiner Geschichte in Buchform gestimmt haben. Ein großes Dankeschön geht darüber hinaus an Kate Elton, Emma Rose und alle Mitarbeiter von Arrow Books für ihre fantastische Unterstützung und Ermutigung, und an Zoe Russell-Stretten, die den Mini-Dokumentarfilm über mich und meine Schwester Eva gedreht hat, der die Atmosphäre von damals so gut einfängt.

Besonders danken möchte ich Jean Ritchie. Die Zusammenarbeit mit ihr hat mir großes Vergnügen bereitet. Jean, das ist unser Buch!

Am meisten möchte ich mich bei all den namenlosen Menschen und den vielen Soldaten bedanken, die uns beistanden, als wir dringend Hilfe benötigten.

Und schließlich danke ich meiner großen Familie und meinen vielen Freunden für all die Liebe, mit der sie mich immer begleitet haben.

Anmerkungen

Seite 46 : *Otto Brües:* Köln, Allerseelen 1944. Aus: *Otto Brües:* Die Brunnenstube. Gedichte. C. Bertelsmann, Gütersloh 1948. Mit freundlicher Genehmigung von Frau Dr. Eva Brües. Die hier aus Evas Tagebuch wiedergegebene Fassung mit kleinen Abweichungen stammt von einem Vorabdruck aus dem Kölnischen Anzeiger.

Seite 77: Zitat aus: *Christian Morgenstern:* An eine Freundin. Aus: *Christian Morgenstern:* Wir fanden einen Pfad. München 1914

Seite 166: Zitat aus: *Christian Morgenstern:* Wir fanden einen Pfad. München 1914

Seite 286: »Nissen huts« ist die Bezeichnung für Wellblech-Baracken, die der kanadische Offizier und Ingenieur Peter Norman Nissen 1916 im Auftrag der britischen Regierung entworfen hatte. Sie ähneln der Länge nach halbierten Wellblechtonnen. Eine »Nissenhütte« hat ca. 40 m^2. Nissenhütten wurden in Hamburg von der britischen Besatzung in großer Zahl aufgestellt, um die Wohnungsnot der Bevölkerung zu lindern.

Seite 305: Zitat aus: *Johann Amos Comenius:* Ausgewählte Schriften zur Reform in Wissenschaft, Religion und Politik. Leipzig 1924